Dunkle Sünden

HEARTCRAFT www.heartcraft-verlag.de

Sally Dark

Darkest Angel

Sein Besitz

Band 3

©2021 Heartcraft Verlag
Freiherr-vom-Stein-Str. 5 35085 Ebsdorfergrund
1. Auflage
Covergestaltung und Buchsatz: Heartcraft Design
Text: Sally Dark
Bildlizenzen:
Natalie Hof – **stock.adobe**.com

ISBN: 978-3-96966-769-9
Bestellung und Vertrieb: Nova MD GmbH, Vachendorf
Druck: Smilkov Print, Bulgarien

Bibliografische Information der Deutschen Nationalbibliothek:
Die Deutsche Nationalbibliothek verzeichnet diese Publikation in der Deutschen Nationalbibliografie; detaillierte bibliografische Daten sind im Internet über http://dnb.d-nb.de abrufbar.

Für all die zerstörten, kaputten und hoffnungslosen Seelen.
Lebt!
Es lohnt sich …

Vorwort

Willkommen in der wahren Finsternis!

Hier sind wir nun, das Finale von Angel's packender und emotionaler Geschichte.

Hier in der Düsternis erwartet dich kein schillernder Märchenball mit all dem Zauber und all der Schönheit.

Sondern der Teufel.

Der Teufel, dessen Inneres so schwarz und grausam ist, dass er kein Erbarmen kennt. Er wird dich deiner reinen Seele berauben. Sich an ihr laben und dich immer weiter in den Abgrund ziehen.

Bekommst du es jetzt mit der Angst zu tun, mein zartes Blümchen?

Ich weiß … du sehnst dich nach dem zuckersüßen Happy End, in dem alle bösen Kreaturen durch den Zauber der guten Fee besiegt werden. Nach dem Moment, in dem Cinderella endlich in den gläsernen Schuh schlüpft, um ihr *Und-sie-lebten-glücklich* zu bekommen.

Doch eigentlich weißt du schon längst, was dich erwarten wird … kennst meine Düsternis bereits zu gut. Genießt es zu sehr, wie ich dich all die Emotionen durchleben lasse.

Also mach dich bereit, denn nun bist du in meiner schwärzesten Finsternis angekommen … und ich lasse dich nicht wieder gehen!

Dunkle Grüße
Deine Sally Dark

Prolog

Angel

Vergangenheit

Sechs Jahre zuvor

»Bitte, Alexey, du hast es versprochen! Du wolltest sie gehen lassen. Ich habe dir doch nun gegeben, was du immer wolltest. Ich bin jetzt deine Frau und gehöre dir, ganz und für immer. Ich werde immer tun, was du von mir verlangst! Aber bitte, lass Maria gehen!«, flehte ich mit bebender Stimme um das Leben meiner besten Freundin, steckte all mein Herzblut in jede Silbe – und das an meinem Hochzeitstag. Die Angst um sie beflügelte mich dazu, diese Worte auszusprechen und mich für sie aufzugeben. Sie sollte frei sein.

Noch immer presste er mich auf unser Bett. Ein Arm neben meinem Kopf abgestützt, seine andere Hand unter meinem Brautkleid, mit einem Finger weiterhin in meiner Enge. Ich spürte es kaum, blendete es förmlich aus, weil ich nur an meine Freundin dachte. Alexey verharrte auf mir und starrte mich unheilvoll mit seinen schwarzen Iriden an. Doch als sich dann ein feines Lächeln auf seinen vollen Lippen abzeichnete, schwand die Hoffnung, dass mein Flehen irgendetwas bei ihm bewirkt haben könnte.

»Du willst alles tun, was ich von dir verlange? Immer?«, hakte er mit seinem rauen Spanisch nach. Ich nickte eifrig. Ja, das würde ich. Für sie.

»Alles«, flüsterte ich und meinte es auch so. Ich würde nicht zulassen, dass meine beste Freundin durch seine Hand starb, nur weil ich mich so lange gewehrt hatte, ihn zu heiraten. Das würde ich nicht überstehen.

Sein unheilvoller Blick blieb weiter auf mir haften. Nichts regte sich in seiner Miene.

»Das hast du mir schon oft versprochen, Giulia!«, mahnte er mich streng.

Ich schüttelte schnell den Kopf. Ich wusste, worauf er hinauswollte. Seitdem mich mein Vater Alexey geschenkt hatte, gehörte ich ihm. Er hatte verlangt und bestimmt, dass mich kein anderer Mann auf 'seinem' Land anrühren durfte. Nicht einmal ansehen durften sie mich. Hatte Alexey einen schlechten Tag und einer der Männer hier war so dumm und schaute auch nur ansatzweise in meine Richtung, gab es Tote. Umso mehr hatte es mich verwundert, dass ich mich heute vor all den Männern ausziehen und diesen Hauch von Nichts hatte anziehen sollen. Doch anscheinend hatte es nur dafür gedient, ein weiteres seiner Psychospielchen mit mir zu spielen.

Alexey verfolgte immer einen Plan. Nichts geschah einfach nur so, außer natürlich, sein rassiges Temperament ging mit ihm durch, dann war er der unberechenbarste Mann, den ich je in meinem Leben gesehen hatte.

Doch jetzt spielte er mit seinem Gesagten auf etwas anderes an. Es hatte einen Mann hier in dem Lager meines Vaters gegeben, der es gewagt hatte, mich zu berühren. Gegen meinen Willen, wohlbemerkt.

Alexey war gekommen, als er mit mir fertig gewesen war. Ich hatte gedacht, nun würde dieser dreckige Bastard wenigstens seine gerechte Strafe erhalten und Alexey würde sicherlich gleich seinen unbändigen Zorn an ihm auslassen, doch es stellte sich heraus, dass dieser Kerl ein noch besserer Manipulator war als Alexey selbst. Er hatte es so dargestellt, dass ich ihn verführt hätte. Dass ich ihn gebeten hätte, dass mich mal ein richtiger Mann ficken sollte.

Noch nie hatte mich Alexey so hart genommen und geschlagen wie in dieser Nacht. Es war die schlimmste Nacht meines Lebens gewesen, und das mochte etwas heißen. Tage später hatte ich noch immer nicht sitzen können. Das war meine Strafe gewesen, da ich mich von einem anderen Mann hatte berühren lassen, obwohl ich sein Eigen war, sein Besitz!

Von da an hatte er klare Regeln aufgestellt und mich nicht mehr allein aus dem Haus gelassen. Nur noch mein Vater oder die Frauen aus dem Lager durften, wenn er nicht da war, unser Haus betreten. Es war die Hölle.

»Alexey, bitte! Ich habe dich nie betrogen und ich werde dich nie betrügen! Ich tue all–« Weiter kam ich nicht, denn unerwartet und blitzschnell zog Alexey seine Finger aus mir zurück, nur um dann seine Hand auf meine Kehle zu legen und fest zuzudrücken. Diese Geste kannte ich nur allzu gut. Die Panik, die dabei in mir aufstieg, wurde allerdings nicht weniger. Mein Herz raste, stolperte.

»Du wagst es, mich deswegen noch immer zu belügen? Hast du aus all deinen Strafen nichts gelernt?! Giulia, du machst mich wütend. Doch zuerst werde ich unsere Hochzeitsnacht genießen.«

Sein Griff um meine Kehle wurde immer fester. Verzweifelt japste ich nach Luft. Es war, als würde ich durch einen Strohhalm atmen. Dann zerrte er ungeduldig seinen Gürtel und seine Hose auf.

Ich schüttelte stumm mit dem Kopf. Ich wusste, sollte ich jetzt erneut widersprechen, würde ich alles nur noch schlimmer machen. Sollte das mein Leben sein? Eine Grausamkeit jagte die nächste und hinter jeder wartete ein schmerzhafter Fick auf mich?! So sollte mein Leben in Zukunft aussehen?!

An meiner Kehle gepackt und noch immer in meinem Hochzeitskleid, das er mir nur nach oben geschoben hatte, nahm er mich hart. Ich lag einfach nur unter ihm. Leer und leblos wie eine Hülle kapselte ich mich von meinem Körper ab. Denn ich hatte bereits aufgegeben.

Es gab kein Entkommen.

Keine Gnade.

Keine Liebe.

Nicht, solange dieses Monster an meiner Seite war. Nicht, solange ich ihm gehörte.

Während er sich in mich stieß, wurde ich immer wieder gegen das Kopfende des Bettes gedrückt. Ich starrte ins Nichts. Nahm nur am Rande wahr, wie die Matratze unter uns nachgab und sich bewegte – auf und ab, vor und zurück.

Sein lautes, kehliges Stöhnen – gefolgt von seinem letzten schmerzhaften Stoß – holte mich ins Hier und Jetzt zurück, gerade als er in mir kam. Ich spürte, wie sich sein heißer Samen in meiner Mitte ausbreitete. Ich hasste diesen Zustand. Ständig und immer wieder zu beten, es würde nichts passieren, wenn er noch immer über mir verharrte und mich gefangen hielt. Mich nicht gehen ließ, damit ich seinen Samen aus mir rausbekam.

Endlich löste er sich von mir und gab mich frei. Alexey erhob sich aus unserem Bett und bekleidete sich wieder, dann streckte er die Hand nach mir aus und forderte mich damit auf, ihm zu folgen. Doch ich wollte ihm nicht folgen. Ich wollte nichts hiervon.

»Komm, meine Schöne.«

»Was willst du jetzt tun?«, wagte ich unaufgefordert, das Wort an ihn zu richten.

Seine befriedigte Miene verhärtete sich sofort wieder. Er schnalzte nur tadelnd mit der Zunge und winkte mich mit seiner nach mir ausgestreckten Hand zu sich herbei. Noch immer lag ich auf dem Bett, schüttelte schließlich zaghaft den Kopf. Ich wollte erst wissen, was er vorhatte. Wohin er mich bringen würde. Was würde er mit Maria tun? Würde er sie wirklich umbringen, weil ich es damals gewagt hatte, nein zu ihm zu sagen?!

Sein Blick verdunkelte sich und er begann kräftig mit dem Kiefer zu mahlen.

»Giulia!«, knurrte er rau. Wieder schüttelte ich leicht den Kopf.

»Was hast du vor? Wo bringst du mich hin?«, richtete ich erneut mit zittriger Stimme das Wort an ihn.

Plötzlich machte er einen Satz auf mich zu, packte grob mein Fußgelenk und zog mich mit einem kräftigen Ruck über das Bett bis zur Bettkante zu sich heran. Schließlich zerrte er mich hoch in den Stand und hob mich an meinen Armen gepackt bis dicht vor sein Gesicht an.

Ich wimmerte in seinem erbarmungslosen Griff. Seine unheilvollen Iriden umhüllten mich mit seiner Schwärze und er zog mich mit sich in seinen dunklen Abgrund. Dennoch, obwohl er mich mit diesem schrecklichen Blick strafte, kamen die nächsten Worte schneller, als ich sie hätte aufhalten können. Aber ich musste es wissen.

»Was wirst du mit Maria tun? Alexey, du hast es versprochen. Du hast versprochen, sie gehen zu lassen. Ich dachte, du seist ein Mann, der sein Wort hält!«

Sein Griff um meine Oberarme verhärtete sich und sein Blick fing Feuer. Doch statt zu schreien oder mich erneut zu schlagen, führte er nur langsam seine Lippen an mein Ohr.

»Ich werde sie behalten. Und immer, wenn du ungehorsam bist, werde ich es an ihr auslassen. Ich werde sie mir als Sexsklavin halten, einfach, weil ich es kann. Also, meine Schöne, überlege gut, inwieweit du mich noch verärgerst. Und jetzt komm!« Damit ließ er mich los. Ich verfiel in eine Schockstarre, denn seine Worte hatten mir mein Blut in den Adern gefrieren lassen.

Er würde Maria ebenso schänden wie mich. Würde sie verletzen und schlagen, nur um noch mehr Macht über mich zu haben. Nur, damit ich ihm wirklich voll und ganz gehorchte.

Ein feines Lächeln bildete sich auf seinen Lippen, dann wandte er sich von mir ab. Noch immer unter Schock stehend blickte ich auf seinen breiten Rücken. Da sah ich etwas Glänzendes in seinem Hosenbund stecken. *Deine Waffe.*

Mein Puls schoss in die Höhe und Adrenalin durch meine Adern. Ich wusste nicht, welcher Teufel mich hierzu geritten hatte, doch ich machte instinktiv einen Satz auf ihn zu und zog ihm in einer fließenden Bewegung die Pistole aus der Hose.

Alexey hatte sich zwar sofort umgedreht und nach hinten gefasst, doch ich war schneller als er gewesen.

Eilig ging ich auf Abstand, dann entsicherte ich mit zittrigen Fingern die Waffe und streckte sie nach ihm aus. Nun war ich froh, mit so vielen Männern und deren Waffen aufgewachsen zu sein. Ich hatte zwar noch nie eine abgefeuert, aber ich hatte sie allesamt genaustens beobachtet und zugehört, was sie den Neulingen hier über den Umgang damit erklärt hatten. Man brauchte einen sicheren Stand, musste die Arme gut anspannen und den Körper auf den Rückstoß vorbereiten.

Alexey blieb stehen, als ich die Waffe entsichert hatte, und funkelte mich mahnend an.

»Lass das, Giulia! Sei nicht dumm.« Er sprach es fast belustigt aus.

Oh, wie du dich in mir täuschst …

Der erste Schuss fiel. Natürlich daneben, doch ich wollte ihn auch nicht treffen. Alexey zuckte hart zusammen, denn im Leben hätte er nicht damit gerechnet, dass ich es tatsächlich wagen würde, auf ihn zu schießen.

»Lass sie gehen!«, schrie ich aus vollem Leibe.

Er schüttelte nur tadelnd den Kopf. Mein Finger betätigte den Abzug und dieses Mal traf ich ihn. Die Wucht des Rückstoßes war heftig, aber da ich darauf vorbereitet war, warf er mich nicht um.

Alexey knurrte wütend auf, als er auf die Knie sank und sich die Seite hielt. Ich hatte ihn tatsächlich angeschossen. Völlig schockiert stand ich mit aufgerissenen Augen vor ihm, noch immer die Waffe auf ihn gerichtet und starrte fassungslos auf das Blut am Boden.

Mit schmerz-, aber viel eher hasserfüllter Miene sah er zu mir auf. Seine Kiefer kräftig aufeinandergepresst, damit ihm kein Laut entwich, versuchte Alexey aufzustehen. Augenblicklich erwachte ich aus meiner Schockstarre und rannte los.

»Lauf, kleine Giulia! Es wird mir die größte Freude sein, dich wieder einzufangen.«

Ich rannte aus unserem Schlafzimmer. Noch immer hielt ich die Waffe in der Hand. Ich war mir sicher, sie noch einmal benutzen zu müssen.

Panik überkam mich, als ich seine schweren Schritte hinter mir hörte. Das Blut rauschte in meinen Ohren, mein Puls hämmerte dort wie Kriegstrommeln. Alexey war schneller, als ich dachte, und ehe ich unten ankam, hatte er mich schon von hinten an meinen Haaren gepackt und mich zu sich herangezogen. Er versuchte sofort, mir mit der anderen Hand die Waffe zu entziehen. Ich schrie spitz auf, zappelte wie eine Wilde in seinem Griff und hielt die Waffe, soweit es mir möglich war, außerhalb seiner Reichweite. Doch Alexey war nun mal größer als ich und schaffte es, mir seine Pistole aus meiner Hand zu entreißen.

Ein schrecklich animalisch klingender Laut presste sich aus seiner Kehle. Ich war mir sicher, so wütend hatte ich ihn noch nie gesehen!

»Oh, Giulia, ich hoffe, das war es wert!« Seine Stimme klang beinah ruhig. Panik überkam mich und ich gab mein Bestes, mich aus seinem unnachgiebigen Griff um mein Haar zu befreien. Doch es war zwecklos.

Alexey zerrte mich nach draußen, über die Veranda, weiter bis auf die Wiese vor unserem Haus. Männer hatten sich bereits dort versammelt. Wahrscheinlich, weil sie die beiden Schüsse gehört hatten.

»Bringt sie her!«, bellte Alexey sofort seinen Befehl und nur einen kurzen Moment später hörte ich schon Maria, wie sie sich mit Schreien, Händen und Füßen gegen seine Männer wehrte. Maria wurde direkt vor uns auf die Knie gezwungen. Ihr Anblick versetzte mir einen Stich.

»Sieh genau hin, meine Schöne. Das hier, das, was jetzt geschieht, ist allein deine Schuld!«, raunte er dicht an meinem Ohr. Seine Hand ruhte nun mit festem Griff in meinem Nacken und hielt mich damit weiter gefangen.

Maria und ich sahen uns an. Tonlos flüsterte ich: *»Es tut mir leid!«* Tränen rannen mir unerbittlich über die Wange. Statt Angst oder Wut zu zeigen, lächelte sie mir nur warm entgegen und formte ein einziges Wort mit ihren Lippen. *»Flieh!«*

Alexey streckte den Arm mit der Waffe in der Hand nach ihr aus und bevor ich protestieren, flehen oder schreien konnte, schoss er. Alexey schoss Maria, meiner besten Freundin, meinem Anker, meiner Seelenverwandten, mitten in den Kopf. Ihr Blut spritzte auf mein Brautkleid. Ein ohrenbetäubendes Klingeln breitete sich in meinem Kopf aus. Ihr Körper sackte in sich zusammen und fiel mir genau vor die Füße. Rote Flüssigkeit tränkte meine Schuhe und mein Kleid. Das alles geschah wie in Zeitlupe. Auch die sich ausbreitende Kälte, die von meinen Gliedern Besitz ergriff. Wie sie sich langsam und schmerzend durch meinen erstarrten Körper fraß.

»Alles Gute zum Hochzeitstag, meine Schöne!« Damit ließ er von mir ab. Ich sank sofort zu Boden. Alles in mir zog sich zusammen und ich drohte, an dem Schmerz zu zerreißen.

Schluchzend nahm ich ihren leblosen Körper in die Arme und wog sie wie ein kleines Kind hin und her. Wie wir es in all den Jahren der Grausamkeit immer beieinander getan hatten, um uns gegenseitig zu trösten. Um uns etwas von dem Schmerz zu nehmen, den sie uns immer und immer wieder angetan hatten. Und für was? Dafür, dass sie nun tot in meinen Armen lag?!

»Bringt sie weg!«, drang seine Stimme langsam zu mir.

Ich presste Maria gleich noch etwas fester an mich und sah mich um. Keiner würde sie anrühren. Keiner würde sie mir wegnehmen!

Doch natürlich konnten sie es dennoch. Gleich drei seiner Männer kamen und entrissen mir ihren leblosen Körper, nur um sie dann wie Vieh hinter sich her zu schleifen. Ich schrie und tobte, ich wollte sie zurück. Wollte zurück zu ihr. Plötzlich traf mich eine solch harte Ohrfeige, dass ich regelrecht zu Boden geschleudert wurde.

»Schluss jetzt damit! Geh rein, zieh dein Kleid aus und säubere dich, dann ziehst du mein Geschenk für dich an!«, befahl mir Alexey mit strenger Stimme, die keine Widerworte mehr duldete.

Ich rieb mir meine schmerzende Wange und sah fassungslos zu ihm auf. Als ich auch nach einem weiteren Augenblick nicht reagierte und weiterhin mit der Hand an meiner schmerzenden Wange auf der Wiese saß, verdrehte Alexey nur genervt die Augen, ehe er seinen Männern zunickte. Sofort setzten sie sich in Bewegung, packten mich rechts und links und schleiften mich zurück ins Haus, weiter bis in unser Schlafzimmer. Ich schrie und trat wild um mich, doch das waren die Männer hier schon längst von den vielen Frauen im Lager gewohnt. Schließlich war keine dieser freiwillig hier.

Ohne ein Wort warfen sie mich in unser Badezimmer und schon verschwanden sie auch wieder, jedoch nicht, ohne mich in unserem Schlafzimmer einzusperren. Ich folgte ihnen und hämmerte wie eine Irre gegen die Tür, doch was erwartete ich hier?

Schnell gab ich es auf und ging zurück ins Bad. Als ich in den Spiegel blickte und all das Blut – IHR BLUT! – auf meiner Haut und dem Kleid kleben sah, überkam mich die Übelkeit. Ich erbrach mich mehrfach in die Toilette. Dann, als mein Magen nichts mehr herzugeben schien, schälte ich mich aus dem Kleid und stellte mich unter die Dusche.

Ich wusste nicht, wie lange ich unter dem kochend heißen Wasser gestanden hatte. Meine Haut war krebsrot und schmerzte, doch das war egal. Nichts war mehr wichtig. Und nichts konnte so sehr schmerzen, wie mein Herz es gerade tat.

Nachdem ich mich abgetrocknet hatte, ging ich zurück in unser Schlafzimmer. Ich wollte mir frische Kleidung aus meinem Schrank holen, doch dann erweckte etwas auf dem Bett meine Aufmerksamkeit. Als ich es erkannte, schnaubte ich wütend auf.

Alexey musste mir dieses Ding, während ich duschen gewesen war, gebracht haben. Meine Trauer wurde schnell durch ein anderes, weitaus mächtigeres Gefühl ersetzt. *Wut!*

Unbändige Wut flammte in mir auf. Alexey hatte den wichtigsten Menschen in meinem Leben einfach kaltblütig erschossen. Das würde ich ihm niemals verzeihen. Niemals würde ich ihn ungeschoren davonkommen lassen.

Doch wie sollte ich mich an ihm rächen? Selbst mit einer Waffe war es mir nicht gelungen, gegen ihn zu gewinnen.

»Flieh!«, schoss es mir durch den Kopf. Marias letztes Wort an mich, das sie nur mit ihren Lippen geformt hatte.

Sie wusste, dass sie sterben würde, und dachte selbst dann nur daran, dass ich in Sicherheit war. Doch wie konnte sie sich so sicher sein, dass ich es überhaupt schaffen würde?! Nach all den Jahren, warum jetzt?

Weil sie tot ist!, schoss es mir erneut durch den Kopf. Ich war nun allein und musste mich um niemanden sorgen. Wenn sie mich erwischten, dann würde auch nur ich leiden.

Ich würde fliehen, heute Nacht! Gleich, nachdem Alexey sich an mir verausgabt hätte – und das würde er heute doppelt und dreifach tun, das war gewiss.

Ich würde warten, bis er tief und fest schlief. Dann würde ich unser Bett verlassen, mich leise zu unserem Schrank schleichen und den wichtigsten Gegenstand, den ich besaß, mit mir nehmen. Und mit dem am Leib, ohne irgendetwas anderes anzuziehen, um keinen unnötigen Krach zu machen, würde ich endlich fliehen. Und es würde mir gelingen – es musste mir gelingen! Für Maria musste ich es schaffen! Sonst wäre alles umsonst gewesen! Ich war schuld, dass sie nun tot war. Also musste ich für sie fliehen, und das Leben leben, das wir uns immer versprochen hatten!

Nur mit dem feinen Unterschied, dass ich nie wieder einen Mann auch nur in die Nähe meines Herzens lassen würde!

Kapitel 1

Angel

Heute

Schwer fühlten sich meine Lider an. Ich hatte kaum noch die Kraft, sie zu öffnen, doch das penetrante Klopfen an meiner Wohnungstür wollte sich einfach nicht einstellen und riss mich somit aus meinen Albträumen – obwohl meine Realität nicht viel besser war als ein solcher.

Er schlief noch. Alexey hatte besitzergreifend ein Bein über meine Hüfte gelegt und mich mit seinen starken Armen mit meinem Rücken gegen seine nackte Brust gedrückt. Sein Schwanz verharrte dicht an meiner Nässe, wie früher auch schon, damit er mich Nacht für Nacht, immer und zu jeder Zeit einfach nehmen konnte, wann und wie er es brauchte.

Mein gesamter Körper bestand nur aus Schmerz. Mein Schambereich war wund, ebenso wie mein Po. Mein Hals schmerzte fürchterlich von seinen tiefen und harten Stößen in meinen Rachen. Und auf meinem Rücken und meinen Backen reihte sich ein Bluterguss an den anderen. Arme, Beine, Hals und Gesicht hatte er wie immer unverletzt gelassen. Er wollte seine Schönheit nicht verunstalten, wie er immer so 'nett' sagte.

Noch immer hämmerte jemand unermüdlich an die Tür, dann hörte ich ihn. *Logan!*

Ich erkannte Logans Stimme, wie sie gedämpft in meine Wohnung drang. Er war schon ein paarmal hier gewesen und jedes Mal hatte Alexey es mir untersagt, ihm zu öffnen. Auch mein Handy hatte er mir weggenommen. Nicht einmal Miguel durfte ich antworten. Er schnitt mich seit knapp einer Woche völlig von meiner Welt ab und ließ auch niemanden an mich heran. Und musste Alexey wirklich einmal gehen, so sperrte er mich in meiner Wohnung ein und stellte einen seiner wenigen Männer, die er hier mit in die Staaten genommen hatte, bei mir vor meinem Haus ab. Auf diese Weise verhinderte er, dass ich auf dumme Ideen kam, sollte jemand hier auftauchen und mit mir reden wollen. Doch ich hätte so oder so nicht die Kraft gehabt, mit irgendjemandem zu diskutieren oder mich zu erklären. Wenn Alexey mich tatsächlich einmal alleinließ – und das kam sehr selten vor –, verbrachte ich meine Zeit damit, meine Wunden zu versorgen oder zu schlafen.

Es war wie damals, nur schlimmer. Zum einen, weil er mich nun noch härter nahm, da er mich seine Wut spüren lassen wollte, und zum anderen, weil ich mir hier ein Leben aufgebaut hatte. Ich hatte Menschen, die mich wirklich liebten – und ich sie. Erst jetzt, wo ich all das nicht mehr hatte, wusste ich mein Leben zu schätzen, das ich hier neu begonnen hatte.

Natürlich durfte ich auch nicht mehr arbeiten. Alexey hatte mich nicht einmal bei meiner Agentur anrufen lassen, damit ich mich krankmelden oder kündigen konnte.

Ich blickte leicht über die Schulter, um zu sehen, ob Alexey noch schlief. Vielleicht könnte ich versuchen, mich aus dem Bett zu schleichen?! Ich müsste es nur bis zu meiner Wohnungstür schaffen, und Logan würde mich aus seinen Fängen befreien, wenn er begriff, was er mir angetan hatte. Wieder angetan hatte.

Alexey schlief noch immer. Vorsichtig und langsam versuchte ich, mich aus seinem Klammergriff zu befreien.

»Wo willst du hin, meine Schöne? Du wirst doch nicht

aus meinen Armen flüchten wollen, um zu ihm zu gehen, oder?«, raunte er dicht an mein Ohr. Ich erstarrte in meiner Bewegung und schüttelte schnell den Kopf.

Erneut ertönte die Stimme von Logan. Lauter. Wütender. Ich versteifte mich, denn mir war klar, dass es Alexey nicht passen würde, wenn Ian und Logan immer und immer wieder hier auftauchten, anriefen oder Nachrichten schrieben. Er hatte alle gelesen und den Anrufbeantworter abgehört. Somit wusste Alexey mehr, als ich eigentlich wollte. Ich wollte ihm weismachen, dass alles nur geschäftlich wäre, nichts zwischen mir und den beiden lief. Es nicht echt war. Doch mit ihren immer verzweifelteren Nachrichten wurde es schwieriger, es Alexey glaubhaft zu verkaufen.

»ANGEL! ICH SCHWÖRE, ICH TRETE DIE TÜR EIN!«, brüllte Logan von draußen zu uns herein.

Ich betete, dass Logan endlich ging! Doch er hörte nicht auf, gegen die Tür zu schlagen … oder zu treten. Ich wusste es nicht so genau. Wenn er so weitermachte, würde das Holz wirklich noch bersten.

Ein drohendes Knurren ertönte an meinem Ohr. Ich kniff panisch die Augen zusammen. Überraschend riss Alexey mich mit einer schnellen und groben Drehung um und brachte mich unter sich. Er presste mich mit seinem gesamten Körper in die Matratze und verschlang mich regelrecht mit seinen unheilvollen Iriden. Ich starrte ihn verängstigt an, dann erweckte etwas an seinem Hals meine Aufmerksamkeit. Ein Tattoo.

Fassungslos las ich die Buchstaben, die seinen Hals zierten. *Giulia!* Alexey hatte sich meinen Namen auf seinen Hals tätowieren lassen, nachdem ich ihn verlassen hatte. Er wusste, dass er mich eines Tages wiederfinden würde. *O Gott, ich werde dir niemals entkommen!*

»Mir gefällt nicht, wie sie dich nennen und wie sie sich um dich sorgen, Giulia! Mach, dass das aufhört, sonst sorge ich dafür!«, drohte er mir knurrend.

»Er wird nicht eher gehen oder aufhören, bis er mich gesehen und eine Erklärung hat«, erwiderte ich kleinlaut.

Plötzlich umschloss Alexey mit einer Hand meine Kehle und drückte fest, viel zu fest, zu. Ich ergriff sofort seinen Unterarm und versuchte, ihn wegzudrücken. Doch natürlich hatte ich keine Chance gegen ihn und seinen unbändigen Zorn.

»Dann kümmer dich drum! Endgültig! Ich will diesen Wichser hier nie wieder sehen! Wenn doch, wird es mir die größte Freude sein, ihn erst zu kastrieren und dann qualvoll umzubringen, dafür, dass er dich angefasst hat. War ich deutlich genug, Giulia?« Unheilvoll flüsterten seine Lippen diese Worte gegen meine Haut, weshalb sich mir die Härchen aufstellten und ein Schauer meine Wirbelsäule hinabrieselte.

Ich nickte, soweit es sein Griff um meine Kehle zuließ. Er zischte noch einmal warnend, dann deutete er mit einer Kopfbewegung Richtung Tür und ließ von mir ab. Ich brauchte noch einen Moment, in dem ich unter starkem Husten nach Luft rang, um mich wieder zu sammeln.

Der nächste laute Schlag an meine Tür ließ mich zusammenzucken. Schnell blickte ich mich zu Alexey um. Dieser lag schon wieder in meinem Bett und nickte erneut Richtung Tür. Seine Augenbraue mahnend angehoben, seine Mimik hart. Ich schluckte schwer. *Was soll ich Logan nur sagen?!*

Er würde es doch nicht einfach hinnehmen, wenn ich die Sache, was auch immer das zwischen uns war, nach einer Woche nun einfach beendete – und das ohne große Begründung. Unsicher blickte ich noch einmal zu Alexey. Als sich unsere Blicke trafen, wollte er sich schon erheben und zu mir kommen, doch ich stand schnell auf, schnappte mir meinen Morgenmantel, der auf dem Boden lag, und zog ihn an.

»Kein falsches Wort, Giulia!«, warnte er mich streng. Ich nickte, schlüpfte durch die Schlafzimmertür und ging durch mein Wohnzimmer. Vor der Wohnungstür hielt ich noch einmal unsicher inne und überlegte, was ich ihm sagen sollte, doch seine wütende Stimme drang erneut zu mir herein.

»Was willst du, Logan?«, fragte ich ihn mit zittriger Stimme durch die geschlossene Tür. *Vielleicht kann ich ihn auch so zum Gehen überreden, ohne ihm aufzumachen?!*

»Angel, was soll das denn? Mach die Tür auf! … Bitte, Angel!« Seine letzten Worte zerrissen mir beinah mein Herz, denn es schwang Verzweiflung mit ihnen mit. So hatte ich Logan noch nie reden gehört.

Ich lehnte meine Stirn an das dunkle Holz an und versuchte zwanghaft, mich zu beruhigen, damit er mir nichts anmerken würde. Er durfte mir nichts anmerken!

»Logan, bitte geh wieder! Ich möchte … ich möchte dich nicht mehr sehen!«

Stille.

»Angel, würdest du bitte die Tür aufmachen? Ich will von Angesicht zu Angesicht mit dir sprechen.«

Ich verfluchte diesen empathischen Riesen aufs Übelste. Wieso verdammt nochmal musste er auch so feine Antennen haben?!

»Logan, bitte!«, flehte ich leise. Noch immer ruhte meine Stirn an dem Holz. Ich hatte meine Augen geschlossen. Mein Herz schlug mir bis zum Hals und schmerzte fürchterlich.

»Angel, ich …«, er brach ab.

»Geh einfach, Logan. Das mit uns, das kann nicht funktionieren. … Ich möchte nicht, dass es funktioniert!«

»Das heißt, du entscheidest dich für ihn? Für meinen Bruder?«

Ich schüttelte den Kopf. Wie könnte ich?! Doch er sah es

nicht und ich war froh darum.

Noch einmal tief durchatmend sammelte ich den Mut, um die folgenden Worte zu sagen, denn ich wusste, dass sie bei ihm Wirkung zeigen würden. Gleichzeitig sollten sie sein Herz brechen. Diese Erkenntnis zerstörte mich, zerriss mich innerlich. Aber ich hatte keine Wahl. Ich musste ihm wehtun, damit er ging. Damit ihm nichts geschah.

»Ja! Ich entscheide mich für Ian.«

»Ist das dein Ernst? So beendest du das zwischen uns? Mehr bin ich dir nicht wert?«, ertönte seine strenge Stimme durch das Holz. Ich legte hilflos eine Hand an die Tür neben meinem Kopf ab und krallte mich verzweifelt an ihr fest. Ich wollte das hier nicht tun und doch musste ich standhaft bleiben. Um ihn, die beiden, zu schützen. Lieber verlor ich sie, indem ich sie von mir stieß, als dass ihnen etwas zustoßen würde.

»Angel, mach die Tür auf und sag mir das ins Gesicht.« Logan rüttelte einen Moment später an dem Türgriff.

»Logan, bitte geh jetzt und akzeptier meine Entscheidung«, ermahnte ich ihn verzweifelt.

Ein lauter Schlag gegen die Tür ertönte, der das Holz zum Erzittern brachte, gefolgt von einem unkontrollierten Grollen, dann hörte ich schon seine schweren Schritte, die mir sagten, dass Logan soeben dabei war, mein Haus zu verlassen. Panik machte sich bei diesem Gedanken, ihn nun wirklich für immer verloren zu haben, in mir breit. Ohne groß darüber nachzudenken, sperrte ich schnell meine Tür auf und riss sie auf. Ich wollte gerade aus meiner Wohnung stürmen und ihm nachlaufen, da packte mich Alexey in meinem Haar und schliff mich wieder herein. Ohne Rücksicht schleuderte er mich über den Fußboden und verschloss die Tür. Nahm mir damit jede Chance, zu fliehen.

Ängstlich kauerte ich auf dem Boden und blickte zu ihm nach oben. Ich wusste, dass mir meine hirnlose Aktion viele

Schläge und weitere Schmerzen eingehandelt hatte.

»Was sollte das?«, herrschte er mich an. Ich zuckte bei diesem schrecklichen Klang hart zusammen. Entschuldigend schüttelte ich den Kopf, denn ich wusste, mit Worten würde ich nur alles schlimmer machen.

»Du hast dich also entschieden, hm?« Langsam trat Alexey an mich heran. Bei dem Klang seiner Stimme sowie seinem unheilvollen Blick breitete sich erneut Angst vor dem Kommenden in mir aus. Ich robbte rückwärts über den Boden vor ihm weg und schüttelte immer wieder und wieder flehend den Kopf.

»Für den Milliardär hast du dich also entschieden? Warum?«

»Nein, Alexey! Ich musste doch irgendetwas sagen, um ihn loszuwerden!«, versuchte ich mich zu erklären.

»Und du meinst nicht, dass Mr. Richie Rich nun hier auftauchen wird, nachdem er davon gehört hat? Und dann? Was wirst du ihm erzählen?« Alexey stand jetzt dicht vor mir und blickte drohend auf mich herab.

»Ich weiß nicht«, gestand ich wispernd. Er begann nach meinen Worten tadelnd den Kopf zu schütteln. Seine braunen, offenen Locken fielen ihm dabei wild in sein Gesicht.

»Oh, meine kleine Giulia, du hast alles vergessen, was ich dich gelehrt habe. Sehr bedauerlich. Dann muss ich es dir wohl erneut hart einbläuen!«

Ich wich abermals robbend vor ihm zurück und schüttelte vehement den Kopf. Blitzschnell packte er mich an meinen Füßen und zog mich zu sich heran. Ich versuchte, mich zu wehren, wollte nicht schon wieder von ihm bestraft werden. Es schmerzte einfach zu sehr. Doch Alexey war schon immer zu stark für mich gewesen. Beinah mühelos drehte er mich mit einer schnellen Bewegung um und nagelte mich bäuchlings fest.

Erneut versuchte ich mich zu wehren und strampelte wie wild mit den Füßen und segelte mit den Armen. Doch plötzlich packte mich Alexey dominant in meinem Haar und riss schmerzhaft meinen Kopf nach oben, dann nach hinten zu sich. Dabei überdehnte er meinen Hals so sehr, dass es mir die Luft abschnürte.

»Ich werde dich jetzt daran erinnern, was passiert, wenn man mich verarscht, und sorge dafür, dass du es auch ja nie wieder vergisst. Du machst keinen Mucks, Giulia. Für jedes Keuchen und jeden Schrei bekommst du einen Schlag mehr!«

Fest biss ich die Zähne aufeinander und kniff die Augen zusammen, machte mich gefasst.

Ungeduldig schob er meinen Morgenmantel, den ich trug, nach oben, sodass er meinen Arsch und den halben Rücken freilegte. Nachdem er mich noch etwas aufgerichtet hatte, erhöhte er den Zug auf mein Haar. Dabei zwang ich mich, keinen Laut von mir zu geben, atmete durch die Nase und versuchte, mich darauf zu konzentrieren. Dann stieß er sich ohne Vorwarnung so fest und hart in meine Enge, dass ich nach vornüberkippte. Meine Mitte fühlte sich so an, als hätte er mich zerteilt. Als hätte er mein Fleisch gespalten. Jetzt konnte ich einen Schrei nicht mehr unterdrücken.

»Eins!«, zählte er den ersten Schlag, den ich mir hiermit verdient hatte, an.

Ich krallte mich in meinen Fußboden und presste die Lippen gewaltsam aufeinander.

Alexey begann mich mit harten und tiefen Stößen von hinten zu nehmen. Sein Griff um mein Haar wurde bei jedem Stoß immer fester.

Ohne Erbarmen fickte er mich gegen meinen harten und kalten Fußboden, zählte unerbittlich mit und achtete auf jedes Geräusch, das ich von mir gab.

»Acht«, knurrte er, als er kam, und sorgte dafür, dass

ich mir ein schmerzhaftes Keuchen erneut nicht mehr verkneifen konnte.

Alexey ließ von meinem Haar ab. Nachdem er die letzten Reste in mich gepumpt hatte, löste er sich komplett von mir. Ich blieb einfach auf dem Boden liegen, denn ich war am Ende meiner Kräfte.

»Neun Schläge hast du dir verdient.«

Alexey hatte die Spielregeln geändert. Denn früher hatte er immer gewollt, dass ich schrie. Hatte es gezielt darauf angelegt, mich laut und schmerzhaft aufschreien zu hören. Oder wenn er einen guten Tag hatte, zu meiner Schande auch vor Lust.

Doch ich wusste, warum. In Kuba, auf dem Land meines Vaters, scherte sich keiner darum, wie hart er mich fickte. Ob ich es wollte oder nicht, war belanglos. Doch hier hatten wir Frauen Rechte. Hier konnte er mich nicht einfach bedenkenlos missbrauchen. Hier in den Staaten musste er achtsam sein. Also spielte er nach neuen Regeln und sie waren unfair. Ich konnte nur verlieren.

Er schnalzte tadelnd mit der Zunge und forderte mich dadurch auf, mich zu erheben, damit er mir meine Strafe geben konnte.

Ich brauchte drei Anläufe, um endlich auf die Füße zu kommen. Blut lief mir mein Bein herunter, doch ich ignorierte es.

Ich kniete mich auf die Couch und beugte mich über die Lehne, präsentierte ihm dadurch meinen blanken Arsch und wartete auf meine Strafe. Mein ganzer Leib zitterte bereits, wo er doch wusste, was gleich passieren würde. Schweißperlen sammelten sich in meinem Nacken, liefen kalt daran herunter.

»Eins.« Ich biss in die Lehne meiner Couch.

»Zwei.« Mein ganzer Körper zog sich schmerzhaft zusammen.

»Drei.« Das Leder traf erneut dieselbe Stelle.
»Vier.« Ich schrie verzweifelt in das Polster hinein.
»Fünf.« Meine Haut platzte schmerzhaft auf.
… *Wann wird diese Hölle endlich enden?*

Kapitel 2

Logan

Keine Ahnung, wie lange ich noch vor ihrem Haus auf und ab getigert war, in der Hoffnung, sie hätte es sich noch einmal anders überlegt.

Ich wusste, es war erbärmlich, wie ein kleiner, dummer Junge zu hoffen, sie würde mir nachlaufen, mich aufhalten. Doch diese Frau, dieser verdammte Engel, hatte es mir wirklich angetan. Ihre Verletzlichkeit, die sie hinter diesem unbändigen und temperamentvollen Feuer verbarg … Man musste gut hinsehen und noch besser hinhören, um die gebrochene und in Trümmer gelegte Seele zu erkennen. Wie sie wimmerte und weinte, um Liebe und Zärtlichkeit regelrecht bettelte, auch wenn sie einen offensichtlich von sich stieß.

Angel war kompliziert, kaputt, gebrochen … und doch war sie die interessanteste, reizvollste und schönste Frau, die ich je kennengelernt hatte. Und das, obwohl ich der Meinung gewesen war, diese schon einmal in Michelle, meiner verstorbenen Ehefrau, gefunden zu haben.

Ich hatte Michelle wirklich geliebt und würde sie noch leben, so wäre ich nicht hier. Wäre nicht in der Düsternis gefangen. Müsste mich nicht mit harten Sexspielchen und unterwürfigen Frauen von meinem Schmerz ablenken. Wäre nicht gezwungen, das Tier in mir in Ketten zu halten, denn es würde nicht existieren. Ich wäre weiterhin ein anständiger Mann, der sein Geld noch immer damit verdiente, die 'bösen Buben' zu fassen.

Doch dieser Mann war ich schon seit einer Ewigkeit

nicht mehr. Ich fickte meine vielen Weiber. Tötete für gutes Geld. Wer dabei auf meiner Abschussliste stand, war absolut nebensächlich, und nebenbei bändigte ich weiter das Tier in mir, indem ich mich mit zu viel Sport und hartem Training ablenkte. Und dann war sie aufgetaucht, diese Erscheinung voller Temperament, Perfektion und Schönheit. Angel.

Fuck, Angel, was tust du nur mit mir? Wie hart willst du mein Hirn noch ficken?!

Ich raufte mir verzweifelt mein Haar, doch dann beschloss ich, dass es besser wäre, zu gehen. Sie würde nicht mehr kommen, hatte sich entschieden. Eigentlich wusste ich es doch besser. Wusste, dass sie sich gegen mich und für meinen Bruder entscheiden würde. Früher oder später wäre es dieselbe Entscheidung gewesen.

Ich seufzte und blickte noch einmal nachdenklich zu ihren seit einer Woche zugezogenen Vorhängen. *Wieso schottest du dich so ab?*

Das Vibrieren meines Handys hielt mich davon ab, erneut an ihre Tür zu klopfen.

»Was?«, murrte ich und bereute es, nicht vorher auf mein Display gesehen zu haben, als ich die Stimme meines Bruders am anderen Ende der Leitung hörte.

»Und? Warst du bei ihr? Hat sie mit dir geredet?«

Ich mahlte kräftig mit dem Kiefer. Sollte ich jetzt der Idiot sein, der ihm die Frohe Botschaft übermittelte?! So weit war es schon gekommen?!

»Logan, was ist nun?«, drängte Ian mich.

»Wie sich herausgestellt hat, war ich der falsche Davis-Mann, der an ihre Tür geklopft hat. Sorry, Bro, ich kann dir, was Angel betrifft, nicht mehr helfen, denn sie möchte mich nicht mehr sehen. Du musst allein mit ihr zurechtkommen.«

Ich wollte auflegen, denn für mich gab es hier nichts mehr zu besprechen, doch mein Bruder war wohl anderer Meinung.

»Logan, was redest du da für eine Scheiße? Wieso sollte sie dich nicht mehr sehen wollen?«, hakte mein Bruder hörbar irritiert nach. Meine Hand verkrampfte sich um mein Handy. Gequält schloss ich die Augen und atmete tief durch.

Du zwingst mich, diese Worte auszusprechen?! Du spielst unfair, kleiner Engel!

»Weil sie sich für dich entschieden hat, deswegen.«

Stille.

»Das ist doch Bullshit! Wieso sollte sie sich für mich entscheiden, mir es aber erstens nicht sagen und sich zweitens vor allen, auch vor mir, abschotten?! Das ergibt alles keinen Sinn. Da stimmt etwas nicht, Logan.« Ich seufzte.

»Das musst du mit ihr ausdiskutieren. Viel Spaß damit. Ich bin raus!« Damit legte ich auf. Ich wollte nichts mehr hören.

Sie wollte mich nicht? Schön! Aber dann war ich raus aus der Sache. Sollten sie ihre Dramen doch allein ausfechten. Ich hatte andere Dinge zu tun, zum Beispiel Stone abschlachten. *Ja, das klingt nach einer guten Ablenkung!*

Doch leider musste ich dazu erst einmal an diesen Bastard herankommen. Seitdem er von der Verbindung zwischen mir und meinem Bruder wusste, war das nicht mehr so leicht. Auch die Unterwelt mied ich gerade. Filip hatte mir erzählt, wie sehr die Gerüchte doch brodelten. *Scheiße, und das alles nur für dich!*

Erneut fand mein Blick zu ihrem Fenster. Ob Ian recht hatte? Schnell schüttelte ich den Kopf, um die aufkommende Sorge zu vertreiben. Sie war nicht mehr mein Problem. Ich kümmerte mich noch für meinen Bruder und seine Sicherheit um Stone, dann würde ich mich von all dem fernhalten.

Ich stieg in meinen Buick und beschloss, nach Hause zu fahren. Schließlich musste ich mir allmählich einen Schlachtplan für den alten Wichser überlegen. Mich fuckte es wirklich ab, dass ich alle meine Männer bei diesem scheiß Krieg von Enzo und seinen Erzfeinden verloren hatte. Jetzt könnte ich sie wirklich gut gebrauchen. Dann hoffte ich mal, dass Filip bereits seinen Auftrag ausgeführt hatte, und mir irgendetwas über den Bastard liefern konnte.

Ich wählte die Nummer meines besten Freundes und stellte ihn auf Lautsprecher, damit ich währenddessen nach Hause fahren konnte.

»Und?«, fragte ich knapp und hörbar ungehalten.

»Dir auch ein Hallo!« Ich brummte etwas Unverständliches ins Telefon. Für den Scheiß hatte ich nun wirklich keine Geduld mehr. Eigentlich besaß ich überhaupt keine mehr, doch das musste ich Filip ja nicht gleich auf die Nase binden.

»Jetzt sag schon, hast du was gefunden? Und deine Antwort sollte besser ja lauten«, setzte ich das Letzte noch streng hinterher.

»Na, du hast ja eine super Laune. Ist wohl mit deinem Engel nicht so gut gelaufen, hm?«

»Filip!«, knurrte ich mahnend. Meine Hände krallten sich wie von selbst fest um das Lenkrad. *Beherrsch dich!*

»Heilige Scheiße, die Kleine wird dich regelrecht zerstören, wenn das so weitergeht, Logan! Aber gut, ich halt die Fresse und klär dich mal auf.«

»Danke!«, presste ich ungehalten durch zusammengebissene Zähne.

»Es gibt tatsächlich einige neue Aktivitäten bei dem Alten. Er macht genauso weiter wie zuvor. Als hätte sich nichts geändert. Angeblich soll er auch wieder in der Waffenbranche tätig sein. Er soll einen neuen Partner haben. Einen sehr mächtigen. Das habe ich noch nicht so genau herausgefunden. Denn über seinen ominösen neuen Partner gibt es keinerlei Infos. Ich weiß nicht einmal seinen Namen. Es ist wirklich verzwickt, Logan. Grabe ich zu tief, bemerken sie mich auf ihren Servern, doch so wie ich jetzt suche, bekomme ich keine Antworten. Zumal das hier auch nicht mein Fachgebiet ist, ich bin kein Hacker-Heini. Also sorry, aber mehr habe ich nicht«, klärte mich Filip über seine dürftige Ausbeute an Informationen auf.

»Stone soll sich wieder ins Waffengeschäft geschmissen haben? Nach seiner Niederlage gegen meinen Bruder? Warum? Und wozu? Das ergibt keinen Sinn und noch dazu ist es erbärmlich. Ich versteh den Plan dahinter nicht.«

Ich schüttelte nachdenklich den Kopf. Das alles entsprang keiner Logik, keinem Muster, zumindest keinem mir bekannten.

»Ich glaube, so soll es wohl auch sein. Logan, ich sag es ja nicht gern, aber ich denke, die Nummer ist zu groß für uns. Wir haben keine Männer und wenn, dann keine zu hundert Prozent loyalen, sondern nur welche für das schnelle Geld. Das reicht bei dem reichen Bastard aber nicht aus«, setzte Filip nachdenklich nach. Ich schwieg. Was sollte ich auch großartig dazu sagen?!

Er hatte recht. Ich hatte keine Männer mehr hinter mir stehen – außer meine Laufburschen, aber die waren, wie Filip gerade schon sagte, nicht vertrauenswürdig genug, um sie in einen Krieg mitzunehmen. Sie würden mich bei der ersten genannten Summe verraten. Das konnte ich mir nicht leisten, zumal ich nicht gern verarscht wurde und zusah, dass es auch nicht passierte.

»Und was schlägst du dann vor?«, fragte ich ihn erschöpft. Ich hatte gerade meinen Wagen vor meiner Wohnung geparkt und lehnte mich mit geschlossenen Augen an der Kopflehne an.

»Das fragst du mich? Woher soll ich das denn wissen? Du bist der Kopf. Ich folge dir, nicht andersrum«, erinnerte mich Filip an unsere Rollenverteilung. Ich rieb mir die Augen.

»Du kannst den Posten gern haben«, spottete ich bitter.

»Logan, was ist wirklich los?« Ich seufzte.

»Der kleine Engel hat mich gerade abserviert und sich für Ian entschieden.«

Stille.

»Okay. Verstehe. Das ist scheiße. Und jetzt?«

Ich schnaubte spöttisch bei seinen Worten.

»Wie *und jetzt*? Was gibt es da noch zu sagen?«, brummte ich ihn schlecht gelaunt an.

»Zu sagen vielleicht nichts, zumindest nicht zu mir, aber zu ihr. Du könntest zu ihr gehen und es versuchen, zu klären. Denn anscheinend bist du nicht gerade happy damit«, bemerkte mein bester Freund.

»Nein, ich bin nicht happy damit. Aber ich werd ihr sicher nicht wie ein geschlagener Hund hinterherrennen«, schnaubte ich ins Telefon.

»Und wieso nicht? Hast du nicht gemeint, sie wäre es wert? Hast du mir nicht erzählt, dass die Kleine eine harte Vergangenheit hinter sich hat und nur schwer zu knacken ist? Meinst du nicht, dass sie dich vielleicht zu ihrem Schutz von sich stößt? Hast du das nicht auch so bei ihr am Anfang gemacht? Weil du dieses Gefühl seit Michelles Tod nicht mehr kennst? Überleg einfach, ob du sie wirklich vollständig aufgeben willst.«

Ich starrte verblüfft auf mein Handy. Die Worte meines besten Freundes hatten mich dann doch etwas überrascht. Filip hielt nichts von Beziehungen und Dramen mit Weibern.

»Wo kommt das denn jetzt auf einmal her?«, amüsierte ich mich über ihn, doch ich wurde schnell wieder ernst.

»Fil, was erwartest du denn jetzt von mir? Soll ich sie aus den Armen meines Bruders stehlen? Schon wieder? Das kann ich ihm nicht antun. Nein! Es ist besser so. Also, sieh zu, dass du noch mehr über Stone, seine Arbeit und vor allem über seinen neuen Partner herausfindest. Ich will wissen, wer der Penner ist, der dem Alten so viel seiner Macht zurückgegeben hat.«

»Sturer Hund! Ja, BOSS! Geht klar«, murrte Filip, ehe er auflegte. Ich schmunzelte. Dieser verrückte, zottelhaarige Idiot. Was ich ohne ihn tun würde, wusste ich nicht so ganz.

Doch meine Gedanken wanderten schnell wieder zu Stone und seinem Partner.

Wer ist der Pisser? Und viel wichtiger: Wie kann ich gegen ihn – die beiden – gewinnen?!

Kapitel 3

Ian

Noch immer schwirrten mir die Worte meines Bruders im Kopf herum. *Sie hat sich für dich entschieden.*

So ein kleiner Satz konnte so viele und unterschiedliche Empfindungen gleichzeitig in einem hervorrufen. Zumal ich das noch nicht so ganz glauben konnte. Wieso sollte sich Angel für mich entscheiden, genau dann, wenn sie doch überhaupt keinen Kontakt zu mir oder Logan hatte? Wie konnte sie dann diese Entscheidung treffen?! Nein, da musste was anderes dahinterstecken.

Ob ich zu ihr fahren sollte? Oder nutzte ich erneut unseren Deal? Ich wusste, das war der falsche Weg, doch was sollte ich denn sonst bei ihr tun? Angel war dermaßen verschlossen und geschädigt von ihrer harten Vergangenheit, dass sie ganz automatisch die Leute von sich stieß, kamen sie ihr zu nahe. Und mit Sicherheit waren Logan und ich ihr nähergekommen als irgendjemand sonst. Kein Wunder, dass sie nicht damit umzugehen wusste.

Daher war ihre Entscheidung meinem Bruder gegenüber auch nicht echt. Und ich wollte nicht mit ihr zusammen sein, wenn sich Angel nicht zu hundert Prozent für mich entschieden hatte.

Dann kam mir eine Idee. Ich würde das versprochene Essen mit diesem Mr. Vargas nutzen, um Angel und Logan an einen Tisch zu bekommen. Mr. Vargas wollte so oder so mit mir und meiner 'Verlobten' bei uns zu Hause zu Abend essen. So hätte ich mehrere Fliegen mit nur einer Klappe geschlagen.

Angel müsste wieder aus ihrem Loch kriechen, da wir noch immer unseren Deal hatten, und Logan würde sicher nicht nein sagen, wenn es um Angel ging.

Der Plan stand. Jetzt ging es nur noch um die Umsetzung. Da wurde es schon etwas schwieriger. Logan seine Einladung zukommen zu lassen, war nicht das Problem. Bei Angel sah die Sache etwas anders aus. Sie ging seit Tagen nicht an ihr Handy und öffnete keinem von uns die Tür. Ich kam nicht an sie heran und ihre Agentur wollte ich auch nicht anrufen, da ich ihr keinen Ärger machen wollte.

Vielleicht könnte mir ihr bester Freund weiterhelfen? Oder aber ich versuchte mich an der guten altmodischen Art und Weise, jemanden zum Essen einzuladen: per schriftlicher Einladung. Ich könnte ihr die Einladung unter der Tür durchschieben und ihr ein Outfit dort hinhängen. Das könnte funktionieren. Und wenn nicht, könnte ich immer noch versuchen, diesen Miguel ausfindig machen zu lassen.

Ich beauftragte James gleich damit, alle Vorbereitungen zu treffen. Auch sollte er Mr. Vargas einladen, damit ich mehr über ihn, seine Firma und Art, zu arbeiten, herausfinden konnte. Ich fand, er war eine wahnsinnig interessante Person. Er war intelligent, das sah man auf den ersten Blick. Charmant, höflich, gebildet … und er verstand etwas von dem, was er tat. Und so, wie ich das mitbekommen hatte, tat er es noch nicht lange. Anscheinend führte er die kleinen Firmen hier in den Staaten erst seit knapp einem Jahr. Doch dafür war er bereits wirklich gut vernetzt. Schließlich hatte er eine Einladung zu Stones Gala erhalten. Die bekam man nicht einfach mal eben so, weil man reich war. Dafür musste man schon etwas Berufliches geleistet haben.

Ich war ehrlich beeindruckt von ihm und wollte unbedingt mehr erfahren. Vielleicht könnte sich auch eine Zusammenarbeit ergeben. Oder eine Partnerschaft. Ausschließen würde ich es bei ihm nicht. Zusammen könnten wir es weit bringen, da war ich mir sicher.

Okay, dann musste ich mich jetzt nur noch um Angel und Logan kümmern. Ich wusste ehrlich nicht, welcher der beiden die schwerere Aufgabe war.

Das Unangenehme zuerst. Mir war zwar klar, dass Logan mich die nächste Zeit meiden wollte, doch da musste er jetzt durch. Schließlich ging es hier um Angel. Sie hatte es verdient, eine anständige Entscheidung zu treffen, und diese war nicht vernünftig. Immerhin hatten Angel und ich momentan ebenfalls keinen Kontakt und auch jetzt, einen Tag nachdem sie sich angeblich für mich entschieden haben sollte, kam noch immer nichts von ihr.

Ich schnappte mir mein Handy und wählte die Nummer meines Bruders. Erst nach dem dritten Anruf hintereinander ging er schlecht gelaunt ran.

»Was, Ian?«, murrte er in den Hörer.

»Dir auch einen schönen Tag«, amüsierte ich mich etwas über ihn. Logan schnaubte gefährlich.

»Ian, wenn ich nicht drangehe, hat das seine Gründe. Also war's das dann? Gut. War ein nettes Gespräch.«

»Ich lade dich und Angel morgen Abend zum Essen ein. Zieh dir etwas Ordentliches an, ich bekomme noch einen weiteren Gast. Und sag jetzt nicht nein, Logan! Du kommst! Darüber werde ich nicht mit dir diskutieren.«

Ein kurzer Moment der Stille breitete sich aus, doch dann lachte Logan plötzlich laut über meine Worte. Ich verdrehte genervt die Augen und wartete, bis er sich wieder gefangen hatte.

»Du verarschst mich, oder? Warum zum Teufel sollte ich mich mit dir und Angel an einen Tisch setzen? Um was zu tun? Euch wieder beim Vögeln zuzusehen?! Nein danke! Ich verzichte.« Er war dabei, aufzulegen, ich wusste es.

»Sie hat sich nicht bei mir gemeldet, Logan. Ich habe seit einer Woche NICHTS von ihr gehört. Klingt das für dich, als hätte sie sich für mich entschieden, hm?! … Logan, pack deinen Dickschädel ein und komm morgen.«

»Wieso tust du das? Sie will mich nicht. Du hast gewonnen. Also was soll das, Ian?«, fragte er mich hörbar irritiert.

»Weil es keine ehrliche Entscheidung ist. Irgendetwas beschäftigt sie und bringt sie dazu, solche Entscheidungen zu treffen, die sie aber womöglich irgendwann bereuen könnte. Ich möchte aber nicht, dass sie bereut, wenn sie sich für mich – oder eben für dich – entscheidet. Dafür tue ich mir – uns – das sicher nicht an, um dann eine verfälschte Entscheidung von ihr zu bekommen«, erklärte ich ihm.

»Wow. Und das mal aus deinem Mund. … Okay, wann soll ich da sein?« Ich grinste.

»Um 18 Uhr und bitte sei pünktlich und –«

»Jaja … und zieh dir etwas Vernünftiges an! Ich hab's verstanden. Ach, wer kommt eigentlich noch?«, fragte Logan. Seinen amüsierten Unterton konnte er nicht unterdrücken.

»Mr. Vargas von der Gala bei Stone. Ich möchte eventuell mit ihm eine Partnerschaft eingehen, dazu müsste ich ihn aber etwas näher kennenlernen und einen Einblick in seine Arbeit bekommen. Ach, und wenn du mit Angel über private Dinge sprechen möchtest, dann tu es außerhalb seiner Hörweite und vergiss nicht: Vor ihm und der Öffentlichkeit spielt sie noch immer meine Verlobte«, mahnte ich ihn streng.

»Ich bin nicht blöd, Ian. Ich hab's verstanden! Ich weiß zwar nicht so genau, was ich dann dort soll, aber gut. Zumal ich den Kerl nicht mag«, brummte Logan missmutig. Ich stutzte.

»Wieso nicht?«

»Ich weiß nicht. Irgendetwas stimmt nicht mit ihm. Ich habe da so ein Gefühl, und mein Bauchgefühl lügt nicht.« Ich schnaubte belustigt.

»Und nur weil du ein komisches Gefühl hast, soll ich mir vielleicht eines der schlausten und besten Geschäfte meines Lebens entgehen lassen?«, fragte ich ihn spöttisch.

»Nein«, antwortete Logan gedehnt, ehe er weitersprach.

»Ich meinte damit, dass ICH ihm nicht traue und DU vorsichtig sein sollst. Mehr nicht. Ich misch mich nicht in deine Dinge ein. Deine Geschäfte sind mir ehrlich gesagt scheißegal. Ich wollte dich nur vorwarnen, das ist alles.«

Erneut schnaubte ich bei dem Bullshit, den er hier abließ, doch ich sagte nichts mehr dazu. Ich ermahnte ihn nur noch einmal, sich morgen ja zu benehmen. Denn auch wenn ich wollte, dass sich Logan mit Angel aussprach, so wollte ich sicher nicht, dass die beiden eine Szene vor Mr. Vargas machten.

Mürrisch legte Logan auf, nachdem er mir versprochen hatte, sich morgen einwandfrei zu verhalten. Ich zweifelte zwar stark daran, doch so hatte ich wenigstens etwas gegen ihn in der Hand, sollte er morgen einen Fehltritt wagen.

Die erste Einladung hatte ich überstanden, nun folgte die zweite. Und da ich an Angel gerade nicht herankam, um sie persönlich einzuladen, musste ich an meinem Plan festhalten.

Ich schrieb ihr eine Einladung, in der ich natürlich das Detail, dass Logan auch kommen würde, ausließ. Dann organisierte ich ihr noch ein Outfit für morgen. Anschließend fuhr ich zu ihr. Ich wollte es mir nicht nehmen lassen, es ihr selbst zu bringen. Vielleicht würde ich sie ja antreffen? Doch natürlich war das nicht der Fall. Frustriert schob ich ihr die Einladung durch ihren Türschlitz hindurch und hängte ihr das knapp 10.000-Dollar-Kleid außen an ihre Tür. Zum Glück war der Kleidersack nicht dursichtig, dennoch bekam ich Bauchschmerzen bei dem Gedanken, es hier einfach hängen zu lassen. Aber mir blieb wohl nichts anderes übrig.

Nun schrieb ich Mr. Vargas noch eine E-Mail, dass ich

unser geplantes Essen gern auf morgen legen würde. Damit stand meine Gästeliste auch schon. Ob das gut gehen würde? … Das blieb wohl noch bis morgen Abend eine Überraschung.

Kapitel 4

Angel

Mit meiner Stirn lehnte ich an den kalten Fliesen meiner Dusche und ließ mir das heiße Wasser über meinen geschundenen Körper rieseln. Wusch mir all seine Spuren und mein Blut fort, doch der Schmerz blieb, und er würde wahrscheinlich auch nie wieder vergehen.

Alexey war gerade dabei, seine täglichen Erledigungen zu machen. Es lief doch jeden Tag gleich ab. Wie damals schon. Es hatte sich nichts geändert, außer dass Alexey mich nun nur noch hart und schmerzhaft nahm. Keine einzige Zärtlichkeit ging von ihm aus, nichts.

Also entweder war er noch immer wütend auf mich und ließ es mich so spüren oder … es gab kein Oder. Er war noch grausamer und brutaler geworden und es gab absolut keinen Ausweg aus dieser Hölle. Und immer, wenn ich dachte, ich hätte einen gefunden, entriss Alexey ihn mir wieder – hart und schmerzhaft.

Wie gestern Abend. Miguel hatte überraschend vor meiner Tür gestanden und sich nicht verscheuchen lassen. Er war beharrlich geblieben und so hatte mir Alexey widerwillig erlaubt, ihn hereinzulassen. Ich war mir aber ziemlich sicher gewesen, dass er es nur erlaubt hatte, weil Miguel schwul war. Obwohl ich mich distanziert hatte verhalten müssen, war ich froh gewesen, meinen besten Freund endlich wiederzusehen.

Miguel hatte mich mit tausend Fragen gelöchert. Beantwortet hatte ich kaum eine. Doch zu meiner Arbeit hatte ich eine Aussage treffen müssen. Ich hatte ihm gesagt, ich würde erst einmal nicht wiederkommen, da ich einen heftigen Kunden betreute. Doch da dieser ein hohes Tier sei, wollte ich ihn nicht melden. Natürlich hatte Miguel danach weitergebohrt, doch ich hatte mich in Schweigen gehüllt.

Alexey hatte sich derweil in meinem Schlafzimmer bedeckt gehalten, natürlich hatte er jedes Wort mitgehört. Doch ich hatte nicht vorgehabt, Miguel etwas zu verraten. Niemals wollte ich ihn in Gefahr bringen – und das würde ich, sollte ich ihm von Alexey erzählen.

Mein bester Freund hatte sich sichtlich Sorgen um mich gemacht und auch mein Erscheinungsbild bemängelt. Wenn er doch nur wüsste, wie ich unter meinen Klamotten aussah …

Auch wenn es wehgetan hatte und ich nicht gewollt hatte, dass er ging, so hatte ich mich bemüht, Miguel schnell wieder loszuwerden. Zum Abschied hatte ich ihn in eine feste Umarmung geschlossen. Ich hatte ihn überhaupt nicht mehr freigeben wollen, doch mir war nichts anderes übriggeblieben.

Ich hatte ihm versprechen müssen, mich öfter zu melden. Gezwungen hatte ich ihm zugelächelt, denn mir war bewusst gewesen, dass ich ihn eine lange Zeit nicht wiedersehen würde. Nicht, solange Alexey in meinem Leben war – und so, wie es aussah, würde sich dieser schreckliche Zustand nicht so schnell wieder ändern. Und ganz ehrlich? Ich hatte einfach nicht mehr die Kraft, gegen ihn anzukämpfen. Vielleicht war das auch sein Plan. Vielleicht nahm er mich deshalb viel härter ran als damals? Weil er mich auslaugen, kraftlos und dadurch gefügiger machen wollte? Ja, das klang ganz nach einem Plan, den Alexey sich in seinem kranken Hirn zusammenspinnen würde.

»Was ist das?«

Ich zuckte bei seiner strengen Stimme heftig zusammen.

Schnell wandte ich mich zu ihm, um zu sehen, was er meinte.

Alexey stand mitten in meinem Badezimmer und hielt zu meiner Überraschung einen Kleidersack und einen Briefumschlag in beiden Händen. Ich stellte das Wasser ab und stieg zu ihm hinaus. Unsicher blieb ich vor ihm stehen, als ich mir ein Handtuch um meinen Körper gewickelt hatte.

»Ich weiß nicht. Was ist das?«, fragte ich ihn kleinlaut.

»Eine Einladung zu dem vereinbarten Essen mit Mr. Richie Rich. Und ein Kleid. Wieso schenkt er dir ein Kleid, Giulia?«, fragte er mich forsch und trat dicht an mich heran.

Ich ließ den Blick sinken und fiel in mich zusammen. *Bitte nicht! Bitte schlag mich nicht wieder!*, flehte ich im Stillen.

»Das macht er immer, wenn es um eines seiner Geschäftsessen geht. Er möchte, dass ich als seine 'Verlobte' perfekt an seiner Seite aussehe. Damit es echt wirkt. Und beides hat er mir wahrscheinlich geschickt, weil ich nicht an mein Handy gehe, obwohl ich strenggenommen noch für ihn arbeite.«

»Er nennt dich wie der andere. Angel. Warum?«

Erstaunt sah ich zu ihm auf. Das war das erste Mal, dass er mich etwas zu meinem neuen Leben fragte, ohne die Antwort bereits zu kennen. Ohne ein Lauern in seiner Stimme.

»Weil ich hier Angel bin. Das ist meine neue Identität. Selbst in meinen Papieren steht dieser Name. Deshalb«, erklärte ich ihm ehrlich. Ich wusste, ich konnte ihn nicht anlügen. Alexey hatte immer gespürt, wann ich log. Das hatte sich in all den Jahren sicher nicht geändert. Also wieso jetzt noch lügen? Außerdem hielt ich keine einzige seiner grausamen Strafen mehr aus. Ich konnte einfach nicht mehr. Daher gab ich ihm alles, was er wollte.

»Ich werde nicht hingehen«, verkündete ich ihm, da ich mir sicher war, dass es genau das war, was er hören wollte.

Doch Alexey schnalzte tadelnd mit der Zunge, was mich augenblicklich hart zusammenzucken ließ.

»Natürlich gehst du dorthin«, sagte er ganz selbstverständlich. Ich verzog unsicher die Stirn.

»Warum?«, wagte ich zu fragen.

Alexey blickte streng auf mich herab, ehe er den Kleidersack auf dem Waschtisch neben uns ablegte und wieder nah an mich herantrat. Er führte eine Hand unter mein Kinn und hob es an, jedoch übte er keinen Druck aus.

»Weil ich dich brauche, meine Schöne. Ich möchte, dass du mir dabei hilfst, deinen Richie-Rich-Boy unvorsichtig werden zu lassen. Du wirst ihm klarmachen, was für ein gutes Gefühl du bei mir hast und dass du der Meinung bist, geschäftlich würden er und ich gut harmonieren.«

Alexey hatte sich weit zu mir nach unten gebeugt und sprach sein raues Spanisch dicht an meine Lippen. Er sprach nur auf unserer Muttersprache mit mir und verlangte ganz selbstverständlich, dass ich es ebenso in seinem Beisein tat, wenn wir allein waren.

»Wieso? Was willst du von Ian?«, fragte ich unüberlegt und bereute es sofort. Doch statt grob zu mir zu werden, lächelte er nur unheilvoll.

»Weil ich Großes mit ihm – oder eher mit seinem Imperium – vorhabe. Deswegen. Mein neuer Partner und ich wissen sein Imperium besser zu führen als Mr. Clever. Wir lösen ihn gern ab. Doch dazu muss ich erst einmal an ihn herankommen, und dafür brauche ich dich. Er muss mir vertrauen, damit ich ihm dann Stück für Stück von seinem Eigen nehmen kann, ohne dass er es merkt.«

»Wieso erzählst du mir das alles?«, fragte ich ihn ehrlich erstaunt. Noch nie hatte mich Alexey in irgendetwas eingeweiht. Warum jetzt?!

»Weil ich weiß, dass du mich nicht enttäuschen wirst. Du bist nun gehorsam, so wie sich das gehört. Ich weiß, dass du mich glücklich machen möchtest, denn du willst nicht, dass ich wütend werde. Und, Giulia, ich würde richtig wütend werden, solltest du uns verraten. So wütend, wie ich noch nie geworden bin. Nicht einmal bei Maria war ich so wütend, wie ich es werden würde, solltest du mir hierbei nicht helfen. Und schließlich hast du nun ein paar Leute mehr, die dir etwas bedeuten. Also … wirst du brav sein?«, fragte er mich rau und streifte unmerklich meine Lippen mit den seinen. Ich war wie erstarrt, daher nickte ich nur leicht.

»Nein! Sag es, ich will es hören!«, knurrte er streng und erhöhte den Druck um meinen Kiefer.

Ich zischte leise, ehe ich mir auf die Zunge biss. In meinem Inneren tobte ein Sturm aus Verzweiflung. Ich wollte ihm nicht helfen, Ian zu schaden. Doch würde ich mich Alexey widersetzen, würde er nicht nur mich bestrafen. Mit Sicherheit würde er dann Ian, Logan und Miguel etwas antun, nur um mich zu quälen. Also half ich ihm lieber, Ians Imperium zu stürzen, als dass einer von ihnen verletzt werden würde.

»Ich werde gehorsam sein und dich nicht verraten. Ich werde alles tun, was du von mir verlangst«, ratterte ich die Worte runter, die er hören wollte. Ein feines Lächeln breitete sich auf seinen Lippen aus.

»Wie soll ich mit Ian umgehen? Schließlich spielen wir vor dir das glückliche Pärchen.«

Ich wusste, ich durfte nicht unaufgefordert sprechen, doch ich musste wissen, wie ich mich Ian gegenüber verhalten sollte, verhalten durfte. Sein Grinsen weitete sich. Er sah beinah zufrieden aus.

»Schlaues Mädchen. Du verhältst dich so, wie es mir von Nutzen ist. Doch du wirst dich nicht allein mit ihm in einem Raum aufhalten. Hast du das verstanden, Giulia?«

Ich biss mir unsicher auf die Lippe. Wie stellte er sich das vor? Schließlich holten mich Ian oder James immer ab.

Wie sollte ich ihm erklären, dass dies nun nicht mehr ging? Doch ich blieb stumm. Ich wusste, wenn ich erneut ohne Aufforderung sprach, wäre er nicht mehr so nachsichtig mit mir. Wieder nickte er zufrieden, dann gab er mich frei und trat an den Waschtisch, wo er den Kleidersack abgelegt hatte, heran.

»Dann wollen wir doch mal sehen, in was für einem Fummel er dich betrachten möchte.«

Ich trat etwas an ihn heran. Doch als Alexey ein kurzes, rotes Cocktailkleid herauszog, nahm ich unweigerlich wieder einen Schritt Abstand.

»Erklärst du mir das?«, fragte er ungehalten. Ich schluckte hart.

»Ian sucht mir immer das Outfit aus. Ich habe kein Mitspracherecht. Aber ich muss das Kleid anziehen, wenn du willst, dass es echt aussieht«, setzte ich zögerlich nach.

Alexeys Kiefermuskeln zuckten verdächtig. Ich verspannte mich und mein Puls begann zu rasen.

»Fasst er dich an, bring ich ihn vor deinen Augen um. Also sorg dafür, dass er seine Wichsgriffel bei sich behält!«

Sofort nickte ich bei seinen strengen Worten und zuckte hart zusammen, als Alexey meine Wange berührte. Seine Hand wanderte in meinen Nacken und schon zog er mich wieder dicht bis vor seine Lippen.

»Wenn du morgen gehorsam bist, werde ich dich dafür belohnen. Und weißt du, wie deine Belohnung aussehen wird?«

Ich schüttelte leicht den Kopf.

»Deine Belohnung wird sein, dass ich dich nicht mehr schlage oder dir wehtue, außer du verdienst es nicht anders.«

Meine Augen wurden groß bei seinen absurden Worten.

»Warum?«, wisperte ich unsicher.

»Weil du jetzt gehorsam bist, deswegen. Mehr erwarte ich nicht von dir. Mehr habe ich nie von dir verlangt. Ich möchte einfach nur, dass du mir gehorchst und mir gehörst, voll und ganz. Tust du, was ich dir sage, habe ich keinen Grund, dich zu verletzen. Ich bin nicht nur grausam, Giulia. Du machst mich zu diesem Mann. Zu diesem unbeherrschten Mann, weil ich es nicht ertragen kann, wenn du mir nicht gehorchst. Du bist mein Besitz! Du hast zu tun, was ich sage!«

Ich verstand kein Wort von dem, was er hier erzählte. *Du bist kein grausamer Mann? Du WILLST mich nicht verletzen?!*

Woher kam das denn plötzlich? Und was wollte er mit dieser fetten Lüge bezwecken?! Als würde ich nach diesen schrecklichen Tagen auch nur eine Sekunde glauben, dass Alexey kein grausamer Mann wäre?! *Was zum Teufel hast du vor?*

Er wollte mich brechen. Anders konnte es nicht sein. Alexey wollte mich wie damals schon mit seiner zärtlichen Seite verwirren und verführen, doch ich war kein kleines Mädchen mehr, dass nur auf ihren Märchenprinzen wartete. Ich war weder wie Cinderella mit einer guten Fee ausgestattet, noch würde mich ein Kuss der wahren Liebe von meinem Fluch befreien.

Dieses Monster konnte kein guter Zauber aufhalten. Das wusste ich. Jetzt wusste ich das. Ich war erwachsen geworden. Doch ich schwieg weiterhin. Behielt meinen Trumpf für mich. Sollte Alexey ruhig denken, ich sei noch immer dasselbe naive und leicht zu manipulierende kleine Mädchen, das ihm all seine Lügen ohne Wenn und Aber geglaubt hatte. Vielleicht könnte ich doch fliehen, wenn ich gut genug spielte.

Vielleicht brauchte ich keine gute Fee, sondern einfach nur ein Schwert, um den Drachen selbst zu erschlagen?!

Kapitel 5

Logan

Auf glühenden Kohlen und mehr als genervt, dass ich mich hierzu hatte überreden lassen, zupfte ich an meinem Sakko herum. *Was tue ich hier eigentlich?*

Angel wollte mich nicht sehen, das hatte sie vorgestern deutlich gemacht. Nicht einmal die Tür hatte sie mir geöffnet. Das sagte doch schon alles. Doch mein werter Bruder meinte ja verbissen, dieses Treffen hier durchziehen zu müssen.

Also stand ich hier nun, in dem Aufzug meines Bruders. Pünktlich und verdammt nervös. Denn ich wusste nicht, wie ich mit einer weiteren Abfuhr von meinem Engel umgehen sollte. Definitiv würde ich Ian dann eine verpassen, dafür, dass er mich hierzu gezwungen hatte. Das stand fest.

Die Aufzugtüren glitten auf und ich betrat das Penthouse meines Bruders. Stimmengewirr drang an meine Ohren, ich folgte ihnen. Sie führten mich bis in sein Wohnzimmer. Ian kam gleich auf mich zu, drückte mir ein Glas Whiskey in die Hand und begrüßte mich breit grinsend. Er schien zufrieden mit meinem Aussehen und meiner Pünktlichkeit zu sein. Dann sah ich sie. Angel. Sie erhob sich gerade von der Couch und wandte sich zu mir um. Als sie mich sah, wurden ihre Augen groß.

»Logan?«, entfuhr es ihr sichtlich irritiert. Ich schenkte Ian einen bösen Blick. Er hatte Angel nicht über mein Kommen informiert. *Du Arsch!*

Er zuckte nur mit den Schultern, ging an seine Bar und ließ sich einen neuen Drink zubereiten. Heute hatte er wieder überall seine Handlanger aufstellen lassen. Wahrscheinlich für diesen Mr. Vargas. Dieser war auch schon hier und kam mit einem feinen Lächeln, das eher nach einer Drohung aussah, auf mich zu.

Ich wusste wirklich nicht, was ich von ihm halten sollte. Seine Körpersprache, Mimik, Gestik und das, was er von sich gab, standen ständig im Widerspruch. Ich konnte nie genau sagen, ob es aufrichtig gemeint war oder nicht. Er ließ sich mit nichts in die Karten schauen. Solche Leute, Männer, wie er einer zu sein schien, waren gefährlich, denn man konnte ihren nächsten Schlag nicht vorhersehen.

Er begrüßte mich mit einem starken, sehr starken Händedruck.

»Logan, richtig?«, fragte er mit seinem spanischen Akzent. Ich nickte.

»Und Sie heißen?«, fragte ich etwas ungehalten. Der Kerl weckte alle meine innersten Instinkte, ließ sie an die Oberfläche brodeln und versetzte mich in Alarmbereitschaft. Ich wusste nicht, wieso oder woran es genau lag, doch ich konnte nichts dagegen tun.

Charmant lächelte er mir zu. Er war kein hässlicher Kerl. Die Frauen würden ihm sicher zu Füßen liegen. Er war groß – ungefähr so groß wie Ian und ich – und breit. Ziemlich gut gebaut. Ob er damit umzugehen wusste, konnte ich nicht einschätzen. Seine braunen Locken trug er abermals in einem strengen Zopf nach hinten. Und auch er hatte einen scheiß teuren Maßanzug an. Also besaß er Geld, sehr viel davon. *Wer zum Teufel ist dieser Kerl?!*

»Entschuldige. Ich bin Alexey. Ich war nur etwas überrascht, dass auch du uns heute beehrst«, entgegnete er ehrlich.

Ich zuckte nur entschuldigend mit den Achseln und deutete mit einem Kopfnicken auf meinen Bruder.

»Da musst du Mr. Universum fragen. Entschuldige mich

nun bitte. Ich habe noch jemanden zu begrüßen.«

Er blickte sich zu Angel um, dann sah er wieder zu mir, ehe er verzögert nickte. Ich trat an ihm vorbei und um die große Couch, die sich am anderen Ende des Raumes befand, herum und blieb dicht vor ihr stehen. Noch immer musterte sie mich mit ihren großen, tiefblauen Augen.

»Hallo, Angel«, begrüßte ich sie mit rauchiger Stimme und beugte mich zu ihr nach unten, um ihr einen kleinen Wangenkuss zu geben, doch sie machte schnell einen Schritt zurück und sah sich nach den beiden in unserem Rücken um. Ian hatte Alexey allerdings schon in ein Gespräch verwickelt, damit ich einen Moment mit ihr allein hatte.

»Logan, was tust du hier?«, flüsterte sie und sah sich erneut nach den beiden um, als befürchtete sie, sie könnten uns bei etwas Verbotenem entdecken. Ich zog die Augenbrauen zusammen.

»Ian hat mich eingeladen. Hat er dir das nicht erzählt?«, fragte ich sie unschuldig.

Sie hob streng eine Braue an. Ihre Miene wandelte sich und ich sah das Feuer durch ihre Augen huschen. Ein freches Schmunzeln bildete sich auf meinen Lippen, dann beugte ich mich dicht zu ihrem Ohr herunter.

»Er wollte unbedingt, dass wir über die Sache von vorgestern sprechen.«

Sie wandte leicht den Kopf und sah mich fragend an.

»Wieso sollte er das tun?«, entgegnete sie irritiert. Wieder führte ich meine Lippen dicht zu ihrem Ohr.

»Weil er genauso verwirrt darüber ist wie ich. Und da du ihm noch nichts von seinem Glück erzählt hast, dass du ihn gewählt hast, war Ian der Meinung, du bräuchtest wohl noch etwas Zeit, um dich wirklich zu entscheiden. Und jetzt, wenn ich dich hier so vor mir stehen sehe, und das auch noch in diesem Kleid, ja, dann denke ich, mein Bruder hat recht und ich sollte es dir nicht so leicht machen.« Mit meinen letzten Worten streiften meine Lippen ihr Ohrläppchen. Sie erschauderte und ihr Atem hatte sich beschleunigt.

»Leicht? Du denkst, meine Entscheidung fiel mir leicht?«, wisperte sie erstickt zurück.

»Nicht?« Unmerklich schüttelte sie den Kopf.

»Nein! Aber das ändert nichts an meiner Entscheidung. Und jetzt benimm dich bitte, Logan, und lass es gut sein. Schließlich sind wir hier nicht allein.« Ich trat noch etwas dichter an sie heran.

»Doch, wir sind allein. Ian und sein neuer Superpartner haben gerade das Wohnzimmer verlassen.«

Schnell blickte sie sich um und überzeugte sich von meinem Gesagten. Als sich unsere Blicke wieder trafen, spiegelte sich Panik in ihren schönen, tiefblauen Iriden. Ich verzog irritiert die Stirn, dann führte ich meine Hand zu ihrer Wange und streichelte sie zärtlich.

»Angel, was ist mit dir? Was ist mit dir auf dieser Gala passiert? Seitdem bist du ein anderer Mensch«, sprach ich dicht an ihre Lippen. Sie hatte die Augen geschlossen und schüttelte erneut unmerklich mit dem Kopf.

»Logan, tu das nicht!«, flehte sie flüsternd. Mein Daumen begann ihre weiche Haut zu streicheln.

»Was soll ich nicht tun? Mich um dich sorgen? Sorry, Kleines, aber das wird nicht passieren. Ich sehe doch, dass etwas nicht mit dir stimmt. Angel, ich dachte, du wüsstest, dass du mir vertrauen kannst. Also sag mir, was gerade Panik in deine schönen Augen treibt.«

Ich sah ihr tief in ihre verschreckten Iriden. In ihnen hatte sich ein verdächtiger Glanz gebildet.

»Bitte!«, hauchte sie voller Verzweiflung, dann schloss sie ihre Lider wieder. Unerwartet rann eine Träne ihre weiche Wange hinab. Zärtlich wischte ich sie mit meinem Daumen beiseite. Ich wollte sie fragen, was sie zum Weinen brachte, doch ich blieb stumm. Stattdessen drückte ich einfach meine

Lippen auf die ihren. Weich und warm spürte ich sie unter meinen. Ein Kribbeln nahm von mir Besitz und ließ mein Herz wie verrückt gegen meinen Brustkorb trommeln. Wie ein verliebter Teenie fühlte ich mich. Scheiße, das glaubte mir kein Mensch.

Ich küsste sie ganz zaghaft und vorsichtig, wollte ihr damit Halt und Sicherheit geben. Wollte, dass sie verstand, dass ich sie hielt, wenn sie drohte, zu fallen.

Plötzlich drückte sie mit ihrer kleinen Hand gegen meine Brust, entfernte sich dadurch von meinen Lippen und blickte mir mit ihren schimmernden Augen panisch entgegen.

»Entschuldige mich!« Damit stürmte sie an mir vorbei, ehe ich etwas sagen konnte. Ich blieb wie ein Trottel stehengelassen allein im Wohnzimmer meines Bruders zurück und blickte ihr nach, wie sie in dem kleineren Badezimmer, das für Gäste gedacht war, verschwand. Ich überlegte, ob ich ihr nachgehen sollte, aber da hörte ich die Stimme meines Bruders näherkommen. Seufzend exte ich mein Glas und bereitete mich innerlich stöhnend auf einen schrecklichen Abend voller dummer und unwichtiger Gespräche vor, die mich einen Scheiß interessierten. Das und auf eine angepisste Angel.

Super! Was für ein Spaß!

Kapitel 6

Angel

Mein Atem ging hektisch. Mein Puls raste und in meinem Kopf schrien die Gedanken nur so wild durcheinander.

Logan hatte mich geküsst. Doch er – keiner! – durfte mich küssen. *Was, wenn du uns gesehen hast?!*

Wie konnte Logan nur solche Dinge zu mir sagen? Wie konnte er mich nur so durcheinanderbringen?! Mein Herz war mir beinah zerrissen, als sich unsere Lippen berührt hatten. Sein Kuss war so zärtlich und liebevoll gewesen. Als hätte er mir damit all seine Gefühle zeigen wollen. Wie konnte er mir das antun? Und das gerade jetzt?

Verzweifelt fuhr ich mir durchs Haar und ging auf das Waschbecken zu. Dort angekommen stellte ich das Wasser an, wusch mir die Hände, dann ließ ich meine nassen und kalten Finger durch meinen Nacken wandern. Ich hoffte, das kalte Nass würde meine schreienden Gedanken klären, würde mir helfen, eine Lösung für mein Dilemma zu finden. Doch es half nichts. Natürlich nicht. Schließlich handelte es sich hier nicht um Zauberwasser, das auf magische Art und Weise meine Probleme einfach in Luft auflöste. Es war einfach scheiß stinknormales Wasser, das mir weder half noch Antworten gab.

»Sagst du mir, was das gerade war?«, knurrte er in meinem Rücken.

Erschrocken riss ich den Kopf hoch und sah ihn durch den Spiegel an. Alexey hatte sich direkt hinter mir aufgebaut und starrte mit seinen dunklen Iriden bedrohlich auf mich herab.

Langsam drehte ich mich zu ihm um und senkte den Blick. Ich wollte ihn nun nicht ansehen. Wollte nicht dieses kalte und endlose Schwarz in seinen Augen sehen. Nicht nach diesen liebevollen Worten und diesem wundervollen Kuss von Logan. Nicht, nachdem er mir einen kurzen Moment Zärtlichkeit geschenkt hatte.

»Wir haben uns nur unterhalten«, log ich flüsternd.

»Giulia!«, grollte er drohend. Unsicher hob ich meinen Kopf, um ihn anzusehen.

»Er hat mich geküsst«, gestand ich ihm ängstlich. Er hatte uns gesehen, sonst wäre er nicht hier. Lügen war zwecklos.

»Und du lässt dich wie eine kleine Hure einfach von ihm küssen?!«

Schnell schüttelte ich den Kopf.

»Nein, Alexey, so war das nicht! Bitte, lass uns wieder zurückgehen, bevor sie etwas merken«, versuchte ich ihn von dem abzuhalten, was er hier so offensichtlich mit mir vorhatte.

»Wir gehen gleich wieder zurück. Aber erst behandle ich dich wie die kleine Hure, die du hier anscheinend bist. Auf die Knie!«

Ich schüttelte abermals den Kopf und flehte ihn mit meinem Blick an, das hier nicht zu tun. Doch ihm war schon immer egal gewesen, was ich wollte.

»Giulia, ich sagte: Geh auf die Knie!« Knurrend griff er an seinen Gürtel. Ich schluckte hart, doch dann gehorchte ich und ließ mich zu Boden sinken. Meine nackten Schienbeine berührten dabei die Fliesen, die eine unheimliche Kälte ausstrahlten. Schnell kroch diese in meine Glieder.

Sofort befreite er seine Lust, er war bereits steinhart. Ich öffnete meine Lippen, etwas anderes blieb mir so oder so nicht übrig. Ich konnte es nur zügig hinter mich bringen. Ich kannte das Spiel schon, war praktisch darauf programmiert.

Daher handelte ich einfach mechanisch.

Augenblicklich packte mich Alexey grob in meinem Haar und drückte mich auf seinen Schwanz. Meine Lippen schlossen sich um seinen Schaft und ich begann das zu tun, was er von mir verlangte. Kräftig saugte ich an seiner Länge. Doch Alexey übernahm schnell die Führung und begann mich gefühllos in meinen Mund zu ficken. Mit flacher Atmung versuchte ich meinen Würgereiz auszustellen. Es würde nicht lange dauern, redete ich mir ein. Ich musste durchhalten.

»Gleich, wenn ich mit dir fertig bin, wirst du keinen Ton mehr aus deinem süßen Mund herausbekommen«, stöhnte er und schon wurden seine Stöße immer gröber und tiefer, sein Griff in meinem Haar bestimmter. Alexey ließ mir keinen Millimeter Spielraum und hämmerte sich schmerzhaft in meinen Rachen. Nun musste ich doch würgen und rang durch die Nase um Atem. Tränen verschleierten mir bereits die Sicht.

»Wag es ja nicht, Giulia! Du reißt dich zusammen, bis ich fertig bin!«, mahnte er mich streng für mein ständiges Würgen. Denn ich hatte ihn gerade versucht, von mir zu schieben, um mich zu erbrechen. Seine Spitze stieß immer wieder hart gegen meinen Gaumen, somit war es mir kaum noch möglich, die aufsteigende Galle zurückzuhalten. Doch auf seinen Befehl hin schluckte ich hart und ließ mich weiter schmerzhaft von ihm nehmen.

Sein Schwanz begann bereits zu zucken. Dann kam er und stieß sich, als er seinen heißen Samen in meinen Mund pumpte, so hart und tief in meinen Rachen, dass ich es nicht mehr zurückhalten konnte. Ich hämmerte mit meinen Handflächen gegen seinen Bauch, dann, als er mich endlich freigab, robbte ich, so schnell es ging, zur Toilette und übergab mich in sie.

Nach Luft ringend würgte ich immer und immer wieder.

Mein Rachen brannte wie Feuer.

»Ich denke, du solltest nach Hause gehen, Giulia.« Damit ließ er mich allein zurück. Kraftlos sackte ich über der Schüssel zusammen und bemühte mich noch immer, meine Atmung zu beruhigen.

»Angel?«, ertönte nach einiger Zeit eine besorgte Stimme, dann folgte ein leises Klopfen. Ich war zu kraftlos, um mich nach ihm umzudrehen. Noch immer hing ich halb über der Toilettenschüssel und rang um Atem.

»Mein Gott, Angel, was ist mit dir?« Und schon war Ian bei mir. Ich spürte ihn dicht hinter mir in die Hocke gehen und wie er seine Hände auf meinen Rücken legte. Ich wandte mich nicht zu ihm um. Ich wollte ihn nicht ansehen.

»Geht es dir nicht gut?«

Ich schüttelte leicht den Kopf. Ich war mir sicher, meine Stimme würde versagen, also versuchte ich es, so lange es ging, zu vermeiden, sie zu benutzen.

Seine warmen Hände strichen mir zärtlich über meinen Rücken und ließen einen Schauer über meine Wirbelsäule jagen. Nichts würde ich nun lieber tun, als mich in seine starken Arme zu werfen und hemmungslos zu weinen. Jede Faser meines Körpers schrie mich an, Ian alles zu erzählen, denn ich konnte nicht mehr. Nicht eine weitere Strafe, einen weiteren harten Schlag, Stoß oder Fick würde ich aushalten, ohne innerlich zu zerbrechen. Ich war am Ende. Ich begann bereits leise zu schluchzen und schlotterte am ganzen Leib.

»Angel, was ist denn nur mit dir?«

Und schon zog mich Ian inniger in seine Arme. Ummantelte mich mit seiner Wärme und Liebe. Seine Hände streichelten sanft über meine Arme, da ich nicht aufhörte, zu zittern. Ich holte tief Luft, um den Mut zu sammeln, mich endlich jemandem anzuvertrauen.

»Oh, entschuldigt. Geht es deiner Verlobten nicht gut?«

Hart zuckte ich bei dem Klang seiner Stimme zusammen

und schon übermannte mich erneut die Übelkeit. Schnell löste ich mich von Ian und übergab mich abermals in die Toilette. Mein Magen zog sich zusammen, meine Organe rebellierten. Es war hoffnungslos. Alexey war überall und das immer. Ich hatte keine Chance gegen ihn. Könnte niemals fliehen oder jemandem von ihm erzählen. Er ließ es nicht zu. Er würde mich niemals wieder gehen lassen.

Ich krallte mich verzweifelt an die Klobrille und würgte trocken in diese hinein. Ein widerlicher Geschmack breitete sich in meinem Mund aus.

»Ich denke, sie sollte wohl besser nach Hause fahren und sich ausruhen. Ich werde ihr ein Taxi kommen lassen«, erklärte Alexey gespielt besorgt. Er wusste von Ian, dass wir noch nicht zusammenwohnten, da unsere 'Verlobung' recht schnell vonstattengegangen war. Alexey spielte gut und unfair.

»A– … Vivian, möchtest du nach Hause? Oder willst du hierbleiben?«

Ich wusste, was ich zu antworten hatte, doch mein Hals brannte so schrecklich, dass ich nicht in der Lage war, zu sprechen. Daher schüttelte ich nur den Kopf und hoffte, dass Ian es verstand.

»In Ordnung. Ich werde dich nach Hause fahren.«

Erneut schüttelte ich schnell den Kopf.

»Ich werde dich doch jetzt nicht mit einem Taxi nach Hause fahren lassen. Schlimm genug, dass du schon in einem gekommen bist!«, schimpfte Ian.

Ja, ich hatte ihn tatsächlich dazu überredet, dass ich mit dem Taxi kommen würde. Natürlich hatte mich in Wahrheit Alexey gefahren und war einfach ein paar Minuten nach mir gekommen, sodass man es nicht bemerkte. Aber das durfte Ian natürlich nicht in Erfahrung bringen.

Ich wusste, nun würde mir mein billiges Kopfschütteln oder Nicken nicht mehr weiterhelfen. Ich musste sprechen und ihm erklären, dass es so besser wäre. Doch zuerst riss ich mir ein Stück Klopapier ab und wischte mir damit den Mund sauber, ehe ich mich leicht erhob und es zusammen mit meinem Erbrochenen runterspülte, dann erst wandte ich mich zu Ian um. Ich schluckte hart und kniff die Augen zusammen, zwang mich aber dennoch zum Antworten.

»Bitte, Ian, dieses Treffen ist wichtig für dich. Ich möchte es nicht noch mehr stören und dich blamieren. Lass mich bitte gehen, mir geht es nicht gut und ich möchte mich ausruhen.« Meine Worte kamen heiser über meine Lippen. Mehr war einfach nicht drin, doch immerhin hatte ich alles gesagt, was ich ihm sagen wollte.

Ich wusste, dass Alexey genau das von mir verlangte. Er wollte allein mit Ian über ihre Geschäfte sprechen. Noch nie hatte er mich bei solch wichtigen Gesprächen dabeihaben wollen. Ich wusste nicht, wieso, schließlich konnte ich mit diesen Informationen so oder so nichts anfangen.

Ian sah mir intensiv in die Augen, dann nickte er schließlich sichtlich widerwillig und half mir auf. Mit zittrigen Gliedern bemühte ich mich, auf den Beinen zu bleiben.

»Und ich soll dich sicher nicht nach Hause fahren?«, fragte Ian erneut besorgt. Sanft schüttelte ich den Kopf und ging mit ihm zurück ins Wohnzimmer. Zu meiner Überraschung war nur noch Alexey hier. Logan schien bereits gegangen zu sein. Doch das war gut so, denn sonst hätte ich nun beide Davis-Männer an meiner Seite. Das könnte ich nun wirklich nicht gebrauchen.

»Das Taxi wartet unten«, informierte uns Alexey. Ich mied seinen Blick und ging mit Ian an meiner Seite an ihm vorbei. Ohne dass ich ihn hätte aufhalten können, hauchte mir Ian bei seinem Aufzug angekommen noch einen Abschiedskuss auf meine Wange.

»Ich komme morgen bei dir vorbei, um nach dir zu sehen«, erklärte mir Ian besorgt. Er ließ einfach nicht locker.

Kurz dachte ich nach, ehe ich ihm mit kratziger Stimme eine weitere Ausrede präsentierte.

»Schon gut. Vielleicht bin ich auch krank, nicht, dass ich dich anstecke. Ich melde mich bei dir, sobald es mir bessergeht. In Ordnung?«

Ian brummte missmutig, doch da sich Alexey in Hörweite befand, sagte er nichts mehr dazu und ließ mich endlich gehen.

Als sich die Aufzugstür schloss, atmete ich erleichtert aus. Ich hoffte, Alexey so glücklich genug gemacht zu haben, sodass er mich nicht für den Abschiedskuss bestrafen würde. Zum Glück musste ich mir um Ians Sicherheit gerade keine Sorgen machen, da Alexey ihn noch für seinen Plan brauchte. Er würde Ian nichts antun, solange er nicht mehr über sein Imperium und dessen viele Firmen wusste. Doch bis er das Wissen zusammenhatte, würde es noch eine Weile dauern, denn Ian war nicht dumm und vertraute sich anderen leichtsinnig an. Also würde ich noch mehrere solcher Horrorabende hinter mich bringen müssen. Solange es nur ein Davis-Mann war und nicht beide, würde ich allerdings irgendwie damit zurechtkommen. Glaubte ich zumindest.

Ich trat in die kühle Nachtluft hinaus und sog sie wie eine Ertrinkende tief in meine Lunge ein. Dann sah ich mich nach dem Taxi, das mich nach Hause bringen sollte, um, doch statt einem Taxi stand ein schwarzer Jeep mit getönten Scheiben vor mir. Als der Fahrer ausstieg, erkannte ich ihn sofort. Das war Alexeys treuster Mann Daris. Doch ich kannte ihn schon so viele Jahre länger. Noch bevor Alexey zu uns gekommen war – uns heimgesucht hatte.

Daris' Vater war einer der besten Männer meines Vaters gewesen. Er war ebenso wie ich in dieser Welt aufgewachsen, nur besaß er einen entscheidenden Vorteil mir gegenüber: seinen Schwanz. Hatte man einen solchen nicht, war man in Kuba verloren.

Ohne das Wort an mich zu richten, öffnete er mir die Beifahrertür. Widerwillig stieg ich zu ihm nach vorne ein. Hinten mit genügend Sicherheitsabstand wäre mir weitaus lieber gewesen.

Als wir beide saßen, fuhr er sofort los. Ich wandte mich von ihm ab und blickte aus dem Beifahrerfenster hinaus. Noch immer schlotterte mein ganzer Körper und mein Rachen pochte. So grob hatte mich Alexey noch nie dort genommen.

»Du hättest niemals weglaufen dürfen, Giulia«, ertönte plötzlich seine tiefe Stimme neben mir. Dennoch wandte ich mich ihm nicht zu und sah weiter aus dem Fenster.

»Wusstest du, dass dein Vater schwer krank ist?«

Mein Kopf schoss in seine Richtung, dann schüttelte ich ihn leicht. Daris schenkte mir einen kleinen Seitenblick, ehe er wieder auf die Straße sah.

»Ihm geht es nicht gut, Giulia. Du solltest nach Hause kommen und dich von ihm verabschieden.«

Ich konnte nicht anders, doch ich musste einfach verächtlich schnauben. So sollte das jetzt laufen? Alexey schickte einen seiner Männer vor, der mir ein schlechtes Gewissen mit meinem todkranken Vater machen sollte?! Und dann? Sollte ich wirklich nach Hause gehen und vor dem Sterbebett knien, vor dem Mann, der mir dieses Leben erst aufgezwungen hatte? Meinem Vater, der mich eigentlich vor solch grausamen Männern wie Alexey hätte beschützen sollen? Zu diesem Mann sollte ich nun gehen, um ihm die letzte Ehre zu erweisen, und damit meinen letzten Halt, meine letzte Chance auf Freiheit kampflos hergeben?! *Ja, genau!*

Was bezweckte Alexey mit diesem neuen Spiel? Wo sollte das hinführen?

»Alexey wird alles von ihm erben. Du weißt hoffentlich,

was das bedeutet, oder? Er wird jeden Mann von deinem Vater übernehmen. Der komplette Ring wird ihm gehören. Alexey wird der neue Jefe des Frauenhandels. Willst du dich wirklich einem der mächtigsten Männer widersetzen?«

Erstaunt sah ich ihn an. Wieso sagte er so etwas zu mir? Und wieso hörte es sich so an, als wollte er mir hier gerade wirklich einen gutgemeinten Rat geben?

»Wieso sagst du das?«, krächzte ich, doch mehr gab meine Stimme nun mal nicht her. Daris hatte gerade seinen Wagen vor meinem Haus geparkt, dann wandte er sich mir in seinem Sitz zu.

»Weil du anscheinend in all den Jahren vergessen hast, wer er ist. Und ich kann dir als seine rechte Hand sagen: Er wurde nicht netter. Du weißt, was dieser Job aus einem macht. Zeigt man auch nur eine Sekunde Schwäche, stürzen sie sich auf dich und bringen dich zu Fall. Er wird nicht mehr gnädig mit dir sein und er wird sich nichts mehr von dir gefallen lassen. Sobald dein Vater tot ist, wird er aufhören, mit dir zu spielen, Giulia. Dann macht er ernst. Also sei ein schlaues Mädchen und gib ihm verdammt nochmal, was er will. Sei die Frau an seiner Seite. Jeder Jefe braucht eine starke Frau, du weißt das. Denk an deine Mutter. Erinnere dich, welchen Mann sie aus deinem Vater machte und zu welchem er wurde, als sie nicht mehr bei ihm war.«

Ich blinzelte ihn einfach nur verständnislos an und überlegte, ob ich lachen oder weinen sollte.

Das alles klang so dermaßen lächerlich und doch auch wieder nicht, dass ich außerstande war, ihm zu antworten.

»Ich habe nichts vergessen!«, wisperte ich in die Stille. Mein Blick gesenkt.

»Doch, hast du, Giulia, sonst würdest du nicht noch immer gegen ihn ankämpfen. Noch spielt er nur mit dir und noch bereitet es ihm die größte Freude, das kann ich dir sagen. Doch bald wird er aufhören mit dem Spielen. Er wird damit stoppen müssen, weil er dann der Jefe ist – und als Jefe spielt man nicht mit seiner Frau, man beherrscht sie, so wie man alles andere beherrscht. Kann er dich nicht zügeln und bändigen … was sagt das dann über seinen Führungsstil aus? Denk nach, Giulia! Willst du wirklich all seinen Zorn auf dich ziehen? Denn wenn du denkst, er wird dich einfach umbringen, wenn du es zu bunt treibst, dann kann ich dir sagen, das wird er nicht. Aber du müsstest am besten wissen, dass der Tod nicht das Schlimmste ist, was einem passieren kann.« Seine Stimme klang ruhig und doch hörte ich die altbekannte Strenge darin mitschwingen. Daris war zwar mir gegenüber nie handgreiflich geworden, nicht einmal dann, wenn er es hätte dürfen, dennoch wusste ich, wie streng er zu Frauen oder generell zu Menschen, die in seinen Augen unter ihm standen, sein konnte.

»Wieso tust du das? Wieso erzählst du mir das alles? Was kümmert es dich?!«

»Weil er sich in diesem neuen Spiel, das du ihm hier bietest, völlig verliert. Er verliert sein Ziel aus den Augen und das kann er sich jetzt nicht leisten. Ich sorge nur dafür, dass du die Sache hier überlebst und er nicht alles zerstört, wofür er seit Jahren gearbeitet hat. Denn stell dir mal vor, was er mit dir macht, wenn er hier wirklich als Verlierer rausgeht? Und das auch noch wegen dir, weil du ihn abgelenkt hast? Sei schlau, Giulia, und mach ihn glücklich, denn das macht uns alle anderen glücklich. Und für dich wird es leichter.«

Erneut schnaubte ich verächtlich.

»Leichter, ja?!«, entgegnete ich schnippisch.

»Ja, leichter. Du hast nun mal dieses Leben. Nimm es endlich an und kümmere dich um deinen Mann. Etwas anderes bleibt dir nicht übrig und das weißt du. … Und jetzt geh rein.« Natürlich war das Letzte ein ganz klarer Befehl. Ich blickte ihm noch einen Moment direkt in die Augen, dann stieg ich kommentarlos aus und ging, wie es von mir verlangt wurde, in meine Wohnung.

Erst als ich mich wenig später nackt unter meiner Dusche befand, kamen Daris' Worte richtig bei mir an. Sie öffneten mir eine Tür. Eine Eintrittskarte auf Alexeys Spielbrett. Ich war jetzt nicht mehr nur stille Zuschauerin, die nichts gegen seinen nächsten Spielzug unternehmen konnte, sondern wurde automatisch zu seiner Gegenspielerin. Dabei hatte ich auch noch alle Trümpfe in der Hand.

Daris hatte mir, ohne es zu wissen, Alexeys Schwachstelle und die passende Waffe verraten, um ihn endlich zu schlagen. Und ich würde nicht eine Sekunde zögern, um sie gegen ihn einzusetzen.

Doch noch war es nicht so weit. Noch musste ich ein paar riskante Spielzüge spielen, die mich auch alles kosten könnten. Allem voran würden sie mir aber ganz sicher noch jede Menge Schmerzen beschaffen, doch das war es wert. Wenn ich dadurch endlich von ihm freikommen würde, würde ich die kommenden Schläge und Strafen auf mich nehmen. Ich würde sie ertragen und erdulden, um ihn in Sicherheit zu wiegen.

Und dann … bin ich endlich frei!

Kapitel 7

Ian

»Du willst wirklich mit ihm Geschäfte machen?«, fragte mich mein Bruder missmutig, als wir uns auf meine Couch setzten.

»Das habe ich nicht gesagt. Ich meinte, dass ich es lediglich in Betracht ziehe. Alexey ist ein cleverer Kerl und guter Geschäftsmann. Er hat einen guten Riecher und auch ein feines Menschengespür. Seine Art, zu denken, gefällt mir ebenfalls. Kein großes Drumherum, sowas mag ich. Angel hat mir bei den vergangenen drei Treffen, die wir noch hatten, ebenfalls gut zugeredet. Sie meinte, sie hätte ein gutes Gefühl bei ihm – und na ja, wenn einer eine gute Menschenkenntnis hat, dann ja wohl sie. Vor allem, was Männer betrifft. Sie kann dir in zwei Sekunden genaustens die Stärken und Schwächen deines Gegenübers sagen«, antwortete ich ihm und nahm einen Schluck meines Whiskeys.

Logan verzog sein Gesicht. Es passte ihm nicht, über Angel zu sprechen. Wir mieden dieses Thema auch eher, wenn wir uns wegen Stone und der ganze Scheiße trafen und uns besprachen. Denn noch war der Krieg nicht vorbei. Stone hatte, seitdem wir bei ihm gewesen waren, zwar nichts mehr unternommen, doch das hieß ja bei ihm nichts. Schließlich hatte er uns mit seinem neuen Superpartner gedroht, wer auch immer dieser Pisser sein sollte. Dennoch sollten wir wachsam sein. Deswegen kam mein Bruder auch alle paar Tage bei mir vorbei und sah nach mir. Logan hatte wohl noch immer ein schlechtes Gewissen, dass ich angeschossen worden war. Er war wirklich gut darin, sich selbst zu geißeln. Das hatte er nach Michelles Tod auch getan. Sich selbst gehasst und bestraft.

Doch ich wollte nicht, dass er sich wegen mir schuldig fühlte. Dafür hatte ich in der Vergangenheit zu viel Scheiße gebaut, um mir das nun anmaßen zu dürfen.

»Wie geht es ihr?«, fragte Logan in seinen Drink hineinmurmelnd. Er sah mich nicht an und exte sein Glas zügig, als ich seinen Blick suchte.

»Gut. Sie hatte sich wohl eine Grippe eingefangen und wollte mich nicht sehen, bis es ihr wieder besserging. Bei den letzten Treffen war sie dann ja wieder dabei und wirkte fitter«, klärte ich ihn auf und ließ ihn dabei nicht aus den Augen. Es war komisch, mit ihm über Angel zu reden, wo sie ihn doch mied. Sie hatte ihre Worte wohl doch ernst gemeint, denn sie war auf keine Kontaktaufnahme von Logan eingegangen.

Er nickte gedankenverloren. Mein Bruder litt wegen ihr, das war kaum zu übersehen. Und ich konnte ihm nicht helfen, da ich der Arsch war, der sie noch immer regelmäßig traf. Doch auch unsere Beziehung hatte sich verändert. Angel blieb nach keinem Treffen bei mir. Eigentlich ging sie immer vor Alexey. Ich hatte überhaupt keine Gelegenheit, auch nur einen Moment mit ihr allein zu sein. Und rief ich sie danach an, so ging sie entweder nicht ran oder hielt es kurz.

Ich wusste nicht so recht, was ich von all dem halten sollte, doch ändern konnte ich es gerade auch nicht.

»Wenn es dich beruhigt, ich sehe und spreche sie auch nur bei unseren Treffen. Und das nie allein.«

»Findest du das nicht seltsam? Diesen Wandel von null auf hundert? Sie entscheidet sich gegen mich und für dich und doch seid ihr nicht zusammen. Das ist doch komisch?! Dann ihr Verhalten in den letzten Wochen. Ihre Krankheit und Zusammenbrüche. So kenne ich sie nicht.«

Ich verzog meine Brauen. Worauf wollte Logan hier hinaus?!

Gut, ich war zu Anfang auch der Meinung gewesen, etwas würde nicht stimmen. Doch bei den Treffen war Angel so wie immer. Charmant und höflich. Zwar zurückhaltender als sonst, doch das könnte daran liegen, dass es nun nicht mehr wirklich nach Drehbuch ablief, so wie bei meinen anderen Geschäftsessen.

»Logan, ich denke, du steigerst dich in etwas rein. Es tut mir leid, dass sie dich verletzt hat. Ehrlich. Doch ich weiß nicht, was ich jetzt für dich tun soll?!«

Logan schnaubte nach meinen Worten verächtlich. Dann beugte er sich nach vorne, donnerte sein Glas regelrecht auf meinen kleinen Couchtisch vor uns und erhob sich.

»Klar, dass du mir nicht helfen 'kannst'. Dann mach du mal mit deinem neuen Partner. Viel Glück.« Und damit ließ er mich einfach stehen.

»Logan, komm schon«, rief ich ihm noch nach, doch da hörte ich schon die Aufzugtür. *Dein Ernst?!*

Wie konnte er jetzt sauer auf mich sein?! Ich hatte doch alles versucht, dass sich die beiden wieder annäherten oder wenigstens miteinander redeten, um es zu klären. Also was sollte ich bitte noch tun? Sie hatte sich wohl entschieden. Oder zumindest sicher gegen ihn entschieden, denn mich hatte sie – ihrem Verhalten mir gegenüber nach zu urteilen – auch nicht wirklich gewählt. Aus dieser Frau wurde wirklich niemand schlau.

Das Geräusch der Aufzugtür riss mich aus meinen Gedanken. Ich dachte, Logan wäre doch noch einmal zurückgekommen, doch als ich mich erhob und durch mein Penthouse ging, um nach ihm zu sehen, kam mir James entgegen.

»Oh, hallo James, Sie sind es.«

»Sir, alles in Ordnung?«, fragte mich mein treuer Diener. Ich rieb mir müde die Augen, nickte jedoch.

»Ja. Was gibt es?«

Ich wandte mich schon wieder von ihm ab, um mich an meiner Bar erneut zu bedienen. Irgendwie hatte ich das Gefühl, nun einen Drink zu benötigen.

»Ich habe mich etwas über diesen Mr. Vargas schlaugemacht. Nur leider gibt es da ein Problem.« Bei seinen Worten drehte ich mich zu ihm um, denn solch einen Satz hatte ich selten von meinem fleißigen Engländer gehört.

»Probleme?«, fragte ich streng.

»Ja, Sir. Denn wenn ich Alexey Vargas eingebe, bekomme ich über tausend Treffer. Es gibt so einige Personen, die aufgrund ihres Lebenslaufes zu ihm passen. Ich kann also über ihn nichts finden. Auch meine Kontakte sagen nichts Genaues aus. Es tut mir leid, Sir, aber ich kann über ihn nichts herausfinden. Und unterstellen sollten wir ihm am besten auch nichts.«

Ich stutzte. So etwas hatte ich auch noch nicht gehört. *Seltsam.*

Wieso gab es so viele Treffer, die er sein könnten? Das ergab keinen Sinn. Außer … Alexey wollte, dass man nichts über ihn herausfand. Und dieser Weg war weitaus unauffälliger, als der, dass man überhaupt nichts über ihn fand. *Hast du doch recht mit deinem Bauchgefühl, Logan? Sollte ich auf dich und deine Instinkte hören?!*

Ich wusste es nicht.

»Was denken Sie darüber?«, fragte ich James. Seine Meinung war mir schon immer wichtig gewesen. Also war ich gespannt, was er von Alexey und all dem hier hielt.

»Sir, ich weiß nicht, was ich darüber denken soll. Es könnte alles oder eben auch nichts bedeuten. Mr. Vargas ist kein ungewöhnlicher Name. Sollten Sie ihn nun darauf ansprechen, könnte das so aussehen, als trauten Sie ihm nicht. Noch dazu könnten Sie sich blamieren, da Sie, oder ich als einer Ihrer Leute, nicht in der Lage waren, etwas Brauchbares über ihn zu finden. Das könnte ein schlechtes Bild auf Ihren Führungsstil werfen. Doch blauäugig vertrauen sollten Sie diesem Kerl auch nicht, Sir. Also … wie Sie sehen, ist es schwierig mit ihm. Ich kann Ihnen hierbei leider keinen vernünftigen Rat geben. Es tut mir leid, Sir.« Ich nickte gedankenverloren.

James hatte mit allem recht und das wurmte mich. Ich war nicht gern im Nachteil oder tappte im Dunkeln. Was also sollte ich nun tun?!

Fakt war, ich musste noch einige Treffen hinter mich bringen, um diesen Kerl zu verstehen. Schließlich ging es hier um mein Imperium. Meine Partner bekamen mehr Einsicht in mein Imperium, als mir eigentlich lieb war, daher mussten sie sorgsam ausgesucht werden.

»Danke, James, Sie können gehen.« Der Engländer nickte unterwürfig, dann ließ auch er mich allein.

Seufzend ließ ich mich mit einem neuen Drink bewaffnet in einen meiner schweren Sessel fallen. Das kühle Glas an meine Schläfe gedrückt überlegte ich, was ich nun tun sollte. Doch ich kam immer und immer wieder zum selben Entschluss. Ich musste mich einfach noch öfter mit ihm treffen, um herauszufinden, was er nun für ein Typ Mensch war, dieser Alexey Vargas. Ob er mit seiner Raffinesse und Cleverness der perfekte Partner oder doch eher der perfekte Schauspieler und Trickser war, der sich hier in mein gemachtes Nest setzen wollte.

Kapitel 8

Angel

Erneut fand ich mich, wie jeden verdammten Morgen, in seinen Armen wieder. Und wie jeden verfickten Morgen lag besitzergreifend sein Bein über meiner Hüfte. Seine viel zu starken Arme hielten mich abermals gefangen, gaben mir keine Möglichkeit, zu fliehen, und ich spürte seinen verfluchten Schwanz an meinem Eingang. Es war einfach kein Ende in Sicht. Ich hatte zwar meinen Plan, doch dieser lief schleppender als gedacht.

In den vergangenen Tagen hatten sich Alexey und Ian immer wieder getroffen und immer wieder war meine Anwesenheit verlangt worden. Ich hatte geglaubt, Ian und sein feines Gespür allein würden Alexey entlarven. Leider war dem nicht so.

Doch irgendetwas musste Ian zurückhalten, die Partnerschaft mit Alexey einzugehen. Sonst fackelte er doch auch nicht so lange mit solch wichtigen Entscheidungen. Ian entschied bedacht und dennoch ließ er sich nicht ewig Zeit dafür. Also warum jetzt? Das galt es nun herauszufinden. Vielleicht konnte ich sogar mit seinem eventuellen Misstrauen spielen.

Auch wenn dies bedeutete, weiterhin Alexeys unbändigem Zorn ausgeliefert zu sein, da es nicht nach seinem Kopf lief. Doch wenn ich dadurch am Ende endlich von ihm freikam, so würde ich geduldig jede seiner harten Strafen aushalten und erdulden.

Ein tiefes Brummen riss mich aus meinen wilden Gedanken.

»Guten Morgen, meine Schöne«, sprach er mit kratziger Stimme in seinem rauen Spanisch. Früher hatte mir dieser kratzige und dunkle Klang eine Gänsehaut nach der anderen über meinen Körper gejagt. Doch nun war ich erwachsen geworden. Ich glaubte nicht mehr an Ritter, Märchen oder Feen, die einen retten würden. In meiner Welt, der echten Welt, gab es nur Monster, Dämonen und andere dunkle Kreaturen direkt aus der Hölle. Die sich nahmen, was und wen auch immer sie wollten. Die sich nicht um das Empfinden ihrer Mitmenschen scherten, geschweige denn Rücksicht nahmen. Wieso auch? Schließlich regierten sie die Welt.

Doch früher hatte ich daran festgehalten, dass Alexey mein Ritter war. Dass er unter seiner grausamen Schale auch einen weichen Kern besaß – schließlich hatte ich diesen in einigen wenigen Nächten kennengelernt. Wenn er mich einfach nur in seinen starken Armen gehalten, mich geküsst und mich so geliebt hatte, dass es mir ebenfalls Freude bereitet hatte. Dann hatte er mir seine nette Seite gezeigt, mir Hoffnung gegeben, wo es eigentlich keine Hoffnung gab. Das wusste ich jetzt.

Nun wusste ich, dass Alexey keinen einzigen Funken Güte, Liebe oder Freundlichkeit in sich trug. Alles war bloß eine Show, um mich gefügig zu machen. Um mich dieses Märchen glauben zu lassen. Daran, dass es wahr werden würde. *Alles Bullshit! Scheiß auf den Prinzen! Scheiß auf den Ritter und sein edles Ross! Dreckig ficken tun sie dich ja doch alle.*

Seine Lust erwachte und ich spürte, wie er sich in meine geschundene Enge schob und sie weitete.

Nicht schon wieder!, schrie ich gedanklich. Doch da begann er mich schon mit leichten Stößen von hinten zu nehmen.

Morgens dauerte es zum Glück nie wirklich lang und

dort war er meist für seine Verhältnisse schon beinah sanft. Doch ich spürte so oder so nichts mehr. Blendete all den Schmerz, das Brennen und Pochen aus. Ich ließ ihn mich wieder und wieder missbrauchen, bis ich endlich frei von ihm sein würde.

Mit einem lauten Knurren versenkte er sich noch ein letztes Mal tief in mir und zu meiner Überraschung auch seine Zähne in meiner Schulter. Ich schrie spitz auf, da ich das nicht hatte kommen sehen.

Mit seiner Zungenspitze leckte er über eine weitere seiner Markierungen meines Körpers. War ja nicht so, dass meine Haut nicht übersäht davon war. Aber wer fragte mich schon?

»Geh dich waschen«, befahl er mit seiner rauen Stimme dicht an meinem Ohr, dann ließ er mich endlich frei. Sofort stand ich auf und eilte in mein Badezimmer. Absperren durfte ich nicht, das hatte er mir untersagt.

Wie immer vermied ich den Blick in den Spiegel. Was sollte es auch bringen? Schließlich spürte ich noch immer jeden Schlag, Schnitt, Biss oder Tritt an meinem geschundenen Körper. Wieso also in den Spiegel blicken und das Offensichtliche betrachten? Ändern würde es doch nichts, also ließ ich es.

Da ich, wie die meiste Zeit über, die wir in meiner Wohnung verbrachten, nackt war, stieg ich gleich in die Dusche, um mich, wie er es von mir verlangt hatte, zu waschen. Das heiße Wasser auf meinem schmerzenden Körper tat gleichermaßen gut, ebenso wie es auch schmerzte. Doch ich begrüßte diese Art von Schmerz gerade, denn dieser gehörte nicht ihm. Es war allein meiner. Vielleicht machte mich Alexey auch zu einer Masochistin. Ich wusste es nicht so genau – oder ich wurde einfach allmählich verrückt.

Ich sah zu, dass ich nicht zu lange im Bad verbrachte, denn das mochte er nicht. Nachdem ich mir angemaßt hatte, meinen Seidenmorgenmantel anzuziehen, ging ich zurück zu ihm.

Alexey hatte sich bereits aus den Decken geschält und stand in meiner kleinen Küche. Es wunderte mich immer wieder aufs Neue, wieso er sich das hier antat. Schließlich war er sonst eigentlich andere Unterkünfte gewohnt. Aber er beschwerte sich nicht. Nicht ein einziges Mal hatte er etwas zu unseren neuen Wohnverhältnissen gesagt. Jetzt, wo ich so darüber nachdachte, machte mir das Angst.

In der Küche angekommen wandte sich Alexey gerade mit zwei Tassen Kaffee in der Hand zu mir um. Doch kaum erblickte er mich oder eher den Morgenmantel, verzogen sich seine Augenbrauen verärgert.

»Zieh das aus!«, befahl er rau. Wenn wir allein waren, sollte ich grundsätzlich nackt sein. Dass er sich noch nicht an mir und meinem Körper sattgesehen hatte, wunderte mich immer wieder. Obwohl – eigentlich nicht. Alexey mochte es, seine Male und Markierungen auf mir zu sehen. Wie er mich beinah überall als seinen Besitz gekennzeichnet hatte.

Es war demütigend und schrecklich, dennoch gehorchte ich, wie immer. Es blieb mir auch nicht wirklich etwas anderes übrig. Entweder zog ich mich freiwillig aus, oder er übernahm das, doch nicht, ehe er mir meine Strafe für meinen Ungehorsam gegeben hatte. *Also, welche Option würdest du wählen?!*

Ich knotete den Gürtel meines Morgenmantels auf, dann strich ich mir den seidigen Stoff von meiner Schulter. Geräuschlos fiel er zu Boden und entblößte mich abermals vor diesem Tyrannen. Zufrieden nickte er, bevor er einen kräftigen Schluck seines Kaffees nahm.

»Heute werden wir uns wieder mit Mr. Richie Rich treffen. Und du sorgst dafür, dass es das letzte Treffen dieser Art ist. Ich möchte heute Abend als sein neuer Partner nach Hause gehen«, verkündete er mir mit seiner strengen spanischen Zunge.

Ungläubig schüttelte ich den Kopf. Wie zum Teufel sollte ich Ian an nur einem Abend dazu bewegen, Alexey zu seinem Partner zu machen? Oder sollte ich den Spieß umdrehen? Sollte ich Misstrauen bei Ian sähen, damit Alexey endlich bei ihm aufflog? War nun der Zeitpunkt gekommen?

»War ich so undeutlich?«, knurrte er ungeduldig, da ich ihm nicht geantwortet hatte. Schnell schüttelte ich den Kopf.

»Nein. Ich werde mein Bestes geben, Alexey«, versprach ich ihm kleinlaut.

»Das will ich für dich hoffen. Denn allmählich verliere ich meine Geduld mit dir, Giulia.«

Fast hätte ich laut geschnaubt, doch ich hatte es mir unter innerer Anstrengung verkniffen. Es würde mir ja doch nur wieder Extraschläge einbringen, auf die ich gut und gern verzichten könnte.

Ich nickte unterwürfig.

»Geh ins Schlafzimmer und bleib dort, bis ich dir wieder gestatte, rauszukommen. Ich habe noch zu arbeiten und möchte nicht gestört werden.«

Erneut nickte ich, dann sah ich zu, dass ich von ihm wegkam. Dies war meine liebste Zeit am Tag. Auch wenn ich mich immer furchtbar langweilte, da ich nichts machen durfte, außer auf ihn zu warten. Dennoch war mir diese Zeit heilig, denn dann rührte er mich nicht an und ich konnte endlich etwas Kraft tanken.

Alexey hatte mich tatsächlich den gesamten Tag in meinem Schlafzimmer allein gelassen. Er war nicht einmal gekommen, um mir etwas zu essen zu bringen. Mein Magen schrie mich bereits an. Zum Glück grenzte mein

Badezimmer an meinem Schlafzimmer an, so konnte ich wenigstens etwas trinken und auch auf die Toilette gehen.

Ich hatte ihn mehrmals telefonieren gehört. Auch Daris war kurzzeitig hiergewesen. Doch was er hier wollte oder was Alexey gesagt hatte, hatte ich nicht verstanden. Die Tür ging auf und Alexey trat ein.

»Zieh das an und mach dich zurecht«, befahl er mir knapp, dann wandte er sich auch schon wieder zum Gehen ab, als er mir das Kleid aufs Bett geschmissen hatte. *Du bist schlecht drauf. Das ist nicht gut.*

Ich rührte mich erst, als sich die Tür geräuschvoll schloss. Ein kurzer Blick auf das Kleid reichte und ich wusste, dass dieses von Ian war. Also hatte Alexey Ian in meinem Namen von meinem Handy aus geschrieben und dieser hatte mir dann von James ein Kleid für heute Abend bringen lassen. Und was für ein Kleid das schon wieder war. Gut, das erklärte wohl Alexeys schlechte Laune.

Es handelte sich um ein traumhaft schönes, weißes Kleid mit Rüschen und Veredelungen auf dem feinen Stoff. Es hatte sogar für Ians Verhältnisse einen sehr tiefen Ausschnitt. *Was bezweckt er mit diesem Ausschnitt?!*

Sonst gab mir Ian nur solche Outfits, wenn ich mein Gegenüber mit meinen weiblichen Reizen ablenken sollte. Doch bei Alexey konnte ich mir nicht vorstellen, dass Ian zu solchen Tricks greifen würde. Also wieso tat er es dann?!

Da ich wusste, dass Alexey es nicht duldete, wenn ich ihn auch nur eine Minute warten ließ, machte ich mich, so schnell es ging, zurecht.

Meine Haare steckte ich mir hoch und mein Make-up passte ich dem Kleid an. Etwas verrucht und doch nicht zu sehr. Alexey würde sicherlich missbilligend die Braue hochziehen, doch da keine Zeit mehr blieb, um mich umzuschminken, müsste er es wohl oder übel hinnehmen.

Schnell schlüpfte ich in mein Kleid, um mich dann ein

letztes Mal im Spiegel anzusehen. Als ich mich betrachtete, fiel mir allerdings etwas auf. Alexeys Bissspur von heute Morgen schimmerte unter dem dünnen Träger des Kleides durch. Er bedeckte ihn nur zur Hälfte.

Verzweifelt zupfte ich an dem Stoff herum, doch es half nichts. Ich müsste mir etwas anderes einfallen lassen.

»Warum bist du noch nicht fertig?«, donnerte seine dunkle Stimme vom Schlafzimmer zu mir herein. Ich zuckte heftig zusammen und blickte ihm durch den Spiegel unsicher entgegen.

»Ich versuche, das hier zu verstecken«, gestand ich leise. Er trat mit wütender Miene näher, um zu sehen, was ich meinte. Als er es erkannte, zog er missbilligend eine Braue nach oben.

»Mach deine Haare auf. Überschmink es oder trag einen Schal. Mir scheißegal, was du machst, nur sieh zu, dass du JETZT fertig wirst!«, knurrte er unheilvoll. Dann, nach einem weiteren strengen Blick, ließ er mich wieder allein.

Ich überlegte noch kurz, dann entschied ich mich dafür, meine Haare wieder aufzumachen und den rötlichen, ovalen Fleck mit etwas Make-up zu überdecken. Das sollte reichen, zumindest hoffte ich es. Denn stellte ich Alexey hierbei nicht zufrieden, so würde er mich wieder für meinen Ungehorsam bestrafen. Und allmählich wurden seine Strafen immer grausamer. Ich wusste wirklich nicht, wie lang ich dem noch gewachsen war.

Kapitel 9

Ian

Wie immer, wenn ich sie sah, war ich nervös. Ich wusste auch nicht, wieso ich mich in ihrer Nähe wie ein dummer Schuljunge fühlte, doch es war einfach so – und das, obwohl wir eigentlich überhaupt keine Sekunde mehr für uns allein hatten, da Alexey und auch die Arbeit mich voll einspannten. Dennoch kribbelte alles in meinem Körper, wenn ich sie sah. Ohne dass ich es kontrollieren konnte, begann ich breit zu lächeln, wenn sie auf mich zukam. So, wie jetzt.

Angel betrat gerade mein Penthouse, doch mein Lächeln fiel schnell in sich zusammen, als sie näherkam. Sie wirkte erschöpft und kraftlos. Ihr Schmunzeln war aufgesetzt, ich erkannte es sofort. *Was soll das? Wieso schenkst du mir dieses billige Lächeln, als wäre ich einer deiner Kunden?!*

»Was ist mit dir?«, brach es ungezügelt aus mir heraus. Angel sah mich fragend an, ehe sie wieder dieses Scheißlächeln aufsetzte.

»Tu das nicht, Angel!«, zischte ich scharf. Sie hielt in der Bewegung inne, ihre Hände auf meine Oberarme zu legen, da ich diese streng vor meiner Brust verschränkt hatte. Die Kerbe zwischen ihren Augenbrauen wurde tiefer.

»Was meinst du?«, fragte sie zögerlich.

Was zum Teufel war los mit ihr?! Wo war ihr Feuer? Sonst huschte bereits ein unbändiger Sturm durch ihre schönen, tiefblauen Augen. Doch gerade sah ich nichts dergleichen, bloß Unsicherheit.

»Mich ansehen, lächeln und behandeln, als wäre ich nur

einer deiner Kunden. Ich dachte, über dieses Stadium wären wir hinweg, Angel?!« Sie wollte gerade zu einer Erwiderung ansetzen, da ertönte plötzlich der altbekannte leise Gong, wenn jemand meinen Aufzug betrat und gleich bei mir ankommen würde.

»Ian, lass uns später darüber reden. Jetzt ist nicht der richtige Zeitpunkt dafür«, versuchte sie mich zu beschwichtigen und sah sich schnell über die Schulter um, ob Alexey schon hier war.

»Damit du mich dann wieder einfach stehen lässt, weil es dir mal wieder schlechtgeht? Oder du müde bist oder sonst eine deiner billigen Ausreden, die du mir schon seit Tagen auftischst und die ich dir nur durchgehen lassen hab, weil ich dachte, es wäre wegen Logan. Dass du noch Zeit bräuchtest. Aber es geht hier nicht darum, wen von uns beiden du willst, oder, Angel? … Worum geht es hier?!«

Erneut blickte sie sich regelrecht panisch um, als wir die Aufzugtüren hörten.

»Ian!«, ermahnte sie mich tadelnd und zugleich flehend.

»Nein! Ich erwarte jetzt eine Antwort von dir!«, knurrte ich ungeduldig.

»Guten Abend. Ich störe wohl?«, ertönte die Stimme von Alexey dicht hinter uns. Doch ich blickte nicht zu ihm auf, mein Blick ruhte nur auf ihr. Angel jedoch wandte sich ihm zu und setzte ihr süßes Lächeln auf. *Dein scheiß Ernst?!*

»Hallo, Alexey. Nein, du störst nicht. Ian und ich –«, doch ich schnitt ihr das Wort ab. Ich hatte keine Geduld mehr, höflich zu sein.

»Es tut mir leid, Alexey, aber ich muss dich leider einen Moment warten lassen. Ich habe etwas Wichtiges mit meiner Verlobten zu besprechen. Allein!«, setzte ich streng nach.

Alexey hob missbilligend eine Braue, ebenso wie seine Kiefermuskeln verdächtig zu zucken begannen, doch ich scherte mich nicht darum. Ich wollte Antworten und die würde ich nun auch bekommen.

»Ian! Das ist absolut unhöflich von dir! Entschuldige, Alexey! Natürlich werden wir dich jetzt nicht allein lassen.« Angel bedachte mich nach ihren Worten mit einem feurigen Blick. Da war sie ja wieder. Die Kriegerin.

Ein Räuspern holte mich ins Hier und Jetzt zurück.

»Ian, bei allem Respekt, aber ich bin sicher nicht hier, damit du dich im Nebenzimmer mit deiner Verlobten streiten kannst! Ich bin geschäftlich hier. Allerdings beschleicht mich allmählich das Gefühl, dass auch das Verschwendung meiner kostbaren Zeit ist!«, merkte Alexey sichtlich angepisst an. *Shit!*

Verärgern wollte ich ihn natürlich nicht. Auch wenn ich noch immer nicht wusste, ob ich ihm trauen konnte. Alexey war so bedacht. Bei allem, was er sagte und wie er sich gab. Es schien, als würde er einen Plan verfolgen. Ich wusste leider noch immer nicht, ob dieser positiv oder doch eher negativ für mich und mein Imperium war.

Da mir nichts anderes übrigblieb, entschied ich mich, das dringend nötige Gespräch mit Angel mal wieder zu verschieben. Wahrscheinlich würden wir es auch nicht später fortsetzen, da sie wie immer früher ging, um auch ja nicht mit mir reden zu müssen. *Was ist nur los mit dir?!*

Unmöglich konnte das an Logan liegen. Die beiden hatten laut ihm keinen Kontakt mehr, seitdem sie sich hier bei mir das letzte Mal gesehen hatten und es Angel danach so schlecht ergangen war.

Sie und ihre Mysterien! Ob ich sie wohl jemals alle lösen könnte? Ob sich Angel mir gegenüber wohl jemals vollständig öffnen könnte? Ich bezweifelte es stark.

Kapitel 10

Angel

Angespannt wartete ich darauf, wie sich Ian nun entscheiden würde.

»Entschuldige, Alexey. Natürlich bin ich nun ganz für dich da und wir reden über das Geschäftliche. Und finden hoffentlich einen gemeinsamen Nenner«, verkündete Ian und ließ es damit zum Glück gut sein.

Am liebsten hätte ich erleichtert ausgeatmet, wenn mich sein letzter Satz nicht schon wieder in Panik versetzt hätte. Ian durfte nicht mit Alexey zusammenarbeiten! Doch wie zum Teufel überzeugte ich ihn nun davon, ohne dass Alexey etwas bemerkte?!

Hin- und hergerissen kaute ich nervös auf meiner Unterlippe herum, während die beiden Männer in eine geschäftliche Unterhaltung verfielen. *Okay, alles oder nichts!*, entschied ich mich für den schmerzhaften Weg. Denn wenn ich das hier wirklich durchziehen sollte, wusste ich, dass Alexey mich es doppelt und dreifach büßen lassen würde. Doch es war an der Zeit, mein Ass im Ärmel zu nutzen.

Ian und Alexey waren bereits dabei, eine geschäftliche Diskussion zu führen, wobei man beinah denken könnte, dass es eher ein hitziges als ein sachliches Gespräch war.

»Bei allem Respekt, Alexey, doch deine Forderungen sind für deine Erfahrungen und für die Summe, die du vorhast, mit in mein Imperium zu bringen, zu groß. Du bist noch nicht so lange dabei. Hast keine Connections. Du pokerst schlicht zu hoch«, erklärte Ian nun wieder ruhig.

Alexeys Kiefermuskeln zuckten verdächtig. Er war kurz davor, zu explodieren, doch das durfte er hier nicht.

Ich kratzte all meinen Mut zusammen. *Jetzt oder nie!*

»Vielleicht wäre eine Partnerschaft zu einem späteren Zeitpunkt vorstellbarer? Wenn Alexey mehr Erfahrung sammeln konnte, um sich besser in dein Imperium einbringen zu können? Ich denke, das wäre die beste Lösung für alle Beteiligten.« Ich blickte erst zu Ian und dann zu Alexey. Unter innerem Zwang musste ich den Drang unterdrücken, zurückzuweichen. So unheilvoll und hasserfüllt, wie seine schwarzen Iriden mich gerade verschlangen.

Ian hingegen sah mich verblüfft an, doch dann nickte er schließlich gedankenverloren.

»Ich denke, du hast recht. Da Alexey und ich keinen Nenner finden und ich nicht bereit bin, eine Partnerschaft mit jemandem einzugehen, der seine eigenen Grenzen nicht kennt, ist dies wohl die beste Lösung. Dennoch würde ich den Abend noch friedlich ausklingen lassen«, setzte Ian höflich nach und erhob sein Glas, ehe er zu Tisch bat.

Man sah Alexey seinen wachsenden Groll an, während er widerwillig zustimmte, noch mit uns zu essen. So viel Selbstbeherrschung hatte ich ihm gar nicht zugetraut.

Ich entschuldigte mich kurz, um mich für das Essen frischzumachen. Doch eigentlich wollte ich nur einen kurzen Moment durchatmen, da ich es wirklich gewagt hatte, gegen Alexey zu sprechen. Ich betrat nicht einmal das Badezimmer, blieb in Ians Schlafzimmer und versuchte, das Zittern, das durch meinen nervösen Körper ging, unter Kontrolle zu bringen.

Unerwartet riss mich jemand an meinem Arm gepackt zu sich herum. Ich keuchte laut auf, doch es blieb mir im Hals stecken, als sich große Hände um meine Kehle legten und erbarmungslos zudrückten. Ich krallte mich in seinen Unterarmen fest und sah erschrocken zu ihm auf.

»Du kannst es nicht lassen, mich zu verärgern, oder, Giulia? Obwohl du die Konsequenzen kennst, machst du es dennoch! Ich habe dich wohl zu sanft angepackt!«, drohte er mir dunkel und doch sah ich etwas Ungewohntes in seinen Augen. *Zweifel!*

Ich sah Zweifel in seinen Augen. Alexey wusste genau in diesem Moment nicht, was er tun sollte. Todesmutig legte ich ein feines Lächeln auf.

»Du stehst mit dem Rücken zur Wand. Und das hier, mich anzupacken, macht es nicht besser. Ian ist misstrauisch! Sollte er jetzt auch nur einen Fleck an mir finden, war's das. Also rate ich dir: Lass mich los und spiel besser!«

Sein Griff wurde fester. Sterne flimmerten vor meinem Sichtfeld, doch dann ließ er mit einem animalischen Knurren von mir ab.

»Du spielst ein gefährliches Spiel, Giulia! Du weißt, dass wir später wieder allein in deiner Wohnung sind. Dort kommt dir keiner zur Hilfe. Dort kann ich mit dir machen, was auch immer ich will!«

Ians Stimme riss uns aus unserem stummen Kampf. Beide sahen wir uns nach ihm um, dann betrat er sein Schlafzimmer.

»Was soll das hier werden?!«, fragte er barsch und blickte Alexey finster an. Die beiden lieferten sich ein kurzes Blickduell.

»Entschuldigt«, presste Alexey zu meiner Überraschung zwischen zusammengebissenen Kiefern hervor. Er schäumte regelrecht vor Wut, doch für seine Verhältnisse versteckte er es wirklich gut.

»Wenn du uns kurz allein lassen würdest, Alexey!« Es war keine Frage und obwohl die Wortwahl höflich klang, so war es Ians Tonfall nicht. Alexey nickte angespannt und verließ den Raum. Ich lächelte in mich hinein. Obwohl ich wusste, dass ich dies in wenigen Stunden bereuen würde, so genoss ich gerade diesen kleinen Sieg über Alexey.

»Alles okay?«, fragte mich Ian. Ich nickte und ging auf ihn zu.

»Ja, alles okay«, antwortete ich ihm lächelnd.

»Was wollte er hier und von dir?«, hakte Ian misstrauisch nach und musterte mich genau. Jede Regung versuchte er aus meinem Gesicht einzufangen und zu lesen. Doch ich war schon immer zu gut darin, meine wahren Gefühle und Gedanken vor der Außenwelt zu verstecken, als dass ich Ian hier nicht ebenfalls hinters Licht führen könnte.

»Ian, es ist alles in Ordnung. Alexey hatte sich nur einen ruhigen Ort zum Telefonieren gesucht und ist auf mich getroffen. Dann kamst du auch schon herein«, belog ich ihn zu gut. Auch wenn ich Alexey hiermit nun eigentlich hätte vernichten können, so tat ich es nicht. Es würde mir so oder so nichts bringen, denn sollte ich Alexey so offensichtlich auffliegen lassen, würde er wild und brutal um sich schlagen. Womöglich würde er Ian hier und jetzt erschießen. Alexey war einfach alles zuzutrauen, daher musste man behutsam und clever vorgehen und nicht einfach mit dem Kopf durch die Wand laufen.

Ian verzog nachdenklich seine schwarzen Brauen. Er wog ab, ob ich lügen könnte. Doch da nun einfach nicht der richtige Zeitpunkt war, um dieses Gespräch zu vertiefen, nickte er und wir gingen zurück.

Das restliche Essen verlief angespannt. Keiner von uns wollte das hier und doch ließen wir es uns nicht anmerken. Vor allem Alexey bemühte sich wohl am meisten. Denn ich war mir sicher, er kochte innerlich. Sicherlich sah es in ihm aus wie in der Schlucht eines Vulkans, in der das Magma brodelte. Alexey war es nicht gewohnt, sein Temperament zu zügeln und für später aufzuheben, denn bei uns zu Hause musste er das nicht. Auf dem Land meines Vaters war dies nicht nötig. Doch hier in den Staaten konnte er nicht einfach mal den Psychopathen raushängen lassen. Vor allem nicht vor Publikum. Und ich genoss es in vollen Zügen.

»Bleibst du heute?«, raunte mir Ian überraschend ins Ohr, als er sich dicht zu mir gebeugt hatte. Ich sah ihn überrascht an, doch dann schüttelte ich leicht den Kopf. Ja, ich wollte Alexey provozieren, doch diese Aktion würden weder Ian noch ich überleben!

»Bitte, Angel, bleib!«, hauchte Ian mit rauchiger Stimme. Ein Schauer jagte mir dabei über meine Wirbelsäule.

Ich blickte kurz zu Alexey, doch kaum trafen sich unsere Blicke, schüttelte er mahnend den Kopf. Wie davon beflügelt, sagte ich das Wort, das alles verändern würde.

»Okay.«

Ian drückte mir vor Freude einen kleinen Kuss auf die Wange. Alexey ließ daraufhin wütend sein Besteck auf seinen Teller fallen. Doch er überspielte es und bat Ian um einen Umtrunk, ehe er gehen würde. Natürlich willigte Ian ein und besorgte uns Drinks. Kaum hatte sich Ian erhoben, schlich sich eine unheilvolle Grimasse auf Alexeys Lippen.

»Oh, Giulia, was hast du nur getan? Meinst du wirklich, hier bist du sicher vor mir? Meinst du, du kannst deinem Richie-Rich-Boy einfach von mir erzählen und es folgen keine Konsequenzen?« Er sprach gesenkt, sodass uns Ian sicher nicht hören würde.

»Und denkst du, ich mache diese Hölle nur einen Tag länger mit?!«, konterte ich todesmutig. Doch statt auszuflippen, umspielte nur ein fieses Lächeln seine vollen Lippen.

»Meine Schöne, deine wahre Hölle hat doch noch gar nicht begonnen. Erst wenn ich jeden qualvoll für deine Dreistigkeit getötet habe und du feststellst, dass keiner mehr übrig ist, der sich auch nur ansatzweise um dich gesorgt hat, und ich dich zum hundertsten Mal so schmerzhaft und hart in all deine Löcher gefickt habe, erst dann bist du in der Hölle angekommen. Alles, was jetzt war, war nur die

Vorhölle, meine Schöne. Willst du mich also wirklich weiter provozieren? Wen soll ich zuerst umbringen, Giulia? Mr. Richie Rich hier? Oder seinen arroganten, aufgeblasenen Bruder mit seinen Wichsgriffeln, die er nie bei sich behalten kann? Oder doch lieber deinen besten Freund?«

Bei der Erwähnung von Miguel riss ich schockiert die Augen auf. Ich wusste ja, dass Ian und Logan auf seiner Abschussliste standen, die allerdings hoffentlich ebenbürtige Gegner für ihn waren. Doch mit Miguel hatte ich nicht gerechnet. Keine Ahnung, wieso ich tatsächlich dachte, er würde mir nicht noch einmal meinen Anker nehmen.

Fassungslos schüttelte ich den Kopf. Ein Siegerlächeln breitete sich auf seinen Lippen aus.

»Dann weißt du ja, was du nun zu tun hast.« *Verdammter Bastard!*, schrie ich ihn in meinen Gedanken an.

Wieder hatte er es geschafft, den Spieß umzudrehen. Und wie sollte ich Ian nun klarmachen, dass ich schon wieder nicht blieb?! Nie im Leben würde er mich wieder kommentarlos gehen lassen. Alexey spielte dreckiger als früher. *Moment!*

Wieso war es überhaupt nötig, dreckiger als damals zu spielen?! Vielleicht, weil ich ihm noch nie so gefährlich geworden war wie jetzt? Zu Hause hatte ich keine Stimme, keine Rechte, kein Leben gehabt. Hier schon. Ian würde mir glauben, wenn ich ihm von Alexey erzählen würde. Davor hatte er Angst. Also musste ich diese Angst nutzen.

»Denk nicht einmal dran! Tu nichts Dummes, Giulia!«, knurrte er rau. Ein feines Lächeln legte sich wieder auf meine Lippen.

»Zum Beispiel?«, forderte ich ihn heraus.

»Noch ein Wort und dein kleiner Freund liegt tot in einer Seitengasse!«, drohte er mir. Ich beugte mich für meine nächsten Worte leicht über den Tisch.

»Sollte Miguel auch nur ein Haar gekrümmt werden,

werde ich Ian alles über dich erzählen! Du kannst mit mir machen, was auch immer du willst, aber du wirst ihn nicht anrühren! Ich schwöre dir, Alexey, ein zweites Mal lasse ich dich nicht damit davonkommen! Fordere mich nicht heraus, denn ganz ehrlich, ich habe bis auf ihn nichts mehr zu verlieren!« Alexey wollte etwas erwidern, doch da kam Ian mit unseren Getränken wieder.

Ich war mir sicher, zu weit bei Alexey gegangen zu sein, doch als er mir mit Miguel gedroht hatte, hatte etwas in mir ausgesetzt. Kein Mensch, den ich liebte, sollte je wieder wegen mir sterben.

Gezwungen führte Alexey ein Gespräch mit Ian, ich sah es ihm an. Seine Ader auf der Stirn pochte wie verrückt und seine Haltung war angespannt. Doch leider klingelte Ians Handy und somit bekam Alexey erneut eine Chance, diese Schlacht zu gewinnen. Ian entschuldigte sich und nahm den Anruf entgegen.

»Du schwingst jetzt deinen Arsch nach Hause oder ich schwöre dir, Giulia, ich bringe ihn hier und jetzt um!«, presste er unkontrolliert aus seiner Kehle.

»Das glaube ich nicht. Sonst hättest du es schon längst gemacht, anstatt solch einen Eiertanz um Ian zu veranstalten. Du brauchst noch etwas von ihm. Sonst wäre er schon längst tot, allein dafür, wie oft er mich berührt oder gar geküsst hat. Niemand hatte mich in all den Jahren zu Hause auch nur ansehen dürfen, ohne dass du deine eigenen Männer gnadenlos erschossen hast. Und bei Ian solltest du dich plötzlich zusammenreißen? Nein! Das ergibt keinen Sinn! Also heißt das für mich, du kannst ihn nicht umbringen.« Ich verschränkte die Arme vor meiner Brust. Ich wollte ihm meine zittrigen Hände nicht zeigen. Mein Herz schlug mir bis zum Hals.

Ich wusste, wie gefährlich das hier gerade war und dass seine nächste Strafe alle übertreffen würde, die es je gegeben hatte. Doch wenn ich hieraus als Siegerin hervorging, würde ich auch diese in Kauf nehmen.

Er schien zu überlegen, das machte mich gleich noch etwas nervöser.

»Hör gut zu, es wird folgendermaßen ablaufen: Du wirst hierbleiben. Doch gnade dir Gott, du lässt dich von ihm ficken, Giulia! Du wirst deinen Märchenprinzen davon überzeugen, dass er die Partnerschaft mit mir noch einmal überdenken sollte. Du wirst kein Wort über mich oder unsere Vergangenheit verlieren! Daris wird nämlich in der Zeit, in der du hier bist, seinen Posten bei deinem kleinen Freund einnehmen. Ein Anruf von mir und er erschießt ihn. Keiner wird es merken. Du weißt, wie gut Daris in seinem Job ist. Morgen früh kommst du ohne Wenn und Aber zu mir zurück und erst wenn du mir gute Neuigkeiten überbringst, werde ich Daris von deinem Freund abziehen. Kommst du also nicht wieder nach Hause, gibst du Daris damit den Abschuss frei. Es liegt ganz allein an dir, ob dein kleiner Freund diese Nacht überlebt oder nicht. Vielleicht ist Daris schon bei ihm und wartet nur auf meinen Befehl?«

»Du bluffst!«, zischte ich.

»Willst du's wirklich riskieren? Du weißt, dass mir deine Leute scheißegal sind. Eigentlich will ich sie alle tot sehen. Also los, gib mir einen Grund, meine Tarnung auffliegen zu lassen und alle drei nach meinen Vorstellungen abzuschlachten! Ich tue es nur allzu gern!«

Ich blickte mich nach Ian um, da ich seine Stimme näherkommen hörte. *Shit! Was soll ich nur tun?!*

Ich musste nach seinen Regeln spielen, schon wieder und wohl auf ewig. Alexey hatte einfach immer die besseren Karten.

Ich könnte niemals entkommen. Denn sollte ich Ian einweihen, würde ich dadurch meinen besten Freund töten. Es wäre allein meine Schuld! Ich wäre dann zwar endlich frei von ihm, doch das würde ich definitiv nicht überleben. Dann könnte er mich auch gleich umbringen. Es war frustrierend und brachte mich an den Rand der Verzweiflung, dermaßen machtlos gegen Alexey zu sein. Immer noch! Ich sah kein Ende. Kein Entkommen. Ich musste mich mal wieder fügen, um die Menschen zu beschützen, die ich liebte. Um nicht noch einmal zu riskieren, dass er mir jemanden nahm, der in meinem Herzen wohnte – denn würde er es tun, würde es bersten. Für immer!

»Und wenn ich nach Hause komme, was tust du mir dann Schreckliches für diese Nummer hier an?«, fragte ich ihn zynisch. Doch er zuckte nur mit den Achseln.

»Das kommt auf dich an. Hast du gute Neuigkeiten für mich, werde ich gnädig mit dir sein. Wenn nicht … davon gehen wir jetzt mal nicht aus, denn dann bist es nicht du, die dafür büßen muss. Ich habe schon gemerkt, dass du immer schon besser gespurt hast, wenn es um andere ging. Wieso dann nicht an den altbekannten Methoden festhalten?! Oder was sagst du, meine Schöne?«, säuselte er.

Ich biss mir kräftig auf die Zunge, um den Fluch herunterzuschlucken. Ob ich wollte oder nicht, Alexey hatte schon wieder gegen mich gewonnen und dann hatte er auch noch mein eigenes Spiel gegen mich verwendet.

Alexey erhob sich zufrieden lächelnd.

»Sag deinem Prinzen, ich sei gekränkt gegangen. Das sollte helfen.« Er zwinkerte mir noch einmal zu, dann verließ er ohne weiteren Kommentar das Penthouse. Als ich die Aufzugtür hörte, fiel alle Anspannung von mir ab und ich fuhr mir mit zittrigen Fingern durch mein blondes Haar. Ich musste mich stark zusammenreißen, nicht in Panik zu verfallen. Ich hatte Angst vor morgen. Hatte Angst, nach Hause zu müssen, und doch konnte ich nichts dagegen tun. Alexey hatte sich überdeutlich ausgedrückt.

»Entschuldigt. … Wo ist Alexey?«, fragte Ian sichtlich

verwirrt. Ich atmete unauffällig noch einmal tief durch, ehe ich zu ihm aufblickte.

»Er ist gekränkt gegangen. Er sagte, er sei noch nie so schlecht wie heute behandelt worden. Und dass er es nun überdenken würde, mit so jemand Unzuverlässigem wie dir Geschäfte zu machen. Er wollte sich bei deinen anderen Partnern und Geschäftskunden erkundigen, ob sie ähnlich schlechte Erfahrungen mit dir gemacht haben«, ratterte ich die Worte, die Alexey von mir verlangt hatte, runter. Ians Miene wurde immer wütender.

Ich wusste, dass ich ihn damit hatte. Wenn man an sein Image ging. Schließlich war mir klar, wie viel er auf sich genommen hatte, um so positiv dazustehen, wie er es nun tat. Mir war klar, dass ich Ian damit zum Nach- und vor allem Umdenken bewogen hatte. Ich sah es ihm deutlich an.

»Was hältst du von der Partnersache zwischen ihm und mir?«, fragte mich Ian dann zu meiner Überraschung.

»Das kann ich dir nicht beantworten, Ian. Das steht mir nicht zu.«

»Ich frage dich aber gerade nach deiner Meinung. Vorhin hattest du doch auch eine«, hakte er nach. Ich biss mir unsicher auf die Unterlippe.

»Ich denke, dass es falsch war, ihn so zu kränken. Ich denke, dass du nun gezwungen bist, mit ihm zusammenzuarbeiten, wenn du nicht möchtest, dass nicht noch einmal dasselbe wie mit Mr. Conners passiert. Das ist meine Meinung.«

Ian sah gedankenverloren an mir vorbei, ehe er nickte.

»Da hast du wohl recht. Aber darum kümmere ich mich morgen. Jetzt bist du wichtig. Ich denke, wir sollten uns mal ernsthaft unterhalten, was eigentlich mit dir los ist und wohin das hier alles führen soll.«

Erneut biss ich mir unsicher auf meine Unterlippe. *Was zum Teufel soll ich ihm denn nun sagen?!*

Die Wahrheit fiel logischerweise aus, doch Ian war viel zu verbissen und aufmerksam, um nun meine Lüge nicht zu bemerken.

Ian setzte sich neben mich, nahm sanft meine Hand und legte sie in seine. Ich versuchte, mein Zittern mit aller Macht zu unterdrücken. Er durfte es nicht bemerken. Sonst würde er nur noch mehr Fragen stellen, auf die ich noch weniger Antworten hatte.

»Ian«, begann ich unsicher und konnte ihn dabei nicht einmal ansehen. Eigentlich sollte ich es hier und jetzt beenden. Ich sollte ihn hart und schmerzhaft von mir stoßen. So wäre es das Beste für uns alle. Doch das war gegen Alexeys Plan. Ich konnte ihn nicht noch mehr verärgern. Ich wusste, dass mich morgen Schreckliches erwarten würde. Und es würde noch viel schmerzhafter werden, sollte ich seinen Auftrag, Ian umzustimmen, nicht ausführen. Also musste ich sein krankes Spiel weiterspielen, ob ich wollte oder nicht.

Ich musste tun, was er von mir verlangte, sonst wären alle in Gefahr. Und ich würde es schlichtweg nicht überleben, wenn auch nur noch einem Menschen etwas wegen mir passierte, der mir wichtig war. Ich hatte heute zu hoch gepokert. … Oder vielleicht nicht hoch genug?

Hatte ich es nicht in Alexeys Augen gesehen? Die Unsicherheit? Vielleicht müsste ich bei unserem nächsten Treffen einfach noch weitergehen und hoffen, dass er sich somit selbst verriet. *Wäre das die Möglichkeit, um endlich frei von dir zu kommen?*

»Angel?«, holte mich Ians besorgte Stimme aus meinen wilden Gedanken. Ich blickte ihn erschrocken an, dann lächelte ich entschuldigend, da ich keine Ahnung hatte, was er gerade gesagt hatte.

»Angel, sag mir doch endlich, was dich seit Wochen so sehr beschäftigt? Was ist mit dir los?«, hakte Ian erneut nach, doch seine tiefe Stimme klang sanft und warm.

Alles in meinem Innern schrie mich wieder an, mich ihm anzuvertrauen. Doch ich durfte es nicht. Alexey würde nicht eine Sekunde zögern und Miguel erschießen lassen. Dieser Mann kannte kein Erbarmen, keine Gnade. Und ich glaubte ihm, wenn er sagte, er würde liebend gern seine Tarnung auffliegen lassen, um Ian und Logan zu töten.

Alle wären tot, nur weil ich es nicht ertragen konnte. Nur weil ich ihm mal wieder nicht gehorcht hatte. Dass meinetwegen abermals jemand starb, und das wieder durch Alexeys Hand, würde ich nicht verkraften können. Doch wie sollte ich jetzt mit Ian umgehen?

Ich wich seinem bohrenden Blick aus, während ich fieberhaft überlegte. Plötzlich spürte ich seinen heißen Atem an meinem Hals. Ein wohliger Schauer jagte mir, ohne dass ich es wollte, über den Rücken. *Wie kann ich nur nach all den schrecklichen Wochen so auf ihn, einen Mann, reagieren?!*

Doch ich wusste eigentlich, dass Ian nicht wie Alexey war. Er würde mich nie so verletzen, wie dieses Monster es getan hatte. Würde mich niemals zu etwas zwingen. Dennoch sollte und vor allem durfte ich nicht so auf ihn reagieren.

»Du kannst mir alles sagen, Angel«, raunte er mit seiner tiefen Stimme gegen meine empfindliche Haut. Sein Bass vibrierte durch meinen gesamten Körper. *Verdammt!*

»Ich weiß, Ian. Doch es gibt Dinge, die kann ich dir einfach noch nicht erzählen. Gib mir noch etwas Zeit. … Bitte, Ian!«, flüsterte ich und schloss die Augen, als ich seine weichen Lippen an meinem Hals spürte.

Wie gern würde ich ihm mehr erzählen. Wie gern würde ich mich ihm jetzt voll und ganz hingeben. Wie gern wäre ich einfach nur glücklich. Doch so märchenhaft war mein Leben nun mal nicht, war es nie gewesen und würde es auch nie werden.

Ich war nicht Cinderella mit einer guten Fee und ihrem

Märchenprinzen, der das halbe Land nach ihr durchsuchte. Ich war nicht Schneewittchen oder Dornröschen, die von ihren Traummännern aus ihren Flüchen geküsst wurden.

Keine dieser verträumten Prinzessinnen war ich, denn ich wusste, wie hart das Leben war, und ich wusste, dass es kein Entkommen gab. Keine Hoffnung. Kein Märchen, das, wenn ich nur fest genug daran glaubte, irgendwann in Erfüllung gehen würde.

Das war alles Bullshit!

»Was ist das?«, riss mich Ians anklagende Stimme aus meinen ernsten Gedanken. Ich öffnete meine Augen und blickte ihn an. Fragend zog ich die Brauen zusammen. Ich verstand nicht, was er meinte. Bis mir auffiel, wohin Ian so streng sah. O nein. Reflexartig bedeckte ich meinen Hals mit meiner Hand und sah beschämt zur Seite.

»Nichts«, nuschelte ich in meinen Schoß hinunter.

»Was heißt hier nichts, Angel?! Du hast Würgemale und Bissspuren an deinem Hals und willst mir erzählen, du weißt nicht, woher die stammen?!«, fragte Ian aufgebracht. Ich hörte es an seiner Stimme, er duldete nun keine Ausrede.

»Ein Kunde kannte seine Grenzen nicht«, erklärte ich abweisend.

»Seine? Wohl eher deine! Angel, das musst du melden!«

Ich schüttelte leicht den Kopf.

»Ian, schon gut! Lass uns bitte nicht über meine Arbeit sprechen.« Er schnaubte wütend auf. Ich wagte mich an einem kleinen Seitenblick.

»Dann bleibt uns ja nicht viel Gesprächsstoff. Ich darf nicht hinterfragen, was es mit deinen Wunden oder mit deinem komischen Verhalten in letzter Zeit auf sich hat. Ich darf nicht über das Dreierding zwischen dir, mir UND meinem Bruder reden. Ich darf nicht über Stone reden. Deine Vergangenheit ist so oder so ein Tabuthema. Also? Über was können wir dann noch großartig sprechen?« Ian hatte sich in Rage geredet und war zum Ende hin sogar aufgesprungen und tigerte nun nervös um den Tisch herum.

Ich folgte ihm stumm mit meinem Blick. Etwas anderes blieb mir gerade nicht übrig. Denn ich wollte mich eigentlich nicht wieder mit ihm streiten, doch erzählen konnte ich ihm auch nichts. *Gott, ist das alles zum Kotzen!*

»Wir könnten über deine Arbeit reden. Du wolltest wissen, was ich von einer Partnerschaft zwischen dir und Alexey halte?«

Ian hielt in der Bewegung inne und wandte sich langsam zu mir um.

»Darüber willst du JETZT mit mir sprechen?«, fragte er sichtlich irritiert. Ich lächelte ihm sanft entgegen und zuckte leicht mit den Schultern.

»Na, deswegen bin ich doch eigentlich hierhergekommen, oder nicht?«

Ians Gesichtsausdruck wurde sofort sanfter, dann setzte er sich wieder neben mich.

»Angel«, begann er ruhig.

»Du musst nicht schon wieder anfangen, Ian. Es ist schon okay. In ein paar Tagen sind die vier Wochen, in denen ich dir noch zur freien Verfügung stehen muss, um und dann sehen wir weiter, wo wir stehen, in Ordnung? Man sollte Berufliches und Privates einfach nicht mischen, das macht alles unnötig komplizierter.«

Ich sah es ganz deutlich, mein Gesagtes verletzte Ian. Sehr sogar. Seine schwarzen Iriden verloren sofort an Glanz. Sie wurden noch eine Spur dunkler, seine Miene hart. Dann nickte er mechanisch und schloss mich damit aus. Sonst war dies eigentlich mein Part, doch ich ließ ihn.

Eine beklemmende Stille breitete sich zwischen uns aus. Deshalb beschloss ich, dass es besser wäre, zu gehen. Ich erhob mich und nahm meine Tasche an mich.

»Ich sollte gehen.«

Ian sagte nichts zu mir, er sah mit zuckenden Kiefermuskeln an mir vorbei. Traurig nickte ich, ehe ich mich von ihm abwandte. Doch am Aufzug angekommen drehte ich mich doch noch einmal zu ihm um.

»Du solltest seine Partnerschaft annehmen. Aber, Ian … Bleib wachsam. Hinterfrage alles und pass auf dich auf.«

Die Aufzugstür glitt in meinem Rücken auf und ich stieg ein. Ian blickte langsam zu mir, dann erhob er sich.

»Wie meinst du das, Angel?«

Ich antwortete ihm nicht mehr, da sich die Türen direkt vor ihm schlossen und ich mit dem Aufzug nach unten fuhr. Seufzend lehnte ich mich an der Wand in meinem Rücken an, behielt die Augen für einen kurzen Moment gequält geschlossen.

Ein nervöses Prickeln durchflutete meinen Körper, als mir klar wurde, dass ich nun zurück zu Alexey musste. Und dabei hatte ich nicht einmal etwas Handfestes für ihn. Ich hatte zwar bei Ian ein gutes Wort für ihn eingelegt, doch so wie mich Ian gerade angesehen und es hinterfragt hatte, bezweifelte ich, dass es bei ihm so ankam, wie es Alexey wollte.

Ian war einfach zu clever. Er hatte meine unterschwellige Warnung sofort verstanden. Ich hoffte nur, dass er diesbezüglich nichts bei Alexey fallen ließ.

Unten angekommen inhalierte ich die frische Luft regelrecht und hoffte, sie würde meine wirren Gedanken klären, denn ein verrückter und völlig abwegiger Gedanke hämmerte unerbittlich in meinem Schädel. *LAUF!*

Doch ich konnte jetzt nicht weglaufen, nicht fliehen. Alexeys Zorn wäre zu schrecklich, zu gewaltig. Miguels Leben stand auf dem Spiel.

Ich überquerte die Straße, um erst einmal von Ian und seinem wunderschönen und imposanten Wolkenkratzer, den ich jetzt schon viel zu sehr liebte, wegzukommen.

Und doch konnte ich diesen einen Gedanken, meinen Fluchtinstinkt, nicht abschütteln. Ich sah mich kurz um, sah in die eine Richtung, in die ich nach Hause kam, dann in die andere.

Doch bevor ich überhaupt eine Entscheidung treffen konnte, presste man mir von hinten ein Tuch mit beißendem Geruch auf Mund und Nase. Ich trat nach hinten aus und versuchte mich zu wehren. Panik überkam mich, dann wurde alles schwarz.

Kapitel 11

Alexey

Da liegst du, alle viere von dir gestreckt, nackt, gefesselt und bewusstlos auf deinem Bett. Einfach wunderschön.

Du wolltest vor mir fliehen, nicht wahr, meine Schöne? Du dachtest, ich hätte dich tatsächlich bei diesem Pisser allein gelassen. Doch du bist nie allein, kleine Giulia! Nie wieder werde ich dich allein lassen oder dich freigeben. Denn du bist mein Besitz! Du gehörst nur mir!

Es macht mich wütend, wenn ich daran denke, wie viele verfickte Arschlöcher dich berührt und beschmutzt haben! Keiner darf dich anrühren oder ficken! Keiner hat mein Eigen zu berühren! Wann verstehst du das endlich, Giulia?

Und diese beiden Lackaffen? Was ist mit ihnen? Hast du sie nicht nur in deine Öffnungen gelassen, sondern auch in dein Herz? Willst du mir das tatsächlich weismachen? Oh, meine kleine Giulia, willst du mich damit reizen?!

Mein Blick wandert gierig über deinen schönen Körper. Ich halte es kaum noch aus. Ob ich dich wecken soll, indem ich mich erbarmungslos in dich stoße? Würdest du schreien oder doch eher stöhnen?

Früher habe ich dich oft zum Stöhnen gebracht, wenn ich sanft zu dir war und dich verwöhnt habe. Und wie schön dein Stöhnen immer war. Ob ich wieder sanft zu dir sein soll? Doch du hast es dir nicht verdient, meine Schöne. Du wolltest fliehen und du hast dich mir widersetzt! Du warst ungehorsam und ungezogen mir gegenüber, nein, regelrecht respektlos. Das dulde ich nicht, Giulia. Niemals! Du hast zu gehorchen und zu spuren, immer!

Früher hast du gehorcht, hast alles getan, was ich von dir verlangt habe. Wann kommst du dort wieder hin, meine Schöne?

Deine Lider beginnen zu zucken, du wachst langsam auf und ich habe noch immer nicht entschieden, was ich mit dir machen soll. Wie ich dich bestrafen soll.

Plötzlich schlägst du deine Augen auf und siehst dich panisch um. Schnell erkennst du, dass du wieder bei dir zu Hause bist.

»Hallo, meine Schöne«, begrüße ich dich. Endlich kann ich wieder mit dir auf Spanisch sprechen, so wie es sich gehört. Es macht mich krank, diese grässliche Sprache aus deinem schönen Mund zu hören. Selbst deinen Akzent hast du abgelegt.

Etwa wegen mir, Giulia? Du wolltest mich wirklich vollkommen aus deinem neuen Leben verbannen. Doch deine Rechnung ging nicht auf, nicht wahr, meine Schöne?! Niemals hattest du damit gerechnet, dass ich dich finden würde, dass du dich wieder in meinen Armen wiederfinden würdest.

Dachtest du, ich würde dich tatsächlich einfach so gehen lassen?! Ich würde dich nicht suchen? Oh, meine naive kleine Giulia! Ich habe die ganze Welt nach dir absuchen lassen!

Als du es gewagt hast, vor mir zu fliehen, habe ich nicht nur einen meiner Männer aus Zorn und Verzweiflung umgebracht. Und auch die Frauen und Mädchen mussten darunter leiden. Ich weiß nicht mehr, wie viele von ihnen ich kaltblütig ermordet habe, nur um Informationen aus ihnen herauszuquetschen. Damals dachte ich noch, du hattest Hilfe, doch du brauchtest keine Hilfe, nicht wahr, meine Schöne?

Du hast dir dein neues Leben ganz allein aufgebaut. Mit welchen Mitteln, ist mir klar, und auch dafür werde ich dich noch angemessen bestrafen. Dafür, dass du die Dreistigkeit besessen hast, deinen – MEINEN – Körper zu verkaufen.

Der Zorn beginnt wieder durch meine Adern zu pulsieren, wenn ich nur daran denke, wie dich diese Wichser gefickt haben. Es grenzte an Folter und kostete mich all meine Beherrschung, dich nicht sofort wissen zu lassen, dass ich dich gefunden hatte. Doch mit deiner 'Verlobung' hast du mir Türen geöffnet, kleine Giulia, die konnte ich unmöglich nicht durchschreiten.

Du beginnst an deinen Fesseln zu zerren und reißt mich damit aus meinen Gedanken. Ich blicke auf dich herab und beginne zu grinsen. Wie niedlich du doch bist, noch immer zu glauben, du könntest vor mir fliehen.

»Miguel?«, fragst du mit heiserer Stimme. Ich verschränke meine Arme vor der Brust und blicke noch immer dicht vor dem Bett stehend auf dich herab. Als ich tadelnd meinen Kopf schüttle, erstarrst du im ersten Moment, dann wird deine Atmung hektisch. Deine schönen, nackten Brüste heben und senken sich schnell und deine bronzenen Glieder sind von einer Gänsehaut überzogen. Ich verliere mich beinah in diesem hypnotischen Anblick.

»Was hast du ihm angetan?«, fragst du mich hysterisch und sorgst dafür, dass mein Lächeln nur noch etwas breiter wird.

Nichts habe ich deinem kleinen Freund angetan, doch das brauchst du schließlich nicht zu wissen, noch nicht. Erst einmal will ich dich leiden sehen. Du musst bestraft werden für deine Aktion gestern! Denn, ganz ehrlich, du hast gut gespielt, meine Schöne.

Ich kann es mir nicht leisten, aufzufliegen, noch nicht. Zu nah bin ich dran, um Mr. Richie Rich sein Imperium zu entreißen. Ich muss nur Zugriff auf seine Unterlagen bekommen und dann habe ich ihn. Nur deshalb lebt dein kleiner Freund noch, weil du so gut gespielt hast. Du würdest alles für deinen besten Freund tun, wie damals für Maria.

»Was glaubst du denn, was ich ihm angetan habe?«, frage ich dich. Du siehst mich einfach nur einen langen Augenblick an. Zwischen deinen Brauen bildet sich deine typische Kerbe, wenn du über etwas angestrengt nachdenkst. Du versuchst, die Puzzleteile zusammenzusetzen. Versuchst herauszufinden, ob ich bluffe.

»Du hast ihm gar nichts getan!«, stellst du wispernd fest.

Ich lege den Kopf leicht schief und sehe dich amüsiert an. Mehr bekommst du nicht von mir, denn ich habe nicht vor, dir darauf eine Antwort zu geben. Ich sehe dir viel lieber beim Schmoren zu.

»Genug davon. Viel interessanter ist doch jetzt, wie ich dich anständig für dein Verhalten gestern bestrafen soll? Was meinst du, meine Schöne?«, frage ich dich mit dunklem Unterton, löse die Verschränkung meiner Arme und öffne langsam meinen Gürtel und meine Hose.

Dein Blick folgt meinen Bewegungen, doch deine Miene bleibt ausdruckslos. Keine Regung huscht dir über dein schönes Gesicht. Das ärgert mich. Du verärgerst mich. Siehst du das denn nicht, Giulia?! Wie sehr du mich mit deinem Ungehorsam und sturen Verhalten verärgerst?

Früher hast du dich nicht so benommen. Früher warst du gehorsam und hast mich gefürchtet und geliebt. Wo ist all das nur geblieben, meine Schöne? Und jetzt? Liebst du die beiden?! Das willst du mir weismachen?

Meine Muskeln ziehen sich bei diesem Gedanken angespannt zusammen. Meine Miene verhärtet sich.

»Hast du dich gestern von ihm berühren lassen?«, frage ich dich, während ich meinen bereits steinharten Schwanz aus seinem Gefängnis befreie. Dein Blick rutscht kurz nach unten, dann schnell wieder zurück in mein Gesicht, ehe du leicht den Kopf schüttelst.

Meine Faust umfasst meine Härte und ich beginne sie zu

massieren.

»Bist du sicher?«

Du nickst und siehst mir dabei nur stur ins Gesicht.

»Hast du meinen Auftrag ausgeführt?«, frage ich dich und lasse mir meine Ungeduld deutlich anhören, während meine Faust immer drängender und schneller über meinen Schaft wandert. Du nickst, doch ich fordere dich mit einem drohenden Knurren zum Sprechen auf.

»Ja, ich habe deinen Auftrag ausgeführt. Ob Ian auf mich hören wird, weiß ich jedoch nicht«, antwortest du mit überraschend fester Stimme. Mein Mundwinkel zuckt amüsiert.

Ich muss zugeben, meine Schöne, dein neues Feuer gefällt mir allmählich. Du machst mein Spiel aufregender und spannender. Nie weiß ich, ob du nun mit Angst oder Trotz reagierst.

»Er hat auf dich gehört und mich um ein neues Treffen gebeten. Sogar entschuldigt hat er sich bei mir. Du hast deine Arbeit wirklich gut gemacht, meine Schöne, und deswegen werde ich dich für gestern nicht bestrafen«, erkläre ich dir im ruhigen Ton. Doch statt erleichtert auszusehen, ziehst du nur tadelnd eine Braue hoch und siehst abschätzig auf meine Erregung.

»Dass ich mein Eigen ficke, ist keine Bestrafung, Giulia!«, mahne ich dich streng, lasse von meinem Schwanz ab und gehe um das Bett herum. Du verfolgst mich mit deinem Blick und lässt mich nicht eine Sekunde aus den Augen. Ich beuge mich runter und öffne erst die eine Fessel um deinen Knöchel, dann die andere. Deine Arme lasse ich an deinem Bett fixiert. So gefällst du mir einfach am besten.

Du ziehst sofort schützend deine Beine an. Dafür bekommst du von mir ein tadelndes Zungenschnalzen.

Oh, meine kleine Giulia, hast du wirklich alles vergessen?!

Mein Blick wird immer strenger, als mein eigentlich deutlicher Befehl nicht ausreicht. Trotz huscht über dein schönes Gesicht und dennoch streckst du langsam wieder deine Beine aus. Zufrieden nicke ich, dann klettere ich zu dir aufs Bett.

Ich habe dich nicht belogen, meine Schöne. Für gestern werde ich dich nicht bestrafen, zumindest nicht jetzt. Ich habe andere Dinge mit dir vor. Mein Plan geht weiter und mit deiner schlechten Provokation hast du mich darauf aufmerksam gemacht. Dein Körper hat dich verraten, deine Stimme ebenso, und dennoch hast du dein kleines Spiel weitergespielt. Doch ich lasse es dir durchgehen, weil ich dich brauche, weil du mir hilfst, zu bekommen, was ich will, und du weißt es nicht einmal. Ahnst nicht einmal, dass du mir gestern perfekt in meine Karten gespielt hast.

Bei dir angekommen packe ich deine Beine und lege sie mir bestimmend über meine Schulter. Mit einem Ruck ziehe ich dich, soweit es deine Fesseln an deinen Handgelenken erlauben, zu mir heran. Du keuchst leise auf, doch ansonsten tust du nichts. Du rührst dich nicht. Sagst nichts und wehrst dich auch nicht. Aber warum solltest du dich auch gegen etwas wehren, was du tief in deinem Innern wirklich willst?!

Ich weiß, dass du mich noch immer liebst und mich auch immer lieben wirst. Zu weit habe ich dich getrieben, dass du mich jemals vergessen könntest. Zu tief bin ich dir unter die Haut gegangen, mit dem, was ich dir leise ins Ohr gestöhnt oder mit dir angestellt habe. Zu sehr habe ich deinen Verstand mit meinem unberechenbaren Verhalten gefickt. Habe dir deine Lust gezeigt. Und ICH kann sie dir auch wieder nehmen, vergiss das nicht, meine Schöne.

Ich bestimme über dich, dein Leben und deine Lust. Ich bestimme, wann du kommst und wann nicht. Und in dieser Zeit, wenn du mir Ungehorsam entgegenbringst, gestatte ich dir kein Vergnügen. Keine Freude und sicher keinen Orgasmus. Das kommt später. Wenn du ein braves

Mädchen bist, dann belohne ich dich, meine Schöne.

Erst wirst du dich dagegen wehren, ich weiß es. Doch ich, und nur ich, weiß, was dir gefällt und was nicht. Ich weiß, wie ich dich lecken, streicheln, küssen, massieren, beißen und ficken muss, damit du vor Lust, wirklicher Lust, nein, vor Ekstase schreist!

Ich vermisse das, Giulia! Dich stöhnen zu hören. Aber bald werde ich es wieder hören und ich werde es genießen, wenn du wieder voll und ganz mir gehörst …

Kapitel 12

Angel

Tief kam er in mir, doch darüber machte ich mir schon lange keine Sorgen mehr. Früher schon. Damals hatte ich immer Panik gehabt, wenn ich gespürt hatte, wie sich sein heißer Samen tief in mir verteilte. Ich hatte immer dafür gebetet, dass nichts passierte. Jetzt tat ich das nicht mehr. Denn ich konnte nun keine Kinder mehr bekommen. Meine letzte Schwangerschaft – und nein, sie war nicht meine erste gewesen – hatte zu große Schäden angerichtet. Der Abgang verlief nicht reibungslos. Kein Wunder, wenn ich daran zurückdachte, dass ich halbtot und am Verbluten um mein Leben gekämpft hatte.

Wie immer verharrte Alexey noch einen Moment in mir, ließ seinen Schwanz auch seine letzten Reste in mich pumpen, bis sein gieriges Zucken verebbt war. Erst dann zog er sich aus mir zurück. Schließlich beugte er sich über mich. Ich dachte, um mir zu sagen, was er nun alles Schreckliches mit mir machen würde. Immerhin wollte er mich für gestern noch bestrafen. Doch zu meiner Überraschung begann Alexey meine Fesseln an meinen Handgelenken zu lösen und als meine Hände wieder frei waren, zog er sich von mir zurück und verließ sogar kommentarlos das Bett.

Ich blickte seiner nackten Kehrseite verwirrt hinterher, beobachtete ihn, wie er in meinem Bad verschwand. *Was soll das? Wieso bestrafst du mich nicht?! Und wieso bist du für deine Verhältnisse gerade beinah sanft gewesen? Was zum Teufel planst du schon wieder?!*

Da Alexey mir keinen Befehl gegeben hatte, blieb ich im

Bett. Ich setzte mich jedoch auf, lehnte mich mit meinem Rücken an meinem Bettgestell an und zog mir die Decke über meine angewinkelten Knie. Meine Handgelenke rieb ich mir abwechselnd. Seine Fesseln waren natürlich wie immer zu fest gewesen.

Alexey kam nach einer Ewigkeit wieder aus dem Bad. Frisch geduscht und seinen Bart zurechtgemacht ging er für meinen Geschmack viel zu gut gelaunt nackt durch mein Schlafzimmer zu meinem Schrank. Er hatte sich hier vollkommen häuslich eingerichtet. Natürlich. Als käme etwas anderes infrage. Dort, wo ich war, war auch er. Oder eigentlich andersrum. Doch hier in meiner Welt musste er sich etwas den Gegebenheiten anpassen und er machte es leider besser, als ich erwartet hatte. Denn eigentlich war ich mir sicher gewesen, dass er das nicht lange mitmachen würde. In meiner kleinen Zweizimmerwohnung zu wohnen und – wenn ich doch jemandem die Tür öffnen musste – so zu tun, als wäre er nicht hier. Doch er spielte seine Rolle gut, zu gut. Und das ärgerte mich.

Selbst meine dreiste Provokation von gestern hatte er nur mit einem mittelharten Fick 'bestraft'. Und so, wie er es vorhin ausgedrückt hatte, war es in seinen Augen nicht einmal eine Strafe gewesen. *Was zum Teufel ist los mit dir?!*

Ich beäugte ihn genau, wie er vor meinem großen Schrank stand und sich in aller Ruhe seine Klamotten aussuchte. Noch immer perlten vereinzelt Wassertropfen seinen muskulösen Körper hinab. Seine braunen Haare ließ er sich einfach nass und wild über die Schultern fallen.

Ohne Eile schlüpfte er in ein Kleidungsstück nach dem anderen. Noch immer hatte er nicht mit mir gesprochen oder mir gesagt, was er nun von mir verlangte. Das war ungewöhnlich und machte mich nervös. Das Unbekannte bereitete mir Unbehagen.

Erst als er den letzten Knopf seines Hemdes geschlossen

hatte, wandte er sich mir zu. Auch dass er nun fast immer Hemden trug, verwirrte mich. Früher hatte er diese Art Männer belächelt, während er selbst zerschlissene Jeans und enganliegende Shirts getragen hatte. Gut, aber als Menschenhändler musste man nicht unbedingt wie aus dem Ei gepellt aussehen. Es reichte, wenn mein Vater als Jefe dies tat und so vor den Kunden auftrat.

Alexey ließ seinen Blick über mich schweifen, auf seinen Lippen trug er ein feines Lächeln, doch es wirkte nicht bedrohlich. *Was verdammt nochmal spielst du hier für ein dreckiges Spiel?!*

Ich dachte, ich hätte ihn gestern soweit aus der Fassung gebracht, dass er drauf und dran war, sich zu verraten. Dann bekam er mich wieder in die Finger, nachdem ich kurz über eine Flucht nachgedacht hatte, und er tat nichts außer diesem lächerlichen Fick? Stand einfach nur lächelnd vor mir und sah mich an?! Ich verstand die Welt nicht mehr. *Oder …*

Musste ich ihn vielleicht einfach noch weiter provozieren? Weitergehen, als ich je gegangen war?!

»Was überlegst du so angestrengt, meine Schöne?«, holte mich seine tiefe Stimme aus meinen Plänen. Ich blickte ihn erschrocken an und zog leicht den Kopf ein, da er dicht vor meinem Bett stand und wieder auf mich herabsah. Einen Moment wog ich meine Worte ab, ehe ich zu sprechen ansetzte.

»Ich überlege, was mit dir los ist«, gestand ich ehrlich und beobachtete ihn genau. Doch natürlich verriet er sich nicht. Kein Muskel zuckte verdächtig und auch kein Blitzen ging durch seine schwarzen Iriden. Nichts. Er stand einfach nur weiter vor mir und sah auf mich herab.

Doch dann, nach einem langen Moment, zuckte sein Mundwinkel amüsiert. Mehr bekam ich nicht von ihm. Keine Antwort, keine Erklärung, kein böses Lachen, das mir sagen sollte, dass ich nun meine Strafe erhalten würde. Einfach nichts.

Alexey wandte sich kommentarlos von mir ab und war dabei, mein Schlafzimmer zu verlassen, mich einfach ohne einen Befehl zurückzulassen. Das tat er sonst nie. Immer hatte er mir eine klare und strikte Anweisung gegeben, was ich nun in seiner Abwesenheit durfte und was nicht. Wieso jetzt nicht?! Und was bedeutete das für mich? Doch ich wagte es nicht, unaufgefordert das Wort an ihn zu richten. Am Ende wartete er genau darauf, also blieb ich stumm in meinem Bett sitzen und horchte auf seine Schritte und Geräusche, die er machte. Doch als ich die Tür ein paar seiner schweren Schritte später einfach ins Schloss fallen hörte, verspannte ich mich.

Alexey war tatsächlich gegangen. Einfach so. Kein: ‘Bleib hier!’ Kein: ‘Sei still!’ Kein: ‘Mach niemandem die Tür auf!’

Einfach nichts!

Ich wusste nicht, ob ich mich waschen oder anziehen durfte. Also tat ich es auch nicht.

Ich beschloss unter innerem Höllenkampf, einfach nackt in meinem Bett sitzen zu bleiben, bis er wiederkam. Denn ich hatte einen Plan und dieser funktionierte nicht, wenn ich ihn ohne Publikum reizte. Ich wollte ihm Gehorsam vorgaukeln, um ihn dann bei Ians nächstem Treffen so sehr zu provozieren, dass er ausrasten musste, und ich wusste auch schon genau, wie ich das anstellte.

Ich wartete bereits seit Stunden auf ihn. Meine Blase war gefühlt kurz vorm Platzen und dennoch blieb ich in meinem Bett. Währenddessen hatte ich viel Zeit, über Alexeys untypisches Verhalten nachzudenken, und ich kam zu dem Entschluss, dass er irgendetwas planen musste, denn sonst wäre er niemals so beherrscht gewesen.

Alexey war kein geduldiger oder kontrollierter Mann. Wenn sein Zorn einmal aktiviert worden war, dann gab es gewöhnlich kein Zurück.

Ich kannte Alexey und ich wusste, dass ich recht hatte.

Deshalb war mein Vorhaben, ihn mit meinem Gehorsam in Sicherheit zu wiegen, unabdinglich. Ich musste ihm zuvorkommen. Musste dafür sorgen, dass er sich ein für alle Mal vor Ian verriet.

Ian war so oder so schon misstrauisch, es fehlte also nicht mehr viel und dennoch hatte ich etwas Gewaltiges für Alexey geplant. Wieder spielte ich riskant, das wusste ich, doch wenn ich endlich frei von ihm sein wollte, musste ich dieses Risiko eingehen! Ich musste Alexey so sehr aufstacheln, dass er sich voll und ganz dabei vergaß.

Nach knapp sechs Stunden gab ich dann auf und suchte das Badezimmer auf. Ich verstand es einfach nicht. Warum zum Teufel ließ mich Alexey so lang allein?! Was hatte er davon? Und wo war er?

Nach meinem Toilettenbesuch und einer heißen Dusche beschloss ich, etwas Kleines zu kochen. Doch auch als ich mit dem Kochen, Essen und Abwaschen fertig war, kam Alexey noch immer nicht.

Mit einem komischen Gefühl in der Magengegend ging ich schlafen. Etwas anderes blieb mir so oder so nicht übrig, da Daris sicher wieder vor meinem Haus Wachhund spielte.

Ein lautes Scheppern riss mich aus meinem ohnehin schon unruhigen Schlaf. Ich hatte gedacht, wenn ich endlich wieder allein in meinem Bett war, würde ich besser schlafen, doch Pustekuchen. Die innere Unruhe, ausgelöst dadurch, was Alexey plante und der Frage, wo er so lang war, hatte mich bis in meine Träume verfolgt und selbst dort nicht zur Ruhe kommen lassen.

Erschrocken hatte ich mich in meinem Bett aufgesetzt und sah mich in meinem Schlafzimmer um. Es war noch immer dunkel draußen.

Ich horchte in die Stille. Plötzlich flog meine Schlafzimmertür mit einem lauten Schlag auf. Ich zuckte hart zusammen, dann sah ich ihn. Alexey, wie er wankend ins Zimmer trat. *Oh, bitte nicht!*

Er hatte getrunken, sehr viel sogar. Früher, wenn er das getan hatte und wieder zu mir in unser Bett gestiegen war, waren das die schlimmsten Nächte gewesen. Denn in diesen nahm er noch weniger Rücksicht und tobte sich erst so richtig aus. Dazu war er noch reizbarer als sonst. Ein falsches Geräusch reichte schon aus, und er verlor sich regelrecht in seinem Zorn.

Sein Hemd war bereits aufgeknöpft und seine Haare hingen ihm wild in sein Gesicht. *Wo zum Teufel warst du?*

Wie gern würde ich ihn das fragen, doch ihn jetzt anzusprechen, und das auch noch ohne Erlaubnis, wäre verheerend. Also schwieg ich und blieb weiterhin in meinem Bett sitzen, sah ihn einfach nur fragend an und wartete, was er nun tun würde.

Sein Blick glitt über mich, weiter durch das Zimmer, bis seine Augen wieder in meine fanden.

»Was hast du heute den ganzen Tag gemacht?«, fragte er mich mit vom vielen Alkohol rauchiger und kratziger Stimme. Leicht zog ich die Stirn kraus, ehe ich antwortete.

»Nichts. Ich war duschen, habe etwas Kleines gekocht und bin wieder ins Bett«, gestand ich ihm ruhig.

»Und warum? Daris ist nicht vor deiner Tür, du hättest jederzeit gehen können.« *Was sagst du da?!*

»Und woher soll ich das bitte wissen? Hätte ich auch wissen sollen, wo du die ganze Zeit warst?!«, pampte ich ihn unüberlegt an und biss mir sofort, nachdem es zu spät war, auf die Unterlippe.

»Du willst wissen, wo ich war?«, fragte er für meinen Geschmack etwas zu gelassen. Ich nickte unsicher und zog die Knie unter meiner Decke an meine Brust.

Alexey trat langsam näher an mich heran. Wie ein Tier, ein Raubtier, das seine Beute ins Visier genommen hatte, fixierte er mich.

»Ich war bei Mr. Richie Rich. Ich hatte viel Spaß mit ihm.«

Meine Augen weiteten sich vor Schreck. Er hatte Spaß?! Als er mein verschrecktes Gesicht sah, lachte er laut auf.

»Auf diese Weise, wie du jetzt denkst, hätte ich mit ihm zwar noch viel mehr Spaß gehabt, aber nein, so lief das heute nicht ab. Dein Prinzchen hat mich zu seinem neuen Partner erklärt. Der Vertrag ist unterschrieben, der Scheck ausgefüllt und auf unsere Partnerschaft ist auch schon ordentlich angestoßen worden, wie du vielleicht schon bemerkt haben könntest. Und das alles dank dir! Das hast du gut gemacht, meine Schöne!«, lobte er mich zufrieden. Ich wusste nicht, wie ich diese neue Information verarbeiten sollte.

Ian hatte tatsächlich sein Angebot angenommen?! Obwohl ich ihn eigentlich nochmals indirekt vor Alexey gewarnt und er auch noch verstanden hatte?! Wie hatte er das nur geschafft? Wie konnte er Ian davon überzeugen, ihn überlisten?

»Du scheinst überrascht zu sein? Ich dachte, du hättest deinen Auftrag gewissenhaft ausgeführt?« Ein gefährlicher Unterton schlich sich in seine Worte. Doch ich konnte nicht auf sein Gesagtes reagieren, war zu geschockt, dass Ian wirklich zugestimmt hatte – und das auch noch ohne mein Beisein. Es wunderte mich wirklich, dass es Alexey geschafft hatte, Ian zu einem Treffen mit ihm allein zu überreden.

Er legte den Kopf leicht schief und zog amüsiert einen

Mundwinkel an.

»Du überlegst, wie ich es angestellt habe, deinen Möchtegern-Prinzen zu überzeugen? Das war eigentlich nicht wirklich schwer«, gestand er und entledigte sich seines Hemdes.

»Du hast einen sehr großen Anteil daran, meine Schöne.« Seine Stimme wurde immer dunkler, seine Iriden ebenso. Ich schluckte hart. *Was soll ich getan haben?!*

»Steh auf!«, befahl er mir rau. Langsam hob ich die Decke, dann stieg ich aus dem Bett dicht vor ihn und sah unsicher zu ihm nach oben. Ich wusste nicht, was er jetzt vorhatte, und er stank fürchterlich nach hartem Alkohol. Ian hatte so viel mit ihm getrunken? Das sah ihm gar nicht ähnlich.

Alexey sah mit undurchsichtigem Blick auf mich herab und öffnete gemächlich seinen Gürtel und seine Hose, als er zu sprechen begann.

»Wusstest du, dass ein verliebter Mann kein Geschäft abschließen oder einen Vertrag unterschreiben sollte? Ihr Frauen macht mächtige Männer dumm und unvorsichtig. Ich dachte, Mr. Richie Rich wäre auch so. Doch dem war nicht so. Er war zwar unkonzentrierter, wenn du anwesend warst, aber ich empfand sein Handeln sogar noch als bedacht. Beim letzten Mal wurde es mir dann richtig bewusst, als er mich sogar für dich warten lassen wollte. Weißt du, worauf ich dann gekommen bin?«, fragte er mich mit einem Lauern in seiner tiefen Stimme. Ich schüttelte beinah unmerklich den Kopf und schluckte erneut hart, denn ich wollte eigentlich nicht, dass er weitersprach.

Auf seinen vollen Lippen bildete sich ein feines Lächeln. Doch bevor er weitersprach, bedeutete er mir mit einem Nicken, vor ihm auf die Knie zu gehen. *Du willst wirklich jetzt …?*

Unsicher ging ich, wie er es wollte, vor ihm auf die Knie und sah zu ihm auf. Sein Grinsen weitete sich und seine Hand fand zu meiner Wange. Sonst tat er nichts, er strich mir einfach nur leicht über meine Haut.

»Mir wurde klar, dass ich bei ihm nichts bewirken würde, solange du an seiner Seite stehst, also habe ich das heute geändert. Und siehe da, ein anderer Mann stand vor mir. Fokussiert und knallhart. In dem Jungen steckt einiges und wenn ich nicht andere Pläne hätte, könnte ich ihn wirklich gut gebrauchen.«

»Wie meinst du das? Was hast du getan, Alexey?«, entfuhr es mir schockiert. Zur Antwort schnalzte er einmal tadelnd mit der Zunge, dann befreite er seine Härte aus seiner bereits geöffneten Hose. Seine andere Hand fand an meinen Hinterkopf, doch er übte keinen Druck aus.

»Ganz einfach, ich habe deinem Prinzen eine Nachricht von deinem Handy geschickt. Es hat mich zwar etwas gewundert, dass er es so schnell geschluckt hatte, aber er widersprach nicht großartig, als ich, sprich du, ihm schriebst, dass das mit euch nicht funktionieren kann und dass du niemals mit einem Kunden hättest ausgehen sollen. Und als ich ihm dann auch noch schrieb, wo er seinen Verlobungsring finden würde, war ihm wohl klar, dass die Sache ernst gemeint war. Gut, dass er den Ring, den du schon vor Wochen dort abgelegt hast, noch nicht entdeckt hatte. Schon verrückt, wie man das Auge für Details in seinen eigenen vier Wänden verliert. Mir ist dieser gigantische Klunker vorgestern sofort aufgefallen.«

Fassungslos sah ich zu ihm auf.

Er hatte mit Ian für mich Schluss gemacht? Per Nachricht?! Und Ian hatte es geglaubt und der Partnerschaft daraufhin eingewilligt und sich anschließend mit ihm betrunken?! War ich im falschen Film? Was passierte hier gerade?! Ich verstand die Welt nicht mehr. Doch dann kam langsam ein grausamer Gedanke in meinen Kopf.

Ich kam nicht mehr von Alexey los! Mein Plan ging nicht mehr auf, denn es war keiner mehr da, vor dem er sich nun zusammenreißen musste. Keinen, den er in meinem Beisein etwas vorspielen musste. Denn ich war weder in Ians noch in Logans Leben von Bedeutung. Alexey hatte es tatsächlich geschafft, mich von beiden zu trennen, ohne dass sie etwas mitbekamen. Nun gehörte ich ganz ihm, und niemand könnte das jetzt noch ändern.

Ich konnte nicht fliehen, denn er würde mich sicher nicht zum zweiten Mal entkommen lassen. Noch dazu hatte er es geschafft, mir Stück für Stück meines neuen Lebens zu nehmen, bis nun nichts mehr übrig war. Nicht einmal mehr Miguel hatte ich, denn auch diesen würde Alexey gekonnt vertreiben, ohne dass er es merkte. Vielleicht hatte er ihm auch irgendeine Nachricht in meinem Namen geschickt.

Fakt war: Ich war ihm schutzlos ausgeliefert und hatte keinen Ausweg mehr. Diese Erkenntnis tauchte mein Inneres endgültig in tödliches Schwarz. Doch das reichte mir nicht. Ich wollte nicht wieder seine Puppe, seine Sklavin werden. Wenn er es schon geschafft hatte, mich innerlich zu töten, dann sollte er es ganz zu Ende bringen. Ich wollte nicht mehr. Konnte nicht mehr.

Ich wollte nur noch, dass es vorbei war und ich endlich meine Mutter und Maria wiedersah. Ich wollte frei von ihm sein, und das ging wohl nur im Tod …

Er war schon dabei, mit seinem Schwanz immer näherzukommen, um ihn mir dann in meinen Rachen zu stoßen.

»Ich war schwanger von dir, als ich abgehauen bin«, sprach ich die Worte, die alles beenden würden, aus.

Alexey verharrte in seiner Bewegung. Einen Augenblick später, in dem er wohl mein Gesagtes erst einmal verdauen musste, riss er plötzlich schmerzhaft meinen Kopf in den Nacken und überdehnte dabei schrecklich meinen Hals, damit ich ihn noch besser ansehen konnte.

»Was hast du da gerade gesagt?«, knurrte er mir gefährlich entgegen. Normalerweise war nun der Zeitpunkt, wo ich auf keinen Fall sprechen sollte. Und normalerweise machte ich, wenn er diese Tonlage angenommen hatte, nur noch meinen Mund auf, damit er meine Mundhöhle ficken konnte, um ihn somit zu beschwichtigen. Doch ich hatte nicht vor, ihn zu beruhigen. Ich wollte all seinen Zorn. Und da er heute getrunken hatte, machte er es mir schon fast zu einfach.

»Ich war schwanger von dir und ich wusste es! Deshalb bin ich abgehauen, weil mein Kind niemals sein Monster von Vater kennenlernen sollte!«, log ich, um ihn vollends aus der Fassung zu bringen, und ignorierte den stechenden Schmerz in meiner Brust, wenn ich über meinen Verlust sprach, als wäre es keiner! Gleich war alles zu Ende und ich wäre frei von ihm und von dem Schmerz.

Unbeherrscht grollte er, ließ meine Haare los, nur um in der nächsten Sekunde mit seiner Rückhand auszuholen.

Brennender Schmerz durchzog meine Wange, ehe ich von der Wucht zu Boden geschleudert wurde. Es kam selten vor, dass mir Alexey ins Gesicht schlug, schließlich wollte er mich nicht verunstalten. Er wollte eine ansehnliche Frau an seiner Seite haben.

Ich machte mir nicht einmal mehr die Mühe, um mir das Blut aus meinem Mundwinkel zu wischen, das bereits meine Zunge benetzt hatte. Wozu auch? Es würde nicht der letzte Schlag gewesen sein, das wusste ich.

»Sag das noch mal!«, schrie er mir unkontrolliert ins Gesicht, als er sich weit zu mir nach unten beugte. Ich wich nicht wie üblich vor ihm zurück, denn ich wollte das hier und noch viel mehr. Zum ersten Mal in meinem Leben hatte ich keine Angst vor ihm oder seinem unbändigen Zorn, denn ich brauchte ihn und noch mehr davon. Viel mehr.

Also erhob ich mich aus der liegenden Position, blieb aber dennoch auf dem Boden vor ihm und sah ihm kalt in seine vor Schwärze funkelnden Augen.

»Ich war schwanger von dir, als ich abgehauen bin!«, brachte ich mit ruhiger, jedoch emotionsloser Stimme hervor. Seine Hand preschte zu mir nach unten und umschloss mit festem Griff meine Haare. Alexey riss mich an meinem Haaransatz gepackt in den Stand. Meine Kopfhaut brannte fürchterlich und ließ mich leise vor Schmerz keuchen, dennoch zeigte ich sonst keinerlei Regung. Ich wusste, wie sehr ihn das noch mehr verärgerte, wenn ich nicht vor Angst vor ihm schlotterte. Auch wenn er niemals Erbarmen mit mir haben würde, wollte, nein, brauchte er es, dass ich so auf ihn reagierte.

»Du lügst!«, knurrte er rau.

Ich verzog leicht meine Augenbrauen, denn es wunderte mich, dass er glaubte, ich würde lügen. Soweit es sein unerbittlicher Griff an meinem Haaransatz zuließ, schüttelte ich leicht den Kopf.

»Und wo ist es dann?«, brüllte er und klang dabei beinah verzweifelt. Meine Augen weiteten sich leicht bei der Erkenntnis, die sich mir gerade bot. *Du hättest das Kind gewollt!*

Beinah musste ich mir auf die Lippe beißen, um nicht fies zu lächeln. Er machte es mir heute aber auch wirklich einfach.

»Als würde ich freiwillig DEIN Kind zur Welt bringen!«, spuckte ich ihm verächtlich ins Gesicht und ignorierte abermals diesen fürchterlichen Schmerz in meiner Brust, wenn ich über mein kleines Mädchen sprach, als hätte ich sie absichtlich verloren. Das hatte ich nicht und hätte ich nie. Ich liebte sie, obwohl ich sie nicht einmal kennengelernt hatte. Nie kennenlernen würde – was wohl das Schlimmste von allem war.

Ja, in meiner Vorstellung war es ein kleines Mädchen gewesen, das ich verloren hatte und von dem ich nie wissen würde, wie sie ausgesehen hätte. Wegen ihm und seinen

Grausamkeiten, die mich dazu gezwungen hatten, diesen Weg einzuschlagen.

Erneut traf mich seine Rückhand, doch sein unerbittlicher Griff in meinem Haar hielt mich auf den Beinen. Dann fanden seine beiden Hände meine Kehle. Er zerdrückte sie so fest, dass ich augenblicklich keine Luft mehr bekam. Nicht ein Fünkchen Sauerstoff gelangte in meine Lunge. *Gleich ist alles vorbei!*

Er brüllte und tobte dicht vor meinem Gesicht, spie und spuckte mir alle möglichen Beleidigungen entgegen. Doch ich hörte sie schon nicht mehr. Sie waren mir egal. Alles war egal, denn gleich würde ich frei sein.

Meine Arme hingen nur noch schlaff an mir herunter, meine Lider flackerten und in meinen Ohren rauschte es. Dann überkam mich die Dunkelheit.

Endlich!

Kapitel 13

Logan

Wütend schüttelte ich den Kopf, als mich diese blöde Fotze am Empfang nach langem Diskutieren endlich zu Ian nach oben ließ. Der Herr wünschte keinen Besuch. Der Sack konnte mich mal. Ich brauchte keine Erlaubnis, um mit meinem Bruder zu sprechen oder ihn zu besuchen. Auch nicht von ihm.

Außerdem hatte ich Ian schon eine ganze Weile nicht mehr gesehen. Seitdem ich ihn nach dem letzten Treffen mit diesem Pisser Vargas und Angel besucht hatte, mied ich ihn.

Ich hatte Abstand gebraucht und Ian außerdem keine Schuldgefühle mit meiner schlechten Laune bereiten wollen, die ich berechtigterweise wegen ihr gehabt hatte. Noch immer hatte. Doch das musste er ja nicht wissen.

Die Aufzugtüren glitten auf und präsentierten mir ein völlig verwüstetes und in Chaos getauchtes Penthouse. Zögerlich stieg ich aus, und wenn ich die Bilder an den Wänden nicht kennen würde, hätte ich behauptet, in den falschen Aufzug gestiegen zu sein – denn DAS konnte unmöglich das Penthouse meines perfekten Bruders sein.

Klar, Ian hatte schon immer gern gefeiert, vor allem exzessive Partys, aber das hier, das, was sich hier vor meinen Augen abspielte, waren nicht die Reste einer wilden Party, sondern von reiner Zerstörungswut. *Was zum Teufel ist hier nur abgegangen?!*

Ich stieg über Scherben von Flaschen und Gläsern hinweg, ebenso über demolierte Möbelstücke, und sah mich nach meinem Bruder oder auch nach einer Leiche um. Das hatte nicht einmal ich nach dem Tod meiner Frau zustande gebracht!

»Ian?«, rief ich etwas unsicher und sah mich weiter nach ihm um. Doch ich erhielt keine Antwort. Ich kämpfte mich vor bis zu seinem Schlafzimmer und öffnete, ohne zu klopfen, die Tür. Er würde mich so oder so nicht hören. So, wie es hier aussah, lag er wohl noch im Koma.

Doch als ich die Tür öffnete, ereilte mich der nächste Schock. Ich erspähte Ians tätowierten, breiten Oberkörper, wie er auf dem Bauch lag, sein Gesicht in die Kissen gedrückt. Er schlief, als läge er wirklich im Koma. Doch das war nicht das Schockierende an der Sache, sondern die gleich drei ebenfalls nackten Frauen bei ihm im Bett. Und keine davon sah Angel auch nur ähnlich. *Scheiße, was ist hier passiert?!*

»Ian?«, versuchte ich ihn zu wecken, doch keine Chance. Er zuckte nicht einmal mit einem Muskel und seine Gespielinnen rührten sich ebenso nicht. Ich knurrte grimmig und ging mit schweren Schritten ins Badezimmer nebenan. Kurz sah ich mich um und wurde schnell fündig. Eine Schüssel mit Potpourri, das wohl seine Putzfrau hier so hübsch auf dem Waschtisch angerichtet hatte, erweckte meine Aufmerksamkeit. Ich schüttete das duftende Zeug achtlos auf den Boden. Bei dem Chaos da draußen machten die paar getrockneten Blumen den Braten auch nicht mehr fett. Dann füllte ich die mittelgroße Schüssel mit eiskaltem Wasser und marschierte wieder in sein Schlafzimmer.

Ich stellte mich dicht an das Bett, beugte mich darüber und schüttete das Eiswasser auf den Kopf meines Bruders. Mit einem ohrenbetäubenden, wilden Schrei schreckte er aus seinem Winterschlaf. Auch seine drei Schlampen wachten schreiend auf – entweder, weil sie auch etwas von dem kalten Wasser abbekommen hatten, oder durch sein Gebrüll.

»Damn! Was soll der Scheiß?!«, fluchte Ian mit kratziger Stimme.

»Fuck, wie viel hast du gestern gesoffen?«, fragte ich ihn, ohne auf sein Gefluche einzugehen.

»Verpisst euch!«, knurrte ich die drei nackten Weiber an, die noch immer wie verschreckte Hühner im Bett neben ihm saßen und mich mit großen Augen ansahen. Als es auch in ihren Gehirnen ankam, erhoben sie sich alle gleichzeitig, sammelten ihre wenigen Klamotten, die sie wohl gestern getragen hatten, und schlüpften aus dem Schlafzimmer. Fassungslos schüttelte ich den Kopf und sah wieder zu meinem Bruder. Er hatte zwar seinen muskulösen Oberkörper schon etwas aufgerichtet, indem er sich auf dem Bauch liegend auf seinen Armen abstützte, doch noch immer lag er in seinem nun nassen Bett.

Ich lehnte mich im Türrahmen zu seinem begehbaren Kleiderschrank an und verschränkte angepisst meine Arme vor der Brust.

»Damn! Logan, was willst du hier? Und wieso hast du sie rausgeworfen?!«, fuhr er mich mit noch immer kratziger Stimme an. Ich hob tadelnd eine Braue.

»Verarschst du mich? Dein einziges Problem ist gerade, dass ich dir deinen Morgenquickie versaut habe?! Dein scheiß Ernst?! Was ist hier gestern passiert und wieso vögelst du mit anderen Weibern? Was ist mit Angel?« Kaum sprach ich ihren Namen aus, schnaubte er verächtlich und rollte sich stöhnend aus dem Bett. Sobald er stand, fasste er sich mit schmerzverzerrter Miene an den Kopf, dann wankte er, nackt wie er nun mal war, an mir vorbei, in sein angrenzendes Badezimmer.

Ich schnaubte fassungslos auf und mahlte kräftig mit den Kiefern, wartend darauf, dass der Herr es endlich fertigbrachte, mit seiner Morgenlatte zu pissen und mich wieder mit seiner Anwesenheit zu beehren.

Stattdessen hörte ich wenig später die Dusche. Dennoch blieb ich regungslos an Ort und Stelle in seinem Türrahmen stehen und wartete auf ihn. Irgendwann würde er da ja wohl wieder rauskommen müssen. Das tat er auch. Frisch geduscht, doch noch immer sichtlich im Arsch, kam Ian nach einer gefühlten Ewigkeit wieder aus seinem Bad. Begleitet von einer Dampfwolke marschierte er mit grimmigem Gesichtsausdruck auf mich zu und quetschte sich, da ich ihm keinen Platz machte, an mir vorbei in seinen Kleiderschrank.

Genervt seufzend blickte ich mich, noch immer im Türrahmen lehnend, zu ihm über die Schulter um, damit er mich besser verstand und ich sein Gesicht sehen konnte.

»Sagst du mir jetzt, was gestern hier los war und was zwischen dir und Angel vorgefallen ist?«, bat ich ihn mit bemüht ruhiger Stimme. Ian war sowieso schon angepisst, ich musste es nicht noch schlimmer machen. Dennoch verlangte ich nach Antworten, denn das hier schrie geradezu nach einem fetten Problem, das er versuchte zu ignorieren und wegzusaufen, statt es anzugehen. Ich kannte mich damit schließlich bestens aus und wusste um die Anzeichen. Dass ich seit Michelles Tod aus Frust soff und fickte, war nicht gesund, das wusste ich, doch das war nun mal ich. Mein Bruder war anders, beherrschter. Fokussierter. Also musste etwas Schlimmes vorgefallen sein, dass er sein neugewonnenes Image gleich wieder gefährdete.

»Nein!«, war seine schlichte und mehr als angepisste Antwort. Ich runzelte die Stirn und wandte mich ihm nun doch zu, um ihn besser ansehen zu können. Ich verstand sein Benehmen absolut nicht.

»Ian, was soll der Scheiß? Du sagst mir jetzt sofort, was hier gestern los war und was mit Angel ist, oder –«, er unterbrach mich mit gefährlich, dunkler Stimme.

»Oder was?«

Wieder wanderte meine Augenbraue abschätzig und tadelnd nach oben, als sich Ian drohend vor mir aufbaute und versuchte, mir mit seinen schwarzen Iriden Angst einzujagen.

»Oder ich geh zu Angel und frage einfach sie, was dich geritten hat, deine Bude auseinanderzunehmen und gleich drei billige Schlampen zu vögeln«, konterte ich schulterzuckend.

»Mach doch, was du willst!«, brummte er missmutig, rempelte mich grob an der Schulter an und verließ schlechtgelaunt sein Schlafzimmer. Ich folgte ihm, denn ich ließ mich hier sicher nicht so billig abspeisen.

»Fuck!«, entfuhr es ihm, als er mitten in seinem Chaos stand und sich geschockt durch sein noch feuchtes, schwarzes Haar fuhr. Dann drehte er sich langsam zu mir um.

»Ja, fuck trifft es ziemlich gut. Klärst du mich jetzt auf?«

Ian nickte noch immer etwas benommen und bahnte sich einen Weg in die Küche, um sich wohl einen Kaffee zu machen oder sich ein Konterbier zu holen, ich wusste es nicht so genau. Tatsächlich entschied er sich für das Konterbier, oder – in seinem Fall – den Konterwhiskey.

Ich tadelte ihn dafür mit einem strengen Blick, ließ es jedoch unkommentiert. Was sollte auch ausgerechnet ich ihm eine Standpauke fürs Trinken am Tag oder zu wildes Feiern und Vögeln erzählen?! Genau, nichts.

Ich ging zu Ian und lehnte mich mit verschränkten Armen ihm schräg gegenüber in seiner u-förmigen Küche und wartete, bis er bereit war, mir von gestern zu erzählen. Er fuhr sich noch des Öfteren seufzend durch sein wildes, schwarzes Haar, ehe er überhaupt zu mir sah.

»Sie hat mit mir Schluss gemacht … per WhatsApp«, presste er schließlich hervor.

Meine Brauen wanderten erstaunt nach oben und ich löste die Verschränkung meiner Arme.

»Und wieso?«, hakte ich vorsichtig nach. Es musste für ihr seltsames Verhalten einen Grund geben. War es nicht komisch, dass sie erst den einen und dann den anderen abschoss?! Ohne große Begründung, obwohl wir ihr beide viel bedeuteten? Denn das Einzige, was ich sicher wusste, war, dass wir Angel nicht egal waren.

Ian mahlte kräftig mit den Kiefern und nahm noch einen gewaltigen Schluck Whiskey, ehe er mir schlechtgelaunt sein Handy, das auf der Kücheninsel gelegen hatte, über den schwarzen Marmor zuschlittern ließ.

Ich nahm das bereits entsperrte Gerät an mich und öffnete WhatsApp, um mir den Chatverlauf von ihm und Angel durchzulesen. Doch viel zu lesen gab es da nicht wirklich. Ehrlich gesagt gab es da nur einen längeren Text von Angel, dann viele kurze Antworten von Ian, in denen er versuchte, sie zum Reden zu bringen. Doch sie hatte sie nicht einmal mehr gelesen. Es war nur noch ein Haken an seinen Nachrichten, was bedeutete, dass sie wohl ihr Handy ausgeschaltet hatte.

Ich runzelte rätselnd die Stirn, denn ihre Nachricht ergab für mich nicht einmal Sinn.

»Bullshit!«, spuckte ich kopfschüttelnd aus und ließ sein Handy wieder über die Kücheninsel zurückgleiten. Ian stoppte es mit seiner Hand und leerte sein Glas, ehe er mir dann den Rücken zuwandte.

»Nichts Bullshit, Logan. Angel hat uns beide abgeschossen. Akzeptier es und fuck mich mit dem Scheiß jetzt nicht mehr ab! Ich bin fertig mit ihr!«

»Du vielleicht, aber ich will Antworten! Da stimmt was nicht, Ian! Ob du es sehen willst oder nicht, aber ich weiß es. Ich kenne sie!«

Mein Bruder drehte sich gefährlich langsam wieder zu mir um und sah mich drohend an. Seine ernsten Gesichtszüge verhärteten sich noch mehr und seine schwarzen Iriden funkelten mich warnend an, so als wäre ich einen Schritt zu weit gegangen. Doch den Einschüchterungsscheiß konnte er sich bei mir sparen.

»Du kennst sie also, ja? Warum? Weil du sie öfter gefickt hast als ich?«, knurrte er mir übellaunig entgegen und warf mir einen drohenden Blick zu, der mich einen Scheiß interessierte.

Ich schüttelte nur schnaubend den Kopf, mehr bekam er von mir für seine offensichtliche Provokation nicht zur Antwort.

»Meld dich, wenn du wieder bessere Laune hast! Ich muss unserem Engel einen Besuch abstatten«, informierte ich ihn entschlossen und wandte mich von ihm ab, um zu gehen.

»Sie wird so oder so nicht mit dir sprechen, aber wenn du dich lächerlich machen willst, nur zu!«, rief er mir hinterher.

»Deswegen werde ich auch nicht klopfen, sondern einfach reingehen«, entgegnete ich ihm rückwärtslaufend und betrat den Aufzug, als er sich mit einer wegwerfenden Handgeste von mir abwandte und davonstapfte.

Schmunzelnd schüttelte ich über meinen Bruder den Kopf, doch meine Gedanken wurden schnell wieder ernst, als sie zu ihr fanden. Ob da etwas dran war? Hatte Angel wirklich mit uns beiden abgeschlossen und würde ich mich lächerlich machen, wenn ich zu ihr ging? Es war schon alles recht kompliziert zwischen uns dreien oder auch nur zwischen ihr und mir allein. Wie oft wir uns wegen der kleinsten Dinge gestritten hatten. Ob es nicht sein sollte, und Angel das nun erkannt hatte?

Grübelnd verließ ich diesen Protzwolkenkratzer und stieß unerwartet mit einem Kerl zusammen. Ich keuchte hart auf, da er mir mit seiner Schulter in den Solarplexus gerannt war.

»Pass doch auf, du …« Doch bevor der braungebrannte, junge Kerl mich weiter beschimpfen konnte, verstummte er und musterte mich mit größer werdenden Augen. Auch ich hielt inne, denn er kam mir bekannt vor, nur wusste ich verdammt nochmal nicht, woher.

»Wow! Du bist ja ein Hübscher!«

»Ehm …«, war alles, was ich auf diese mehr als unangenehme Anmache sagen konnte.

»Du bist Logan, richtig?«

Erneut hielt ich inne, denn ich war schon dabei, zu gehen.

»Was? Woher kennst du meinen Namen?«, fragte ich ihn scharf.

»Natürlich hat Miss Geheimnis dir nichts von mir erzählt!«, schnaubte er hörbar beleidigt. Ich verstand noch immer kein Wort, aber als ich ihn dann noch einmal genauer betrachtete, erinnerte ich mich daran, woher ich den gutaussehenden, kleinen Spanier zu kennen schien. Ich hatte ihn auf einem Bild bei Angel mit ihr zusammen gesehen. Dem einzigen Bild, das sie besaß.

»Du bist ihr bester Freund … Miguel?«, erinnerte ich mich zögerlich. Sein Schmollen wich einem breiten Lächeln, ehe er eifrig nickte.

»Ja, genau! Ich wollte eigentlich zu deinem Bruder, da ich nur seine Adresse – sagen wir mal – kenne, aber ich unterhalte mich auch gern mit dir, Süßer.«

Ich lächelte gezwungen über sein Kompliment, doch dann wurde ich schnell wieder ernst.

»Wieso wolltest du denn zu meinem Bruder?«, fragte ich ihn interessiert. Es konnte sich ja eigentlich nur um das Thema Angel handeln und darum, dass etwas nicht stimmte. Und ich würde behaupten, er wusste auch nichts von unserer Trennung oder der von Ian und ihr.

»Ich wollte mit ihm über Angel reden. Ich erreiche sie einfach nicht mehr. Seit Wochen geht sie nicht mehr ans Telefon oder macht mir auf. Nur einmal hat sie mir widerwillig die Tür geöffnet und mich dann zum Abschied an sich gedrückt, als würde ihr Leben davon abhängen. Angel mag aber keine Umarmungen, niemals! Und gestern hat sie mir dann eine komische WhatsApp-Nachricht geschrieben, dass sie Abstand braucht, um über ihr Leben nachzudenken, und wenn ich ihr Freund wäre, dann würde ich es akzeptieren. Aber Angel kennt mich und würde mir sowas nicht schreiben. Da stimmt etwas nicht und ich befürchte, es hat etwas mit ihrer Vergangenheit zu tun!«, erklärte er mir besorgt.

Ich verzog ungläubig die Brauen. Bevor ich ihm sagen konnte, dass ich nicht wüsste, was ich mit seiner kleinen, netten Story anfangen sollte, denn eigentlich klang das nach Angel und ihrer Eisprinzessinnen-Art, sprach er einfach weiter, jedoch mit gesenkter Stimme, so als könnte er vermuten, wir würden belauscht werden.

»Ich werde verfolgt und beobachtet. Mir ist es schon vor ein paar Tagen aufgefallen. Es ist immer derselbe Kerl. Groß, braungebrannt. Er schreit geradezu nach Schlägertyp, der Ärger macht.«

Meine Augenbraue wanderte noch etwas weiter nach oben, ehe ich ein spöttisches Lächeln auflegte.

»Kleiner, nimm's mir nicht übel, aber nur weil du den Falschen angehimmelt oder deinen Schwanz angeboten hast, heißt das noch lange nicht, dass das mit Angel zu tun haben muss. Oder mit ihrer Vergangenheit. … Also, war nett, aber ich muss dann auch los.«

Ich war gerade dabei, mich von ihm abzuwenden und zu meinem Wagen zu gehen, da riss er mich mit erstaunlicher Kraft zurück zu sich und baute sich vor mir auf. Ich war beinah beeindruckt von diesem kleinen, bunten Vogel.

»Hör mal zu, Mr. Eiskalt. Ich kenne mich mit Hinterhofgangstern wie dir aus, also erzähl mir nichts! Ich weiß, wann ich verfolgt werde und wann nicht. Ich mach die Scheiße schon zu lange! Habe zu viel gesehen und noch mehr erlebt! Also fick mich nicht von der Seite an, halt deine aufgeblasene

Fresse und hör mir zu!«

Ich blinzelte ihn einfach nur völlig baff an, denn der Kleine hatte sich vom Mir-scheint-ständig-die-Sonne-aus-dem-Arsch-Kerl zum derben Gangster verwandelt. Ehrlich gesagt konnte ich nicht glauben, dass das Angel's bester Freund war, von dem sie mir immer mal wieder lustige Geschichten erzählt hatte, als wir hinter Ians Rücken viel Zeit miteinander verbracht hatten.

Als er bemerkte, dass er mir mit seiner Ansage buchstäblich die Sprache verschlagen hatte, wich sein todernster Gesichtsausdruck wieder dem weichen und freundlichen Lächeln.

»Also, können wir jetzt an einem ungestörten Ort miteinander reden, wie wir Angel helfen? Denn mein Schatten klebt mir schon wieder am Sack.«

Ich vermied es, meinen Kopf suchend umzudrehen, und sah mich nur unauffällig mit meinen Augen um, doch ich konnte natürlich niemand Verdächtigen ausmachen.

»Wo?«, raunte ich leise.

»10 Uhr«, antwortete er knapp. Also links hinter mir.

»In einem schwarzen Jeep mit getönten Scheiben. Es geht wirklich nicht auffälliger und klischeehafter«, schnaubte er spöttisch und verdrehte dabei die Augen. Ich musterte den kleinen Spanier vor mir skeptisch. Irgendwie hatte ich ihn mir durch Angel's Erzählungen anders vorgestellt … eben wie einen bunten, exzentrischen Vogel. Nicht so abgebrüht und schlagfertig.

»Und was soll der Kerl in dem schwarzen Jeep von dir wollen?«, fragte ich ihn noch immer etwas ungläubig.

»Ist es nicht dein Job, das herauszufinden? Du als Söldner solltest ihn doch sicher kennen«, konterte er, ohne mit der Wimper zu zucken.

Scheiße, wer bist du?

»Ganz ruhig, Süßer! Ich verrat dein kleines Geheimnis

nicht. Ich hab dich öfter bei dem alten Stone gesehen. Ich bin einer seiner Stamm-'Mädchen'. Er zahlt ein Vermögen dafür, dass man seine wahren Vorlieben nicht verrät. Aber der Kerl, den kenn ich nicht. Ich habe ihn noch nie bei irgendeinem der Großen gesehen. Er ist nicht von hier, da bin ich mir sicher«, erklärte er mir im ernsten Tonfall. Ich brauchte erst einmal eine Minute, um mit diesen Informationen klarzukommen. Allein, dass Angel's bester Freund Stone kannte und dann auch noch auf diese Art und Weise, machte mich etwas fertig.

»Du kommst ja rum«, kommentierte ich nur erstaunt, dann musterte ich ihn nachdenklich. Ich wusste noch immer nicht so recht, was ich mit seinen Informationen anfangen sollte. Was hatte all das mit Angel und ihrer Vergangenheit zu tun?

Doch eins wusste ich: Angel benahm sich nicht wie sie selbst. Wenn sogar ihr bester Freund das sah, dann musste wenigstens etwas dran sein.

»Ich habe diesen Wagen auch schon öfter vor Angel's Haus gesehen. Er stand dort über Stunden. Ich kam nicht an sie ran, ohne dass er mich bemerken würde. Ich denke nicht, dass das ein Zufall ist, oder was meinst du?«

Ich schüttelte langsam den Kopf. Wie gern ich mich nach dem Kerl umsehen würde, doch dann wüsste er, dass Miguel ihn bereits entdeckt hatte. Solange er das nicht tat, war er sicher, und das wusste der kluge, kleine Spanier. Er kannte sich wohl doch besser mit Gangstern und deren Regeln aus, als sein Aussehen vermuten ließ.

»Okay, also du meinst, Angel steckt in Schwierigkeiten und dieser Möchtegerngangster in seinem Jeep hat etwas damit zu tun?«

Er nickte bestimmt.

»Ich bin mir sicher, dass er zurück zu ihr fährt, sobald er mich aus den Augen verliert. So war es bis jetzt immer, ich habe es mehrmals ausprobiert und kontrolliert.«

Als er meinen verdutzten Gesichtsausdruck bemerkte, lächelte er wissend und setzte nach.

»Ich habe doch gesagt, das geht schon seit einer Weile so und ich bin nicht von gestern. Also, wie willst du Angel nun helfen?!«, hakte er streng nach.

»Da du offenbar so gut darin bist, wirst du ihn heute eine ganze Weile beschäftigen. Lauf meinetwegen durch die ganze Stadt und benimm dich besonders auffällig und wenn du zu ihm ins Auto springst und seinen Schwanz lutschst, mir egal, aber sieh zu, dass er heute nicht so schnell zu Angel kommt. Dann werde ich nach ihr sehen.«

»Sie wird dir nicht öffnen!«, hielt er bestimmt dagegen. Doch ich lächelte ihm nur überzeugt entgegen.

»Muss sie nicht. Es gibt Mittel und Wege, in eine Wohnung zu gelangen, auch ohne die Klingel zu benutzen. Also mach dir darum mal keine Sorgen.«

»Aha«, entgegnete er mir weniger überzeugt, doch das machte nichts. Wir verabschiedeten uns voneinander und jeder wusste, was er zu tun hatte.

Als ich endlich in meinem Buick saß und Miguel dabei zusah, wie er eine riesige Show vor dem Eingang zu Ians Protzhütte machte, musste ich schmunzeln. Er war wirklich ein guter Freund und seine Worte hatten mich in Alarmbereitschaft versetzt, was Angel anging. Er hatte recht, etwas stimmte nicht mit ihr. Und dass dieser Kerl im Jeep gleich beide, sie und Miguel, abwechselnd beobachtete, machte die Sache nicht besser.

Der Kerl im Jeep stieg aus, um nach Miguel zu sehen, und ließ mich damit aus den Augen. Damit konnte ich ihn erstens kurz unter die Lupe nehmen und feststellen, dass ich ihn wirklich nicht kannte, und zweitens konnte ich ungesehen abhauen, um zu Angel zu kommen.

Auf dem Weg zu ihr zermarterte ich mir das Hirn darüber,

was wohl mit Angel los war und was oder eher wer sie aus ihrer Vergangenheit gefunden haben könnte.

Angel hatte mir genügend Bröckchen hingeschmissen, damit ich wusste, dass sie etwas mit dem kubanischen Menschenhändlerring zu tun hatte. Und dass sie vor jemandem auf der Flucht war, aber das war's dann auch schon. Ich war mir sicher, mit diesen Informationen wusste ich mehr als irgendjemand sonst über sie, dennoch halfen sie mir nicht. Aber etwas sagte mir, dass ich es schneller herausfinden würde, als mir lieb war. Alles in meinem unruhigen Inneren wusste es, spürte die sich nähernde Gefahr und bereitete sich auf diese vor.

Kapitel 14

Angel

Stöhnend öffnete ich meine schweren Lider und wunderte mich in derselben Sekunde, wieso ich sie überhaupt noch öffnen konnte. Ich dachte, Tote öffneten nicht mehr ihre Augen. Wieso also konnte ich das?!

Ächzend versuchte ich mich zu erheben, doch ein schrecklicher Schmerz durchzuckte meinen malträtierten Körper und hinderte mich daran. Ich wusste nicht, was Alexey noch alles mit mir angestellt hatte, nachdem ich wohl anscheinend das Bewusstsein verloren hatte. Doch so wie es sich anfühlte, war die Antwort: verdammt viel.

Nach dem dritten Anlauf schaffte ich es, mich zu erheben, und bekam einen Schock, als ich sah, wie schlimm mein Schlafzimmer demoliert worden war. Überall verteilt stapelten sich meine Sachen und umgeworfene Möbelstücke, oder was davon noch übriggeblieben war.

Doch dann bemerkte ich die rostrote Farbe, die sich in mein Blickfeld drängte. Eisengeruch kroch in meine Nase. Da war Blut. Überall Blut. Panisch blickte ich an mir herunter und musste feststellen, dass meine Schenkel mit getrockneten Blutresten bedeckt waren.

»Fuck!«, keuchte ich schmerzhaft auf, als ich versuchte, einen Schritt zu gehen. Dann hielt ich in der Bewegung inne, da ich nicht wollte, dass Alexey mich hörte.

Zu meiner Überraschung lag er allerdings nicht in meinem Bett und schlief seinen Rausch aus, so wie ich es erwartet hätte. Auch als ich die weitere Wohnung nach ihm absuchte, fand ich außer dem puren Chaos nichts. Ich stieg über das zerbrochene Holz von Möbelstücken, wich den unzähligen Scherben, die hier überall verteilt lagen, aus. Doch er war nicht hier.

Ich wunderte mich über diese Tatsache, aber ich beschloss, dieses Problem später zu lösen. Jetzt musste ich mir erst einmal meine Wunden ansehen und das Blut abwaschen, ehe ich hier wieder Ordnung machte. Da ich die Sache leider überlebt hatte, musste ich nun so schnell wie möglich sein Chaos beseitigen, bis er wiederkam – denn Alexey hasste es, wenn seine Zerstörung sichtbar wurde.

Also beschloss ich, erst schnell unter die Dusche zu springen, um mich von all dem Blut zu befreien und mich dann meiner Verletzungen anzunehmen. Ja, es war schon zur Routine geworden, mit solchen Ausrastern von ihm umzugehen. Auch mein eigenes Spiegelbild, wie schrecklich es auch aussehen mochte, schockte mich schon lange nicht mehr. Dafür hatte ich durch diesen grausamen Mann über die Jahre zu viel durchgemacht.

Endlich in die Dusche geschleppt, umspülte das heiße Wasser wohltuend meine geschundene Haut. Als das viele getrocknete Blut an meinen Schenkeln endlich fortgewaschen war, konnte ich erkennen, was er dort mit mir gemacht hatte.

Alexey hatte mal wieder sein Messer, das er immer bei sich trug, an meiner Haut ausprobiert. Mit Sicherheit hatte er, wie früher schon, ganz fasziniert die Klinge über meine bronzene Haut fahren lassen und mir dann beim Bluten zugesehen, oder gar die dunkelrote Flüssigkeit von meiner Haut geleckt. Es war widerwärtig!

Ich wusste nicht, was er heute mit meinem Blut getan hatte. Ich wusste nur, dass er mich bewusstlos gefickt hatte, denn auch in meinem Intimbereich bestand alles aus einem einzigen Schmerz. Meine Innenwände brannten höllisch von all seinen harten und erbarmungslosen Stößen. *Dieses kranke Schwein!*

Doch was mich am meisten wunderte, war, dass ich tatsächlich noch lebte. Nie hätte ich damit gerechnet. Ich war mir sicher gewesen, er würde mich in seiner Unbeherrschtheit und dann auch noch in der Kombination mit zu viel Alkohol umbringen. Doch ich lebte noch und die Tatsache, dass ich noch in der Lage war, zu laufen und mich zu bewegen, sagte mir, dass er sich sogar noch mehr zusammengerissen hatte, als ich je für möglich gehalten hätte. Aber warum?!

Nach einer gefühlten Ewigkeit stieg ich aus der Dusche, trocknete mich notdürftig ab und stellte mich vor den Spiegel, um alle meine Wunden genauer unter die Lupe nehmen zu können.

In meinem Gesicht war bis auf meine rote Wange nichts zu sehen. Doch das wunderte mich nach wie vor nicht, denn Alexey mochte mein Gesicht zu sehr, als dass er es jemals in seiner Wut verunstalten würde. Oder ich hatte Alexey noch nie so wütend gemacht, dass er es je getan hätte – diese Option war bei diesem Psychopathen auch möglich und jagte mir einen eiskalten Schauer über den Rücken.

Mein Hals sah da schon nicht mehr so harmlos aus. Bereits jetzt färbte er sich grün und blau und nun fiel mir auf, dass das Schlucken schmerzte.

Ich wandte mich leicht um, damit ich meinen Rücken sehen konnte, doch hier war nichts zu erkennen. Auch sonst wies mein Oberkörper keinerlei Verletzungen auf. Nicht einmal ans Bett hatte er mich gefesselt, was mich am meisten wunderte.

Also versorgte ich meine Schnittverletzungen an meinen Innenschenkeln routiniert mit einer Salbe, dann zog ich mir ein altes Shirt und eine Sportpanty über, damit ich nicht länger nackt war. Ich beschloss, das Chaos im Wohnzimmer zuerst aufzuräumen, damit er schon einmal besänftigt wäre, wenn er sah, dass ich nicht untätig rumgesessen hätte, denn das würde ihn nur wieder verärgern und das sollte ich in der nächsten Zeit vermeiden.

Während des Aufräumens schüttelte ich immer und immer wieder über meine Dummheit den Kopf. Ich schämte mich etwas für mein Aufgeben. Denn es sah mir nicht ähnlich, aufzugeben. Ich war eine Kämpferin, war es schon immer gewesen und das würde ich auch bleiben! Für Maria.

Als ich die Scherben und umliegenden Möbelstücke allesamt beseitigt oder wenigstens ordentlich zusammengestellt hatte, begab ich mich an das Säubern des Schlafzimmers.

Mein Blick fiel auf die blutigen Laken. Mich schockierte dieser Anblick nicht mehr, denn ich kannte es von früher noch allzu gut. Als wir noch auf dem Land meines Vaters gelebt hatten. Wie oft hatte er sich in seinem Zorn vergessen und mich verletzt und zum Bluten gebracht? Und wie oft hatte ich anschließend unser Bett und all seine Spuren der Zerstörung beseitigt, um ihn etwas zu besänftigen? Es wieder gutzumachen, was auch immer ich in seinen Augen falsch gemacht hatte. Eigentlich hatte sich nichts geändert. Diese Erkenntnis zermürbte mich. Fraß sich in meine schmerzenden Glieder und vergiftete mich von innen.

Ich bezog das Bett neu und entsorgte sie. Danach wollte ich den Rest meines Schlafzimmers aufräumen, als ich plötzlich das Schloss hörte. Ich versteifte mich automatisch, da ich ihn so früh nicht erwartet hatte. Ich hatte einfach auf mehr Zeit gehofft und eine kleine Verschnaufpause, denn ich war mir sicher, Alexey war noch nicht fertig mit mir.

»Was zum Teufel! Angel?!«

Ich riss schockiert die Augen auf, als ich Logans Stimme aus dem Wohnzimmer wahrnahm. *SHIT!*

Er durfte mich so nicht sehen, aber noch weniger durfte er ins Schlafzimmer, denn hier war nicht nur alles voll mit meinem Blut, sondern auch mit Alexeys Sachen. Er durfte sie nicht zu Gesicht bekommen! Panisch schlüpfte ich in Leggings und kramte wie eine Besessene einen Rollkragenpullover aus meinem Schrank, damit Logan meinen malträtierten Hals nicht entdecken würde.

»Logan?«, rief ich ihm dann krächzend zu, da meine Stimme durch meine malträtierte Kehle mitgenommen war, und verließ schnell mein Schlafzimmer. Die Tür zog ich hastig hinter mir zu, blieb unschlüssig im Rahmen stehen und blickte ihn verwirrt durch den Raum an.

»Wie bist du hier reingekommen?«, fragte ich ihn, um von dem zerstörten Couchtisch abzulenken, dessen Bretter in der Ecke lagen.

Logan ließ langsam und beinah fachmännisch seinen Blick durch das gesamte Zimmer wandern, dann, als sich unsere Blicke trafen, auch ebenso langsam und genau über meinen Körper. Ich bemühte mich, das Zittern zu unterdrücken, und schenkte ihm ein zaghaftes Lächeln. Ich wusste wirklich nicht, wie ich mit seinem unerwarteten Auftauchen umgehen sollte, zumal er nicht einmal hier sein durfte und schnellstens wieder gehen musste, bevor Alexey ihn hier sah.

»Angel, was ist hier passiert?«, fragte er mich ruhig und doch nahm ich deutlich den warnenden Unterton in seiner Stimme wahr. Ich schluckte hart, was mich erneut wegen meiner Kehle schmerzhaft zusammenzucken ließ.

»Du dürftest nicht hier sein! Du musst gehen!«, wisperte ich und war mir nicht mal sicher, ob er meine dünne Stimme gehört hatte. Doch als er bestimmend den Kopf schüttelte und einen Schritt auf mich zumachte, wusste ich, dass er mich verstanden hatte. *Scheiße! Du musst gehen!*

Abwehrend hob ich meine zittrigen Hände, um ihm zu bedeuten, nicht näherzukommen, und es klappte auch, denn Logan stoppte sofort und musterte mich ernst. *Nein! Nein! Nein! Du musst JETZT gehen!*

Daris hatte ihn sicher schon gesehen und … Moment! Wie hatte es Logan an dem Wachhund Daris überhaupt vorbeigeschafft? Ich wusste, dass Alexey gestern geblufft hatte, Daris stand natürlich wie immer vor meiner Tür. Keine Ahnung, wieso Alexey etwas anderes behauptet hatte, doch jetzt schien sein treuer Diener wirklich nicht vor meinem Haus zu sein, denn sonst wäre Logan nicht hier.

»Logan, du musst JETZT gehen!«, presste ich angestrengt hervor, noch immer die Hände abwehrend ausgestreckt. Doch wieder schüttelte er langsam den Kopf und kam mit festem Schritt auf mich zu.

»Einen Scheiß werd ich, Angel! Hier stimmt etwas nicht. Mit dir stimmt etwas nicht. Selbst Miguel hat das bemerkt und mich geschickt. Also bleibe ich so lange hier, bis ich weiß, was es ist und wie ich dir helfen kann. Solltest du also aus irgendeinem Grund Zeitdruck haben, solltest du mir schnell sagen, was hier verdammt nochmal los ist!«

»Miguel?«, flüsterte ich geschockt. Miguel wusste, dass etwas nicht mit mir stimmte und hatte Logan geschickt?! Ich verstand kein Wort.

Er nickte und kam dicht vor mir zum Stehen. Nervös räusperte ich mich und stellte mich noch etwas mehr in den Türrahmen zum Schlafzimmer. Egal was passierte, Logan durfte es nicht betreten. Denn sollte er es tun, so würde er keine zwei Sekunden brauchen, um eins und eins zusammenzuzählen. Er würde sofort verstehen, was hier los war, und würde womöglich etwas verdammt Dummes tun. Zum Beispiel zu versuchen, mich zu retten. Denn das würde ihn zu hundert Prozent das Leben kosten und diesen Preis war ich nicht bereit zu zahlen. Schließlich würde ich Logan überleben und mit dieser Schuld konnte ich nicht weiter existieren.

Logan scannte mein Gesicht und blieb an meiner roten Wange hängen, doch die könnte auch von einem meiner

Kunden stammen. Das schien tatsächlich sein Gedanke zu sein, denn er schenkte ihr schnell keine Beachtung mehr. Leider allerdings der Tür in meinem Rücken. Logan verengte misstrauisch seine Augen und schielte an mir vorbei.

»Was wollte Miguel denn von dir?«, fragte ich ihn schnell, um ihn von seinem Vorhaben abzulenken.

»Wer ist dort drin?«, preschte es aus ihm heraus. Ich bemühte mich um eine neutrale Miene, als ich unschuldig den Kopf schüttelte.

»Niemand. Wie kommst du darauf, ich würde jemanden vor dir in meinem Schlafzimmer verstecken?« Meine Stimme nahm wie von selbst einen bissigen Unterton an. Doch seine Andeutung gefiel mir nicht. Zur Bestätigung meines Unmutes verschränkte ich die Arme vor der Brust und funkelte ihn herausfordernd an. Logan erwiderte meinen Blick und blieb weiterhin unbeeindruckt dicht vor mir stehen. Ich ignorierte seinen vertrauten Duft, der mir in unserer gemeinsamen Zeit so verdammt viel Sicherheit geschenkt hatte, und reckte noch etwas mehr mein Kinn. Was dumm war – denn sofort rutschte Logans Blick auf meinen Hals und seine Augen wurden groß. Durch meine unüberlegte Kopfbewegung war wohl mein Rollkragen verrutscht, somit hatte er meinen geschundenen Hals gesehen. Augenblicklich wurden seine Gesichtszüge hart, dann ging alles ganz schnell.

Logan riss mit einer Schnelligkeit, die ich so nicht von ihm erwartet hätte, meinen Kragen nach unten und zu meinem Schrecken öffnete er in derselben Sekunde mit seiner anderen Hand die Schlafzimmertür. Ich konnte nicht einmal reagieren, so schnell war es passiert.

Nun gab es kein Zurück mehr, und diese Tatsache versetzte mich in Panik.

»Logan, bitte, du musst gehen!«, war alles, was ich zitternd über die Lippen bekam. Mein gesamter Körper schlotterte vor Angst, was nun passieren würde. Ein Geräusch im Hausflur ließ mich so hart zusammenzucken, dass ich ängstlich wimmerte. Doch zu meinem Glück war es nicht Alexey.

»Fuck, Angel! Wer hat dir das angetan?!«, raunte Logan sichtlich geschockt, als er mein Schlafzimmer zu Gesicht bekam. Ihm waren auch meine körperlichen Reaktionen nicht entgangen, natürlich nicht. Logan war ein menschlicher Lügendetektor. Er wusste immer, wann ich log, na ja, meistens jedenfalls.

Ich schüttelte mit Tränen in den Augen den Kopf und packte ihn an seinem Arm, um ihn aus meinem Schlafzimmer zu ziehen und auch raus aus meiner Wohnung. Er musste nun wirklich gehen. Doch sofort schüttelte er mich ab und trat ganz in mein Schlafzimmer ein, dann bückte er sich und griff nach einer Männerhose, die vor ihm auf dem Boden lag.

Mit zornigem Gesicht wandte er sich mit dem Kleidungsstück in der Hand wieder zu mir um und funkelte mich wütend an.

»Angel, ich werde dich das jetzt nur ein einziges Mal fragen, und ich erwarte eine ehrliche Antwort. Was zum Teufel ist hier los? Wer war das und wer hat sich hier bei dir einquartiert?!« Seine Stimme war gefährlich ruhig, doch ich kannte Logan nun schon lang genug, um zu wissen, dass er sich gerade mehr als zusammenriss und keine Widerworte duldete. Dennoch schüttelte ich panisch den Kopf. Ich konnte ihm nicht sagen, was das Offensichtliche bedeutete. Ich bekam es nicht über die Lippen. Denn sobald ich es aussprach, gab es kein Zurück mehr, das wusste ich.

»Nichts! Logan, bitte, wenn ich dir irgendetwas bedeute, dann gehst du jetzt! Du vergisst, was du hier gesehen hast, und am besten … vergisst du auch mich!«

Seine Miene wurde noch härter, wütender. Er machte einen bestimmten Schritt auf mich zu. Seine sonst so sanften Augen tanzten nervös und sein gesamter Körper war angespannt. Doch urplötzlich blieb er abrupt stehen und seine Gesichtszüge entgleisten ihm.

»Er hat dich gefunden!«, raunte er beinah so leise, dass ich Mühe hatte, ihn zu verstehen, doch leider hatte ich jedes Wort gehört und da passierte es. Ich brach zusammen.

Ich brach in Tränen aus und meine Beine gaben nach. Ich konnte einfach nicht mehr, konnte dieses Geheimnis nicht mehr wahren.

Logan war sofort bei mir und hinderte mich daran, zusammenzubrechen. Er zog mich in seine starken Arme und drückte mich an seine breite Brust. Schützend hüllte er mich in seine Wärme ein und presste mich fest an sich. Seine starken Muskeln zuckten unkontrolliert unter mir, ich spürte sein kräftiges Herz aufgeregt an meinem Ohr schlagen. Logans gesamter Körper schien regelrecht vor Wut zu zerreißen und doch tat er nichts, außer mich zu halten und mir Trost zu spenden.

Verzweifelt krallte ich mich an seinem Rücken in seine Lederjacke und tränkte sein Shirt mit meinen Tränen. Ich konnte es einfach nicht mehr aufhalten. Als hätte er ein Ventil geöffnet, drang all das an die Oberfläche, was ich so lange versucht hatte, zu verstecken. All die Gefühle, die ich unterdrückt hatte. Angst, Trauer, Hass. Mit einem Mal bahnten sie sich ihren Weg nach oben, brachen aus mir heraus. Ich zitterte am ganzen Leib, bebte regelrecht und presste die Lider aufeinander, während sich die Tränen gewaltsam durch diese hindurchdrückten.

»Angel, du musst mir jetzt sagen, wer er ist! Nur so kann ich dir helfen!«

Panisch schüttelte ich bei seinen Worten den Kopf und schluchzte umso lauter. Ich konnte ihm nicht Alexeys Namen verraten, das würde seinen Tod bedeuten!

»Ich kann nicht!«, presste ich angestrengt hervor.

Logan löste sich von mir und schob mich leicht von sich, nur um in der nächsten Sekunde sanft mein von Tränen überschwemmtes Gesicht zwischen seine großen Hände zu nehmen. Mit den Daumen wischte er mir jede, die nachkam, beiseite. Seine braunen Augen wirkten nun wieder so unendlich sanft wie ein Versprechen, dass er mich nie so behandeln würde. Doch das führte dazu, dass sich alles in mir nur noch schmerzhafter zusammenzog – das verfickte Schicksal sah mich nämlich lieber leiden, statt an der Seite von solch einem gütigen Mann wie Logan.

Ich schloss meine Augen, konnte nicht länger in dieses sanfte Braun sehen. Heiße Tränen kullerten mir sofort wieder über die Wangen, die er weiterhin zärtlich beiseite wischte.

»Ich kann nicht, Logan! Bitte zwing mich nicht dazu! Er wird dich umbringen und mich … mich wird er bestrafen, schlimmer als jemals zuvor! Bitte, du musst gehen, bevor er nach Hause kommt! Bitte, Logan, bitte geh!«, flehte ich ihn unter Tränen an. Mein gesamter Körper schlotterte und noch immer konnte ich ihn nicht ansehen.

Ich wartete auf einen Protest oder darauf, dass er wütend wurde, doch stattdessen riss ich in der nächsten Sekunde erschrocken die Augen auf, als mich seine weichen Lippen an den meinen berührten. Logan küsste mich, ganz sanft und liebevoll, und brachte mich damit völlig aus dem Konzept.

Wie konnte er mich denn jetzt bitte küssen?! Wieso ließ ich es zu?! Und warum verdammt erwiderte ich diesen Kuss?

Verzweifelt schlang ich meine Arme um seinen sehnigen Nacken und krallte mich hilfesuchend in sein dichtes, braunes Haar. Diese Berührung, diese zärtliche und liebvolle Berührung, sie war gerade alles für mich. Nach all dem Schmerz, der Pein und den Grausamkeiten war sie mein Heilmittel, das meine gebrochene Seele streichelte. Meine Rettung, die ich nie zu erhoffen vermocht hatte, und meine

Zuflucht vor ihm, dem Schlimmsten, was mir je widerfahren war. Dieser Kuss war einfach mein Alles!

Wir standen einfach nur dicht voreinander und küssten uns. Nicht stürmisch oder sexuell, nein. Gott, dieser Kuss war so viel mehr als Sex oder alles, für das dieser stand. Dieser Kuss war ein Versprechen, doch dieses würde alles verändern – das wusste ich und es durfte nicht sein.

Ich löste meine Finger aus seinem wilden Haar und drückte anschließend leicht gegen seine Brust, um ihm zu bedeuten, Abstand von mir zu nehmen. Das ging nicht und er musste endlich gehen!

Langsam löste er seine weichen Lippen von mir, ging leicht auf Abstand und sah mir tief in die Augen. Seine großen Hände weiterhin sanft an meinen Wangen.

»Logan, bitte! Du musst jetzt gehen!«, versuchte ich erneut, ihn zum Gehen zu überreden.

»Angel, du kannst mich um vieles bitten, aber ich werde dich hier ganz sicher nicht allein lassen! Vor allem nicht, wenn er jetzt gleich kommt! Nicht nach dem, was ich gesehen habe und du von ihm erzählt hast!«

Meine Augen tanzten nervös und ich flehte ihn mit meinem Blick an, doch es half nichts. Also legte ich meine Hände auf die seinen, griff hilfesuchend nach ihnen, drückte sie fest, damit er meine Verzweiflung spürte.

»Logan, bitte! Wenn du mir helfen möchtest oder ich dir irgendetwas bedeute, dann lässt du mich jetzt allein und gehst! Ich bitte dich! Er wird dich umbringen und das würde mich umbringen! Also bitte, bitte geh jetzt! Du kennst ihn nicht, du weißt nicht, zu was er fähig ist! Bitte! Hier kannst du nicht den Helden spielen, du würdest verlieren und mich damit zerstören!«

Zuerst dachte ich, ich hätte Logan mit meinen Worten nicht erreicht, denn er hatte keinerlei Reaktion auf mich oder mein Gesagtes gezeigt. Doch nun begann er angestrengt mit den Kiefern zu mahlen, der Griff um meine Wangen nahm zu und seine Miene wurde immer wutverzerrter.

»Das kannst du nicht von mir verlangen, Angel! Ich kann dich doch nicht hier bei diesem kranken Bastard lassen! Sieh doch nur, was er dir angetan hat. Nein!«, hielt er verzweifelt dagegen.

»Aber du kannst mich auch nicht einfach mitnehmen und hoffen, es würde nichts passieren. Er hat all die Jahre nach mir gesucht und mich letzten Endes auch gefunden! Er wird mich wieder finden, egal wo du mich versteckst! Vor allem nicht so, nicht so aus heiterem Himmel und völlig ohne Vorbereitung! Das kann nicht klappen, nein, Logan!«

Wieder mahlte er kräftig mit dem Kiefer, weil er wusste, dass ich recht hatte. So konnte uns keine Flucht gelingen. So konnten wir Alexey nicht besiegen und das mussten wir, wenn ich endlich frei sein wollte.

»Also soll ich dich einfach hier zurücklassen und was dann? Dich vergessen? Auf dich scheißen? Was soll ich deiner Meinung nach tun, Angel?!«

Ich überlegte fieberhaft, was ich ihm sagen könnte, damit er endlich ging. Zum Teil konnte ich ihn ja auch verstehen. Ich an seiner Stelle würde auch nicht so ohne weiteres gehen. Schließlich versuchte ich ihn gerade ebenso zu beschützen wie er mich. Nur, dass mein Versuch nicht völlig aussichtslos war, denn ihn konnte ich beschützen, er mich wiederum nicht. Niemand konnte mich aus Alexeys tödlichen Klauen retten.

»Okay.«

Ich sah ihn verwirrt an. Logan atmete noch einmal tief durch, ehe er angestrengt weitersprach.

»Okay. Ich werde gehen! Aber ich komme wieder und dann nehme ich dich ohne Wenn und Aber mit! Du wirst mir schreiben, wenn er dich das nächste Mal allein lässt, und dann komme ich dich holen!«

»Er hat mir mein Handy weggenommen«, unterbrach ich ihn schnell. Logan verzog verärgert die Brauen, doch dann ließ er völlig von mir ab und fasste sich in seine Hosentasche, zog etwas aus ihr heraus und hielt es mir entgegen.

»Nimm, versteck es gut und schreib Filip, wenn er dich wieder allein lässt!«, erklärte er mir forsch und hielt mir sein Handy unter die Nase.

»Filip?«, hakte ich misstrauisch nach und nahm es an mich.

»Er ist mein bester Freund. Er wird die Nachricht sofort an mich weiterleiten und dann komme ich dich holen, okay, Kleines?«

Ich nickte eifrig, ich würde alles behaupten, wenn das bedeutete, dass er jetzt gehen würde und damit in Sicherheit wäre!

Verzweifelt drückte ich erneut meine Lippen auf die seinen. Ich wollte ihn nicht gehen lassen! Wollte nicht allein hier zurückbleiben. Doch es ging nicht anders. Alexey würde ihn, ohne mit der Wimper zu zucken, erschießen. Logan hätte keine Chance gegen ihn, egal wie kampferprobt er auch war. Er konnte nur gegen solch ein skrupelloses Monster wie Alexey verlieren.

Logan stieg in den Kuss mit ein, doch leider nur sehr kurz, dann schob er mich auch schon wieder von sich und sah mir eindringlich in die Augen.

»Fuck, du weißt nicht, was du hier von mir verlangst! Ich bin vielleicht kein Held, doch das ist auch nicht meine Art. Zu verschwinden und dem Kampf aus dem Weg zu gehen, den Schwanz einzuziehen …!«

Schnell schüttelte ich den Kopf, umfasste sein Gesicht mit meinen beiden Händen und zog ihn dicht an meine Lippen.

»Du bist mein Held, Logan! Das warst du immer! Und du hilfst mir, indem du jetzt gehst und mich dann, wenn wir uns einen Plan überlegt haben, holst. Denn hier und jetzt, auf Biegen und Brechen, können wir nur gegen ihn verlieren. Und er ist mächtiger, als du dir vorstellen kannst. Sollte mein Vater demnächst sterben, ist er nicht mehr aufzuhalten! Also müssen wir schlauer sein als er! Bitte vertrau mir!«

»Dein Vater? Angel, ich versteh kein Wort? Sag mir seinen Namen!«, forderte er barsch.

Scheiße! Ich konnte ihm nicht Alexeys Namen verraten, doch mit nichts würde er sich nicht zufriedengeben.

Ich atmete frustriert aus und lehnte meine Stirn an seine an. Noch immer hielt ich sein ebenes Gesicht mit meinen Händen gefangen. Dann hörte ich plötzlich Schritte im Hausflur. Panisch wandte ich den Kopf in Richtung Wohnungstür. Er war es, ich wusste es! Sofort sah ich wieder zu Logan.

»Du musst gehen! Er darf dich hier nicht sehen!«, drängte ich ihn und schob ihn Richtung Schlafzimmerfenster. Zum Glück wohnte ich im Erdgeschoss und es trennten uns keine drei Meter vom Boden. Die könnte Logan ohne weiteres runterspringen, da er sehr groß war.

»Ohne einen Namen werde ich nicht gehen!«

Er blieb stur vor dem Fenster stehen. Ich hörte den Schlüssel oder bildete es mir in meiner Panik ein, ich wusste es nicht so genau.

»Giulia Castillo! Und jetzt geh!«, schoss es wie aus der Pistole aus mir heraus. Logan verzog fragend die Stirn, hatte wohl mit einem Männernamen gerechnet, doch als er verstand, dass dies mein richtiger Name war, riss er leicht seine Augen auf und musterte mich einen Moment lang. Dann zog er mich unerwartet zurück an seine Lippen und küsste mich verlangend und doch sanft.

»Versteck es gut und melde dich, sobald er weg ist!«, befahl er rau und löste sich komplett von mir. Schon war er aus meinem Fenster gesprungen und verschwunden und das keine Sekunde zu spät, denn dieses Mal hörte ich wirklich den Schlüssel, wie er sich im Schloss umdrehte. Panisch schloss ich das Fenster, eilte zu meinem Kleiderschrank und schob sein Handy im obersten Regal zwischen meine Kleidung. Ich wusste, dass dies kein gutes Versteck war, doch für den Anfang musste es reichen. Zumindest so lange, bis er das nächste Mal duschen ging.

»Giulia?«, donnerte seine wütende Stimme durch meine Wohnung. Ich eilte zu ihm ins Wohnzimmer und hoffte inständig, dass sie einander nicht gesehen hatten.

Unsicher trat ich mit einem gewissen Sicherheitsabstand vor ihn und vermied den Blickkontakt. Ich wusste nicht, welcher Alexey vor mir stand, und ich wollte es auch nicht so schnell herausfinden.

»Was hast du in meiner Abwesenheit gemacht?«, fragte er mich wie jedes Mal, wenn ich allein gewesen war. Und wie sonst auch ratterte ich alles runter, was ich getan hatte. Nur dieses Mal ließ ich etwas aus und betete, dass er es nicht bemerken würde.

Seine schwarzen Iriden bohrten sich in meine, suchten nach der Wahrheit und fraßen sich bis in meine zerbrochene Seele.

»Gut. Geh dich waschen!«, befahl er dann scharf.

»Das habe ich schon«, stammelte ich leise zurück. Er trat noch einen Schritt dichter an mich heran, packte mich an meinen Haaren und riss meinen Kopf schmerzhaft nach hinten, sodass ich ihn ansehen musste. Ich verkniff mir jegliches Geräusch und erwiderte seinen dunklen Blick.

»Ich sagte: Geh. Dich. Waschen!«

Sofort schubste er mich Richtung Schlafzimmer und ich sah zu, dass ich so schnell wie möglich von ihm wegkam, um das zu tun, was er von mir verlangte.

Ich eilte ins Badezimmer und entledigte mich meiner

Kleidung, damit ich schnellstmöglich unter die Dusche kam. Ich hatte keine Ahnung, was für einen Sinn es machte, denn meine Haare waren sogar noch feucht. Dennoch tat ich, wie mir geheißen.

Während ich den Hahn aufdrehte, kam mir allerdings plötzlich die Erkenntnis! Er wollte mich nur loshaben, damit er meine Wohnung nach etwas durchsuchen konnte. Sofort stellte ich das Wasser ab und rannte aus dem Badezimmer, nur um mitten im Türrahmen zu erstarren, als er mit Logans Handy in der Hand vor mir stand, als hätte er auf mich gewartet. Mein Herz blieb stehen, ehe es in der nächsten Sekunde wie wild gegen meinen Brustkorb hämmerte.

Ich bin so gut wie tot!

Kapitel 15

Alexey

Da stehst du, mit deinen großen, blauen, vor Schreck aufgerissenen Augen und starrst mich an, als du erkennst, dass ich dir wieder einen Schritt voraus bin.

Du fragst dich sicher, woher ich wusste, wo das Handy liegt, oder woher ich weiß, dass dein kleiner Gangster hier war. Du hast die Kameras, die ich hier überall in deiner Wohnung versteckt habe, wohl noch nicht entdeckt, meine Schöne.

Du enttäuschst mich, Giulia! Früher warst du wachsamer. Gründlicher. Bedachter. Du hast alles verlernt. Dein Feuer jedoch ist gewachsen. Doch das werde ich dir heute nehmen – und weißt du auch, warum, meine Schöne?! Weil ich nun keine Zeit mehr zum Spielen habe. Dein Vater wird sterben, das ist unausweichlich, und ich nehme dann seinen Platz ein. Dafür brauche ich eine gefügige Frau an meiner Seite. Also genug gespielt, meine kleine Giulia, jetzt wirst du lernen, zu gehorchen. Ein für alle Mal!

Dein gesamter Körper beginnt zu zittern, denn du ahnst, was dich jetzt erwarten wird. Aber eigentlich hast du keine Ahnung.

Du öffnest den Mund, um etwas zu sagen, doch ich habe dir nicht die Erlaubnis dazu erteilt.

»Wage es nicht, Giulia!«, drohe ich leise. Ich muss meine Stimme nicht erheben, damit du hörst. Das musste ich nie. Wenn ich es tue, dann bringst du mich dazu. Keine Frau schafft es, mich so sehr zu reizen wie du!

Unsicher machst du einen Schritt zurück und senkst den Blick. Vereinzelt laufen noch Wassertropfen über deine bronzene, nackte Haut. Deine blonden Haare kleben dir an den Schultern und deinen nackten Brüsten, verdecken sie beinah.

»Dreh dich um!«, befehle ich dir scharf.

Ich bin wütend auf dich, Giulia! Du hast diesen Wichser geküsst. Ich weiß noch nicht, wie lange er wirklich hier war, dazu hat die Zeit nicht ausgereicht. Selbstverständlich werde ich das gleich nachholen, doch zuerst werde ich dich bestrafen.

Du verziehst leicht die Augenbrauen, doch dann drehst du dich im Türrahmen um und damit mit dem Rücken zu mir.

Ich werfe das Handy von diesem Wichser achtlos aufs Bett. Ich kann es schließlich auch noch später nach Informationen durchforsten. Jetzt kommt erst das Vergnügen. Oh, und wie groß mein Vergnügen sein wird, dich zu bestrafen und zu züchtigen, meine Schöne. Ich kann deine Schreie jetzt schon hören. Mein Körper erbebt bereits vor Erregung und Zorn. Denn du machst mich immer so wütend, Giulia. Immer wenn dich ein anderer Mann auch nur ansieht, brodelt der Zorn in mir.

»Hol deinen Morgenmantel aus dem Badezimmer, dann stell dich genauso wieder in die Tür«, lautet mein nächster Befehl.

Ich befreie mich derweil aus meinem Hemd. Gott, wie es mich ankotzt, nun dieser Mann zu sein. Der Welt diesen geleckten Affen zeigen zu müssen. Hier muss ich meine Waffe und Messer versteckt tragen. Zu Hause musste ich das nicht.

Ich vermisse das, unser altes Leben, Giulia! Doch nun bauen wir uns hier ein neues Leben auf. Ein besseres. Man wird mich auch hier fürchten und bei meinem Namen zusammenzucken. Sobald dein Vater tot ist, sowieso. Sein Titel wird mir helfen und ich werde sein Andenken ehren.

Zögerlich tust du, was ich dir befohlen habe, holst das Kleidungsstück, stehst nun wieder im Türrahmen und wartest auf weitere Anweisungen. Ich trete dicht an dich heran und nehme dir den Morgenmantel aus der Hand. Dafür muss ich mich über dich beugen und kann deinen verführerischen und einzigartigen Duft einatmen. Wie sehr ich deinen Duft liebe.

Dein Körper beginnt erneut leicht zu zittern. Und wieder frage ich mich: Wenn du solch große Angst vor mir hast, wieso gehorchst du nicht einfach, meine Schöne?! Wieso müssen wir hier immer und immer wieder durch?! Es könnte so einfach zwischen uns sein. Doch *einfach* war noch nie unser Ding gewesen, nicht wahr, Giulia?

Geduldig fädle ich den Seidengurt, auf den ich es abgesehen habe, aus den Schlaufen des Mantels, dann lasse ich das Stück Stoff lautlos zu Boden sinken.

»Wem gehört das Handy, Giulia?«, frage ich dich, weil ich wissen will, ob du ehrlich zu mir bist, obwohl ich schon weiß, dass du es nicht bist.

Du schluckst hart und überlegst, was du mir vorlügen sollst. Das macht mich wütend, du machst mich wütend, Giulia!

»Alexey«, beginnst du mit zittriger Stimme, doch das versetzt mich nur noch mehr in Rage. Weinerliche Frauen! Es gibt nichts Schlimmeres als diese! Was bezweckst du damit? Willst du etwa mein Mitleid? Oh, meine kleine, naive Giulia. Ich besitze kein Mitleid. Vor allem nicht für dich! Du könntest das beste Leben an meiner Seite führen. Hättest nichts und niemanden zu befürchten, nicht einmal mich, wenn du mir gehorchst. Wenn du nur mich liebst, nur mich ehrst und dich nur mir hingibst, mit allem, was du hast. Bedingungslos!

Aber das tust du nicht! Du hurst noch immer rum, so wie früher auch schon! Du weißt um deinen Körper und deine Schönheit! Weißt sie einzusetzen. Ob ich sie dir nicht doch einfach nehmen sollte? Vielleicht würde das alles leichter machen.

Siehst du, wozu du mich bringst, Giulia?! Ich denke darüber nach, dir deine Schönheit zu nehmen, nur damit du nicht mehr rumhuren kannst! So weit bringst du mich.

Der Zorn beginnt immer schlimmer durch meine Venen zu pulsieren. Du machst mich so unendlich wütend, dass ich dich nur noch bestrafen will.

»Arme hoch!«, knurre ich unkontrolliert. Du zuckst hart zusammen, du kennst diesen Tonfall, du weißt, was dich nun erwarten wird, und dennoch handelst du nicht schlauer.

Du hebst deine Arme über deinen Kopf und führst sie zusammen. Ich packe mir beide deine Gelenke, wickle stramm den Seidengürtel darum, trete an dir vorbei ins Badezimmer und gehe hinter die Tür. Schließlich führe ich den Gürtel über die Tür, dann beginne ich ihn langsam strammzuziehen.

»Beine breit und bleib so!«, lautet mein nächster Befehl durch die Badezimmertür. Ich weiß, dass du tust, was ich dir sage.

Als ich den Zug auf dem Seidengürtel spüre, ziehe ich noch etwas mehr an. Ich höre dich zischen und weiß, dass es nun perfekt ist, also binde ich den Rest von dem Gürtel um die Klinke auf der Innenseite der Badezimmertür und fessele dich damit an das dunkle Holz.

Noch einmal ziehe ich an dem Seil, doch es ist stramm und wird dich aushalten. Ich trete aus dem Bad, stelle mich dicht hinter dich und schließe die Tür. Nun stehst du mit den Armen über dem Kopf vor mir und kommst nicht mehr weg. Deine Beine hast du, wie ich es dir befohlen habe, breit gespreizt. Ein schönes Bild, das du mir hiermit bietest.

Ich öffne meinen Gürtel und ziehe diesen aus meiner Hose. Deine Beine beginnen von der unbequemen Haltung schon zu zittern, doch das stört mich nicht. Den Sadisten in mir bringt es zum Schmunzeln.

»Sagst du mir jetzt, woher dieses Handy kommt?«, frage ich dich und stehe bereits in Position.

»Es ist …« Du stockst. Das ist die falsche Antwort, meine Schöne.

Das Leder surrt durch die Luft und kommt mit einem lauten Klatschen auf dem nackten Rücken auf. Du schreist, vor Schreck und vor Schmerz. Deine bronzene Haut ziert nun ein rötlicher Striemen und dieses Bild lässt mich sofort hart werden.

»Wie viele Schläge, Giulia?«, frage ich dich, weil ich wissen will, wie oft du heute ungehorsam warst. Ob du ehrlich zu mir sein wirst oder ob ich es überprüfen muss? Ich kann dir nicht mehr vertrauen. Dafür hast du vor langer Zeit gesorgt, als du mich angeschossen und dich nachts aus unserem Bett geschlichen hast, um abzuhauen. Oh, Giulia, diese Nacht hat sich in meinem abgefuckten Gedächtnis eingebrannt.

»Fünf«, flüsterst du.

»Warum?«, fordere ich streng zu wissen. Normalerweise frage ich dich nicht, doch heute möchte ich dich testen. Schließlich bist du bald wieder die Frau an meiner Seite. Offiziell. Da sollte ich wissen, ob ich meiner Frau vertrauen kann.

Du schüttelst leicht den Kopf. Das ist wieder die falsche Antwort und erneut erhältst du dafür deine gerechte Strafe.

Das kalte Leder schnalzt über deinen Rücken und hinterlässt den nächsten wunderschönen Striemen. Meine Hose wird von diesem Anblick immer enger. Ich will dich, genau hier. Genau jetzt! Doch ich gedulde mich noch etwas.

»Für jede falsche Antwort und jedes Schweigen bekommst du einen mehr. Also?«

»Du kennst die Antwort doch schon, sonst würde ich hier nicht hängen!«, entgegnest du todesmutig über die Schulter und schenkst mir einen giftigen Blick. Mein Schwanz zuckt vergnügt, denn er weiß, wie hart ich dich für diese Frechheit büßen lassen werde – und ihm wie auch mir gefallen deine Schreie, wenn ich das tue.

Ich hole aus und lasse den Gürtel noch etwas fester auf deine Haut niederfahren, nur dieses Mal auf deinen Arsch. Du schreist laut auf und lässt dich in deine Fesseln fallen. Deine Beine lässt du nach wie vor brav geöffnet. Wenigstens etwas.

»Du weißt, ich werde keine Gnade zeigen.«

»Ja, weil du ein Monster bist, dass sich an meinen Schmerzen aufgeilt!«, spuckst du mir verächtlich über die Schulter und funkelst mich hasserfüllt an. Doch ich verdiene deinen Hass nicht, Giulia!

Würdest du doch nur gehorchen, dann müsste ich all das hier nicht tun. Doch stattdessen machst du mich nur immer wütender! Wieso tust du das, Giulia? Willst du mich etwa wütend machen? Willst du mich provozieren?

Der Zorn packt mich wieder und lässt das Leder drei weitere Male auf deine Haut knallen. Du schreist nicht, du zuckst nur noch. Gott, nur du schaffst es, mich so sehr zu reizen, dass ich mich vergesse. So wie jetzt!

Dass du mich belügst, beleidigst und dich jetzt auch noch verweigerst, macht mich so unendlich wütend, dass ich mich nicht mehr kontrollieren kann.

Ich schlage härter zu, als ich sollte, denn deine Haut platzt auf, doch heute ist es mir egal, ob ich dich verunstalte. Heute möchte ich dich leiden sehen und heute möchte ich mich in nichts zurückhalten, denn du verdienst sie heute nicht. Meine Zurückhaltung.

Ich bücke mich und lecke dir dein Blut von deinem Hintern. Es schmeckt köstlich und versetzt mich regelrecht in einen Rausch.

Ungeduldig zerre ich meine Hose und Shorts nach unten, befreie meine Härte und packe dich an deinen schmalen Hüften. Du bist noch immer so zierlich, doch das mag ich so an dir.

Ich drücke deinen Hintern noch etwas nach hinten zu mir, dann stoße ich mich mit einem harten Stoß in dich.

Gott, wie sehr ich deine Pussy liebe! Obwohl dich so unglaublich viele Schwänze gefickt habe, bist du noch immer eng. Gut für dich, denn wäre es anders gewesen, weiß ich ehrlich nicht, was ich mit dir gemacht hätte.

Ich ficke dich hart gegen die Tür, doch ich brauche das jetzt. Oh, und wie sehr ich das jetzt brauche. Wie sehr ich dich brauche. Du wirst es nie verstehen, meine Besessenheit von dir! Und warum? Weil du es nicht verstehen willst. Du willst mich als den Bösen sehen, dann bekommst du den Bösen, meine Schöne! Wir spielen alle nur die Rollen, die uns gegeben werden, Giulia. Du solltest lernen, deine besser zu spielen, sonst bin ich gezwungen, meine zu ändern.

Kapitel 16

Logan

»Fuck!«, fluchte ich und feuerte mit einer schnellen Handbewegung alles von meinem Tisch, was sich dort befand. Scheppernd fielen die vielen Kleinteile zu Boden, doch es war mir egal!

Angel hatte sich seit Tagen nicht bei mir gemeldet. Ich wusste nicht, wie es ihr ging.

»Geht es dir jetzt besser?«, fragte Filip spöttisch. Ich schenkte ihm meinen Killerblick, denn ich war gerade nicht für seine blöden Scherze zu haben. Ich machte mir ernsthafte Sorgen um Angel – und das zurecht. Denn ich hatte durch ihren Namen, den sie mir gegeben hatte, herausgefunden, wer sie, aber vor allem und viel wichtiger, wer ihr Vater war.

Ich wusste ja, dass Angel vor einer harten Vergangenheit auf der Flucht zu sein schien, doch dass sie vor einem der mächtigsten Männer der gesamten Unterwelt abstammte, war schon eine Nummer für sich, die ich erst einmal verdauen musste. Viel hatte ich auch nicht herausgefunden. Nur, wer er und wer sie war. Sonst nichts. Das lag insbesondere daran, dass wir nicht tiefer graben und Spuren hinterlassen wollten. Es gab Fragen, die sollte man nicht laut stellen. Angel's Herkunft und Abstammung gehörten definitiv dazu.

Ich hatte versucht, mit Ian darüber zu reden, doch er wollte es nicht hören. Wie ein sturer Esel hatte er sich von allem abgewandt, was auch nur im Geringsten mit Angel zu tun hatte. Ich kam einfach nicht an ihn heran. Er verfiel wieder komplett in alte Muster. Schmiss eine Party nach der anderen. Soff, fickte und benahm sich wieder wie das selbstverliebte, kaltherzige und arrogante Arschloch, das er vor Angel war. Es war nicht auszuhalten.

Doch sobald man ihn darauf oder sein Benehmen ansprach, flippte er entweder aus oder ignorierte einen zu Tode.

Also versuchte ich, ihr mit Filips Unterstützung zu helfen. Nur war es gar nicht so einfach, zu helfen, wenn man nicht wusste, wo oder wer genau der Feind war – und wenn sich die holde Maid nicht meldete, um sie retten zu können.

Ich war bei ihr gewesen, mehrmals. Nichts. Kein Geräusch, kein Lebenszeichen, gar nichts! Und es riskieren, erneut bei ihr einzubrechen, wollte ich auch nicht. ER, wer immer er auch war, würde nicht sonderlich erfreut über mein Auftauchen sein. Zumal ich noch die Hoffnung hatte, er wüsste nichts von meinem Besuch. Doch die Hoffnung schwand von Tag zu Tag mehr, je länger ich nichts von ihr hörte.

Mein Handy gab auch kein Signal mehr ab, das hatte mir Filip gerade mitgeteilt. Deswegen war er zu mir gekommen. Obwohl er sich auf seine dämliche Art und Weise darüber lustig machte, wusste er, wie wichtig mir Angel war und wie dringend ich sie retten wollte.

»Was hast du jetzt vor?«, fragte er mich beunruhigt, als ich mir meine Lederjacke schnappte und dabei war, sie anzuziehen.

»Na, zu ihr fahren, was sonst? Mir reicht es jetzt! Ich will wissen, woran ich bin, und ich will wissen, wie es ihr geht! Ich hol sie da jetzt raus!«, antwortete ich entschlossen, zog meine Lederjacke an, dann ging ich in mein Schlafzimmer zu meinem Nachtkästchen und holte meine Waffe.

»Und wie stellst du dir ihre Rettung vor? Willst du kamikazemäßig reinstürmen, oder was?«, fragte Filip in meinen Rücken, als ich gerade meine Waffe in meinen hinteren Hosenbund steckte. Ich wandte mich ihm wieder zu. Filip lehnte mit vor der Brust verschränkten Armen im Türrahmen und musterte mich streng.

»Meinst du wirklich, das hilft ihr?« Er nickte hinter mich, zu meiner Waffe.

»Du bist scheiße angepisst, verzweifelt. Ich verstehe das! Aber es hilft ihr nicht, wenn du immer und immer wieder bei ihr auftauchst, ohne zu wissen, mit wem du dich anlegst! Die Kleine hatte wohl gute Gründe dafür, damals zu flüchten. Aber das heißt auch, dass das wohl eine Nummer zu groß für uns ist.«

»Und was soll das jetzt heißen? Soll ich sie einfach ihrem Schicksal überlassen?! Einfach mit den Achseln zucken und sagen: 'Ich hab's versucht, sorry'? Nicht ganz meine Art«, kommentierte ich sarkastisch und fuhr mir anschließend verzweifelt durchs Haar. Denn eigentlich wusste ich ja, dass er recht hatte. Ich konnte nicht einfach wie ein verschissener Ritter ihre Burg stürmen und sie aus den Klauen von wem auch immer retten. Das wäre Selbstmord und geholfen wäre ihr damit auch nicht. *FUCK!*

»Nein! Das soll heißen, dass du dich jetzt beruhigen sollst und wir uns einen anderen Plan überlegen. Einen, in dem du dich nicht als Held mit Umhang und Maske verkleiden musst, um dein Mädchen zu retten.« Filip verzog spöttisch die Mundwinkel, als ich ihn mahnend ansah. Ich konnte mir wegen dieses Idioten ein kleines Schmunzeln nicht verkneifen.

Mit einem lauten Seufzen ließ ich mich auf mein Bett sinken und legte mein Gesicht in meine Hände. Ich wusste wirklich nicht weiter.

»Was ist mit deinem Bruder? Er will dir wirklich nicht helfen?«, hakte Filip nochmal nach. Kopfschüttelnd erhob ich mich und ging an ihm vorbei zurück in meine Küche. Ich brauchte jetzt einen Drink.

»Nein. Er hört mir nicht einmal zu. Angel hat ihn

abgeschossen, wohl nicht freiwillig, wie mir jetzt klar ist. Aber das interessiert Ian nicht. Er will es nicht hören.«

»Wow. Der Schnösel hat ein Herz. Wer hätte das gedacht?«, witzelte er schlecht und kassierte dafür den nächsten ermahnenden Blick, ehe ich ihm ebenfalls ein Glas mit meiner heißgeliebten goldbraunen Flüssigkeit reichte.

»Was ist mit Stone und seinem ominösen neuen Partner? Hast du darüber nichts herausgefunden?« Filip schüttelte bestimmt den Kopf und ließ sich mir gegenüber auf die Couch sinken. Ich hatte mich in meinen schweren Sessel fallengelassen.

»Nichts. Stone hält sich momentan von allem Illegalen fern. Nicht einmal seine heiligen Nutten geht er noch besuchen. Ich weiß nicht, was er vorhat. Aber eins ist sicher: Es gefällt mir nicht und es kann auch nichts Gutes heißen. Denn so ein Kerl wie Stone wird nicht mal eben sauber.«

Nachdenklich nickte ich bei seinen Worten. Filip hatte recht. Einer wie Stone wurde nicht mal eben zum Musterknaben. Doch was hatte er vor und wohin sollte es ihn führen?!

»Es kann doch nicht sein, dass wir so machtlos gegen diesen Wichser sind! Es kotzt mich an!«, knurrte ich wütend und kippte mir meinen Drink runter. Ich hatte bereits gewusst, dass Stone eine Nummer für sich war, als das alles hier begonnen hatte. Doch ich hatte nicht damit gerechnet, so gar nicht an ihn heranzukommen. So machtlos zu sein. Das war mir neu.

Ich war gut in meinem Job und hatte mir ein recht gutes Netzwerk aufgebaut. Wenn ich Informationen benötigte, bekam ich sie für die richtige Summe auch. Doch bei dem Wichser Stone wollte sich keiner einmischen. Niemand wollte sich die Finger schmutzig machen. Zumal die Unterwelt einen kleinen Knacks davongetragen hatte, als Enzo, der Penner, sich mit Walker hatte anlegen müssen. So viele Männer, meine Männer, waren bei diesem sinnlosen Krieg, der uns alle nichts angegangen war, draufgegangen. Nun hielten die meisten ihre Füße still, sie wollten nicht gleich wieder zu Bauern der Könige werden. Ich konnte sie verstehen, doch es war wirklich ungünstig. *So eine verdammte Scheiße!*

Filip beobachtete mich mit Argusaugen. Ich seufzte und wandte ihm genervt den Blick zu.

»Du kannst gehen. Ich werd schon nichts Dummes anstellen.«

Seine Augenbraue wanderte ungläubig nach oben, doch nach einem weiteren intensiven Blick exte er sein Glas und erhob sich, um zu gehen. Ich machte mir nicht die Mühe, aufzustehen. Wieso auch? Er wusste schließlich, wie es rausging.

»Bau keinen Scheiß! Ich seh zu, was ich noch alles über sie, ihren Vater und die Zecke, die sich bei ihr eingenistet hat, herausfinden kann, okay?!« Noch ein eindringlicher Blick von Seiten meines besten Freundes, dann verließ er, als ich ergeben seufzte, meine Wohnung.

Ungeduldig stand ich auf, zog mir meine Lederjacke aus, die ich achtlos auf die Couch warf, dann füllte ich mein Glas. In der Bewegung hielt ich allerdings inne – denn ich sollte lieber gleich die ganze Flasche nehmen. War wohl die bessere Idee.

Mit meinem Bourbon bewaffnet ließ ich mich wieder stöhnend in meinen Sessel fallen und dachte darüber nach, was ich nun tun sollte. Mein nächster Gedanke pisste mich schon an, bevor ich ihn überhaupt richtig zu Ende gedacht hatte. Doch blieb mir eine andere Wahl?

Genervt zog ich mein Handy aus der Hosentasche und wählte die Nummer, die ich eigentlich nie wieder wählen wollte.

Es klingelte so lange, bis mein Anruf aus der Leitung

geworfen wurde. Angepisst über meine dumme Idee feuerte ich mein Handy unsanft auf den Couchtisch vor mir und setzte die Flasche an meine Lippen, um einen kräftigen Schluck zu nehmen. Die goldbraune Flüssigkeit rann brennend meine Kehle herunter.

Plötzlich ließ mich das Vibrieren meines Handys auf dem Holz innehalten. Misstrauisch riss ich eine Braue nach oben. *Du wirst doch nicht …?*

Seufzend beugte ich mich vor und griff nach meinem Handy. Eine unterdrückte Nummer.

Ich nahm ab.

»Sollte der berüchtigte Hunter von New York nicht eigentlich rund um die Uhr erreichbar sein?«, fragte ich ihn spöttisch und genehmigte mir noch einen Schluck, denn ich wusste, ich würde ihn gleich für dieses Telefonat brauchen. Es fuckte mich mehr als ab, dass ich ihn erneut um Hilfe bitten musste, da konnte ich gut und gerne auf seine dummen Sprüche verzichten, doch die gehörten nun mal zum Paket dazu, das wusste ich.

»Ich sollte wohl eher meine Nummer ändern. Was verschafft mir denn schon wieder diese unwillkommene Ehre?«, begrüßte der Pisser mich charmant wie immer. Ich verdrehte nur die Augen.

»Geht es etwa immer noch um den alten Stone?«, hakte er ungeduldig nach, als würde es ihn doch mehr interessieren, als er zugeben wollte.

»Jain«, war meine knappe Antwort, einfach, um ihn etwas zu ärgern.

»Was soll das heißen? Kannst du mit der kryptischen Scheiße aufhören und mir sagen, was du schon wieder von mir willst? Ich habe zu tun«, knurrte er ungeduldig in den Hörer. Ich schmunzelte in mich hinein.

»Ist ja gut. Kannst du mit dem Namen Giulia Castillo etwas anfangen? Oder nur mit dem Nachnamen? Stammt aus Kuba. Der Vater soll wohl …«, doch weiter kam ich nicht.

»Ich weiß, wer Pablo Castillo ist. Die Frage ist doch, was hast du mit ihm zu schaffen und wieso kennst du den Namen seiner verschollenen Tochter?«

Ich antwortete nicht sofort, denn ich wusste nicht so recht, was ich ihm sagen sollte. Wie viel ich ihm sagen konnte.

»Fuck, deine Kleine!«, raunte er in den Hörer.

»Du ziehst die Scheiße magisch an, oder?«, maulte er mich an, dann seufzte er, als ich ihm ein drohendes Knurren als Antwort gab.

»Ich mach mich schlau, okay? Obwohl es eigentlich am klügsten wäre, du würdest dich von der Kleinen fernhalten. Sie macht dir nur Ärger.«

»Ja, damit kennst du dich ja bestens aus, hm? Ich erinnere mich an eine rührende Abschiedsszene, du in Ketten, mit Tränen in den Augen, und an einen wirklich kitschigen Kuss«, zog ich ihn schmunzelnd auf.

»Ach, fick dich, Logan!«, brummte er angepisst und legte doch tatsächlich beleidigt auf. Ich grinste noch etwas breiter. Eine Dramaqueen war er ja schon.

Ob ich mir damit nun geholfen hatte, wusste ich ehrlich gesagt nicht so genau. Ich musste wohl oder übel einfach abwarten, ob sich Enzo doch noch dazu erbarmte, mir zu helfen, oder ob ich auf mich alleingestellt blieb.

Fakt war: Würde mir in den nächsten 24 Stunden kein Superplan zugeflogen kommen, würde ich Angel da allein rausboxen. Ich würde sie nicht noch länger dort lassen, bei IHM. *Verdammte Scheiße, wer ist ER?!*

Diese Unwissenheit pisste mich noch mehr an als alles andere und doch hieß es nun abwarten und hoffen, dass Filip etwas herausbekam oder dass sich Enzo wieder einkriegte – obwohl ich mit Letzterem nicht rechnete. Nicht einmal auf meinen Bruder konnte ich zurückgreifen.

Scheiße, dieser Bastard, der bei Angel war, war gut. Er hatte sie völlig von uns isoliert und wäre ich nicht auf Miguel gestoßen, wäre ich nicht bei ihr eingebrochen und hätte sie in diesem Zustand vorgefunden.

Fuck! Ich wollte mir nicht ausmalen, was er ihr sonst noch alles angetan hatte oder gerade antat.

Ich war mir sicher, er hatte mein Handy gefunden und ihr weggenommen, sonst hätte sie sich schon längst bei mir gemeldet. Doch ich würde sie da rausholen, das war sicher. Die nächsten Stunden entschieden nur, auf welche Weise dies passieren würde.

»Ach, scheiß drauf! Ich geh zu ihr!«, redete ich mir zu, erhob mich und schnappte mir meine Lederjacke und mein Handy. Mehr brauchte ich nicht, denn meine Waffe steckte schließlich noch in meinem hinteren Hosenbund. Und ich war bereit, sie zu benutzen, wenn ich es müsste.

Kapitel 17

Angel

Ich wusste nicht, wie viele Tage bereits vergangen waren, seit Logan hier gewesen war. Ich wusste nur, dass sie die bis jetzt schlimmsten Tage mit Alexey gewesen waren, seit er mich wieder gefunden hatte.

Er bestrafte mich jedes Mal, wenn Logans Handy klingelte. Wenn er klopfte oder vor meiner Wohnung gesehen wurde.

Natürlich konnte er keinen Einblick in die Wohnung erhaschen, denn Alexey hatte mir strikte Anweisung gegeben, die Vorhänge immer geschlossen zu halten. Keiner durfte sehen, was er hier mit mir machte.

Mein gesamter Körper bestand nur aus einem einzigen Schmerz und ich wusste nicht, ob ich noch eine weitere Runde überstehen würde.

So sehr ich die letzten Tage dafür gebetet hatte, dass Logan doch einen Weg finden würde, mich zu befreien, so sehr hoffte ich nun, er hätte aufgegeben und würde nicht wieder vor meiner Tür stehen.

Obwohl es mich etwas wunderte, dass Alexey ihm überhaupt so viel Spielraum gab. Normalerweise handelte er nicht so beherrscht. Ob es an Ian lag? Da die beiden Brüder waren, fürchtete Alexey vielleicht, dass er auffliegen könnte, wenn Logan nun etwas geschah. Lag es daran?

Ich wusste es nicht. Doch ich hoffte, dass Logan endlich aufgab, sodass er mich nicht immer und immer wieder dafür bestrafte. Alexey war schon wieder an einem Punkt seiner Grausamkeiten angekommen, an dem ich nicht wusste, wie er sie noch steigern wollte. Er verbot mir Kleidung. Bestimmte, wann ich essen oder wann ich das Bett verlassen durfte. Er beherrschte mich wieder in allen Lebensbereichen und ich war absolut machtlos gegen ihn.

Unerwartet hörte ich seine schweren Schritte in meinem Wohnzimmer. Er war also wieder zurück. Unwillkürlich versteifte ich mich in meinem Bett und lauschte seinen Schritten. Sie klangen wütend.

Alexey schmiss die Tür regelrecht auf, sodass sie mit einem lauten Schlag gegen die Wand dahinter donnerte. Ich zuckte hart zusammen und mein Körper begann unweigerlich zu zittern. *O Gott, noch eine Bestrafung überlebe ich nicht!*

Alexey trat mit wütender Miene dicht an mich heran. Ich bemühte mich, keinen Muskel zu bewegen, um ihn nicht unnötig zu provozieren, blickte einfach nur ausdruckslos zu ihm auf und wartete, was er mit mir vorhatte.

»Erklär mir, Giulia!«, setzte er dunkel an. Sein Unterton ließ mich erschauern.

»Wieso steht dieser verfickte Wichser schon wieder vor deiner Tür?«

Ich schluckte hart, dann schüttelte ich leicht den Kopf, um ihm zu bedeuten, dass ich es nicht wusste. Denn das tat ich nicht.

Er verschränkte die Arme hinter dem Rücken und schlenderte wie ein Raubtier um mein Bett herum, sein Blick blieb dabei nur auf meiner Gestalt.

Ich begann nervös meine Hände zu kneten, denn dieses Verhalten war neu. Irgendetwas hatte er vor und dieses etwas würde mir sicher nicht gefallen.

»Aber du hast Glück. Ich werde mich heute ein für alle Mal um ihn kümmern. Dann wird er uns nicht mehr belästigen, meine Schöne.« Rätselnd kräuselte ich die Stirn, denn ich verstand kein Wort.

Mit leicht schiefgelegtem Kopf blieb Alexey am Fußende

meines Bettes stehen und musterte mich intensiv. Seine schwarzen Iriden glitten langsam über meinen gesamten Körper herab, dann wieder hinauf, bis sie zurück zu meinen Augen fanden, um sich dann in meine zerbrochene Seele zu fressen.

Mir gefiel seine Andeutung nicht, dass er sich darum kümmern würde, um Logan kümmern würde. Denn das konnte nur bedeuten, dass er ihm etwas antun würde. Doch wieso konnte er das jetzt so einfach, wo er es all die Wochen zuvor nicht gekonnt hatte?

Meine Furchen auf der Stirn wurden immer tiefer, als ich angestrengt nach der Lösung, nach der richtigen Antwort suchte. Ein böses Schmunzeln ließ mich in meinem Gedankenkarussell innehalten.

»Ich mag dein schlaues Köpfchen, weißt du das, meine Schöne? Genau deswegen kannst nur du die Frau an meiner Seite sein. Aber ich denke, hier brauchst du meine Hilfe.«

Meine Augenbrauen zogen sich noch weiter zusammen. Ich wusste nicht, was nun kommen würde.

Alexey setzte sich langsam in Bewegung, dann ließ er sich dicht neben mich auf der Bettkante nieder und durchbohrte mich mit seinem dunklen Blick. Ich unterdrückte den Impuls, vor ihm zurückzuweichen, auch seinem Blick hielt ich tapfer stand und wartete angespannt auf seine Aufklärung.

»Dein Vater, Giulia.«

Ich schüttelte den Kopf. Er musste es nicht aussprechen. Mein Vater war tot, doch das versetzte mich nicht in Trauer, wie man jetzt vielleicht meinen könnte, sondern in Panik! Ich konnte um diesen grausamen Mann, der mir erst dieses Leben beschert hatte, nicht trauern. Niemals würde ich eine Träne für ihn verschwenden.

»Du weißt, was das jetzt bedeutet, oder, meine Schöne?«, fragte er mich raunend und umfasste für seine Verhältnisse sanft mein Kinn mit seiner großen Hand. Ich nickte in seinem Griff. Ja, ich wusste nur zu gut, was das nun für mich, aber auch für Ian und Logan bedeutete.

Daris hatte es vor Wochen schon angedeutet. Nun war der Tag gekommen. Der Tag, an dem Alexey all die Macht und den Einfluss meines Vaters bekam. Er musste sich nun nicht mehr verstecken, auch nicht hier in den Staaten. Zu groß und mächtig war der Ruf meines Vaters. Selbst ich hatte hier öfter seinen geflüsterten Namen in den dunklen Straßen gehört.

Deshalb hatte ich ja all die Jahre solch ein Geheimnis um meinen Namen und meine Vergangenheit gemacht. Nun würden sie über Alexey sprechen und ihn fürchten, mehr noch, als sie meinen Vater gefürchtet hatten, das wusste ich. Und da Alexey sich hier in den Staaten schon einige wenige Verbündete, unter anderem Stone, gesucht hatte, war es aussichtslos, dass er aufgehalten werden konnte.

»Was hast du mit Ian und Logan vor?«, fragte ich zögerlich und leise. Er mochte es nicht, wenn ich unaufgefordert sprach, doch ich musste ihm diese Frage stellen, und es schien ihn komischerweise nicht zu stören. Denn sein Griff wurde nicht fester und sein Blick nicht unnachgiebiger. Nein, er begann sogar leicht zu schmunzeln. Ich schluckte hart. Das konnte nichts Gutes bedeuten.

»Du bist wirklich ein schlaues Mädchen.« Mehr bekam ich nicht von ihm, denn statt weiterzusprechen, zog er mich an seine Lippen und drang sofort mit seiner Zunge dominant in meinen Mund ein. Ich wollte mich ihm entziehen, doch ich entschied mich dagegen. Er hatte nicht so schlechte Laune, wie er sie eigentlich wegen Logans erneutem Auftauchen haben sollte, und ich wollte sie nicht wieder zum Kippen bringen.

Ein erregtes Knurren entwich seiner Kehle, als sein Kuss an Intensität zunahm, doch statt weiterzugehen, löste er sich keuchend von mir, dann gab er mich komplett wieder frei und erhob sich. Noch immer hatte ich keine Antwort von ihm erhalten, ich traute mich aber auch nicht, weiter danach zu fragen. Ich blieb einfach stumm in meinem Bett sitzen und sah ihm dabei zu, wie er seinen Anzug und sein Hemd auszog und gegen Jeans und Shirt tauschte. Ich hatte ihn lange nicht mehr in solch einer legeren Kleidung gesehen. Ob das gut war? Vermutlich nicht.

Selbst seine Haare band er nur zu einem lockeren Pferdeschwanz, statt sie akkurat zu frisieren und streng nach hinten zu binden. *Was geht hier ab?!*

Als er jedoch aus einer Sporttasche, die er aus meinem Schrank zog, seine Waffe holte und sie fachmännisch nachlud, wurde mir schnell anders zumute. Alexey begutachtete sie genau, ehe er sich mit einem provokativen Lächeln zu mir wandte.

»Du weißt gar nicht, wie befreiend das ist, Giulia. Endlich wieder ich sein zu dürfen. Ich bin nicht einer dieser scheiß Spießer, den ich die letzten Monate hier spielen musste. Es war anstrengend, nervenzehrend und ermüdend. Doch jetzt wird alles besser. Nach heute Nacht werden wir wieder wir sein können. Ohne lästiges Anhängsel.« Sein Lächeln wich einer teuflischen Fratze. Er trat auf mich zu, dann legte er die Pistole unter mein Kinn und hob es mit ihr an.

»Du bleibst schön hier. Du gibst keinen Mucks von dir. Wenn die heutige Nacht überstanden ist und du ein braves Mädchen warst, werde ich dich belohnen, meine Schöne.« Seine Stimme war so dunkel und verlangend, dass ich mir ein Erschaudern der üblen Art unterdrücken musste.

Alexey zog nach einem Augenblick die Waffe zurück und ließ sie in seinem hinteren Hosenbund verschwinden. Sein Shirt vermochte sie gut zu verbergen. Und schon wandte er sich mit einem boshaften Grinsen auf seinen Lippen von mir ab und verließ ohne Umwege die Wohnung. Ich wusste nicht, wie lange ich noch völlig erstarrt auf meinem Bett gesessen hatte. Doch seine Worte hatten mich in eine Art Schockzustand versetzt. Das alles musste ich erst einmal verdauen.

Die Information, dass mein Vater nun wirklich tot war und Alexey alles vermacht hatte. Die Tatsache, dass Alexey mir gerade eröffnet hatte, dass er sich heute Nacht Logan und Ian entledigen würde, und dann noch sein Versprechen, dass wir danach für immer glücklich und ungestört zusammen sein könnten … *Fuck!*

Und das Schlimmste von allem war: Ich konnte rein gar nichts tun. Nichts. Außer hier zu sitzen und zu warten, dass Alexey wiederkam. Das würde wohl die schrecklichste und längste Nacht meines Lebens werden, und das mochte bei mir schon etwas heißen.

Ein Türknallen ließ mich aus meinem unruhigen und unfreiwilligen Schlaf schrecken. Ich musste wohl eingeschlafen sein, obwohl ich versucht hatte, mich wachzuhalten.

Ich setzte mich schnell auf und wartete angespannt auf sein Erscheinen. Die Tür wurde geöffnet und ich konnte das schockierte Keuchen, das sich bei seinem Anblick aus meiner Kehle presste, nicht unterdrücken. Erschrocken schlug ich mir die Hand auf meinen geöffneten Mund und starrte auf sein blutbespritztes, weißes Shirt. *Mein Gott!*

Als er ins Schlafzimmer getreten war, zog er sich mit einer schnellen Handbewegung sofort das Shirt über den Kopf und marschierte kommentarlos ins Badezimmer. Ich wusste nicht so recht, was sein Verhalten zu bedeuten hatte. Er schien nicht sehr zufrieden zu sein. War das gut oder schlecht?!

Angespannt und fast am Durchdrehen zwang ich mich zur Ruhe und wartete 'geduldig' auf seine Rückkehr aus dem Badezimmer.

Alexey kam nach einer gefühlten Ewigkeit, in der sich hunderte Horrorszenarien in meinem Kopf abspielten, zurück. Er war duschen, seine nassen Haare fielen ihm wirr über seine breiten Schultern.

Nackt und noch immer feucht von der Dusche kam er ohne Umschweife auf mich zu und kletterte zu mir aufs Bett. Er entriss mir die Decke, dann packte er mich an den Füßen und zog mich mit einem Ruck zu sicher heran und zwang mich damit, mich auf den Rücken zu legen.

Ich hasste es, wenn er nicht mit mir sprach und sich einfach ohne Vorwarnung nahm, was er brauchte. In solchen Momenten konnte ich ihn schlecht einschätzen. Und das ließ meine Angst wachsen.

Mit geweiteten Augen blickte ich zu ihm auf. Er hatte mich mit seinen starken Armen links und rechts neben mir eingekeilt. Sein von Muskeln überzogener, nackter Körper presste den meinen in die Matratze und seine dunklen Iriden drangen wieder bis in meine Seele vor.

»Das heute lief nicht so, wie ich das wollte. Doch du warst ein braves Mädchen und ich sagte dir, ich würde dich belohnen«, raunte er dicht an meine Lippen. Ich verstand kein Wort und doch setzte mein Herz einen Schlag aus.

»Was ist passiert?«, hauchte ich leise. Etwas blitzte in seinen schwarzen Iriden auf, doch zu meiner Überraschung tat er mir erneut nicht weh, obwohl ich ohne Erlaubnis gesprochen hatte, schon wieder. Er hob eine Hand an und presste mich durch sein verlagertes Körpergewicht noch mehr in die Matratze. Seine Finger fanden meine Unterlippe und er strich sie gedankenverloren nach. *Was zum Teufel tust du da?!*

So hatte er mich schon sehr lange nicht mehr berührt.

Auch sein Blick wirkte wie aus alter Zeit. Ich kannte ihn und wusste nicht, was ich davon halten sollte. Alexey sah mich so an wie in unserer ersten Nacht. In dieser wundervollen Nacht, in der mein Albtraum begonnen und ich mein Herz an den Teufel verschenkt hatte.

»Eigentlich wollte ich heute mit dir feiern. Doch das wird wohl noch etwas warten müssen. Die beiden sind hartnäckiger als gedacht. Ich unterschätze selten jemanden, wie du sicher noch weißt, und ich bin noch weniger gern im Nachteil. Beides ist heute passiert. Zumindest bei einem der beiden. Den anderen habe ich schon genau richtig eingeschätzt und konnte dementsprechend auch mit ihm umgehen, wie es geplant war.« Er führte während des Redens seine Lippen zu meinen Hals und begann mich sanft zu küssen. Ja, SANFT!

What the fuck ist hier los?!

Und was sollten seine kryptischen Worte bedeuten? Wollte er mir hier gerade sagen, dass einer der beiden Brüder tot war? Und dass der andere, der, den er unterschätzt hatte, noch lebte? *Gott, bitte nicht!*

Ich begann unter ihm zu erzittern. Nein, regelrecht zu schlottern. Mein gesamter Körper wurde von einem heftigen Schütteln gepackt und beherrschte alle meine Glieder erbarmungslos.

»Entspann dich«, raunte er zwischen seinen Küssen an meine Haut. *Entspannen? Ich soll mich entspannen?! Ist das dein scheiß Ernst?!*

Wie zum Teufel sollte man sich bei dieser Scheiße hier bitte entspannen?!

Seine weichen Lippen wanderten immer wieder von meinem Mund zu meinem Hals und dann weiter runter zu meinen Brüsten. Alexey liebkoste tatsächlich meinen Körper, wie damals, als er den perfekten Sex noch gegen mich eingesetzt hatte, um mich zu manipulieren.

Ich war einfach zu jung und naiv gewesen, um es zu begreifen. Hatte mich von seinen Liebkosungen und leeren Versprechen blenden lassen. Hatte ihm geglaubt, wenn er mir ins Ohr geflüstert hatte, dass er mich liebte und es ihm leidtäte. Doch nun war ich kein kleines, dummes Mädchen mehr, das naiv auf ihren Ritter wartete. Ich wusste, dass er der Teufel war, daran würden auch ein paar zärtliche Küsse nichts ändern. Zumal er mich so oder so gleich wieder hart und unnachgiebig nehmen würde, so, wie er es brauchte und mochte. So, wie er es immer tat und immer tun würde.

Seine Lippen verweilten noch eine Weile an meinen Brüsten. Meine Knospen stellten sich gegen meinen Willen auf, was ihn dreckig grinsen ließ. Dann wanderten sie weiter und immer weiter nach unten. Panisch folgte ich ihm mit meinem Blick. *Du willst doch nicht …*

»Öffne dich für mich, meine Schöne«, brummte er erregt und doch klang es nicht nach seinem üblichen Befehl.

Langsam und mehr als zögerlich winkelte ich meine Beine an und öffnete mich für ihn. Alexey bettete sich zwischen meine Schenkel, dann schenkte er mir noch ein freches Lächeln, welches ich schon seit einer Ewigkeit nicht mehr bei ihm gesehen hatte, und plötzlich tauchte er ab.

Panisch hob ich meinen Kopf, um ihn nicht aus den Augen zu lassen, doch dann spürte ich seinen heißen Atem an meinen Schamlippen und erstarrte. Und als sich dann plötzlich unverhofft seine warme und feuchte Zunge zwischen meine unteren Lippen drängte, keuchte ich, ohne es zu wollen, auf.

Ich spürte ihn an meiner Scham grinsen. Dieses Schwein genoss, dass mein Körper nicht verstand, was hier gerade passierte. Mein Kopf und Herz wussten, dass es falsch war und dass er noch immer das abscheuliche Monster war, das er immer sein würde. Doch mein Körper und ganz besonders mein Lustzentrum lechzten nach genau diesen zärtlichen

Berührungen, die ich so nicht mehr von ihm kannte und geglaubte hatte, sie auch nie wieder zu bekommen.

Seine Zunge fand gezielt meine pochende Perle und er reizte sie erbarmungslos. Ich wollte dieses Prickeln dabei nicht empfinden und doch tat ich es. Schließlich wusste ich noch sehr genau, was er alles mit seiner Zunge dort unten anstellen konnte. Dennoch verkrampfte ich mich. Ich wollte das hier nicht und das wollte ich ihm deutlich machen.

Auch wenn mein Körper sich immer wieder kurz gegen mich wandte und mich hinterging, so wollte ich ihm dennoch mit dem vernünftigen Teil klar machen, dass das hier nichts ändern würde und es mir nicht gefiel. Aber Alexey war schon immer ehrgeizig gewesen. Als er bemerkte, dass ich mir eine Reaktion auf ihn und sein Tun verbot, begann er mich auf die dreckigste Art und Weise mit seiner Zunge zu ficken.

Jede andere Frau, die seine dunkle Seite nicht kannte, wäre mit Sicherheit schon mehrmals explodiert. Doch ich zwang meinen Körper, sich an die unzähligen und grausamen Schläge und Schmerzen, die er mir immer und immer wieder zugefügt hatte, zu erinnern. Dennoch konnte ich das Prickeln nicht verhindern und als er dann noch mit einer Geduld, die ich so nicht von ihm kannte, immer und immer wieder seine feuchte Spitze über meine gereizte Perle wandern ließ, breitete sich die Hitze in mir aus.

Tränen stiegen mir in die Augen. Das war schlimmer als jeder Schlag, den er mir angetan hatte, und schlimmer als jedes Wort, das er mir entgegengespuckt hatte. Denn er brachte mich dazu, es zu wollen, obwohl ich es nicht wollte. Er brachte mich dazu, es zu genießen, obwohl es für mich nichts Schlimmeres und Abstoßenderes als ihn geben könnte. Er zwang mich zu all dem, obwohl er mich nicht gewaltsam nahm.

Ich krallte mich in die Bettlaken und weinte meine

stummen Tränen, während sich die Hitze in mir immer mehr aufbaute. Mein Körper begann zu erzittern, nur leider auf die falsche Weise.

»Bitte, Alexey! Bitte hör auf!«, flehte ich schluchzend, als er einen Finger in meine Nässe schob und ihn gezielt in mir krümmte, um meinen geheimen Knoten zu massieren.

Seine Zunge schnellte noch immer über meine pochende Perle und ließ mich bei jeder Berührung hart zusammenzucken. Ein leises Stöhnen presste sich aus meiner Kehle, gefolgt von einem lauten Schluchzer. Ich wusste nicht, ob er mir jemals etwas Schlimmeres angetan hatte als das hier.

Dann tat er es. Er tat es mir wirklich an. Er zerbrach mich endgültig! Und zwar nicht, indem er mich hart fickte oder schlug. Sondern er zerbrach mich, als er seine vollen Lippen über meine völlig überreizte Klit stülpte und erst zärtlich, dann immer kräftiger zu saugen begann, bis ich unfreiwillig explodierte.

Wimmernd sackte ich zusammen, als der Orgasmus, den ich nie hätte haben dürfen, mich losgelassen hatte. Statt mich gut und leicht zu fühlen, fühlte ich mich leer und zerbrochen.

Alexey hauchte mir noch viele kleine Küsse auf meine pulsierende Klit, ließ mich erneut immer wieder zusammenzucken. Dann erhob er sich, drehte mich um und zog mich auf alle viere.

Meine Beine bebten noch nach, was ihn zu amüsieren schien. Dann spürte ich seine heiße Spitze an meiner Nässe. Doch statt sich wie sonst hart und selbstsüchtig in mich zu stoßen, drang er langsam in mich ein. Ich drückte mein Gesicht in die Matratze und schrie verzweifelt in sie hinein. Das war Folter und er wusste es.

Er fickte mich im mäßigen Tempo, doch zum Glück spürte ich nicht wieder die Hitze in mir aufsteigen, denn ich fühlte mich innerlich tot. Mit dieser Aktion hatte er es wirklich geschafft, mich zu töten. Meine Seele war in tausend Teile zersprungen, als ich gekommen war, und ich war mir sicher, nichts und niemand könnte sie jemals wieder retten.

Seine Stöße wurden fester, jedoch nicht härter. Meine inneren Muskeln zogen sich um seinen Schaft zusammen und zwangen ihn damit, zu kommen. Kehlig stöhnte er auf und versenkte sich tief in mir, als er abspritzte. Sein Schwanz zuckte gierig in mir nach und er verharrte so lange in mir, bis er erschlaffte.

Mit seinen Lippen wanderte er über meinen schwitzigen Rücken bis zu meinem Ohr.

»Siehst du, meine Schöne, wie einfach es ist, dich, deinen Körper daran zu erinnern, wie es früher war und wie es immer sein könnte? Gehorche und es wird immer so sein. Ich muss dich nicht bestrafen, wenn du ein braves Mädchen bist, so wie jetzt.« Damit zog er sich aus mir zurück, ließ sich dann in die Kissen fallen und zog mich besitzergreifend an sich.

Ich wehrte mich nicht. Ließ mich einfach mit meinem Rücken an seinen Bauch ziehen. Ich rührte mich kein Stück. Was sollte ich mich auch jetzt noch wehren? Mich sträuben?

Wie gelähmt lag ich in seinen Armen und lauschte seinen ruhigen Atemzügen, die von Minute zu Minute entspannter und kontrollierter wurden. Alexey schlief seelenruhig ein, während ich wach in seinen Armen lag und nichts fühlte. Eine innere Schwärze hatte von mir Besitz ergriffen, sich in mir ausgebreitet und ließ mich nun bewegungsunfähig zurück.

Kapitel 18

Ian

Ich kochte vor Wut, als ich mich in meinen Maybach in den Sitz fallen ließ. James startete, ohne zu zögern, den Motor, als er sich hinters Steuer begeben hatte, und fuhr los. Sein Blick rutschte immer und immer wieder besorgt zu dem Rückspiegel und somit auf mich.

Ich strich mir meine schweißnassen, wilden Haare aus der Stirn und atmete tief durch.

»Wohin, Sir?«, fragte mich James zurückhaltend. Unsere Blicke trafen sich durch den Rückspiegel.

»Zu meinem Bruder«, seufzte ich mehr, als dass ich sprach. Nach der Nummer gerade in meinem Büro brauchte ich Antworten. Sehr viele Antworten. Und ich war mir sicher, sie bei meinem Bruder zu finden, zumindest einen Teil davon. Schließlich kannte er sich mit solchen Psychopathen, wie es wohl mein neuer Partner zu sein schien, aus.

Gedankenverloren sah ich aus dem Seitenfenster und ließ das Geschehene Revue passieren.

Der Tag begann wie jeder andere. Ich telefonierte mit mehreren Großkunden sowie mit meinen Partnern. Informierte mich, ob alles reibungslos verlief. Bis plötzlich die Tür zu meinem Büro aufgeschmissen wurde und Alexey wie ein Berserker hineinrauschte. Mit schnellen Schritten ging er auf mich zu und kam neben mir zum Stehen.

»Alexey, bitte. Ich telefoniere!«, zischte ich scharf. Dabei

hielt ich leicht den Hörer zu, damit mein Gesprächspartner den Zwischenfall nicht mitbekam. Doch Alexey ignorierte meine Ermahnung einfach, schnappte sich zu meiner völligen Überraschung das Gerät in meiner Hand und beendete mein Telefonat für mich, indem er auflegte.

»Sag mal, was bildest du dir ein?!«, fragte ich ihn und ließ mir meine Verärgerung deutlich anmerken.

Sonst bemühte ich mich immer, meine Emotionen bei Geschäftspartnern oder Kunden zu kontrollieren. Ließ niemanden meine wahren Gedanken oder Gefühle erahnen. Einfach, weil ich dadurch immer im Vorteil war. Aber hier konnte ich mich nicht zurückhalten. Ich musste meine Entrüstung mit ihm teilen. Denn das war ich und ich verstand sein respektloses Benehmen nicht.

Doch statt einer Antwort bekam ich nur ein müdes Seufzen, dann zog er eine Waffe aus seinem hinteren Hosenbund und zielte auf mich.

»Weißt du, wie lästig es ist, nicht der sein zu dürfen, der man nun mal ist?! Ständig diese falschen Höflichkeiten. Die Hemden und Anzüge. Urgh! Es kotzt mich an. Deine Fresse kotzt mich an. Dein überhebliches Getue.«

Fassungslos über seine Worte und sein Benehmen sah ich ihn einfach nur an. Ganz ehrlich: Das konnte doch nur ein schlechter Scherz sein?! Doch das war es leider nicht. Das wurde mir klar, als Alexey, ohne mit der Wimper zu zucken, mit seiner Pistole ausholte und mir diese über den Schädel zog. Schmerzlich, aber vor allem überrumpelt, fasste ich mir an die pochende Stelle. Ich war wie benommen. Dennoch verlangte ich nun nach Antworten.

»Was willst du, Alexey?«, fragte ich ihn ruhig und doch bestimmt. Hart blickte ich ihm in die Augen und wartete auf seine Erklärung.

»Ich habe es wirklich auf die sanfte Tour versucht«, begann er seufzend. Ich verstand kein Wort.

»Du hast dir hier etwas Großes aufgebaut, Ian. Hast viel Arbeit, Zeit, Geld und Herzblut in dein Imperium investiert. Das merkt man und das rechne ich dir auch hoch an. Wir sind uns sehr ähnlich. Du und ich sind aus ähnlichem Holz geschnitzt. Nur gibt es da einen ausschlaggebenden Unterschied zwischen uns beiden«, erklärte mir Alexey mit einem Lauern in seiner tiefen Stimme, das mir nichts Gutes prophezeite.

»Dass ich mein Unternehmen auf ehrliche Weise aufgebaut habe und du es nur kannst, indem du mich hier und jetzt in meinem Büro erschießt? Meinst du diesen Unterschied?«, fragte ich nüchtern.

Er wollte mir also mein Imperium entreißen. Klar, wer nicht? Und er meinte, ich würde es einfach so kampflos hergeben?!

Tadelnd schüttelte er den Kopf. Als wäre ich ein dummer Junge, dem er alles doppelt und dreifach erklären müsste.

»Ihr seid beide so unbelehrbar. Du und dein Bruder durchkreuzt meine Pläne«, spuckte er mir regelrecht entgegen.

»Was hat denn Logan mit dem hier zu tun? Was willst du von ihm, wenn es dir hier doch nur um MEIN Imperium geht?«, hakte ich nach. Denn es erschloss sich mir wirklich nicht, was Alexey mit meinem Bruder für ein Problem hatte. Ich erkannte den Sinn nicht. Hinter nichts von dem, was in den letzten zehn Minuten passiert war, wenn ich ehrlich sein sollte. Was bezweckte er damit? Alexey konnte unmöglich der Meinung sein, er würde hier als Gewinner hervorgehen. Ich wurde schließlich zum Gewinnen erzogen.

»Was für ein Problem ich mit deinem Bruder habe, fragst du? Ganz einfach: Er und du könnt es einfach nicht lassen. Ihr könnt sie nicht in Ruhe lassen. Müsst sie immer und immer wieder berühren. Euch um sie kümmern. Euch sorgen. Pah! Als würde sie euch gehören. Doch sie gehört euch nicht! Sie gehört mir! Und ich gestatte niemandem, mein Eigen zu berühren!« Er redete, als hätte er Schaum vor dem Mund. Hasserfüllt spuckte er mir die Worte entgegen.

Rätselnd verzog ich die Stirn. Bis es klick machte. Angel!

Als die Erkenntnis mich traf, brach das Höllenfeuer über mich herein. Unendliche Bilder fluteten meinen Kopf. Angel's Benehmen bei Stones Party. Bei den vielen Treffen mit Alexey. Jedes Mal hatte sie sich komisch verhalten, beinahe eingeschüchtert.

Ich zählte eins und eins zusammen und bekam ein schreckliches Ergebnis, womit ich im Leben nicht gerechnet hätte.

Alexey war das Monster, vor dem sich Angel all die Jahre versteckt hatte. Als er über sie gesprochen hatte, als wäre sie sein Besitz, wusste ich es.

Erschüttert über diese Offenbarung schüttelte ich immer wieder leicht den Kopf und sah ihn mit entsetzter Miene an. Ich war sprachlos, fassungslos und konnte keinen klaren Gedanken fassen. Geschweige denn sprechen.

»Ich werde jetzt überaus großzügig mit dir sein und dich und deinen Bruder am Leben lassen, wenn du tust, was ich von dir verlange. Du wirst mir dein Imperium rechtskräftig überschreiben und dich zur Ruhe setzen. Ich gestatte dir, mit allem, was du bei dir trägst, zu gehen und dir ein neues Leben mit deinem Bruder, außerhalb meiner Stadt und MEINEM Eigen, aufzubauen«, erklärte er mir mit dunkler Stimme und riss mich aus meiner Starre.

»Du gestattest es mir?!«, fragte ich tadelnd und zog eine Augenbraue mahnend nach oben.

Was erlaubte er sich hier?! Dachte er wirklich, ich würde ihm einfach so mein Imperium überschreiben?! Mein Baby? Sicher nicht!

Vor allem nicht an einen Spinner, der meinte, es mir durch eine schlechte Erpressung streitig machen zu müssen, anstatt es mir mit Raffinesse zu entreißen. Für so jemanden wie ihn hatte ich nur ein müdes Lächeln übrig. Dieses schenkte ich ihm auch sogleich, was ihn vollends die Fassung verlieren ließ.

Alexey grölte laut, holte erneut mit seiner Waffe aus und

zog sie mir hart über den Kopf, ehe er sich wie ein wildes Tier auf mich stürzte. Er riss mich zu Boden und ich musste einige Treffer von ihm einstecken, doch aus irgendeinem Grund hatte er mich unterschätzt.

Alexey dachte wohl, ich wäre nicht in der Lage, mich zu wehren. Keine Ahnung, wie er bei meinem Körperbau überhaupt auf diesen abwegigen Gedanken kam. Ich war zwar kein Mann, der die Gewalt liebte, doch ich ließ mich auch nicht derart dreckig bedrohen und angreifen.

Wir lieferten uns einen unerbittlichen Kampf. Seine Fäuste prasselten immer und immer wieder auf mich nieder. Wir prügelten uns durch mein gesamtes Büro und legten es damit in Trümmer.

Keuchend standen wir uns nun gegenüber. Beide hatten wir ordentlich eingesteckt. Unsere Hemden zerrissen und mit Blut befleckt.

»Letzte Chance, kleiner Prinz.« Damit hob er seine Waffe und zeigte mir, dass er unfair spielte.

Als ich ihm keine Antwort gab und ihm mit harter Miene entgegenblickte, wanderte sein Finger Richtung Abzug. Unerwartet flog die Tür in meinem Rücken auf und ehe ich mich auch nur umdrehen konnte, fiel der erste Schuss. Ich sah dabei zu, wie Alexey seine Pistole aus der Hand fiel, dann wandte ich mich leicht um. James stand mit erhobener Waffe und todernstem Gesichtsausdruck in der Tür und fixierte Alexey erbarmungslos.

Ich war über seine Treffsicherheit erstaunt. Zwar wusste ich ja, dass James gut war, aber so gut hätte ich nun auch nicht gedacht.

»Du und dein Bruder werdet den heutigen Tag bereuen! Und bist du beim nächsten Mal nicht kooperativer, zeige ich dir, wer ich wirklich bin!«, drohte er mir zum Schluss noch einmal kryptisch. Damit musste er sich geschlagen geben und trat den Rückzug an, da er nicht riskieren konnte, von der Polizei

aufgegriffen zu werden. Schließlich war ein Schuss gefallen.

Klar, natürlich! Beim nächsten Mal würde ich ihm mit Konfetti und Champagner mein Imperium überreichen. Einfach so, weil ich der Meinung war, dieser Psycho sei der Beste, um MEIN Baby zu führen.

»Sir, ich bin dafür, Sie erst ins Krankenhaus zu fahren und dann Ihren Bruder aufzusuchen«, schlug James streng vor und holte mich damit zurück aus meinen Gedanken.

Ganz unrecht hatte er nicht. Ich hatte eine oder vielleicht sogar zwei dicke Platzwunden an meinem Kopf und mein Gesicht fühlte sich an, als hätte es jemand mit einem Presslufthammer bearbeitet. Ebenso wie mein Oberkörper schmerzte, da mich Alexey an einigen Stellen hart getroffen hatte. Also nickte ich nur stumm und zückte mein Handy, um die kommenden Termine und Geschäftstreffen in den nächsten Tagen zu verschieben. Meine Sekretärin, deren Aufgabe eigentlich darin bestand, dies für mich zu erledigen, war nach der Nummer in meinem Büro wohl dazu nicht mehr in der Lage. Ihr war alle Farbe aus dem Gesicht gewichen. Also erledigte ich es lieber selbst. Außerdem brauchte ich jetzt etwas Ablenkung, sonst würde ich vor Wut die Einrichtung meines geliebten Maybachs auseinandernehmen.

Dieser Wichser war es gewesen, der Angel wehgetan hatte. Der ihr die Narben auf ihrem schönen Körper zugefügt hatte. Für jede einzelne würde ich ihn am liebsten umbringen. Doch zuerst brauchte ich ein paar Antworten. Auch wenn es mir gerade nicht passte, nun zu Logan zu rennen und mit ihm über Angel zu sprechen. Schließlich nervte er mich seit Tagen damit, dass etwas bei ihr nicht stimmte. Wie recht er hatte. Seit Wochen war sie diesem

Monster schutzlos ausgeliefert und ich hatte ihr nicht geholfen, obwohl ich es versprochen hatte.

Ich fühlte mich schrecklich. Hatte nur an meinen Schmerz und meine Gekränktheit geachtet. Und dann noch die ganzen Weiber. *FUCK!*

Ich war so ein dreckiges Arschloch ihr gegenüber gewesen. Wie sollte sie mir das nur jemals wieder verzeihen?! Verzweiflung machte sich in mir breit. Ich wollte, nein, ich konnte sie nicht schon wieder verlieren. Schließlich war alles nur eine hässliche Lüge, eine Täuschung von diesem Wichser gewesen und ich hatte es ihm so leicht gemacht und es sofort geglaubt.

Wütend feuerte ich mein Handy durch den Maybach und fuhr mir verzweifelt über mein geschundenes Gesicht.

»Wir sind da, Sir«, holte mich James' ruhige Stimme aus meinen dunklen Gedanken. Wieder nickte ich nur, dann stieg ich aus. Ich hatte nun wirklich keine Geduld für dieses Diener-wischt-seinem-Herrn-den-Arsch-ab-Ding. Ich hatte eigentlich nicht einmal mehr die Geduld dafür, hier zu sein. Schließlich musste ich mir mit Logan einen Plan überlegen, wie wir diesen Wichser loswerden würden. Doch ich wusste, dass James mich so lange nerven würde, bis ich mich hatte verarzten lassen. Außerdem, auch wenn ich es nur ungern zugab, hatte ich Schmerzen.

Kapitel 19

Ian

Zwei geschlagene Stunden später verließen wir wieder das Krankenhaus, gegen ärztlichen Rat. Sie hatten mich wegen meiner üblen Kopfverletzung eigentlich zur Kontrolle bei sich behalten wollen, doch das kam nicht infrage. Dafür fehlte mir nun wirklich die Geduld und Zeit. Ich musste zu Logan.

James diskutierte diesbezüglich nicht mit mir. Er verstand, dass es nichts Wichtigeres für mich gab, als diesen Wichser unschädlich zu machen. Auch wenn es mir dabei mehr um Angel als mein Imperium ging, doch das musste ich James ja nicht auf die Nase binden.

Vor dem Haus meines Bruders angekommen hielt mich jedoch mein treuer Diener zurück und zückte auf offener Straße einfach seine Waffe, stellte sich vor mich, als vermute er ein erneutes Attentat, und sah sich fachmännisch zu allen Seiten um. Ich ließ ihn machen, etwas anderes blieb mir ja so oder so nicht übrig.

James nahm seinen Job ernst, dafür hatte ich ihn ja auch schließlich eingestellt. Also sollte er seine Arbeit machen. Ich wusste, dass er sich wegen des Vorfalls in meinem Büro Vorwürfe machte, obwohl sie unbegründet waren. Woher hätte er denn wissen sollen, dass dieser Wichser, der sich als mein glänzend reiner neuer Partner ausgegeben hatte, in Wahrheit ein Psycho war, der es die ganze Zeit auf mein Imperium abgesehen hatte?! Und dazu war er noch der Mann, vor dem Angel all die Jahre geflüchtet war. Also bitte, wer kam denn auf sowas?!

Langsam folgte ich James in Logans Wohnung. Zu meinem Unbehagen stand die Tür leicht offen. Ich hoffte, dass er nur zu viel gesoffen hatte und sie deswegen offen stand, doch als wir dann eintraten, schwand die Hoffnung schnell und Sorge übernahm die Oberhand. Denn in Logans Wohnzimmer sah es aus, als wäre eine Bombe eingeschlagen. Die Möbel lagen in Trümmern, nichts stand mehr an seinem Platz und nichts schien mehr ganz zu sein. Selbst das Sofa lag umgekippt mitten im Raum und die vielen kleinen, rundlichen Löcher ließen mich darauf schließen, dass es als Schutz gegen feindlichen Beschuss verwendet wurde. War nur die Frage, wer geschossen und wer den Schutz gesucht hatte.

Dass noch kein Polizeiaufgebot vor Ort war, wunderte mich wirklich.

»Es wird keiner kommen, Sir«, beantworte mir James meine ungestellte Frage. Ich sah ihn irritiert an, denn ich verstand nicht, wie er darauf kam. Das konnte man doch unmöglich vertuschen. Klar, mit dem richtigen Kleingeld ließ sich alles lösen … aber alle Nachbarn schmieren?!

Die Polizei!, schoss es mir dann in den Kopf. Jemand hatte die Polizei geschmiert, damit sie nicht ausrückten, sollte von hier ein Notruf kommen.

Wir gingen weiter, doch plötzlich hielt mich James fest am Arm gepackt davon ab, weiterzugehen. Verwirrt runzelte ich die Stirn, dann erkannte ich, wovor er mich hatte warnen wollen: zwei Schuhe, die hinter dem Sofa hervorlugten. Und die Person, zu der sie gehörten, war entweder bewusstlos oder tot. Mein Herz begann wie wild in meiner Brust zu rasen. Mir war heiß und kalt zugleich und ein Schauer durchfuhr mich. War das Logan? Fuck.

James setzte sich mit erhobener Waffe langsam in Bewegung, ich folgte ihm. Mit jedem Schritt wurde mir schlechter. Das durfte nicht sein.

Als wir die umgefallene Couch umrundeten, fiel mir eine unheimlich große Last von den Schultern. Erleichtert atmete ich auf. Der Mann zu unseren Füßen war nicht mein Bruder. James stieß kräftig gegen seinen Schuh, um zu checken, ob er noch lebte. Dann, nachdem er sich noch immer nicht rührte, ging er neben ihm in die Hocke und überprüfte seinen Puls.

»Wir sollten Ihren Bruder finden und verschwinden«, befahl er trocken, als er sich wieder erhob und suchte in dem Chaos weiter nach Spuren von Logan. Ich nickte stumm – was blieb mir auch anderes übrig?

Auch im Schlafzimmer wurden anscheinend Schießübungen gemacht. Die gesamten Wände waren von Löchern übersät und eine Blutspur zog sich über den Boden. Wir folgten ihr bis vor die Badezimmertür. Ich schluckte hart, denn es war viel Blut.

James warf mir einen strengen Blick zu, der mich wohl auf das, was gleich folgen würde, vorbereiten sollte, ehe er die Tür öffnete. Doch was sollte mich bitte darauf vorbereiten, meinen kleinen Bruder in einer riesigen Blutlache in seiner Badewanne wiederzufinden?!

Ich sog scharf die Luft ein, dann war ich bei ihm.

»Fuck, Logan, hörst du mich?!«, redete ich auf ihn ein. Ich ging neben ihm in die Knie und begutachtete seinen blutüberströmten Körper. Ich konnte nicht einmal sagen, wie viele Wunden er hatte, so viel von der roten Flüssigkeit hatte sich dort gesammelt.

»Er muss ins Krankenhaus, James!«, befahl ich schwach, doch mein treuer Diener setzte sich nicht in Bewegung, um mir zu helfen, meinen bewusstlosen Bruder aus dieser verfickten Wanne zu hieven.

»James!«, brüllte ich ihn an, aber noch immer sah der Engländer nur mit strenger Maske auf meinen Bruder. Er schien zu überlegen und hielt es wohl nicht für nötig, mich in Kenntnis über seine Gedanken zu setzen.

»Wir können ihn nicht ins Krankenhaus bringen. Man würde zu viele Fragen stellen, auf die wir keine Antworten haben. Ihr Bruder steht auf der anderen Seite des Gesetzes, Sir. Man kennt ihn.«

Fassungslos sah ich ihn an. Wollte er mir gerade sagen, wir sollten meinen Bruder einfach hier in seiner Wanne verrecken lassen?!

»James! Ich werde meinen Bruder hier sicher nicht sterben lassen! Entweder Sie helfen mir jetzt oder Sie können gehen und sind aus meinem Dienst entlassen!«

Ich hatte mich wieder erhoben und funkelte ihm erbost entgegen. James schüttelte leicht den Kopf, sein Blick blieb weiterhin unnachgiebig.

»So war das nicht gemeint, Sir. Natürlich werde ich Ihrem Bruder helfen, nur auf eine Weise, die Ihnen wahrscheinlich nicht gefallen wird.«

Verwundert riss ich meine Augenbrauen nach oben. *Aha.*

»Was ist Ihr Plan? Wo bringen wir Logan nun hin?«, hakte ich forsch nach, Logan hatte dafür keine Zeit mehr.

»Nirgends, Sir.«

Verwirrt über seine Aussage sah ich James an, doch bevor ich ihn zur Rede stellen konnte, kam er mir zuvor.

»Sie bleiben hier bei Ihrem Bruder und ich werde meine Tasche aus dem Wagen holen, dann werde ich Ihren Bruder verarzten und dann sehen wir weiter. So kann ich zu seinem Zustand nichts sagen. Aber Sie sollten sich beeilen, Sir«, drängte er mich.

»Sie wollen meinen Bruder verarzten?«, fragte ich ihn mehr barsch als überrascht.

»Ja, Sir!«, sagte er voller Überzeugung, dann ließ er mich mit meinem schwerverletzten Bruder allein, um seine … – was? – Arzttasche zu holen?

Ich blickte wieder auf Logan herab. Sein Kopf war zur

Seite gekippt, doch in seiner Hand hielt er noch immer seine Waffe. Er hatte sich wohl hier ins Bad zurückgezogen und in der Wanne Schutz vor den Kugeln gesucht, zumindest ließ mich die völlig zerlöcherte Badezimmertür darauf schließen. *Was zum Teufel ist hier nur passiert?! Und war das ebenfalls Alexey?*

Logan hatte wirklich Glück, dass sein Angreifer nicht in das Badezimmer gelangt war, wahrscheinlich weil Logan ebenfalls das Feuer eröffnet hatte.

Ich beschloss, schon einmal Handtücher vorzubereiten, damit wir ihm das Blut abwaschen konnten, sonst könnte James unmöglich seine Wunden sehen, bei all dem Rot, das ihn überzog.

Im Wohnzimmer blickte ich mich kurz um, dann fiel mir der Esstisch ins Auge. Dort würde James ihn besser versorgen können als in seinem Bett oder auf dem Boden. Ich wuchtete den Tisch wieder in den Stand, danach breitete ich ein großes Handtuch darauf aus. Als James mit zwei großen Taschen, die ich noch nie in meinem Auto gesehen hatte, die Wohnung betrat, trugen wir Logan aus dem Badezimmer und legten ihn auf dem von mir vorbereiteten Tisch ab.

James verlor keine Zeit und schnitt Logans Shirt und Jeans mit einer Schere aus seinen Taschen auf, um seine Verletzungen freizulegen. Ich half ihm und machte mich sofort daran, seine Haut von all dem Blut zu befreien.

Erleichternd konnte ich feststellen, dass es gar nicht so viele Schusswunden waren wie gedacht. Zwei Kugeln hatten seinen Körper durchbohrt. Eine die linke Schulter und eine seinen Bauchraum. Dort verlor er das meiste Blut.

James suchte fachmännisch alle Utensilien zusammen, verschaffte sich einen kurzen Überblick über seine Verletzungen und leitete mich schließlich an, wie ich ihm helfen sollte. Er musste das wohl schon öfter getan haben, so gezielt, wie seine Handgriffe und Anweisungen an mich waren. Ich war wirklich beeindruckt.

Fast schon routiniert setzte er ein Skalpell am Einschussloch an und schnitt dieses ein, was mich schlucken ließ. Es war seltsam, dabei zuzusehen, wie die scharfe Klinge durch das Fleisch glitt, als wäre es Butter. Und noch seltsamer war es, zu beobachten, wie James eine Pinzette zur Hand nahm und die Kugel herauszog, wie sich die Wundränder unter dem Geschoss wölbten und wie das Blut heraussickerte. Bei diesem Anblick ging es mir durch Mark und Bein. Doch James wirkte so geübt, dass es mich hoffnungsvoller machte.

Als er Nadel und Faden durch Logans Haut stieß, tupfte ich zwischendurch immer wieder die Wunde sauber, damit der Engländer sein Werk ohne Probleme vollenden konnte.

Bei der Verletzung an Logans Schulter handelte es sich um einen glatten Durchschuss. Hier musste also keine Kugel entfernt werden. James versorgte Ein- und Ausschussloch, säuberte alles und verschloss die Wunden.

Ich half ihm, so gut ich konnte, und hoffte, dass Logan bald wieder auf die Beine kommen würde. Er musste einfach wieder gesund werden! Er war mein kleiner Bruder. Ich konnte ihn nicht verlieren.

Langsam ließ ich meinen Blick über all die von Blut getränkten Tücher schweifen. Es war so unfassbar viel. Wie viel konnte ein Mensch verlieren, ohne dass es tödlich war? Hart schluckte ich, doch dann versuchte ich, mich an dem Positiven festzuhalten. Ich wollte glauben, dass alles wieder gut werden würde. Logan wieder gesund werden würde.

»Wann wird er wieder aufwachen?«, fragte ich James, nachdem wir all die blutigen Handtücher in den Müll geworfen hatten.

»Das kommt drauf an, wie stark er ist. Aber da er viel Blut verloren hat, könnte es dauern. Wir müssen auch auf Anzeichen innerer Blutungen achten.«

»Woher wissen und können Sie das alles, James?« Diese Frage brannte mir schon eine Weile unter den Nägeln, doch ich hatte sie erst stellen wollen, wenn Logan aus dem Gröbsten raus war. James wusch sich seine Hände, dann wandte er sich mir wieder zu und betrachtete mich nachdenklich, so als wüsste er nicht, was er mir sagen könnte und was nicht.

»Sagen wir, ich war in meinem früheren Leben einmal Arzt«, erklärte er kryptisch.

»Damit werd ich mich wohl zufriedengeben müssen, was?«, witzelte ich und schmunzelte leicht, ehe ich mich an Logans Bar, die im Gegensatz zu dem Rest des Raums nichts abbekommen hatte, zu schaffen machte.

»Ja, Sir«, antwortete er grinsend und nahm dankend seinen Drink, den ich ihm gemacht hatte an. Nun hieß es warten, bis Logan aufwachte.

»Es tut mir leid, Sir. Ich habe Sie enttäuscht«, ertönte dann nach einem langen Moment der Stille James gequälte Stimme. Mit gerunzelter Stirn wandte ich mich ihm zu.

»Ich hätte etwas ahnen müssen. Mr. Vargas … Wenn das überhaupt sein richtiger Name ist. Ich hätte ihn besser überprüfen sollen. Es ist meine Schuld, Sir. Ich übernehme die volle Verantwortung!«

Ich schüttelte beschwichtigend den Kopf, denn ich gab nicht ihm die Schuld, sondern mir. Logan hatte mich gewarnt, doch ich hatte wie so oft nicht auf meinen kleinen Bruder gehört, weil ich es ja immer besser wusste. Ich dummes Arschloch!

Wir schwiegen. Hier gab es nichts mehr hinzuzufügen. Wir beide wussten, dass wir Scheiße gebaut hatten, und wir beide hatten auf unsere eigene Art und Weise versagt. Doch James die Schuld geben konnte ich nicht.

Keine Ahnung, wie lange wir einfach schweigend in

Logans offenem Wohnzimmer standen und auf die langsamen Heb- und Senkbewegungen seiner Brust starrten, überprüften, ob er noch lebte, und hofften, dass er es schaffte …

Plötzlich wurde die Wohnungstür geöffnet. Da das Schloss herausgeschossen worden war, konnte man sie nicht mehr ganz schließen, nur anlehnen.

James stellte sich augenblicklich schützend vor mich und zückte seine Waffe. Sofort schussbereit, falls es sein müsste.

»Scheiße, nimm das Ding runter, bevor du damit noch jemanden verletzt, du Spinner!«, fluchte ein großgewachsener Kerl mit langen blonden Haaren und steckte seine eigene Waffe wieder in seinen hinteren Hosenbund. James zögerte kurz, doch dann verstaute auch er seine Waffe in seinem verborgenen Waffengurt unter seinem Anzug.

Der Kerl ließ langsam seinen Blick durch Logans verwüstete Wohnung gleiten, dann verweilte er kurz auf mir, bis er Logan auf dem Esstisch liegend entdeckte und seine Augen groß wurden.

»Fuck!«, entfuhr es ihm leise, ehe er vollends in die Wohnung eintrat.

»Klärst du mich auf, oder muss ich warten, bis dein Bruder wieder aufwacht, um hier an Informationen zu kommen?«, machte er mich blöd von der Seite an.

»Und du bist …?«, fragte ich ihn mit erhobener Augenbraue. Ein spöttisches Grinsen breitete sich auf seinem Gesicht aus.

»War klar, dass du den besten Freund deines Bruders nicht kennst«, verhöhnte mich Tarzan dämlich.

Ein drohendes Knurren presste sich aus meiner Kehle, doch ein qualvolles Stöhnen ließ mich meine Beleidigung herunterschlucken. Sofort wandte ich mich Logan zu, so wie alle in diesem Raum.

Bei ihm angekommen, schlug er gerade die Augen auf

und verzog gleich darauf schmerzverzerrt sein Gesicht. James hatte Logan zwar starke Schmerzmittel gespritzt, doch er sagte schon, dass sie vermutlich schnell aufgefrischt werden müssten, zumindest in den ersten Stunden.

»Verdammt, Logan, hab ich dir nicht gesagt, du sollst keine Scheiße bauen?! Und was hast du getan?«

»Scheiße gebaut!«, hustete Logan seinem Freund zur Antwort.

Ich blickte zwischen den beiden hin und her. Sie schienen wohl wirklich gute Freunde zu sein. Ich war ein scheiß Bruder in den vergangenen Jahren gewesen. Immer deutlicher wurde mir das bewusst. Aber es war gut, zu wissen, dass Logan wohl jemanden in seinem Leben hatte, auf den er sich stattdessen verlassen konnte, auch wenn es dieser zottelige Tarzanverschnitt hier neben mir war.

»Das sehe ich. Dich hat das Arschloch ordentlich erwischt. Ich hoffe, er sieht genauso, wenn nicht sogar schlimmer aus!«, kommentierte der Kerl spöttisch. Logan schmunzelte schwach, dann schüttelte er leicht den Kopf.

»Leider nein. Er kam mit zwei Männern.«

»Du lässt nach, mein Freund!«, zog er ihn weiter auf, woraufhin Logan lachen musste, was in einem schmerzvollen Husten endete. Doch zu meiner Erleichterung spuckte er dabei kein Blut.

Erneut schüttelte er den Kopf.

»Ich will dich mal sehen, wenn deine Tür aufgeschossen wird und drei Kerle ohne Vorwarnung das Feuer eröffnen. Und hätte ich nicht einen seiner beiden Laufburschen erwischt, würden wir diese nette Unterhaltung hier wohl nicht führen können. … Wenn wir schon dabei sind: Warum führe ich sie überhaupt noch?«, fragte Logan skeptisch und sah einmal im Liegen auf seinen verbundenen, nackten Oberkörper.

»James besitzt offensichtlich in vielen Bereichen Talent«,

erklärte ich ihm. Nun sah Logan zum ersten Mal, seitdem er wach war, mich an und verzog sofort wütend die Augenbrauen, als er mein verbeultes Gesicht erblickte.

»Der Bastard war also auch bei dir!«, knurrte er unbeherrscht und wollte sich erheben, doch seine Schmerzen, aber auch ich, hinderten ihn daran, denn ich drückte ihn wieder bestimmt auf die Tischplatte.

»Liegen bleiben, kleiner Bruder!«, befahl ich und blitzte ihn streng an. Er schmunzelte darauf nur und ließ sich stöhnend zurück auf das Holz sinken.

»Hast du was herausgefunden, Filip?«, fragte Logan dann nach einem Augenblick. Ich sah zu seinem Freund und wartete ebenso gespannt auf eine Antwort.

»Nein«, brummte er schlechtgelaunt und verzog zornig sein Gesicht.

»Mein Handy!«, befahl Logan barsch. James setzte sich in Bewegung und zog es aus seiner zerschnittenen Jeans, dann reichte er es ihm stumm. Logan setzte sich trotz meines strengen Protests auf, wählte eine Nummer und hielt sich keuchend sein Handy ans Ohr. Ich schnaubte genervt und genehmigte mir noch einen Drink, während ich gespannt darauf wartete, wen Logan in dieser Situation denn nun so Wichtiges anrufen musste.

»Danke, Sonnenschein, dir auch ein Hallo«, verspottete er den Anrufer mit einem Schmunzeln auf den Lippen.

»Hast du was herausgefunden über sie und ihren Namen, ihre Familie?« *Fragst du nach Angel?*

»Mit wem telefoniert er?«, wandte ich mich an diesen Filip. Jener lehnte mit vor der Brust verschränkten Armen an der Wand und musterte Logan ernst von der Seite, ehe er mit den Achseln zuckte und mich ansah.

»Keine Ahnung«, war seine schlichte Antwort.

Na dann …

»Fuck! Bist du sicher, Enzo? Oder hat dein Hacker wieder

Scheiße gebaut?«, fragte er drängend in den Hörer. Ich bemerkte, wie sich sein Freund und auch James verspannten. Nur wusste ich nicht, wieso. Wegen des Namens … Enzo? Was sollte damit sein?!

Seufzend nahm Logan sein Handy von seinem Ohr. Dieser Enzo musste wohl aufgelegt haben.

»Logan? Mein Freund, sei doch so nett und erklär mir in aller Ausführlichkeit, was du schon wieder mit dem verfickten Hunter von New York zu schaffen hast? Korrigier mich, wenn ich falschliege, aber war er nicht der Bastard, der all unsere, DEINE Männer auf dieser scheiß Yacht in die Luft gesprengt hat? Dieser Yacht, von der du es nur mit Müh und Not runtergeschafft hast?« Filip hatte sich nun von der Wand abgestoßen und war näher an Logan herangetreten. Er schien wütend zu sein.

Ich verstand leider nicht einmal die Hälfte von dem, was er zu Logan gesagt hatte. *Hunter? Yacht? Explosion? Was geht hier ab?*

»Reg dich ab, Fil! Ich sagte dir doch, er schuldet mir was und deswegen hilft er mir immer mal wieder mit Informationen weiter. Nichts Wildes also«, erklärte sich Logan abweisend.

»Aha. Und was hat er denn herausgefunden? Schienen wohl nicht die besten Infos gewesen zu sein«, stellte Filip trocken fest. Logan begann mit dem Kiefer zu mahlen und schüttelte langsam den Kopf.

»Nope! Sie sind sogar mehr als schlecht. Wenn das stimmt, was Enzo herausgefunden hat, dann können wir froh sein, dass wir noch leben, oder es bedauern, weil es dann jetzt erst so richtig scheiße wird, je nachdem, wie man's nimmt.«

Filip und ich sahen uns fragend an. Gut zu wissen, dass auch er nichts mit dieser kryptischen Scheiße von meinem Bruder anfangen konnte.

»Logan, könntest du uns etwas genauer aufklären?«, bat

ich ihn genervt und kippte mir meinen Drink hinunter. Logan seufzte und fuhr sich mit der Hand über den Nacken.

»Laut Enzo ist Angel's Vater Castillo, einer der größten, wenn nicht sogar DER größte Frauenhändler, den es auf dem Markt gibt.«

»Und was hat Alexey damit zu tun? Ich verstehe die Verbindung nicht«, mischte ich mich ein. Logan zuckte mit den Schultern und verzog daraufhin sein Gesicht, da ihm wohl diese kleine Bewegung große Schmerzen bereitete.

»Sir, bei allem Respekt, aber Sie sollten sich hier nicht weiter einmischen. Pablo Castillo ist einer der gefährlichsten Männer, die ich kenne, und ich kenne einige, Sir. Selbst hier in den Staaten hat er Macht, obwohl er seinen Sitz in Kuba hat«, gab James zu bedenken. Ich wollte ihm antworten, doch das höhnische Lachen von diesem Filip kam mir zuvor.

»War klar, dass der Schnösel den Schwanz einzieht und abhaut, wenn es gefährlich wird. Na los doch, lauf, kleiner Prinz. Lass deinen Bruder wieder im Stich, das kannst du am besten. Wir brauchen dich hier nicht!«, spuckte Tarzan mit der gleich blutigen Fresse verächtlich. Ich stieß mich knurrend von der Küchenzeile ab, an der ich bis gerade eben noch gelehnt hatte, dann ging ich mit großen Schritten auf ihn zu und baute mich bedrohlich vor ihm auf. Doch sein scheiß Grinsen verging ihm nicht. Im Gegenteil, es wurde sogar noch breiter, herausfordernder.

»Sag das nochmal!«, drohte ich ihm dunkel und packte ihn am Kragen seiner Jacke.

»Hört auf mit dem Scheiß! Wir haben andere Sorgen«, versuchte Logan uns davon abzuhalten, uns gegenseitig die Köpfe einzuschlagen. Mit mahlendem Kiefer ließ ich widerwillig von ihm ab und setzte einen Schritt zurück.

»Genau, mach schön Sitz und lass das die richtigen Männer erledigen. Dein Pinguin wischt dir deinen goldenen Arsch ab und alles ist so, wie es sein sollte«, provozierte mich der Wichser weiter und kassierte dafür meine Faust in seiner Fresse. Mit einem schnellen Satz, den er in seiner Überheblichkeit mir gegenüber nicht hatte kommen sehen, traf ich ihn mit voller Wucht an seinem Kinn. Er taumelte rückwärts, rieb sich kurz mit überraschtem Gesichtsausdruck über sein mit Sicherheit schmerzendes Kinn, dann stürzte er sich auf mich. Schnell fielen wir in unserem Gerangel auf den Boden und wälzten uns, um jeweils die bessere Position zu erlangen. Bis ein Schuss ertönte, der uns in unserer Bewegung erstarren ließ.

Logan stand mit einer nach oben gerichteten Waffe keuchend vor uns und strafte uns mit einem strengen Blick. Ich schubste Tarzan grob von mir runter und beide erhoben wir uns schnaubend von all der Anstrengung. Am liebsten hätte ich weiter auf diesen Wichser eingeschlagen. Ich war sonst nicht der gewalttätige Typ. Normalerweise wusste ich mich immer zu beherrschen. Doch heute nicht. Heute lief alles scheiße! Ich war frustriert, wütend und von mir selbst enttäuscht.

Wie konnte ich all das nur übersehen? Warum hatte ich nicht auf Logan gehört? Und wieso verdammt nochmal war ich auf diesen dreckigen Bastard Alexey reingefallen? Meine Menschenkenntnis war sonst immer einwandfrei.

Und was hatte er jetzt vor? Was war sein eigentliches Ziel? Ging es ihm wirklich um mein Imperium, oder doch um Angel? Und was hatte dann Logan damit zu tun, wenn es hier um mein Baby ging?

Verdammte Scheiße, was geht hier nur ab?!

Kapitel 20

Logan

Scheiße!

Aufzustehen, war keine gute Idee gewesen. Doch bei diesen beiden Vollidioten war mir nichts anderes übriggeblieben, als mir meine Waffe, die zu meinen Füßen auf dem Boden gelegen hatte, zu schnappen und in die Decke zu schießen. Dafür hatte ich einen tadelnden Blick von James kassiert. Verständlicherweise. Denn nun mussten wir hier, so schnell es ging, weg. Noch länger konnte der geschmierte Cop keine Notrufe verschleiern.

»Seid ihr jetzt fertig, ja? Können wir uns nun um die WIRKLICH wichtigen Dinge kümmern?«, schnauzte ich die beiden Penner an.

Fil fuhr sich mit der Hand über sein rotes Kinn und blickte mich reuevoll an. Er wusste, dass ich meinen Bruder vor allem und jedem verteidigen würde, auch vor ihm, wenn es sein müsste.

Ian dagegen blickte mich mit seiner typischen Zornfalte zwischen seinen Augenbrauen angepisst an, sagte jedoch zu meiner Überraschung nichts mehr zu dem Vorfall.

»Wir müssen hier weg. Ich habe keine Lust, neben einer Leiche in meiner Bude erwischt zu werden. Fil, hau ab und verschanz dich. Ich melde mich, sollte ich dich brauchen. Ich packe ein paar Sachen, dann fahren wir zu dir, Ian, damit du dasselbe tun kannst. Alle verstanden, was zu tun ist?«, fragte ich rau in die Runde.

»Wir warten draußen«, kommentierte Ian brummend. Damit verließen James und er meine Wohnung und ließen mich mit Filip allein zurück.

Ich hielt mir zähneknirschend meinen Bauch und wankte mehr, als dass ich ging, in Richtung meines Schlafzimmers, um mir ein paar meiner Klamotten einzupacken.

»Ist das dein scheiß Ernst, Logan?«, ertönte am anderen Ende des Zimmers Filips entsetzte Stimme. Ich wandte mich nicht zu ihm um und zog meine Sporttasche hervor.

Für den Notfall hatte ich sie bereits mit dem Wichtigsten gepackt. Falsche Pässe, ein kleiner Verbandskasten, allerhand Waffen und genügend Bargeld, um damit erst einmal über die Runden zu kommen. Und nun folgten noch meine Klamotten.

»Filip, ich hatte mich klar ausgedrückt!«, sprach ich mit heiserer Stimme über meine Schulter und stopfte weiter ein Shirt nach dem anderen in die Tasche. Mein Körper gab allmählich wieder auf. Diese Verletzungen waren heftig, zumal dieser Bastard mich zuvor auch noch ordentlich verprügelt hatte. Noch nie hatte ich einen Mann so kämpfen gesehen. Sein Kampfstil war dreckig und voller Hass.

Es war ja nicht so, als wäre ich nicht geübt darin, jemandem seine hässliche Fresse zu polieren. Doch bei diesem verschissenen Wichser musste ich mich im Nachhinein geschlagen geben.

Es war meine Schuld, dass mein Bruder ebenfalls verletzt worden war, und es pisste mich an. Hätte ich doch nur auf Filip gehört und wäre nicht zu Angel gefahren, dann wäre nichts von alledem passiert und wir würden nun besser dastehen. Denn so war ich Ian und Angel kaum eine Hilfe. Doch dass ich untätig rumsaß, kam nicht infrage. Ich durfte meinem Körper keine Pause gönnen, ich hatte es nicht verdient.

Mir waren die Sicherungen durchgebrannt, als ich gesehen hatte, wie dieser Bastard Alexey in Angel's Wohnung spaziert war, als würde er dort wohnen. Als wäre es das Normalste der Welt, dass er dort ein- und ausging, in die Wohnung der 'Verlobten' seines Partners. Dann hatte es Klick gemacht und ich hatte gewusst, dass es für ihn tatsächlich normal gewesen war – denn er hatte es ständig getan, täglich.

Unbändiger Zorn hatte meine Adern durchflutet und ich hatte impulsiv und nicht besonders klug gehandelt. Ohne groß darüber nachzudenken, hatte ich vor ihrem Haus einen seiner Männer erschossen. Mein Schalldämpfer hatte mir hier gute Dienste geleistet und verhindert, dass man sofort Alarm schlug.

Er hatte bereits mehrere Männer vor ihrem Haus postiert. Die Sache lief offenbar bereits so lang, dass er sich vor meinen Augen gemütlich eine Armee aufgestellt hatte. Und keiner hatte es bemerkt.

Als der Schrank tot mit einem blutenden Loch zwischen seinen Augen zu Boden gesackt war, hatte ich gewusst, dass ich einen Fehler begangen hatte. Zügig hatte ich mich auf den Heimweg gemacht, um mich zu rüsten und einen Plan zu überlegen. Doch leider hatte es nicht lange gedauert, bis der Bastard bei mir aufgetaucht war und sich gerächt hatte. Zuvor oder danach musste er wohl bei Ian gewesen sein, wenn ich das demolierte Gesicht meines Bruders richtig gedeutet hatte.

Scheiße, wäre Alexey und seinem verbliebenen Mann nicht die Munition ausgegangen, wäre ich sicher schon unter der Erde. *Fuck!*

»LOGAN!«, brüllte Filip dicht hinter mir. Ich wandte mich ihm erst zu, als ich in frische Klamotten geschlüpft war.

»Was?«, fragte ich erschöpft, denn das war ich. Und dennoch durfte ich mir keine Ruhe, keine Genesung gönnen. Nicht jetzt! Nicht, solange Angel in den Fängen dieses Bastards war und ich keine Ahnung hatte, wie verfickt nochmal ich sie dort rausbekommen sollte, ohne dabei draufzugehen. Obwohl das kein Hindernis für mich wäre, nicht bei ihr.

»Ich werde sicher nicht jetzt nach Hause fahren und nichts tun! Ich werde dir helfen, diesen Bastard zu erledigen!«, sagte er bestimmt und sah mich voller Überzeugung an. Doch ich schüttelte müde den Kopf.

»Nein, wirst du nicht!«, raunte ich kraftlos zurück und machte mich wieder daran, meine restliche Kleidung einzupacken.

»Du schickst mich doch nicht wie einen ungezogenen Teenie einfach nach Hause und setzt mich auf die Reservebank?!«, schnauzte er in meinen Rücken.

»Doch, genau das tue ich, Fil!«, entgegnete ich scharf und wandte mich mit meiner fertiggepackten Tasche wieder zu ihm um.

»Ich kann dich hier nicht gebrauchen! Ich kann dir, was meinen Bruder betrifft, nicht –«

»Nicht was? Nicht vertrauen? Ist das dein scheiß Ernst? Nur wegen dem gerade eben? Fuck, Logan! Ja, ich kann deinen Bruder nicht leiden, doch das bedeutet nicht, dass ich ihn nicht auch beschützen würde, wenn es sein müsste. Das weißt du doch.«

Ich wich seinem Blick aus und hievte meine Tasche über die gesunde Schulter.

»Scheiße, Logan, du verarschst mich?! Du vertraust mir wirklich nicht, was deinen Bruder betrifft. Mir? Der immer für dich da war, im Gegensatz zu ihm. Fuck, weißt du was? Dann leck mich, Logan!« Er stürmte aus meinem Schlafzimmer und ich eilte ihm, so schnell ich eben konnte, hinterher, denn so wollte ich das sicher nicht enden lassen.

»Komm schon, Fil!«, versuchte ich ihn zu besänftigen.

»Ach, steck dir dein 'Komm schon, Fil!' in den Arsch! Geh und rette deinen Bruder und dann, dann lass dir von ihm dein Mädchen aus deinen Armen stehlen. Stirb den Heldentod, aber wehe, du kommst danach wieder angeschissen und beschwerst dich über das Arschloch, das du deinen Bruder nennst. Fuck, ich war dir mehr Bruder, als dieser aufgeblasene Wichser es je sein könnte! Aber bitte, dann gehe ich eben! Wie der Boss befielt!« Damit stürmte er aus meiner Wohnung und schmetterte mit einem lauten Schlag die Tür hinter sich in das aufgeschossene Schloss. Da man die Wohnungstür nicht mehr schließen konnte, knallte sie bei der Wucht allerdings wieder zurück gegen die Wand.

Ich blieb noch einen Augenblick in meinem Wohnzimmer stehen und seufzte angestrengt. So war das nicht geplant gewesen. Ich wollte meinen besten Freund nicht beleidigen oder gar verletzen. Doch ich würde lügen, wenn ich behaupten würde, dass ich ihm zu hundert Prozent vertraute, was Ian betraf. Wenn es hieß: Ian oder ich – dann würde sich Fil ausnahmslos für mich entscheiden. Genauso bei Angel. Doch beides wäre die falsche Entscheidung. Deshalb konnte er mir hierbei nicht länger zur Seite stehen. Ich hoffte, er würde es früher oder später verstehen.

Mit schwachen Schritten verließ ich meine Wohnung, nachdem ich mir mein Handy und meine Waffe von dem Esstisch geschnappt hatte, und ging zu Ians Maybach.

Erschöpft ließ ich mich in den Sitz fallen, ehe James umgehend diesen Koloss in Bewegung setzte.

»Unauffällig kannst du nicht, oder?«, verspottete ich meinen Bruder und schloss meine Augen.

»Es stand heute auch nicht auf meiner Tagesordnung, in meinem Büro von meinem psychopathischen Partner angegriffen zu werden. Verzeih«, konterte er zynisch zurück. Ein müdes Schmunzeln stahl sich auf meine Lippen.

»Wie geht es dir?«, ertönte dann nach einer Weile die besorgte Stimme meines Bruders. Ich musste darum kämpfen, mich wachzuhalten. Halb öffnete ich meine Augen und wandte mich ihm zu.

»Ich werde es überleben«, antwortete ich knapp, kassierte dafür jedoch einen tadelnden Blick. Ich seufzte.

»Ian, mach dir keine Sorgen. Dein Engländer hat mich gut versorgt. Das wird schon wieder. Viel wichtiger ist jetzt, wie wir Angel aus den Fängen dieses Bastards befreien sollen.« Mein Blick verfinsterte sich ganz automatisch. Jede Sekunde, die sie länger bei ihm war, brachte mich um.

»Sir, bei allem Respekt. Ich möchte mich ungern einmischen …«, meldete sich besagter Engländer vom Vordersitz aus und sah über den Rückspiegel zu Ian.

»Doch ich denke, es ist besser, wenn Sie erst einmal untertauchen. Und dann sehen wir, wie wir dem Mädchen helfen können.«

»Auf keinen Fall!«, kam es wie aus einem Munde von mir und meinem Bruder. Beide warfen wir uns einen kurzen Seitenblick zu.

»Nein, James! Wir fahren jetzt zu mir nach Hause, packen ein paar Sachen und dann werden Sie sich in meiner Abwesenheit um meine Firma kümmern. Ich überlasse diesem ehrenlosen Wichser sicher nicht mein hart erarbeitetes Imperium. Wenn er es will, muss er sich etwas Besseres einfallen lassen als seine billigen Tricks.« Die Ansage meines Bruders war klar und doch schien der Engländer seine Probleme damit zu haben.

»Sir, ich muss widersprechen!«, hielt er energisch dagegen. Ians Blick verdunkelte sich und er setzte sich in seinem Sitz auf.

»James, meine Anweisung war deutlich. Sie kümmern sich um meine Firma und sorgen dafür, dass dort alles so läuft, wie es soll. Logan und ich kümmern uns um Angel. So und nicht anders wird es gemacht!«

Der treue Diener meines Bruders grummelte etwas vor sich hin, bevor er sichtlich unzufrieden nachgab.

»Ja, Sir. Aber ich werde mich etwas über diesen Alexey

schlaumachen«, setzte er noch bestimmt hinterher. Ian tat es nur mit einer lockeren Handbewegung ab.

Als wir in der Tiefgarage ankamen, schickte er James gleich zu seiner Firma. Ian hatte seinen Pinguin gut trainiert, das musste ich ihm lassen. Man sah es James an, ihm widerstrebte es, Ians Anweisungen zu gehorchen, und dennoch tat er es ohne weitere Diskussion.

In seinem Penthouse angekommen steuerte Ian gleich sein Schlafzimmer an, um eine Tasche zu packen.

»Bring eine weitere Tasche mit«, rief ich ihm hinterher, dann wuchtete ich meine auf den großen Massivholztisch und wühlte mich durch meine Klamotten, bis ich zu meinen Spielzeugen kam. Ich breitete sie alle ordentlich auf dem Tisch aus und verschaffte mir einen Überblick darüber, was ich an Waffen besaß. Dazu war gerade in meiner Wohnung keine Zeit gewesen, außerdem wusste ich immer gern, was ich für Waffen besaß.

Nach einer Weile hörte ich meinen Bruder näherkommen.

»Logan, wir müssen … was zum Teufel?!« Ian stoppte dicht neben mir und ließ seine schwere Tasche zu Boden fallen.

»Also so etwas habe ich nicht zwischen meinen Klamotten«, gab er teils belustigt, teils fassungslos von sich und ich sah aus dem Augenwinkel, wie er sich etwas vom Tisch nahm.

»Wir fassen nichts an, wovon wir keine Ahnung haben, Ian!«, mahnte ich ihn streng und nahm ihm vorsichtig die Granate, die sein gesamtes Penthouse in die Luft sprengen könnte, aus seiner Hand.

»Logan, warum hast du all das? Und wieso breitest du es hier auf meinem Tisch aus?«, fragte mich Ian überfordert.

Ich schenkte ihm einen schnellen Seitenblick, ehe ich meinen Blick wieder über meine Waffen gleiten ließ. Es waren eine ganze Menge, und dennoch wusste ich, dass es zu wenige waren. Aber nun musste ich mit dem arbeiten, was mir zur Verfügung stand. Und das waren einige Magazine für meine drei Waffen, drei Granaten, fünf Blendgranaten, ein paar Messer und zwei Schalldämpfer.

»Wir müssen zu meinem Auto. Dort habe ich noch ein paar Waffen auf Vorrat, diese sind zu wenig«, klärte ich Ian knapp auf und begann, sie wieder in meiner Tasche zu verstauen. Bis auf zwei Messer, zwei Magazine und zwei meiner Waffen, wanderte alles wieder in meine Sporttasche.

Als ich damit fertig war, reichte ich eine der beiden Waffen kommentarlos meinem Bruder. Ian nahm sie zögernd an sich, dann wandte er den Kopf zu mir und sah mich fragend an.

»Ian, ich weiß, dass hier ist eigentlich nicht deine Welt. Doch nun ist sie es. Gewöhn dich daran und jetzt nimm die scheiß Waffe. Wie man damit umgeht, weißt du sicher noch aus der Zeit, als Vater immer mit uns auf dem Schießstand war.«

Ian nickte und verstaute seine Waffe wie ich in seinem hinteren Hosenbund. Erst jetzt bemerkte ich, dass er sich umgezogen hatte. Statt Anzughose, Hemd und Sakko trug er nun Jeans, Shirt und einen Pullover. Er passte damit zwar noch lange nicht in meine Welt, dennoch war es um einiges besser als sein Spießeroutfit. Ich hoffte, dass er nur solche Klamotten in seiner Reisetasche dabeihatte.

»Und was ist nun dein Plan? Wir können ja nicht mal eben ihre Wohnung stürmen und sie mitnehmen. Schon allein wegen deinen Verletzungen.« Ian ließ seinen Blick kurz prüfend über mich wandern und scannte einmal meinen gesamten Körper nach meinen Wunden ab. Ich ignorierte es, denn seine Frage war die Eine-Millionen-Dollar-Frage, auf die ich keine Antwort hatte. Ich wusste nicht, wie wir Angel aus ihrer Festung befreien sollten – anders konnte man ihr Zuhause nicht mehr nennen. Zu viele Männer standen vor ihrem Haus. Oder könnte man genau damit spielen?

»Ich hätte eine Idee, aber sie wird dir zu hundert Prozent nicht gefallen.«

Ians Blick verfinsterte sich, ebenso wie sich sein Körper neben mir verspannte. Schnell schnappte ich mir die leere Reisetasche, die Ian mitgebracht hatte, vom Tisch und wandte mich von ihm ab, um in seine Küche zu gehen. Wir brauchten Proviant.

Ian folgte mir stumm, wartete darauf, dass ich ihn aufklärte. Bei seinem Vorratsschrank angekommen, begann ich ihn in meinen Plan einzuweihen.

»Ich war heute bereits vor ihrer Wohnung, deswegen ist dieser Tag auch so schrecklich verlaufen. Ich habe den Bastard wütend gemacht. Es standen Männer, seine Männer, vor ihrem Haus, als wäre es seine Festung. Da wurde mir alles klar. Was heute Morgen meine Niete war, könnte jetzt unser Trumpf werden. Alexey rechnet mit uns, ganz sicher. Also sollte einer, sprich ich, ihm geben, was er möchte. Ich lenke die Aufmerksamkeit auf mich und provoziere ihn so weit, dass er alles an Männern hinter mir herschickt, was er hat, einschließlich ihm selbst. Er ist zu stolz, um nicht auch selbst die Verfolgung aufzunehmen, da bin ich sicher, sonst hätte er zu dir und mir heute ebenfalls nur seine Männer geschickt, statt selbst die Fäuste zu schwingen. Sobald sie die Verfolgung aufnehmen, schleichst du rein und holst sie da raus. Wir kommen mit zwei Autos und treffen uns, wenn alles gut läuft, an einem geheimen Ort. Meinem Safehouse. Keiner, nicht einmal Fil, kennt dieses Haus. Es ist für den absoluten Notfall gedacht.« Erst als ich mit meinen Ausführungen fertig war und die Tasche reichlich mit allem, was man zum Überleben brauchte, gefüllt hatte, sah ich ihn wieder an.

Der Blick, der mich von meinem Bruder traf, war mir neu. Ich konnte ihn wirklich nicht zuordnen. Wusste nicht, ob er für oder gegen den Plan war. Doch als sich seine Miene verzog, wurde mir klar, dass er, wie zu erwarten, nicht begeistert war.

»Spinnst du jetzt völlig? Wie zum Teufel willst du mit deinem Körper auch nur noch einen einzigen Schlag kassieren? Sag mir das, Logan, wie?!« Ian schüttelte stoisch den Kopf.

»Nein, Logan. Ich lenke sie ab und du holst sie da raus.« Ich begann kalt zu lachen.

»Bei aller Liebe, Ian. Doch unsere Chancen stehen besser, wenn ich das mache. Selbst mit meinem geschundenen Körper schaffe ich es, sie abzulenken. Außerdem müsstest du dazu Auto fahren, und zwar selbst – und das nicht gerade vorschriftsmäßig«, hielt ich tadelnd dagegen. Ians schwarze Augenbraue wanderte abschätzig nach oben.

»Logan, wir haben wenig, bis eigentlich gar keine Zeit miteinander verbracht. Du weißt nicht, was ich kann und was ich nicht kann. Und wenn ich dir sage, ich kann das, dann kann ich das! Ich diskutiere nicht mehr mit dir darüber.« Seine Stimme klang scharf und duldete keine Widerrede, doch das war mir ziemlich egal.

»Du hast keine Kampferfahrung, Ian.« Ich klang müde, das war mit bewusst. Auch Ian bemerkte das.

»Logan? Was ist los? Du verschweigst mir etwas, ich kann es an deinen Augen sehen.« Ich wich seinem Blick aus. *Jetzt machst du einen auf Bruder, oder was?*

Ich seufzte schwer und fuhr mir mit der Hand über den Nacken.

»Ich kann nicht.«

»Was kannst du nicht?«, hakte er nach.

»Ich kann sie da nicht rausholen! Ich kann ihr nicht gegenübertreten! Ich bin schuld, dass sie in Schwierigkeiten steckt. Ich bin schuld, dass er sie die letzten Tage geschlagen und gequält hat, weil ich Vollidiot ihr mein Handy geben musste. Weil ich den Helden spielen musste. Sie würde wahrscheinlich nicht einmal mit mir mitkommen und dann wäre alles umsonst. Also bitte, Ian, hol du sie da raus und bring sie in Sicherheit. Bitte, Bruder!«

In den vergangenen Jahren, eigentlich seit unsere Eltern gestorben waren, hatte ich Ian um nichts mehr gebeten, geschweige denn ihn ernsthaft als meinen Bruder bezeichnet. Unser Verhältnis war kaputt gewesen, doch durch Angel fanden wir wieder zusammen. So komisch es auch klang.

Ians dunkle und sonst so kalte Augen wurden sanft, beinah liebevoll, ehe er wortlos nickte. Ich nickte ihm ebenfalls dankbar zu, war erleichtert, dass er es kommentarlos hinnahm.

»Okay. Und wo soll dein sogenanntes Safehouse sein und wie kommen wir dorthin? Wann willst du dich dort mit uns treffen? Ich brauche es schon etwas genauer, Logan«, bohrte Ian nach.

»Es ist in Staten Island, Tottenville. In einem unter hunderten Reihenhäusern. Die genaue Adresse schicke ich dir dann. Ich komme so schnell wie möglich nach. Jedoch erst, wenn es sicher ist und ich euren Aufenthaltsort nicht verrate. Ian, wir müssen vorsichtig sein und dürfen kein Risiko eingehen. Dieser Psycho hat sie sechs Jahre lang gesucht. Er wird sie jetzt nicht einfach gehen lassen«, erklärte ich meinem Bruder todernst.

Er nickte. Ian hatte verstanden. Das beruhigte mich, denn ich wusste, ich konnte mich, was Angel betraf, auf ihn verlassen. Er würde sie beschützen und er würde nicht zulassen, dass dieser Bastard sie wieder in die Finger bekam.

230

Kapitel 21

Logan

Ich fand mich in meinem Buick vor Angel's Haus wieder. Ian war mir mit einem seiner, wie er es nannte, 'unauffälligeren' Autos in einem gewissen Abstand gefolgt. Einen mattschwarzen Mercedes AMG C 63 S als unauffällig zu bezeichnen, schaffte auch nur mein Bruder, der Milliardär.

Wir hatten alles gut durchdacht und geplant. Ich würde die Aufmerksamkeit auf mich lenken und er würde sich dann, sobald Alexey und seine Männer sich auf mich konzentrierten, zu Angel in die Wohnung schleichen und sie in Sicherheit bringen.

Als ich alle meine metallisch glänzenden Schätze in Form meiner Waffen an meinem Körper verstaut hatte, nahm ich mir eine der Blendgranaten zur Hand. Es war zwar gewagt, eine Granate inmitten einer Wohnsiedlung hochgehen zu lassen, doch Alexey war ein Psycho, den man nicht unterschätzen durfte. Also ging ich dieses Risiko ein, wenn ich es denn müsste.

Ich ließ den Motor laufen, sodass ich sofort losfahren konnte und Alexey damit zwang, mich mit allem, was er hatte, zu verfolgen, um mich nicht zu verlieren. Denn eins war sicher: Er würde nicht eher ruhen, bis er mich hatte. Dieses kleine Detail hatte ich Ian vorhin verschwiegen. Ich würde ihnen nicht zu meinem Safehouse folgen, denn ich war mir sicher, es nicht zu schaffen. Heute war mein letzter Tag auf diesem gottverdammten Fleckchen Erde. Doch ich würde nicht gehen, ohne diesen Bastard mit mir in die Hölle zu zerren, das stand fest!

Ich zog mein Handy aus meiner Hosentasche und schickte Ian die Adresse meines Safehouses. Ganz ehrlich: Eigentlich hatte ich gedacht, es nie benutzen zu müssen. Nie so tief in der Scheiße zu stecken und solch einen mächtigen Gegner vor mir zu haben, der mich dazu bewegen würde, die Flucht zu ergreifen. Das war einfach nicht meine Art. Trotzdem war ich froh darüber, dass ich nichts dem Zufall überließ und auch für diese Eventualität Vorkehrungen getroffen hatte. Denn mir fiel für den Anfang nichts Besseres ein, als erst einmal unterzutauchen. Das Wichtigste war nun Angel's Sicherheit und sicher war sie nur, wenn wir untertauchten. Und da ich den heutigen Tag so oder so nicht zu Ende erleben würde, fühlte es sich nicht ganz so schlimm an.

Plötzlich, gerade als ich aus meinem Wagen aussteigen wollte, schwang die Beifahrertür auf. Die Reisetasche mit dem Proviant wurde auf die Rücksitzbank geschmissen und Ian ließ sich eilig in den Sitz fallen. Ich sah ihn fassungslos an.

»Was zum Teufel tust du da?! Du gefährdest den ganzen Plan! Sie dürfen uns nicht zusammen sehen. Ian, steig aus!«, fuhr ich ihn aufgebracht an und blickte mich unauffällig um, ob uns jemand in meinem Auto zusammen sah. Doch ich konnte niemanden auf den Straßen vor ihrem Haus entdecken – bis auf die zwei Wachhunde. Diese schienen ihre Arbeit allerdings nicht besonders ernst zu nehmen und meinten, lieber auf ihre Handys starren zu müssen, als ihren Job zu erledigen.

»Ich werde dich das nicht machen lassen, Logan! Das überlebst du nicht. Und ich werde nicht meinen kleinen Bruder opfern. Ich habe mir einen eignen Plan überlegt und dieser wird funktionieren. Bei dem Zeichen gehst du rein, holst dein Mädchen da raus und bringst sie in Sicherheit.

Wir treffen uns dort«, erklärte Ian mit all seiner Überzeugung. Ich schüttelte einfach nur fassungslos den Kopf.

»Verarschst du mich? Was soll das heißen, du hast dir einen eignen Plan überlegt? Und welches verfickte Zeichen denn bitte? Fuck, Ian, was hast du vor?« Doch Ian antwortete mir nicht mehr. Mit einem verschmitzten Lächeln auf den Lippen stieg er einfach aus.

»Du wirst das Zeichen nicht übersehen können«, sprach er noch über seine Schulter, dann schmiss er die Tür zu und eilte davon. Ich fluchte ausgiebig und schlug mehrmals auf das Lenkrad ein, bis ich schmerzerfüllt aufkeuchte, da mein Oberkörper und meine Schulter meinen Wutausbruch nicht besonders guthießen.

Dieser sture Penner! Und was sollte diese scheiß Aussage, ich solle 'mein Mädchen' dort rausholen? *Fuck!*

Fieberhaft überlegte ich, was ich nun tun sollte. Ich konnte Ians Plan nicht einfach sabotieren, denn ich kannte ihn nicht und wusste nicht, was es für Folgen haben könnte. Im schlimmsten und wahrscheinlichsten Fall war das Resultat, dass mein Bruder starb, sollte ich nun etwas Unüberlegtes tun. *Du verdammter Wichser!*

Unerwartet zog ein lautes Motorengeräusch meine Aufmerksamkeit auf sich. Ich sah mich um und konnte nicht glauben, was ich dort sah. In einem halsbrecherischen Tempo raste Ians geliebter Maybach die Straße entlang und genau auf Angel's Haus zu. Fassungslos sah ich dabei zu, wie Ians Baby mit voller Wucht in die Eingangshalle zu ihrem Haus raste. Die beiden Wachhunde hatten den Wagen nicht kommen sehen.

Das war wohl mein Zeichen. Ich hoffte inständig, mein Bruder wäre nicht so dumm gewesen und saß hinterm Steuer, doch dann glaubte ich, ihn hinter einem der umstehenden Autos erblickt zu haben.

Alexeys Männer stürmten wie Ameisen aus ihrem Bau.

Plötzlich waren sie überall. Ebenso wie unzählige Anwohner, die panisch ihr Haus verließen.

Leider musste ich zugeben, dass dieser Schachzug nicht gerade der dümmste war. Als ich Alexey ebenfalls unter seinen Männern erblickte, fackelte ich nicht mehr lange, sprang aus meinem Buick und schlich unauffällig über die Straße.

Erneut ertönte ein lautes Motorgeräusch und ich wandte mich bei ihrem Haus angekommen noch einmal um und linste hinter den geparkten Autos hervor, um zu erkennen, was dort vor sich ging. Dieses Mal war es Ians Mercedes, der mit schnellem Tempo an mir vorbeipreschte und eine geschickte Wendung kurz vor Alexeys Männern machte. Ich staunte nicht schlecht, als ich begriff, dass es sich hierbei dieses Mal wirklich um meinen Bruder hinterm Steuer handelte. Da hatte ich ihn wohl eindeutig unterschätzt. Dennoch riss ich meinen Blick von seinem Wagen los und schlich weiter um ihr Haus herum.

Den Weg durch ihre Wohnungstür konnte ich vergessen, da der Eingangsbereich nicht mehr wirklich existierte und sich dort alle seine Männer aufhielten. Also musste ich durch eines ihrer Fenster steigen. Dann blieb nur ihr Badezimmerfenster, da dieses das Einzige war, dass nicht in Richtung Straße zeigte.

Hinter ihrem Haus überlegte ich kurz, wie ich vorgehen sollte. Da sich ihr Fenster in knapp drei Metern Höhe befand, konnte ich es nicht mal eben leise aufbrechen und unauffällig einsteigen. Doch ich musste davon ausgehen, dass Alexey mindestens einen Mann bei ihr in der Wohnung zurückgelassen hatte und mein Körper womöglich keinen weiteren Schlag verkraftete. Dennoch blieb mir nichts anderes übrig, als es auf die brutale Art zu machen.

Ich bereitete meinen geschundenen Körper darauf vor, ihm gleich Dinge anzutun, deren Dienste er mir unter anderen Umständen sicher verwehren würde. Doch ich musste zu diesem scheiß Fenster gelangen und es aufbrechen. Einen anderen Weg gab es nicht in ihre Wohnung.

Ein letztes Mal atmete ich durch, dann rannte ich auf die Hauswand zu, lief an ihr zwei große Schritte nach oben und griff mit meinen Fingerspitzen an den Fenstersims. Zischend ließ ich die Luft zwischen meinen Zähnen entgleiten, als mein Körpergewicht an meiner verletzten Schulter zerrte, doch ich musste durchhalten, für sie und für meinen Bruder.

Mit meinen Schuhen fand ich in dem alten Gemäuer guten Halt. *Na, wenigstens etwas.*

Dann zog ich mich ein Stück nach oben, um durch das Fenster sehen zu können. Der Raum war dunkel und die Tür geschlossen. *Perfekt!*

Ich hievte mich noch etwas mehr auf den Fenstersims und schlug mit einer schnellen und kräftigen Armbewegung mit meinem Ellenbogen gegen das Glas. Mit abgewandtem Gesicht wartete ich darauf, dass die Scherben zu Boden fielen.

Erneut spähte ich durch das Fenster, doch die Badezimmertür wurde nicht geöffnet. Das hieß, ich blieb weiterhin unentdeckt. Vorsichtig befreite ich mit meinem Unterarm, der durch meine Lederjacke zum Glück gut vor dem scharfkantigen Glas geschützt war, das Fenster von den restlichen Scherben, damit ich endlich einsteigen konnte.

Behutsam zog ich mich in das Innere ihres Badezimmers, darauf bedacht, durch die am bodenliegenden Scherben keinen Lärm zu machen. *So weit, so gut.*

Ich schlich mich durch das Badezimmer und öffnete die Tür nur einen winzigen Spaltbreit, um herausspähen zu können. Ich musste mich vergewissern, wer alles hier zusammen mit ihr in der Wohnung war. Einen Augenblick lang horchte ich, doch es war totenstill, also beschloss ich, meine sichere Deckung zu verlassen, um Angel hier endlich rauszuholen. Schließlich hatte ich keine Ahnung, was für einen 'genialen' Plan mein lieber Bruder ausgeheckt hatte und wie viel Zeit mir dieser einbrachte.

Also zückte ich meine Waffe, lud sie so leise wie möglich nach und schlich aus dem Badezimmer. Doch kaum hatte ich meinen Kopf aus der Tür gestreckt, blickte ich schon in ihre großen, blauen Augen. Angel saß auf dem Bett und sah mich sichtlich überrascht an. Mein Herz begann wild zu klopfen, als ich sie sah. Ich wusste nicht, wie sie mein Erscheinen empfand. War sie erleichtert? Wütend? Würde sie überhaupt mit mir kommen? Fragen über Fragen fluteten meinen Kopf und ich konnte keinen klaren Gedanken fassen.

Plötzlich schrie sie spitz auf. Ich wusste erst nicht, was mit ihr los war, bis ich ihren panischen Laut als Warnruf identifizieren konnte.

Instinktiv duckte ich mich und das keine Sekunde zu spät, denn schon landete eine Kugel, die wohl für mich bestimmt war, im Holz des Türrahmens. Ich rollte mich schnell über das Parkett, hechtete über das Bett und riss Angel damit mit zu mir auf den Boden, damit sie nicht in die Schussbahn geriet.

Abermals schrie sie auf, ich dagegen stöhnte laut vor Schmerz. Mein Körper protestierte hart gegen meinen Sturz. Doch er konnte später noch heulen, jetzt war keine Zeit dafür.

Ich bedeutete ihr mit meinem Zeigefinger auf meinen Lippen, dass sie nun leise sein musste, dann linste ich über der Bettkante wieder nach oben, um meinen Angreifer sehen zu können. Zu meiner Überraschung schoss er nicht sofort, als er meinen Kopf zu Gesicht bekam, obwohl er mich voll im Visier hatte. Vielleicht hatte er befürchtet, es wäre Angel und wollte kein Risiko eingehen. Das schien Angel ebenso verstanden zu haben und schon stand sie gegen meinen stummen Befehl auf und hob die Hände hoch.

Ich fluchte ausgiebig in meinem Kopf, aber nun konnte ich es nicht mehr ändern. Also legte ich mich flach auf den Boden, robbte mich zur Bettkante vorwärts, um hinter dieser erneut herauslinsen zu können – meine Waffe jederzeit schussbereit, sollte sich die Gelegenheit dazu bieten.

Angel begann mit dem Mann auf Spanisch zu reden. Sie schienen sich zu kennen, zumindest bildete ich mir ein, eine Art vertrauten Umgang in ihren Stimmen auszumachen, auch wenn ich die Sprache nicht verstand. Die Diskussion schien hitziger zu werden, ich hörte es an Angel's Tonlage, dass er sie einschüchterte. Auch seine Stimme hatte sich verändert, war härter und wütender geworden.

»Komm schon raus, du Pisser. Ich erschieß dich nicht«, log er mit starkem spanischem Akzent.

»Das ist dumm von dir, denn ich schon.« Kaum waren meine Worte gesprochen, drückte ich ab. Leider traf ich ihn durch meine eingeschränkte Sicht und Bewegungsfreiheit nur ins Bein, dennoch sackte er erschrocken zu Boden.

Schnell stand ich auf, um es zu Ende zu bringen. Ohne zu zögern, schoss ich ihm in den Kopf, wobei der Knall durch den Schalldämpfer in ein zumindest teilweise leiseres Plop-Geräusch verwandelt wurde. Ich konnte nur hoffen, dass seine Männer draußen genug von meinem Bruder abgelenkt wurden oder die Trümmerteile sie in Schach hielten, damit sie nicht gleich das Haus stürmten.

Angel keuchte erschrocken auf. Sie hatte sich ihre Hand auf den Mund gelegt und damit ihren Aufschrei erstickt. Mit großen und weitaufgerissenen Augen starrte sie mich an. Doch ich konnte jetzt keine Rücksicht auf ihren drohenden Nervenzusammenbruch nehmen. Wir mussten hier weg. Also marschierte ich mit schnellen Schritten zu ihrem Schrank und zerrte ungeduldig eine Tasche heraus. Ein prüfender Blick über die Schulter verriet mir, dass sie wohl nicht in der Lage war, selbst zu packen, also tat ich es für sie. Ungeduldig stopfte ich ein Kleidungsstück nach dem anderen von ihr in die große Reisetasche.

»Hast du gefälschte Papiere?«, fragte ich sie dann über die Schulter. Sie schüttelte nur den Kopf. Noch immer waren ihre Augen groß.

»Du warst das gerade? Der laute Knall?«, hörte ich ihre zittrige Stimme hinter mir ertönen. Ich schüttelte den Kopf.

»Nein. Das war Ian. Und jetzt komm, wir müssen hier weg!«

»Ian?«, hörte ich sie flüstern, doch ich schenkte ihr keine Beachtung mehr. Wir mussten hier endlich verschwinden.

Ich schloss die Tasche, dann warf ich sie ihr zu. Ungeschickt und völlig mit dieser Situation überfordert ließ sie sie zu Boden fallen, nur um sie dann schnell wieder aufzuheben und mich abermals mit großen Augen zu mustern.

»Brauchst du noch etwas?«, fragte ich sie ungeduldig, stieg achtlos über die Leiche und linste in ihr Wohnzimmer, um sicherzustellen, dass wir auch wirklich allein waren.

»Logan, was hast du vor? Was soll das alles hier?«, fand sie nun wieder zu ihrer Stimme zurück. Noch ein prüfender Blick durch ihr Wohnzimmer, dann schloss ich die Tür und wandte mich ihr zu.

Ich wollte nicht so hart zu ihr sein, doch ich war durch meinen Job und meine Ausbildung dahingehend geschult worden, keine Emotionen in einem Einsatz zuzulassen, denn das brachte immer nur Ärger. Doch als ich ihren vor Schock und Angst zitternden Körper sah, konnte ich nicht anders. Ich vergaß alles, was man mich gelehrt hatte, steckte meine Waffe zurück in meinen Hosenbund und ging mit schnellen Schritten auf sie zu, um sie in meine Arme zu ziehen.

Kaum berührte ihr Gesicht meine Brust, schluchzte sie lautstark los, ließ die Tasche zu Boden fallen und krallte sich in meinem Rücken an meiner Lederjacke fest. Beruhigend streichelte ich ihr über ihr Haar und ihren Rücken.

»Ich weiß, du hast in den vergangenen Wochen viel durchgemacht, aber wir müssen JETZT gehen, Angel!«

Vorsichtig schob ich sie von mir, nur um ihr von Tränen überschwemmtes Gesicht zwischen die Hände zu nehmen.

»Schaffst du das? Schaffst du es, erneut vor ihm zu fliehen?«, fragte ich sie sanft, jedoch bestimmt. Dabei sah ich ihr eindringlich in die Augen. Nach einem Moment nickte sie leicht in meinem Griff. Ich drückte ihr einen kleinen Kuss auf den Mundwinkel, löste mich schließlich von ihr, schulterte ihre Tasche und zog sie mit mir. Vor ihrem Schrank machte ich noch einmal Halt und nickte hinein.

»Hast du dort Schuhe?« Sie schüttelte den Kopf und nickte nach meinem fragenden Blick ins Wohnzimmer. Ich bedeutete ihr, hier auf mich zu warten, drückte ihr die Reisetasche wieder in die Hand und verließ auf leisen Sohlen das Schlafzimmer. Schließlich könnten jederzeit weitere Männer ihre Wohnung stürmen.

Im Flur angekommen fand ich einen kleinen Schuhschrank vor. Vorsichtig öffnete ich ihn und beschloss, gleich zwei Paar Turnschuhe mitzunehmen. Einfach für den Fall der Fälle. Ich war gern vorbereitet. Zurück bei ihr drückte ich ihr eins davon in die Hand, damit sie es anziehen konnte, das andere Paar steckte ich in ihre Tasche, die ich ihr anschließend wieder reichte, als sie ihre Schuhe angezogen hatte. Dann nahm ich sie bei der Hand und zog sie ungeduldig mit mir.

Im Bad machte sie große Augen, als sie die vielen Scherben sah. Ich ließ von ihr ab und suchte nach einem Handtuch, das ich auf den losen Fensterrahmen legte, damit sie sich an den kleinen Splittern nicht verletzte. Mit einem Handzeichen winkte ich sie zu mir ans Fenster, nahm ihr die Tasche wieder ab und schmiss sie achtlos hinunter, ehe ich mich ihr wieder zuwandte.

»Ich werde dir jetzt aus dem Fenster helfen. Dann laufen wir um dein Haus herum zu meinem Wagen und verschwinden aus der Stadt. In Ordnung?« Wieder nickte sie nur stumm und folgte meinen Anweisungen. Angel kletterte ziemlich geschickt aus dem Fenster und reichte mir ihre Hände, damit ich sie weit aus dem Fenster gebeugt nach unten lassen konnte, sodass der Sprung nicht mehr ganz so tief für sie war.

Plötzlich hörte ich ein vertrautes Klicken an meinem Ohr. Im Geiste entschuldigte ich mich bei ihr, dann ließ ich sie ohne Vorwarnung los und drehte mich in einer blitzschnellen Bewegung und mit erhobenem Arm, um meinem Angreifer die Waffe aus der Hand schlagen zu können, um. Der Überraschungseffekt, dass ich so schnell reagiert hatte, half mir tatsächlich, die brenzliche Situation zu entschärfen.

Kaum schlug seine Glock auf dem Fliesenboden auf, stürzte er sich auf mich. Die ersten beiden Schläge parierte ich noch gekonnt, doch dann gab mein malträtierter Körper immer mehr auf. Ich war am Ende meiner Kräfte und schon kassierte ich die ersten harten Schläge, die mich sofort lautstark aufschreien ließen und mich anschließend in die Knie zwangen. Kaum hatte ich den Boden berührt, traf mich sein Knie wiederum hart im Gesicht. Ich flog rückwärts auf die kalten Fliesen. *Fuck! Ich muss mir was einfallen lassen!*

Dann erinnerte ich mich. Mein Ass im Ärmel. Mit zusammengebissenen Zähnen ertrug ich seine harten Tritte, doch diese sackte ich mit Absicht ein, um ihn in Sicherheit zu wiegen, damit er meinen Plan nicht durchschaute. Als er kurz von mir abließ, um seine Waffe wieder aufzuheben, weil er dachte, ich würde mich nach seinen zahlreichen Schlägen nicht mehr erheben, nutzte ich meine Chance.

Mit einer schnellen Handbewegung riss ich die Blendgranate von meinem Gürtel, zog den Stift und warf sie in seine Richtung. Ohne Umschweife stand ich auf, sprintete auf das Fenster zu, legte schützend meine Arme vor mein Gesicht und sprang. Der alte Holzfensterrahmen brach durch die Wucht, mit der ich mich abgestoßen hatte, und ich fiel aus dem Fenster. Ich wappnete mich schon einmal geistig für den Sturz. Dann ging die Blendgranate mit einem grellen Licht hoch. Schlecht abgerollt und stöhnend kam ich unten auf dem Boden auf. Der Schmerz fuhr durch all meine Glieder, die Luft wurde aus meiner Lunge gepresst.

Die drohende Bewusstlosigkeit kratzte an meinem Sichtfeld, doch als ich Angel's verschwommene Gestalt über mir sah, versuchte ich mich zusammenzureißen. Sie brauchte mich und außerdem würde der Kerl nicht allzu lange geblendet sein.

»Logan! Logan, geht es dir gut?«, schrie sie mir hysterisch entgegen. Ein schmerzverzerrtes Stöhnen war meine Antwort, dennoch ließ ich mich von ihr in den Stand ziehen und stützen. Ich war einfach nicht mehr in der Lage, allein zu stehen, geschweige denn zu laufen. Jedoch kamen wir nur sehr schleppend voran, da ich einfach zu schwer für sie war.

»Gib mir deine Autoschlüssel!«, forderte sie autoritär.

Ja, genau! So weit kam es noch, dass sie MEIN Auto fuhr. Es reichte ja schon, dass sie mich stützte, jetzt wollte sie auch noch fahren. Streng schüttelte ich den Kopf, machte mich von ihr los, um allein zu gehen, doch leider ging mein Plan nicht ganz so auf, wie ich das wollte. Mein Körper war einfach am Ende seiner Kräfte, ob es mir gefiel oder nicht. Dennoch kam es nicht infrage, dass Angel meinen Wagen fuhr. Die Gefahr war zu groß, dass man uns erwischte.

Ich schleppte mich regelrecht vorwärts. An der Hausecke angekommen bedeutete ich ihr, hinter mir in Deckung zu gehen, dann linste ich an ihr vorbei, doch es war keiner von Alexeys Männern mehr zu sehen. Ians Plan musste aufgegangen sein und er hatte sie alle erfolgreich von hier weggelockt.

So schnell ich konnte, liefen wir über die Straße zu meinem Wagen. Ich riss die hintere Tür auf, damit sie dort einsteigen konnte, statt erst um den Wagen herumzulaufen, und schmiss ihre Tasche auf den Rücksitz zu meiner. Sie krabbelte auf den Sitz. Ich war gerade dabei, ihre Tür zu schließen, da durchzuckte mich ein stechender Schmerz. Laut schrie ich auf. Irgendetwas hatte mich am Rücken getroffen und steckte noch immer in meinem Fleisch. Da ich keinen Schuss gehört hatte und ich wusste, wie sich ein Schuss anfühlte, schließlich hatte ich kürzlich erst zwei einkassiert, tippte ich auf einen Messerstich.

Ich sank stöhnend in der geöffneten Tür, halb auf dem Rücksitz zusammen. Angel keuchte erschrocken auf, völlig überfordert mit dieser Situation.

Ich wollte mich aufrichten, wollte sie erneut beschützen und dafür sorgen, dass sie nie wieder in seine Fänge geriet. Doch plötzlich spürte ich einen harten Schlag in meinem Genick, dann sackte ich bewusstlos zusammen. Alles, was ich noch hörte, war ihr Schrei.

Kapitel 22

Angel

Wie erstarrt blickte ich auf Logans bewusstlosen Körper, nachdem mir ein Schreckensschrei über die Lippen gekommen war. Einer von Alexeys Männern, er kam aus dem Nichts. Wir hatten ihn nicht kommen sehen. Nun hatte er Logan bewusstlos geschlagen und ich war ihm hilflos ausgeliefert. Er würde mich wieder zu Alexey zurückbringen und dieser würde noch grausamere Dinge mit mir anstellen, da ich es erneut gewagt hatte, wegzulaufen – und dann noch mit einem anderen Mann, mit Logan. *O Gott, das überlebe ich nicht noch einmal!*

Als sich der Mann, den ich nur flüchtig vom Sehen kannte, über Logans erschlafften Körper beugte, um mich an meinem Bein zu packen und aus dem Wagen zu schleifen, rutschte ich in meiner Verzweiflung immer weiter über die Rücksitzbank, bis ich mit dem Rücken gegen die Scheibe stieß. Panisch sah ich mich um, plötzlich fiel mir etwas ins Auge.

»Komm schon, mach es mir nicht noch schwerer!«, knurrte er mich in unserer Muttersprache an und beugte sich noch weiter zu mir herein. Ich fackelte nicht lange und schnappte mir aus Logans Tasche, die offen hinter dem Beifahrersitz im Fußraum lag, eine seiner Waffen. Mit zittrigen Fingern entsicherte ich sie, indem ich auf einen kleinen Knopf drückte, dann richtete ich sie auf ihn.

Doch statt zurückzuweichen, knurrte er tief und machte einen kleinen Satz mit seinem Oberkörper nach vorne und weiter über Logans Körper.

Wenn nicht jetzt, dann nie!, beschwor ich meinen Mut und drückte ab. Mit diesem gewaltigen Rückstoß hatte ich in diesem Moment nicht gerechnet, ebenso nicht damit, dass der Schuss beinah mein Trommelfell zum Platzen bringen würde. Wie benommen schüttelte ich immer und immer wieder den Kopf, bis ich allmählich wieder klar wurde.

Voller Entsetzen stellte ich fest, dass das Gesicht des Mannes völlig zerfetzt war. Überall auf der Rücksitzbank, den Fenstern und auch auf mir hatte sich sein Blut verteilt. Ich hatte einen Menschen getötet. Ein Leben genommen. Augenblicklich wurde mir schlecht, doch ich zwang mich, gegen die Übelkeit anzukämpfen, und stieg mit wackeligen Beinen aus. Ich musste uns hier wegbringen.

Eilig umrundete ich den Wagen, die Waffe stopfte ich derweil in meinen hinteren Hosenbund. Wie zum Teufel sollte ich es nun schaffen, den einen Mann aus dem Wagen und Logan in den Wagen zu bekommen? Doch es gab keinen anderen Weg. Also zerrte ich mit aller Kraft Alexeys toten Wachhund von Logan runter und ließ ihn achtlos auf die Straße fallen. Schnell blickte ich mich um, ob man mich beobachtete, aber ich konnte niemanden entdecken. Dennoch sollte ich hier nicht länger verweilen.

Ich zerrte den Mann unter schwerem Atmen und Schnaufen noch etwas weg von der Tür, dann ließ ich endgültig von ihm ab und überlegte, wie ich den Koloss alias Logans Körper auf die Rücksitzbank hieven sollte. Dann entdeckte ich plötzlich das Messer, das noch immer in seinem Rücken steckte. Gegen jede Faser meines Körpers, die sich sträuben wollte, beschloss ich, es stecken zu lassen. Immerhin wusste ich, dass es die Wunde verschloss und wie ein Stopfen fungierte. Würde ich es entfernen, würde das Blut ungehindert hinausfließen. Zumindest musste es so lange an Ort und Stelle bleiben, bis wir uns außerhalb der Stadt befanden und ich seine Verletzung versorgen könnte.

Schnell rannte ich um den Wagen herum, riss die Wagentür, aus der ich gerade ausgestiegen war, wieder auf und kletterte auf den Sitz. Ich war bereits schweißgebadet und dennoch gönnte ich mir keiner Pause. Stattdessen griff ich unter Logans Arme und zog ihn mit aller Kraft, die ich aufbringen konnte, über die Rücksitzbank. Unter größter Anstrengung gelang es mir, ihn tatsächlich in den Wagen zu bekommen.

Behutsam beugte ich mich über ihn und durchsuchte seine Hosentaschen nach dem Autoschlüssel, fand jedoch zuerst sein Handy. Ich steckte es ein und suchte weiter. In seiner Jackentasche wurde ich fündig. Schnell kletterte ich aus dem Wagen, schloss alle Türen, dann setzte ich mich hinter das Steuer. Ich hatte keine Ahnung, wo ich uns hinbringen sollte. *Vielleicht sollte ich Ian anrufen?*

Ich fischte Logans Handy aus meiner Hosentasche, wo ich es kurz zuvor verstaut hatte, und entsperrte es, indem ich einfach den Button nach rechts wischte. Logan hatte keinen Code zum Entsperren. Vielleicht aber auch, weil es sich hierbei um ein Ersatzhandy handelte, da er mir seins ja letztens gegeben hatte.

Eine Nachricht öffnete sich. Dort stand eine Adresse und diese war an Ians Kontakt geschickt worden. Ob ich zu dieser Adresse fahren sollte? Ob dort ihr Treffpunkt war? Es war der einzige Anhaltspunkt, den ich hatte, also gab ich die Adresse in Google Maps ein und ließ mich leiten.

Ich war seit Jahren nicht mehr gefahren, doch nun blieb keine Zeit, um in Panik zu verfallen. Wenigstens hatte ich Glück und es handelte sich um ein Automatikgetriebe. Also steckte ich den Schlüssel ins Loch, stellte den Hebel auf Drive und ging langsam von der Bremse. So, wie ich mich noch von früher daran erinnerte. Erneut hatte ich Glück, dass ich einfach nur geradeaus fahren musste, um aus der Parklücke zu kommen. Wenigstens ließ mich die Bitch, auch Schicksal genannt, einmal Glück haben und zeigte mir nicht nur erbarmungslos den Mittelfinger, wie sie es sonst immer tat.

Unsicher fuhr ich an, doch nach dem vierten Abbiegen bekam ich langsam ein Gefühl für den Wagen. Jeder andere würde mich zwar trotzdem noch als schlechteste Autofahrerin der Welt betiteln, dennoch war ich stolz auf mich und fuhr immer weiter, und so, wie mich das Navi lotste.

Nach gut vierzig Minuten waren wir aus der Stadt draußen und ich fuhr auf dem Highway Richtung Staten Island.

Ich ließ auch absichtlich noch drei große Raststätten an uns vorüberziehen, bis ich dann an einem kleinen Parkplatz anhielt. Ich fuhr extra ganz nach hinten auf den letzten Platz und außer Reichweite der wenigen Trucks und anderen Autos, die hier gerade eine Pause einlegten, damit keiner mitbekam, was sich hier gleich in diesem Auto abspielen würde. Denn ich musste nun Logan das Messer aus seinem Rücken ziehen und die Wunde irgendwie versorgen. Ich hoffte inständig, dass er hier irgendwo einen Verbandskasten liegen hatte. *Du schaffst das, Angel!,* ermutigte ich mich selbst und wappnete mich für das Nächste.

Etwas panisch stieg ich aus und ging zum Kofferraum, um nach Verbandszeug zu suchen, wurde fündig und stieg daher hinten zu Logan ein. Seine Atmung war flach, was mir sagte, dass es ihm nicht sonderlich gut ging, also sollte ich mich beeilen. Die Sorge um ihn wollte mich übermannen, aber ich durfte sie nicht überwiegen lassen. Musste stark sein, für Logan.

Glücklicherweise – oder sollte ich nicht eher schrecklicherweise sagen – kannte ich mich mit Verletzungen und Schnitten aus, da ich mich oft selbst hatte verarzten müssen.

Umständlich, aufgrund des Platzmangels, und darauf bedacht, ihm nicht noch mehr Schmerzen zu bereiten, befreite ich Logan mit einem Arm aus seiner Lederjacke, jedoch musste sein Shirt dran glauben. Ich schnitt es, soweit es seine Lederjacke erlaubte, auf. Ich wusste, würde ich diese zerschneiden, würde mich Logan umbringen.

Danach wühlte ich in dem Verbandskasten nach Nahtmaterial, allerdings ohne Erfolg. *Verdammt!*

Frustriert sah ich mich im Wagen um, dann fiel mir Logans Tasche, aus der ich die Waffe hatte, wieder ein. Vielleicht hatte er dort nicht nur Waffen, sondern auch anderes Nützliches eingepackt – und tatsächlich, ich fand, was ich suchte, und zog einen weiteren kleinen Verbandskasten heraus. Eilig öffnete ich ihn und stellte schnell fest, dass es sich hierbei nicht um einen normalen Verbandskasten handelte. Er enthielt Spritzen, Medikamentenampullen, verschiedene Tabletten, Desinfektionsspray, puren Alkohol und Nahtmaterial.

Ich schnappte mir alles, was ich zum Nähen brauchte, sowie ein Shirt aus seiner Tasche, dann bereitete ich mich seelisch darauf vor, ihm dieses verschissene Messer aus dem Rücken zu ziehen. Leichte Panik überkam mich, da ich Angst hatte, Logan könnte verbluten, doch ich konnte ja schlecht das Messer in ihm lassen, was ihn bei jeder falschen Bewegung noch mehr verletzte. *Augen zu und durch!*

Also beugte ich mich über ihn, fasste an den Griff, schloss die Augen, zog die Klinge mit einem kräftigen Ruck heraus und war mehr als dankbar, dass Logan noch immer bewusstlos war.

Seine Lederjacke schob ich beiseite und schnitt den Rest seines Shirts auf, ehe ich mit seinem neuen Shirt über die Wunde strich, um das viele Blut fortzuwischen, damit ich den Stich in Augenschein nehmen konnte. Meine immer wiederkehrende Übelkeit ignorierte ich dabei. Doch leider war ich solche Wunden und den Anblick von Blut gewohnt. Ich fühlte mich in der Zeit zurückversetzt und handelte einfach instinktiv. Routiniert.

Ich beschloss, gleich den puren Alkohol auf die Wunde zu kippen, um Infektionen vorzubeugen, anschließend nahm ich mir das Nahtmaterial zur Hand.

Mit meiner linken drückte ich sein Fleisch um die Wunde zusammen, ehe ich, ohne zu zögern, die Nadel ansetzte und begann, Logan wieder zusammenzuflicken. Auch das hatte ich nicht nur bereits bei mir getan, sondern auch bei den anderen Mädchen im Lager meines Vaters, wenn die Männer zu hart mit ihnen umgegangen waren. Stich um Stich schob ich die Nadel durch sein Fleisch. Der Anblick setzte mir und meinem rebellierenden Magen schon etwas zu, doch zum Zimperlichsein war nun der falsche Augenblick.

Nach zehn Stichen war ich fertig, die Wunde zu verschließen. Es sickerte kein Blut mehr aus ihr heraus, das war ein gutes Zeichen.

Mit dem Desinfektionsspray und dem Shirt säuberte ich Logan von dem gröbsten Blut. Zuletzt klebte ich noch ein großes Pflaster auf seine Wunde. Mit besorgtem Blick sah ich auf ihn herab, streichelte leicht über seine Wange. Das war meine Schuld. Logan war wegen mir verletzt worden. Meine Schuldgefühle wollten mich überwältigen und zu Boden reißen. Mein Herz wurde schwer und doch durfte ich mich dem nun nicht hingeben. Bestimmt schüttelte ich den Kopf, verbannte somit all meine schreienden Emotionen in das hinterste Eck meines Verstandes und stieg aus. Ich warf alle Beweise, einschließlich seines blutigen Shirts, in den Müll und ging mir schnell die rotgefärbten Hände auf der verranzten Toilette waschen. Ich beeilte mich, um schnell wieder bei Logan zu sein.

Ich ignorierte all das Blut, das überall im hinteren Teil des Wagens klebte, und stieg wieder hinters Steuer, um unseren Weg fortzuführen. Wir mussten so schnell und weit wie nur irgend möglich weg von New York und Alexey.

Wir waren schon einige Zeit unterwegs, da ertönte plötzlich ein tiefes Brummen von der Rücksitzbank. Ich blickte durch den Rückspiegel und sah dabei zu, wie Logan gerade aus seiner Bewusstlosigkeit erwachte.

»Mach langsam. Deine Schulter könnte durch die Nähte etwas ziehen«, klärte ich ihn ruhig auf, da er gerade dabei war, sich zu erheben. Verwirrt sah er sich um, bis er feststellte, dass wir uns in seinem Wagen befanden und ich hinterm Steuer saß.

»Halt an!«, knurrte er rau. Doch ich fuhr unbekümmert weiter.

»Angel, fahr rechts ran!«, befahl er mir barsch. Ich bog in die nächste Straße ein, in die mich das Navi lotste, und parkte den Wagen, nachdem er sich lautstark fluchend auf der Rücksitzbank erhoben hatte – aber nur, weil wir unser Ziel erreicht hatten.

»Wir sind da«, teilte ich ihm ruhig mit, dann stieg ich aus. Ich konnte sein Gefluche gerade nicht gebrauchen, denn meine Nerven lagen blank. Nicht nur, dass ich gerade einen Mann umgebracht hatte, ich war auch nach Jahren wieder Auto gefahren, hatte Logan verarztet und befand mich mal wieder vor Alexey auf der Flucht. Ich konnte seine schlechte Laune gerade wirklich nicht gebrauchen.

Als sich das unscheinbare Einfamilienhaus vor mir erstreckte, stutzte ich schon etwas, denn irgendwie hatte ich mir etwas anderes vorgestellt. Ich lehnte mich mit meinem Hintern und vor der Brust verschränkten Armen seitlich an der Motorhaube an und wartete auf Logan, bis er mir sagte, was wir hier sollten.

Etwas überfordert mit dieser skurrilen Situation, dass ich ihn gerettet, verarztet und hierhergefahren hatte, stieg

Logan aus und blickte mich mit undurchdringlicher Miene an. Sein Blick wanderte an mir herab, als würde er mich nach Verletzungen abscannen, dann sah er wieder in sein blutverschmiertes Auto. Logan versuchte, die Puzzleteile zusammenzusetzen, es gelang ihm wohl jedoch nicht.

»Woher wusstest du, wohin du musst?«, war dann das Erste, was er mich fragte. Seine Stimme klang versöhnlich, doch sein Blick blieb verwirrt.

»Können wir erst einmal reingehen? Ich würde gerne duschen gehen und etwas essen«, wich ich ihm aus. Logan nickte, schnappte sich mit einer Hand alle unsere drei Taschen und ging voraus.

Beim Haus angekommen stellte er alle Taschen wieder ab, streckte sich anschließend weit nach oben und tastete mit seinen Fingern blind über der Haustür herum, bis er einen Schlüssel aus der rauen Hausfassade zog und anschließend aufsperrte. Logan trat ein, ich folgte ihm und schloss hinter uns wieder die Tür.

Im Inneren erwartete mich ein stinknormales Familienhaus, so wie es von außen auch wirkte, nur dass die Einrichtung spärlicher war und die meisten Möbel mit großen, weißen Laken abgedeckt waren.

Ich folgte Logan immer weiter bis in eine moderne und große Küche. Auf die große Kücheninsel wuchtete er alle Taschen, zog sich seine Lederjacke aus und wandte sich mir wieder zu.

»Oben rechts, erste Tür, findest du das Badezimmer. Du kannst duschen gehen. Hier, deine Tasche. Such dir ein Schlafzimmer aus, ich nehme dann das andere«, informierte er mich und drückte mir meine Reisetasche in die Hand. Unsicher nahm ich sie entgegen und legte ihm sein Handy, seinen Autoschlüssel und nach kurzem Zögern auch seine Waffe auf die Kücheninsel. Ignorierte dabei Logans verblüfften Blick und ging kommentarlos nach oben. Ich wollte jetzt nicht mit ihm darüber sprechen. Schließlich wusste ich nicht einmal, wie ich diesen verrückten Tag in Worte fassen sollte. Was ich fühlen, denken oder dagegen tun sollte. Wie sollte man sich denn fühlen, wenn man gerade ein Menschenleben beendet, einfach ausgelöscht hatte?! Nein, Reden half hier nichts. Ich wollte mir einfach nur noch das fremde Blut abwaschen und versuchen zu vergessen, dass ich heute jemanden umgebracht hatte. Auch wenn es sich um einen von Alexeys Männern gehandelt und unser Leben auf dem Spiel gestanden hatte, so plagte mich dennoch ein schlechtes Gewissen, mit dem ich nicht umzugehen wusste und vielleicht auch nie umgehen können würde.

Kapitel 23

Logan

Einige Zeit starrte ich ihr einfach nur hinterher, auch wenn sie schon längst nicht mehr zu sehen war, da Angel kommentarlos nach oben gegangen war.

Ich war noch nicht in der Lage, all das hier zu verstehen.

Mir wollte einfach nicht in den Kopf gehen, was nach meiner Bewusstlosigkeit passiert war. Ich war mit einem Messer an meiner Schulter getroffen und dann k. o. geschlagen worden, soweit bekam ich es noch zusammen. Doch was machten wir dann hier in meinem Safehouse? Meine Wunde war anständig verarztet worden, das spürte ich an den strammen Nähten. Dann noch die Frage, wie sie den Angreifer abgeschüttelt und mich in den Wagen bekommen hatte? Und das Blut? Fuck, das konnte unmöglich alles meins sein, so viel wie dort auf der Rücksitzbank, den hinteren Fenstern und auf ihr klebte.

Mit einem schrecklichen Verdacht schnappte ich mir die Waffe, die Angel gerade stumm auf die Kücheninsel gelegt hatte, und überprüfte, ob Kugeln fehlten. Ich ließ das Magazin aus der Waffe gleiten und tatsächlich: Es fehlte eine Kugel. Angel hatte diesen Kerl erschossen?!

Okay, jetzt brauchte ich einen Moment, um das verarbeiten zu können.

Ich schob das Magazin wieder in den Schaft, dann steckte ich sie mir in den hinteren Hosenbund. Ein schneller Blick auf mein Handy ließ mich wissen, dass Ian sich noch nicht gemeldet hatte. Doch das war nichts Beunruhigendes, eher andersherum. Er musste schließlich Alexey und seine

Männer weit von uns weglocken und versuchen, sie erfolgreich abzuschütteln, damit er dann zu uns kommen konnte. Das beanspruchte Zeit, Geduld und Geschick. Von all dem besaß Ian mehr als ich, deshalb war es wohl im Nachhinein betrachtet besser, dass er das Ruder in die Hand genommen hatte. Auch wenn ich mir nach wie vor Sorgen um ihn machte – denn sollten sie ihn erwischen, wäre er tot.

Ian wusste nicht, wie man sich aus solch aussichtslosen Lagen befreite. Er war nicht wie ich gleich von zwei Seiten darauf geschult worden. Doch ich musste positiv denken, sonst drohte ich, meinen Verstand zu verlieren, und das konnte ich mir gerade nicht erlauben.

Ich beschloss, die Vorräte in den Kühlschrank und die Schränke zu räumen. Ich hatte genügend für die nächsten vier Tage eingepackt und im Tiefkühlfach befanden sich ebenfalls eingefrorene Lebensmittel sowie ausreichend Getränke im Keller. Wir sollten also über die Runden kommen, bis uns ein Plan eingefallen war, wie wir nun weiter vorgehen sollten.

Nachdem ich damit fertig war, griff ich nach meiner Tasche und fischte den kleinen Verbandskasten heraus, um mir Schmerzmittel zu verabreichen. Mein gesamter Körper schmerzte und erinnerte mich daran, menschlich – und ja, auch manchmal schwach – zu sein. Ich mochte diesen Zustand nicht.

Fachmännisch zog ich die Spritze mit einem starken Schmerzmittel auf. Ich wusste um die Dosis, da dies nicht meine ersten schlimmeren Verletzungen waren. Ich beschloss jedoch, nur eine kleine zu nehmen, da ich nicht völlig weggetreten sein wollte. Schließlich waren wir noch immer auf der Flucht und ich war nicht allein.

Wie es dir wohl geht?

Sie hatte heute und generell in den letzten Wochen viel mitmachen müssen und dass sie eben offenbar einen

Menschen erschossen hatte, war nicht sonderlich förderlich. Nahm ich zumindest an. Denn ich hatte keine Probleme damit, Menschen umzubringen. Das war mein Job. Mich plagte weder ein schlechtes Gewissen, noch fühlte ich Schuld oder Reue.

Als ich mir das Schmerzmittel verabreicht hatte, räumte ich alles wieder auf und machte mich mit meiner Tasche auf den Weg nach oben. Doch oben am Treppenabsatz angekommen hörte ich zu meiner Überraschung noch immer das Wasser laufen. *Du duschst immer noch?!*

Achtlos ließ ich meine Tasche zu Boden fallen und trat in das Badezimmer ein. Sie hatte es nicht verschlossen, was mich noch etwas mehr wunderte.

»Angel?«, sprach ich leise ihren Namen aus und sah mich in dem in weißen Nebel getauchten Raum um. Es dürfte doch schon lange kein heißes Wasser mehr übrig sein.

Bei der Dusche linste ich hinter den dünnen Vorhang, doch was ich dann sah, ließ mich schnell handeln. Ich zerrte mein Handy sowie die Waffe in meinem Hosenbund heraus und legte beides auf dem Waschtisch ab, dann schlüpfte ich aus meinen Schuhen und trat wieder zurück an die Dusche.

»Angel, ich komm jetzt rein«, informierte ich sie, weil ich sie nicht erschrecken wollte. Denn Angel war gefangen in einem herzzerreißenden Heulkrampf. Sie saß zusammengekauert auf dem Boden der Dusche, das mittlerweile lauwarme Wasser lief ihr über den Kopf und sie schlotterte am ganzen Leib.

Ich trat zu ihr in die Kabine, setzte mich neben sie und zog sie ganz sanft in meine Arme. Zu meiner Überraschung brauchte es nicht viel Überredungskunst. Kaum hatte ich die Arme ausgebreitet und sie berührt, fiel sie mir regelrecht gegen die Brust und weinte, wenn es überhaupt möglich war, noch mehr.

Ich zog sie auf meinen Schoß und bedeckte ihren

zierlichen Oberkörper mit meinen Armen, wog sie wie ein kleines Mädchen, das nun dringend Liebe und Zärtlichkeit brauchte, die ihr schon seit so vielen Jahren verwehrt worden waren.

Angel war gebrochen, nun sah ich es ganz deutlich. Als würde ihre kleine kaputte Seele direkt vor mir schweben und mir all ihre hässlichen und dunklen Narben zeigen. Ich wusste nicht, wie ich sie je heilen sollte, ob man sie überhaupt heilen konnte. Doch eins war sicher: Ich würde alles daransetzen, dass dieser dreckige Bastard sie nie wieder in die Finger bekommen würde.

Es verging eine gefühlte Ewigkeit, die wir auf dem Boden der Dusche verbrachten. Als sie aufgehört hatte zu weinen, erhob ich mich mit ihr zusammen. Dabei ignorierte ich meinen malträtierten Körper. Zum Glück hatte ich mir zuvor Schmerzmittel gespritzt, so war der Schmerz nicht ganz so schlimm und ich konnte sie in eines der Schlafzimmer tragen. Dort angekommen setzte ich sie vorsichtig auf ihr Bett, doch noch immer klammerte sie sich wie ein kleines Äffchen an mir fest, wollte mich nicht freigeben.

»Meine Klamotten sind nass«, erinnerte ich sie mit einem kleinen Schmunzeln in der Stimme. Widerwillig ließ sie von mir ab und krabbelte unter die Decke.

»Schlaf etwas«, raunte ich leise und zog die schweren Vorhänge zu, damit der Raum in Dunkelheit getaucht wurde und sie Schlaf finden konnte.

»Bitte geh nicht«, ertönte ihre vom vielen Weinen kratzige Stimme. Ich war schon dabei gewesen, das Zimmer zu verlassen, hielt auf ihre Bitte jedoch inne und verweilte einen Moment mit dem Rücken zu ihr gewandt. Ich warf ihr einen Schulterblick zu und verfluchte mich augenblicklich dafür. Wie sollte man bei diesem Anblick bitte nein sagen?

Es war nicht so, als würde ich sie nicht trösten wollen. Ich wollte für sie da sein und sie halten, sie fest an mich drücken und nie wieder loslassen. Doch die Schuldgefühle und mein schlechtes Gewissen nagten zu sehr an mir. Es war meine Schuld, dass es ihr nun so ging. Ich war schuld, dass sie heute einen Mann hatte erschießen müssen. Meinetwegen fühlte sie sich nun so schlecht und das konnte ich nicht ertragen. Doch ich konnte es ihr auch nicht verwehren, nicht, wenn sie mich mit diesen großen, traurigen und noch immer glasigen Augen so ansah, als wäre eine Berührung nun das Einzige, was sie davor bewahrte, endgültig zu zerbrechen.

»Warte einen Moment«, bat ich sie und schlüpfte aus der Tür. Ich ging zu meiner Tasche, zog mir Shorts heraus und entkleidete mich mitten auf dem Gang, dann warf ich meine klitschnassen Klamotten achtlos ins Badezimmer, schnappte mir noch schnell mein Handy und Waffe vom Waschtisch, schlüpfte anschließend in die frischen Boxershorts und ging mit meiner Reisetasche wieder zu ihr zurück.

Langsam schlüpfte ich zu ihr unter die Decke, dann zog ich sie in meine Arme. Schloss sie ganz fest darin ein und gab ihr damit den Halt, den sie gerade so dringend brauchte. Sie bettete ihren Kopf auf meine Schulter und legte eine Hand auf meine nackte Brust, oberhalb meines Herzens auf den Namen meiner verstorbenen Frau. Normalerweise mochte ich es nicht, wenn mich dort eine andere Frau berührte. Es fühlte sich wie ein Betrug an Michelle an, doch bei Angel war es anders. Sie berührte mich dort nicht, um meine Frau zu verhöhnen, wie es die anderen gern getan hätten, sondern sie versuchte mit dieser zärtlichen Berührung auch meine zerbrochene Seele zu heilen. Diese Frau war erstaunlich. Obwohl sie es war, die gerade Trost und Halt brauchte, gab sie es an mich zurück, selbstlos.

»Ich habe ihn umgebracht«, flüsterte sie dann beinah unhörbar in die Dunkelheit.

»Ich weiß. Doch du musstest es tun!«, versuchte ich ihr so ihre Schuld zu nehmen. Sie nickte schwach.

»Danke!«, raunte ich leise. Sie drehte den Kopf in meine Richtung und blickte zu mir nach oben. Ihre großen, blauen Augen musterten mein gesamtes Gesicht, als versuche sie, Antworten darin zu finden.

»Danke, dass du all das heute für mich getan hast«, vollendete ich meinen Satz. Nach einem weiteren Moment nickte sie leicht und sah wieder nach unten.

»Wo hast du das gelernt? Wunden zu nähen, meine ich«, fragte ich sie interessiert. Meine Finger streichelten ihr dabei wie von selbst über ihren Rücken. Dabei entgingen mir die zahlreichen Wunden nicht, doch ich versuchte sie auszublenden und nicht darauf einzugehen. So weit war sie noch nicht, das wusste ich.

Auch ihre Finger begannen über meinen nackten Oberkörper zu tanzen. Sie spielte mit meinen Muskeln oder den feinen Härchen unter meinem Bauchnabel, was mich leise zum Lachen brachte.

»Ich musste mich damals oft selbst versorgen, oder die anderen Mädchen im Lager«, erklärte sie mir tonlos. Das hatte ich mir schon fast gedacht, dennoch wollte ich es aus ihrem Mund hören. Ich überlegte, ob ich sie weiter über ihre Vergangenheit ausfragen sollte, doch entschied mich dagegen. Es war der falsche Moment. Stattdessen streichelte ich sie einfach weiter an ihrem Rücken und genoss die Wärme, die von ihrem schönen, nackten Körper ausging.

»Logan?«

»Mhm«, brummte ich verschlafen, da mich die Müdigkeit immer mehr gefangen nahm.

»Was passiert jetzt?«, wisperte sie unsicher an meine Haut. Ich fuhr mir mit meiner freien Hand über mein Gesicht, um wieder klar zu werden. Die Schmerzmittel zeigten allmählich ihre Wirkung und zwangen mich regelrecht in den Schlaf, doch ihre ängstliche Stimme holte mich wieder zurück und hinderte mich daran, dem Drang, sich auszuruhen, nachzugeben.

»Wir warten auf Ian. Dann überlegen wir uns einen Schlachtplan. Der Rest entscheidet sich dann.« Sofort nach meinen Worten richtete sie sich alarmiert auf und sah mich mit geweiteten Augen ängstlich, nein, regelrecht panisch an, dann schüttelte sie immer und immer wieder heftig den Kopf. Ich setzte mich ebenfalls auf und musterte sie mit zusammengezogenen Augenbrauen, denn ich verstand nicht ganz, was mit ihr los war.

»Ihr könnt nicht gegen ihn kämpfen. Vor allem du nicht. Logan, du bist doch schon so schlimm verletzt. Bitte, wir müssen untertauchen, so weit und tief wir nur können«, sprudelte es panisch aus ihr heraus.

»Hey«, entgegnete ich ihr sanft und nahm vorsichtig ihr Gesicht zwischen meine Hände, um sie zu beruhigen.

»Angel, es wird dir nichts passieren. Ich verspreche es dir!«

Ich drückte ihr einen kleinen Kuss auf den Mundwinkel, doch sie schob mich bestimmt an meiner Brust von sich weg. Ich gab ihr Gesicht frei und musterte sie stirnrunzelnd.

»Du kennst ihn nicht, du weißt nicht, zu was er alles fähig ist, welche Asse er noch im Ärmel hat. Logan, wir müssen hier weg! Denn er wird nicht lange brauchen, um uns zu finden«, mahnte sie mich streng. Ich legte den Kopf leicht schief.

»Aber du weißt es, Angel. Du kennst ihn. Du kannst uns dabei helfen, ihn ein für alle Mal aufzuhalten.«

Doch wieder schüttelte sie stoisch den Kopf und flehte mich mit ihren Blicken an.

»Ich werde nicht weglaufen, Angel!«, hielt ich bestimmt dagegen und erhob mich angepisst aus dem Bett. Dass sie das überhaupt nur in Betracht zog, kränkte mich.

»Außerdem hast du es schließlich sechs Jahre geschafft, unterzutauchen, und er hat dich nur gefunden, weil dein Gesicht durch die ganze Welt ging«, sprach ich über meine

Schulter, als ich zu meiner Sporttasche ging, die ich neben der Tür abgestellt hatte.

Sie schnaubte verächtlich. Mit zusammengezogenen Brauen wandte ich mich ihr wieder zu. Ich wusste ihre Reaktion nicht zu deuten. Angel verschränkte wütend ihre Arme vor ihrer üppigen Brust. Sie jetzt nackt vor mir zu sehen, half mir gerade nicht wirklich, deswegen reichte ich ihr kommentarlos eines meiner Shirts, damit sie sich damit bedecken konnte. Sie riss es mir regelrecht aus der Hand. Während sie mit dem Kopf hineinschlüpfte, begann sie zu sprechen.

»Ja, und weißt du auch, wie ich es geschafft habe, mich vor ihm zu verstecken, hm? Ich habe mich bis ganz nach oben gefickt, bis ich bei dem Hacker ankam, der mir angeblich helfen konnte. Dann habe ich mich auch von ihm ficken lassen, damit er Giulia umbringt und Angel erschafft. Ich habe mein altes Leben begraben und viele schlimme Dinge mit mir tun lassen, um vor ihm in Sicherheit zu sein. Und was hat es mir am Ende gebracht? Genau! Nichts! Also bitte, heck deinen schlauen Plan aus, zieh in den Krieg, aber ohne mich. Denn eher sterbe ich, als nur noch eine einzige Sekunde an seiner Seite zu sein!«

Ich hatte meinen gesamten Körper angespannt. Ihre Worte ließen eine Welle aus Zorn durch meine Adern fluten. Denn ich wollte nicht hören, was sie alles Schlimmes mit sich hatte machen lassen, um zu überleben. Es reichte mir, wenn ich an unsere erste Begegnung in diesem schäbigen Puff zurückdachte. Doch ihr letzter Satz brachte mich vollends aus der Fassung.

Ein gefährliches Knurren presste sich aus meiner Kehle, ehe ich mit großen Schritten bei ihr war und sie grob an ihren beiden Armen packte und zu mir heranzog. Angel riss erschrocken die Augen auf und blickte mir starr entgegen.

»Sag das nie wieder!«, donnerte meine laute Stimme über

sie hinweg. Sie zuckte hart in meinem Griff zusammen. Ich führte meine Hände zu ihrem Gesicht und umschloss es mit meinen großen Händen.

»Sag das nie wieder, Angel!«, setzte ich noch einmal verzweifelt nach und durchbohrte sie mit meinem Blick. Auch mein Griff um ihr Gesicht wurde fester. Unmerklich nickte sie, noch immer ihre tiefblauen Augen vor Entsetzen aufgerissen.

»Ich schwöre dir, dass er dich nie wieder anrührt! Aber sag nie wieder, du würdest dir wegen diesem dreckigen Bastard etwas antun, verstanden?!«

Wieder nickte sie nur stumm, doch in ihrem Blick hatte sich nach meinen Worten etwas verändert. Unerwartet stellte sie sich auf die Zehenspitzen, reckte sich mir entgegen, dann trafen ganz sanft ihre weichen Lippen auf meine. Ein tiefes Brummen presste sich aus meiner Kehle, als sie ihre Zunge vorsichtig in meinen Mund schob.

Angel küsste mich ganz sanft, als würde sie mir damit all ihre Gefühle mitteilen wollen. Ich war wie erschlagen von all ihren Emotionen, die mit diesem Kuss zu mir übersprangen und meinen Kopf fickten.

Ich wusste, was sie hiermit versuchte. Sie wollte mich davon abhalten und hiermit überreden, nicht gegen diesen Psycho zu kämpfen. Indem sie mir somit ihre Gefühle offenbarte, hoffte sie, ich würde mich umentscheiden. Doch eigentlich bewirkte sie damit genau das Gegenteil. Nun wollte ich diesen Bastard nur noch schneller umbringen, damit er ihr nie wieder etwas antun könnte. Aber ich ließ es fürs Erste unkommentiert. Ich ließ sie mich 'ablenken' und ließ sie in dem Glauben, ihr Plan wäre aufgegangen.

Angel ging es nicht gut und sie war zu instabil, zu panisch. Ich wollte sie erst einmal etwas zur Ruhe kommen lassen, bevor ich sie in meinen Plan einweihte. Denn sie war ein wichtiger Faktor in diesem.

Unser Kuss wurde langsamer, dann löschte ich mich vollends von ihr, nahm sie bei der Hand und führte sie zum Bett. Ich benötigte dringend Schlaf und sie sollte sich auch ausruhen.

Ich zog sie an meine Brust und schlang meine Arme um sie, hielt sie ganz fest und zeigte ihr damit, dass sie nun wirklich sicher war.

Kapitel 24

Angel

Ich lag in seinen Armen. In Logans sicheren Armen. Und ich war dabei, zu ersticken. Es schnürte mir die Luft ab. Obwohl ich natürlich wusste, dass mich Logan niemals schlecht behandeln oder gar schlagen würde, so zog sich alles in meinem Körper panisch zusammen.

Seit Stunden lag ich an seine Brust gebettet und wagte mich nicht zu bewegen. Logan war schon lange eingeschlafen. Er musste große Schmerzen haben, ich merkte es an seinen unregelmäßigen Atemzügen, daran, dass er sich verkrampfte und leise stöhnte. Doch mit zwei Schusswunden und einer Stichverletzung war das wohl auch kein Wunder.

Ich linste zu ihm nach oben, vergewisserte mich, dass er auch wirklich schlief, dann schlüpfte ich vorsichtig aus dem Bett. Obwohl ich wusste, dass mich Logan nicht zwingen würde, im Bett zu bleiben, oder ich ihn auch nicht um Erlaubnis bitten musste, so wollte ich ihn dennoch nicht aufwecken. *Erstaunlich, wie tief sich solche Erlebnisse in dein Bewusstsein brennen und dein Tun bestimmen.*

Alexey hatte mich mit Haut und Haaren beherrscht. Auch wenn es nur wenige Wochen waren, so war ich wieder in meiner Rolle von damals. Ich konnte nichts dafür, ich fügte mich ganz automatisch und nun war es ungewohnt, es nicht mehr zu müssen. Ob das krank klang? Mit Sicherheit. Doch so fühlte ich mich nun mal.

Das Haus ließ ich im Dunklen, so fühlte ich mich einfach viel wohler. So konnte ich mit der Dunkelheit verschmelzen, sollte Gefahr drohen, denn ich rechnete jeden Moment damit, dass Alexey hier auftauchte. Ich wusste, dass er mich abermals finden würde. Früher oder später wäre ich wieder an seiner Seite und dieser Gedanke versetzte mich in Panik. Auch wenn ich Logan glaubte, dass er mich mit allem, was er hatte, beschützen würde, so konnte ich mich nicht auf sein Wort verlassen. Ich hatte zu viel erlebt. Hatte gesehen, zu was Alexey fähig war. Er würde mich niemals gehen lassen, niemals aufgeben. Es wäre erst vorbei und ich wäre erst wirklich frei, wenn Alexey tot wäre. Doch Satan starb nie. Einen Dämon konnte man nicht umbringen. Es gab kein Entkommen. Niemals!

Leise tapste ich nach unten in die Küche, um etwas zu essen vorzubereiten. Es würde demnächst dämmern und an Schlaf war nicht mehr zu denken, also könnte ich auch gleich Frühstück machen. Logan hatte sicherlich Hunger.

Ich erkundete die Schränke und den Kühlschrank, um mir einen Überblick zu verschaffen, was wir alles im Haus hatten. Ich war erstaunt, wie viele Lebensmittel Logan mitgebracht hatte. Es war sicher Proviant für mehrere Tage.

Ich beschloss, Pancakes zu machen, und bereitete alle Zutaten, die ich dafür brauchte, vor. Nebenbei kochte ich einen Kaffee. Das Haus war wirklich gut ausgestattet, dafür, dass es unbewohnt war.

Nachdem ich den Teig zubereitet hatte, gab ich die Masse in kleinen Klecksen in die Pfanne und bereitete einen Pancake nach dem anderen zu. Das Haus wurde bereits von diesem köstlichen Duft durchflutet. Doch da Logan noch immer schlief, deckte ich die Pancakes mit Alufolie ab, damit sie warm blieben. Danach ging ich in den angrenzenden, offenen Wohnraum. Ich hatte das Bedürfnis, es hier etwas wohnlicher zu gestalten, auch wenn alles in mir schrie, hier sofort abzuhauen. Doch schließlich mussten wir noch auf Ian warten. Inständig hoffte ich, dass es ihm gut ging und er Alexey und seine Männer erfolgreich abschütteln konnte.

Wieder schlich sich die Panik in meine Knochen und drohte mich zu übermannen, doch schwere Schritte bewahrten mich davor, durchzudrehen.

»Angel?«, hörte ich Logans verschlafene Stimme. Sie klang kratzig und damit unglaublich sexy. Ich kam mit den großen, weißen Laken, die ich von all den Möbeln hier unten im Erdgeschoss gezogen hatte, zu ihm.

Unsicher blieb ich im Türbogen stehen. Logan stand vor dem Treppenabsatz und musterte mich mit schiefgelegtem Kopf. *Gott, wie schön und sexy kann ein Mann nur sein?!*

Seine wilden, braunen Haare hingen ihm niedlich in die Stirn. Dazu stand er nur in Unterwäsche vor mir. Sein halbnackter Herculeskörper präsentierte sich mir in all seiner Pracht.

»Was machst du da? Und riecht es hier nach Pancakes?«, fragte er teils belustigt, teils verwirrt. Ich nickte schwach, dann winkte ich ihn in die Küche, mir zu folgen.

»Ich konnte nicht schlafen, wollte dich aber auch nicht wecken. Also habe ich mich etwas nützlich gemacht. Ich nehme an, wir werden noch mindestens einen Tag auf Ian warten müssen, oder?«

Logans Miene verhärtete sich bei der Erwähnung seines Bruders, dann nickte er ernst.

»Ja. Er hat sich noch nicht bei mir gemeldet, also kann ich dir nicht sagen, wann genau er kommen wird.«

»Habt ihr denn nichts vereinbart?«, fragte ich ihn vorsichtig. Logan mahlte kräftig mit den Kiefern, ehe er sich von mir abwandte und zur Kaffeemaschine ging.

»Mein toller Bruder meinte, den Helden spielen zu müssen. Also nein, wir haben nichts vereinbart, da es nicht nach unserem eigentlichen Plan ablief«, schnaubte er wütend in seine Tasse hinein, bevor er sich mit harter Miene zu mir umdrehte. Ich zog die Stirn kraus, denn ich verstand nicht wirklich, was er damit meinte.

»Was war denn euer Plan?«, hakte ich interessiert nach und legte die Laken auf einem der Hocker vor der Kücheninsel ab.

»Eigentlich sollte ich den Bastard und seine Männer ablenken und Ian sollte dich dort rausholen. Aber wie gesagt, Ian meinte, den Helden spielen zu müssen. Dieser Pisser!« Logan schüttelte wütend den Kopf, dann trank er einen kräftigen Schluck seines heißen Kaffees. Ich hätte mir sicherlich dabei die Zunge verbrannt, doch ihm schien das nichts auszumachen. Ich sagte dazu nichts weiter. Was gab es da auch noch großartig zu sagen?

»Hast du Hunger?«, fragte ich ihn dann nach einem langen Moment der Stille und löste die Alufolie, um die Pancakes freizulegen. Ein kleines Schmunzeln legte sich auf seine Lippen. Er setzte sich in Bewegung und ließ sich zu mir auf einen der Hocker fallen. Ich hatte schon alles für unser Frühstück vorbereitet.

»Soll ich mir gleich deine Wunden ansehen? Ich möchte nicht, dass sie sich entzünden. Und wer hat eigentlich deine Schusswunden versorgt?«

Ich brauchte nicht nachfragen, von wem oder woher er diese Verletzungen hatte. Ich wusste es bereits und wollte nicht, dass Logan sich schlecht oder schwach fühlte. Schließlich kannte ich ihn und wusste, dass er ein sehr stolzer Mann war.

»Der Pinguin von Ian hat mich verarztet. Es scheinen keine inneren Verletzungen vorzuliegen«, erklärte Logan knapp und wich dabei meinem Blick aus.

»James?«, fragte ich ungläubig. Er nickte nur zur Antwort.

Logan hatte bereits drei Pancakes inhaliert, anders konnte man seine Art zu Essen nicht nennen. Er schien einen Bärenhunger zu haben. Ich schmunzelte darüber in meine Kaffeetasse hinein. Ich aß nicht besonders viel. Schließlich hatte ich in den letzten Wochen auch nicht viel zu essen bekommen und mein Magen hatte sich dadurch extrem verkleinert.

»Wie geht es dir?«, erkundigte ich mich vorsichtig bei ihm und musterte ihn mit einem unschuldigen Seitenblick. Logan war noch immer dabei, zu essen.

»Besser«, war seine knappe Antwort.

Seufzend stellte ich meine Tasse ab und drehte mich mit meinem Hocker zu ihm. Meine Beine hatte ich übereinandergeschlagen, da ich unter seinem Shirt noch immer nackt war. Ich hatte es nicht einmal bemerkt, da ich die letzten Wochen ausschließlich nackt rumgelaufen war.

»Logan, was ist los?« Dabei sah ich ihm fest in seine sanften, braunen Iriden. Ich liebte seine Augen. Auch wenn ich wusste, dass Logan kein ausschließlich sanfter Mann war und auch er eine dunkle Seite in sich trug, so zeigten seine Augen seine helle Seite. Seine gute Seite, die er zwanghaft hinter seinen hohen Mauern zu verstecken versuchte.

Logan legte sein Besteck beiseite, dann sah er mich von der Seite her an. Er schien über seine nächsten Worte genau nachzudenken. Dann ging sein Blick auf Wanderschaft und glitt langsam über meinen halbnackten Körper. Sein Blick war so intensiv, dass ich ihn regelrecht auf meiner Haut spürte. Doch noch immer trug er diese strenge Falte zwischen seinen dichten Brauen.

Als seine Augen dann an meinen Schenkeln angekommen waren, änderte sich etwas in seinen Iriden. Er hatte meine Schnittwunden auf meinen Innenschenkeln entdeckt. Es war mir unangenehm, dass er sie so lange betrachtete und kein Wort dazu sagte. Unsicher zog ich sein Shirt, das ich trug, etwas weiter nach unten. Somit holte ich ihn aus seinen wilden Gedanken, dann fanden seine Augen wieder die meinen. Die strenge Falte zwischen seinen Brauen verschwand plötzlich. Er beugte sich nach vorne und hauchte mir einen einzelnen, kleinen und völlig unschuldigen Kuss auf meine Wange, bis er sich wieder aufrecht hinsetzte und sein Gesicht von mir abwandte.

Ich fasste mir wie benommen an die Stelle, die seine weichen Lippen gerade berührt hatten.

»Für was war der denn?«, fragte ich ihn etwas überfordert. Ein kleines, freches Schmunzeln legte sich auf seine schönen Lippen, bevor er mich wieder ansah.

»Darf ich dich nicht einfach küssen?«, fragte er neckisch und sein Schmunzeln wich einem Grinsen.

»Logan«, seufzte ich, denn ich wollte Antworten. Sein Grinsen fiel in sich zusammen.

»Was willst du denn von mir hören, Angel?« Seine Stimme wirkte leicht gereizt, dann erhob er sich und räumte unsere Teller in den Geschirrspüler. Ich blickte auf seinen muskulösen Rücken und betrachtete das Muskelspiel, das dort bei jeder seiner Bewegungen für mich tanzte.

»Mein Bruder ist auf der Flucht vor einem Psychopathen. Ich habe keine Ahnung, wie es ihm geht, doch anrufen kann ich ihn auch nicht. Ich könnte genau im falschen Moment anrufen und das könnte seinen Tod bedeuten. Ich weiß nicht, wann oder ob er überhaupt kommt. Doch länger als drei, maximal vier Tage sollten wir uns hier nicht aufhalten. Also nein, Angel, es geht mir nicht gut. Ich will den Bastard tot sehen! Schon allein, was er dir alles Schreckliches angetan hat. Und du kannst sagen, was auch immer du willst, er wird durch meine Hand sterben und wenn es das Letzte ist, was ich tue!«, knurrte Logan zum Ende und krallte sich mit seinen Händen am Waschbecken fest.

Er hatte sich noch immer nicht zu mir umgedreht. Logan stand angespannt vor der Spüle und rang sichtlich um Beherrschung. Seine vielen Muskeln begannen immer wieder angestrengt zu zittern und die dicken Adern, die sich über seine Arme spannten, zuckten unkontrolliert. Ich hüpfte vom Hocker und umrundete die Kücheninsel. Dicht hinter ihm kam ich zum Stehen.

»Nicht!«, presste er angestrengt aus seiner Kehle, als ich meine Hand anhob, um ihn zu berühren. Ich hielt in der Bewegung inne und zog die Stirn kraus, doch nach einem weiteren Moment überbrückte ich die wenigen Zentimeter und legte ganz sanft meine Hand auf seinen breiten Rücken. Seine Muskeln verhärteten sich sofort unter meinen Fingern.

Ich wusste nicht, was ich nun sagen oder tun sollte, um die Situation zu entschärfen. Deshalb blieb ich stumm und ließ einfach meine Finger über seine warme Haut wandern. Ich streichelte über seinen breiten Rücken hoch zu seinen Schultern, dann seinen Arm entlang weiter zu seiner Brust. Sein Atem wurde schwerer. Schließlich drehte er sich leicht zu mir und sah mich an, doch wieder konnte ich seinen Blick nicht deuten. In seinen braunen Augen tobte ein Wirbelsturm, der drohte, mich mit sich zu reißen, und doch entdeckte ich diesen sanften Schimmer, den er immer in seinen schönen Iriden trug.

»Tu das nicht!«, raunte er schwach zu mir nach unten. Ich zog die Brauen zusammen, aber meine Finger strichen wie von selbst weiter über seine starke Brust. Ich konnte gar nichts dagegen tun.

»Was soll ich nicht tun?«, flüsterte ich. Er schloss für einen Moment die Augen, als ich an seinem einzigen Tattoo oberhalb seines Herzens angekommen war.

»Meinen Verstand zu ficken.«

Logan öffnete wieder seine Augen, sie wirkten wie verhangen, ich wusste nur nicht, von was.

»Angel, ich bin nicht der richtige Mann für dich. Du willst immer noch deinen Retter in mir sehen, doch ich sagte dir damals schon, dass ich dieser nicht bin und nie sein werde. Ich bin kein guter Mensch und kein guter Mann. Doch genau solch einen bräuchtest du nun an deiner Seite, der dich liebt und dir deinen Schmerz nimmt. Das kann ich nicht, ich kann nicht diese Art von Mann für dich sein. … Es schmerzt mich. Es tut weh, Angel! Und so möchte ich mich nicht fühlen. Nicht wegen einer Frau, das habe ich hinter mir!«

Eigentlich hätten mich seine Worte abschrecken und verletzen sollen, dafür waren sie ganz klar gedacht. Doch das taten sie nicht. Ich glaubte, noch nie solch berührende Worte von einem Mann gehört zu haben.

Logan hielt sich für einen Mann, der mich nicht retten, mich nicht beschützen konnte? Merkte er denn nicht, dass er derjenige war, der mich immer und immer wieder rettete. Meine kaputte Seele reparierte und mir die Liebe gab, die ich brauchte, um zu heilen?! Sah er all seine guten Taten denn gar nicht?!

Ich wollte ihm sagen, wie viel er für mich tat. Wie wichtig er mir war und wie sehr er mir half. Doch ich tat es nicht. Es würde nichts bringen. Logan hätte wieder Gegenargumente und wir würden uns nur wieder streiten, doch ich wollte jetzt gerade nicht streiten. Ich wollte einfach nur, dass er mich hielt. Auch wenn es egoistisch war, doch genau das brauchte ich jetzt.

Meine Finger fanden in seinen sehnigen Nacken, verschränkten sich ineinander und zogen ihn zu mir nach unten. Erst versteifte Logan sich, sodass ich ihn nicht vollends zu mir nach unten führen konnte. Doch als ich mich dann auf die Zehenspitzen stellte, mich ihm entgegenreckte und ihm keinen Ausweg mehr ließ, gab er auf.

Kaum berührten sich unsere Lippen, zog mich Logan mit einem Ruck an sich heran und brummte tief. Der Bass, der dadurch entstand, vibrierte durch meinen gesamten Körper und endete zwischen meinen Schenkeln. Sofort krallte ich mich in sein dichtes Haar und zog ihn somit noch dichter an mich heran, ließ keine Luft mehr zwischen unseren erhitzten Körpern.

Seine großen Hände wanderten langsam über meinen Körper, bis er mir plötzlich mit einem Ruck sein Shirt, das ich trug, über den Kopf zog und es achtlos zu Boden schleuderte. Nun stand ich erneut nackt vor ihm. Ich wusste noch nicht, ob es ein gutes Gefühl war, doch Logan ließ mir auch keine Zeit, es herauszufinden, denn er manövrierte mich rückwärtslaufend durch die Küche bis zur großen Couch im Wohnzimmer. Währenddessen küsste er mich stürmisch, nahm mich völlig gefangen und hinterließ in meinem Kopf nichts außer Zuckerwatte. Flauschige, rosa Zuckerwatte, die meinen Verstand herrlich verklebte und keinen Platz mehr zum Denken ließ.

Logan drückte mich auf die Couch nieder, dann war er schon über mir, presste mich mit seinem stählernen Prachtkörper in die Polster und brachte mich mit seiner Zunge und seinen Fingern um den Verstand. Er beherrschte meinen Mund, dominierte unseren Kuss, dabei ließ er seine Hände meinen gesamten Körper erkunden.

Meine Haut stand in Flammen und schrie nach seinen Berührungen. Doch mein Kopf und meine geschundene Seele sagten etwas anderes. Schreckliche Bilder fluteten meine Gedanken und nahmen mir all meine Lust. Ich wollte Logan, wirklich. Ich wollte ihn so sehr spüren. Wollte und brauchte seine Zärtlichkeit wie eine Ertrinkende den ersten tiefen Atemzug. Doch ich konnte es nicht.

Ich versteifte mich und drückte sanft gegen seine breite Brust. Keuchend löste er unsere Lippen voneinander, stützte sich rechts und links neben meinem Kopf in die Polster und sah mich verwirrt an. Seine braunen Iriden scannten mein gesamtes Gesicht nach einer Antwort ab. Unsicher kaute ich auf meiner Unterlippe, denn ich wusste nicht, wie ich ihm mein Benehmen und meine wirren Gedanken in meinem Kopf erklären sollte.

Ich wusste, dass Logan nicht Alexey war. Ich wusste auch,

dass er mir niemals weh tun würde, und doch flüsterte eine kleine Stimme in meinem Kopf, dass ich niemals nie sagen sollte. Dass ich auf der Hut sein sollte. Dass ich am besten nie wieder einem Mann vertrauen sollte, denn früher oder später würden sie mich alle verletzen. Ich hasste diese Stimme, und doch war sie alles, was ich hatte.

Sein Blick blieb weiterhin sanft. Aber er schien zu überlegen, das erkannte ich an der tiefen Falte zwischen seinen dichten Augenbrauen.

Logan stützte sich nun auf einem Unterarm ab, sodass er mit einer Hand meine Wange berühren konnte. Er streichelte zärtlich meine erhitzte Haut, bis zu meinen Lippen. Meine Unterlippe fuhr er oft nach und wirkte dabei gedankenverloren. Ich wusste nicht, was in ihm vor sich ging oder worüber er nachdachte. Ich wusste auch nicht, was ich ihm sagen oder tun sollte.

Meine Hand fand wie von selbst ebenfalls sein schönes Gesicht. Ich liebte sein Profil. Das markante Kinn, die scharfgeschnittenen Gesichtszüge, diese Augen, *Gott!* Dann seine vollen, sinnlichen Lippen und sein schönes, braunes Haar, das ihm immer wild in die Stirn fiel. Wie konnte ein Mann so schön sein?!

War es nicht Logan, der mir meine Lust wiedergab? Mir zeigte, dass es beim Sex auch um mich und mein Verlangen ging? Wie konnte ich nun an ihm zweifeln, ihn mit Alexey auf eine Stufe stellen?! Das war ihm gegenüber nicht fair. Er hatte mehr verdient. So viel mehr.

Ich war zu kaputt für ihn. War im Inneren ein gebrochenes, kleines Mädchen, das sich nach Liebe und Zuneigung sehnte. Das geliebt, gehalten und beschützt werden wollte. Und gab mir Logan nicht all diese Empfindungen?

Wie von einem Blitz durchzuckt schlang ich fest meine Arme um seinen Nacken und presste ihn verzweifelt zurück an meine Lippe.

Ich wollte ihn und ich wollte seine Nähe, seine Zärtlichkeit. Also stopfte ich dieser verfluchten Stimme in meinem Kopf das Maul und verbannte sie in die hinterste Ecke meines Verstandes. Ich könnte mich später mit ihr auseinandersetzen, doch jetzt wollte ich mich einfach nur diesem wundervollen Mann über mir hingeben. Logan sollte die schrecklichen Bilder der vergangenen Wochen durch diesen wundervollen Moment ersetzen.

Wieder presste sich dieses sexy Brummen aus seiner Kehle und gab mir damit den Rest. Ungeduldig nestelte ich an seiner Boxershorts herum. Ich wollte dieses lästige Stück Stoff endlich loswerden und ihn spüren, tief in mir. Logan begann zu keuchen, doch dieses Keuchen passte nicht ganz zu unserer Aktivität. Ich unterbrach unseren Kuss und sah ihn fragend an. Logans verzerrtes Gesicht war mir Antwort genug. Er hatte große Schmerzen.

»Sorry, Kleines, ab hier ist wohl Schluss«, scherzte er schlecht und setzte sich schwer atmend auf die Couch neben mich. Ich setzte mich ebenfalls auf und schenkte ihm einen unsicheren Seitenblick.

»Soll ich dir irgendetwas bringen? Hast du Schmerzmittel dabei?«, fragte ich ihn kleinlaut und ließ meinen Blick über seine Verbände an seinem Oberkörper schweifen. Zwei handgroße Pflaster deckten seine Schusswunden ab. Eine in seiner linken Schulter und die andere in seinem Bauch. Ich überlegte, welche Organe es hätte alles treffen können, und war dankbar, dass dies wohl nicht der Fall war.

Immer wieder rutschten meinen Augen auf seine vielen, ausgeprägten Bauch- und Brustmuskeln. Verdammt! Wie sollte man sich bei solch einem Herculeskörper auch bitte auf das Wesentliche konzentrieren?!

Sein leises Lachen und das dadurch verursachte Zucken seiner Bauchmuskeln riss mich aus meinem Starren und ich blickte ihm schnell in seine braunen Augen.

»Deine Blicke helfen mir nicht gerade dabei, die Finger von dir zu lassen«, zog er mich grinsend auf. Ich spürte, wie die Hitze in meine Wangen kroch, und senkte leicht schmunzelnd den Kopf.

Zwischen meinen Schenkeln pochte und kribbelte es wie verrückt, es wollte einfach nicht aufhören. Noch immer spürte ich seine Lippen und Hände auf meiner erhitzten Haut. Ich konnte nichts dagegen tun, meine Erregung wollte einfach nicht abebben.

Was machte dieser Mann mit mir?! Wie konnte ich nach allem, was ich in den letzten Wochen hinter mir hatte, so sehr auf ihn reagieren?! Ich verstand es wirklich nicht. Zumal Logan gerade nicht einmal etwas tat. Er saß einfach nur neben mir und spielte gedankenverloren mit einer meiner blonden Strähnen und sah mich dabei mit einem intensiven Seitenblick an. Sonst tat er nichts. Doch das reichte schon, denn ich konnte seinen intensiven Blick regelrecht auf meiner Haut wahrnehmen. Als wären es seine Finger, die zuerst mein Gesicht streichelten, dann langsam meinen Hals hinabstrichen, bis sie an meinen Brüsten ankamen und dort verweilten. Ein kleines Wimmern entfuhr mir. Es grenzte an Folter, was er hier mit mir tat, indem er nichts tat.

Ich hielt es nicht mehr aus und setzte mich kurzerhand auf seinen Schoß, wo ich von seiner mächtigen Erektion in seinen Shorts empfangen wurde. Damit hatte sich Logan verraten. Seine Gedanken waren eben genauso schmutzig gewesen wie meine.

»Und was soll das hier jetzt werden, Kleines?«, fragte er mich belustigt. Ich begann mich leicht auf seinem Schoß zu bewegen, wodurch ich ihm ein erregtes Brummen entlockte.

»Ist das nicht offensichtlich?!«, fragte ich frech und wurde immer drängender in meinen kreisenden Beckenbewegungen.

»Fuck!«, keuchte er leise, dann packte er mein Nacken

und zog mich bestimmt an seine Lippen. Logan beherrschte wieder voll und ganz diesen Kuss, es war berauschend.

Meine Nässe benetzte bereits seine Shorts, ich lief förmlich aus für ihn. Etwas, das ich sonst nicht von mir kannte. Logan zeigte mir eine ganz andere Art von Lust und ich genoss es in vollen Zügen. Sobald er in meiner Nähe war, stand mein Körper in Flammen für ihn.

Logan rollte ungeduldig seine Shorts von seinen Hüften und legte seine Härte frei. Sofort ließ ich mich auf ihr nieder. Ein Keuchen entfuhr mir, als ich seine heiße Spitze an meiner Nässe spürte. Langsam und genießerisch ließ ich mich auf ihn sinken. Ließ mich von seiner Länge zerteilen und genoss es, als er mich dann endlich zur Gänze ausfüllte.

Die Augen geschlossen und den Kopf in den Nacken gelegt begann ich, ihn zu reiten. Logan legte dirigierend seine Hände auf meine schmalen Hüften und fing an, den Takt vorzugeben. Immer schneller ließ ich mich auf seine Härte nieder, krallte mich dabei haltsuchend in seine breiten Schultern und ließ meiner Lust freien Lauf. Ein erregter Laut nach dem anderen kam mir über die Lippen.

Logan wurde nun immer drängender in seinen Bewegungen, fickte mich von unten, während ich ihn immer härter ritt. Es war ein göttliches Zusammenspiel, das mich beinah in den Wahnsinn trieb.

Unsere Münder trafen hart aufeinander und unsere Zungen lieferten sich eine regelrechte Schlacht und doch beherrschte Logan wieder voll und ganz unseren Kuss, ebenso wie unseren Fick.

Seine Finger bohrten sich beinah schmerzhaft in mein Fleisch und doch war es ein angenehmer Schmerz. Logan begehrte mich so sehr und trotzdem ging es ihm auch um meine Lust. Er machte kein Machtspiel daraus oder dominierte mich. Er wollte mich auch nicht besitzen oder zu irgendetwas zwingen. All das hier ging von mir aus, und hätte ich mich nicht auf seinen Schoß gesetzt, so wäre mit Sicherheit auch nichts passiert. Genau deswegen konnte ich das hier nun auch genießen, weil es so anders als mit Alexey war. Logan ließ mir die Wahl, etwas, das er niemals getan hatte. Er gab mir Sicherheit, wo mir Alexey nur Schmerz und Hass gab.

Seine weichen Lippen an meinen Brüsten holten mich zurück in die Realität. Mein Stöhnen wurde lauter und seine Stöße dadurch immer drängender. Seine Zunge und Zähne neckten meine harten Knospen. Reizten sie immer mehr, was mir einen Schauer die Wirbelsäule hinabrieseln ließ. Keuchend bohrten sich meine Finger in seinen Rücken, dabei ließ ich mich immer härter auf seine Länge nieder. Es fühlte sich berauschend an, von Logan ausgefüllt und begehrt zu werden. Sein gesamtes Tun war darauf bedacht, mich zu beglücken. Mich gut fühlen zu lassen und mich dem erlösenden Höhepunkt immer näherzubringen. Als Logan seinen Daumen auf meine Perle legte, war es um mich geschehen. Diese zusätzliche Stimulation schickte mich erbarmungslos über die Klippe. Meine inneren Muskeln zogen sich ruckartig um seinen Schwanz zusammen, brachten ihn dadurch ebenfalls zum Kommen. Ein sexy Knurren an meinem Ohr jagte mir den letzten Schauer über den Rücken, ehe ich erschöpft auf seiner Brust zusammensackte. Ein leises Keuchen ließ mich wieder aufschrecken. Ich hatte doch tatsächlich seine Wunden vergessen. Logan aber lächelte mich nur sanft an, legte seine Hand in meinen Nacken und drückte mich wieder an seine Brust. Vorsichtig folgte ich seiner stummen Aufforderung und bettete mich behutsam auf dieser.

Logan kraulte mir mein leicht verschwitztes Genick. Unser beider Atem ging noch immer unregelmäßig und weiterhin pulsierte seine Länge in mir. Mehrfach verteilte Logan kleine, sanfte Küsse auf meinem Haaransatz. Ich genoss seine Zärtlichkeit, sie tat mir nach all der Grausamkeit der letzten Wochen gut. Heilte mich Stück für Stück, obwohl ich wusste, dass man mich und meine zerstörte Seele niemals ganz heilen könnte.

»Schon wieder hast du mich dazu gebracht, unvorsichtig bei dir zu sein. Kleines Luder, du«, raunte Logan belustigt an meinen Haaransatz, ehe er mir erneut einen Kuss dort aufdrückte und fest die Arme um meinen nackten Körper schlang. Im ersten Moment verstand ich nicht ganz, was er meinte, doch dann begriff ich es und hob leicht den Kopf an, um ihn ansehen zu können.

»Du brauchst dir keine Sorgen zu machen, es könnte etwas passieren, das wir beide nicht wollen oder gerade nicht gebrauchen können.«

Ich wollte nicht unsensibel erscheinen, doch die Tatsache, dass ich niemals Kinder bekommen könnte, ließ es mich so verbittert aussprechen, wie ich mich im Inneren fühlte. Seine dichten Brauen zogen sich streng zusammen.

»Wie meinst du das?«, fragte Logan sichtlich irritiert. Ich seufzte leise und bettete mich wieder zurück auf seine Brust. Eigentlich wollte ich dieses Gespräch nicht mit ihm führen, vor allem nicht jetzt und nicht, wenn er mich noch immer so herrlich ausfüllte. Doch ich wusste, es hatte keinen Zweck. Logan verlangte nun Antworten.

»Ich kann keine Kinder mehr bekommen. Deshalb brauchst du dir keine Sorgen zu machen. Und wegen anderen Dingen auch nicht, da ich nie mit einem meiner Kunden ohne Kondom schlafe. … Und Alexey würde niemals eine andere Frau außer mich ohne Schutz ficken. Aber bei seinem Besitz braucht er das eben nicht. Das meinte ich damit.«

Logans Streicheleinheiten an meinem Nacken erstarben bei meinen Worten. Ich merkte, wie er sich unter mir verspannte. Seine vielen und starken Muskeln zogen sich gefährlich zusammen.

»Nicht mehr?«, fragte er dann zu meiner Überraschung ziemlich ruhig. Erneut hob ich den Kopf, um ihn anzusehen, denn seine Frage irritierte mich etwas. Deshalb nickte ich einfach nur.

»Das heißt, du hast … ein Kind?«

Schockiert riss ich bei seinen Worten die Augen auf und schüttelte schnell den Kopf.

»Nein!«, antwortete ich knapp, da ich dieses Thema nicht weiter vertiefen wollte.

»Aber du warst mal schwanger?«, mutmaßte er weiter. Ich setzte mich vollends aufrecht und sah auf ihn herab. *Was soll diese Fragestunde nun?!*

»Ja«, war erneut meine knappe Antwort. Er nickte gedankenverloren.

»Das tut mir leid.«

Rätselnd zog ich meine Brauen zusammen. Als sich unsere Blicke trafen, seufzte Logan schwer und fuhr sich mit einer Hand über den Nacken.

»Michelle«, begann er und klang dabei beinah gequält.

»Sie war schwanger. Es ist eine Ewigkeit her. Wir waren fast noch Kinder. Nicht verheiratet und unschlüssig, was wir mit unsrem Leben anfangen sollten. Das war der Grund, warum ihre Eltern von hier wegzogen. Weg von mir, dem Nichtsnutz, der ihr kleines Mädchen geschwängert hatte.« In Logans Stimme schwang Trauer mit. Eine tiefe Traurigkeit, die ich so gut nachempfinden konnte.

»Was ist aus dem Kind geworden?«, setzte ich vorsichtig an.

»Sie hat es verloren.« Seine Miene wurde hart, doch nach wenigen Sekunden huschte ein kleines Lächeln über seine schönen Lippen.

»Michelle …« Er machte nach ihrem Namen immer eine Pause, als würde es ihn unheimlich viel Kraft kosten, über sie zu sprechen.

»Sie wollte das Kind behalten. Sie wollte mit mir durchbrennen. Wollte ihren strengen Eltern den Rücken kehren und mit mir eine eigene kleine Familie gründen. Scheiße, ich war der glücklichste kleine Scheißer der Welt. Doch dann kehrte das Schicksal mit voller Wucht zurück und erinnerte mich daran, dass ich kein Glück verdient hatte. Sie verlor es. Und weil es nicht noch grausamer ging, verschwand sie in einer Nacht- und Nebelaktion mit ihren Eltern. Ich habe erst Jahre später erfahren, dass nicht sie mich verlassen hatte, sondern ihre Eltern sie mitgeschleift hatten. Also ja, es tut mir leid um deinen Verlust.«

Seine Geschichte rührte mich und doch ließ mich ein ganz bestimmter Satz nicht los.

»Wieso glaubst du, du hättest kein Glück verdient?!«

Logan wich meinem Blick aus, dann hob er mich plötzlich kommentarlos von seinem Schoß runter, zog sich die Shorts wieder über sein bestes Stück und stand auf. Verwirrt und auch verletzt, dass er mich nun so von sich stieß, blickte ich ihm nach.

»Logan«, rief ich ihm mit brüchiger Stimme hinterher. Er blieb im offenen Türbogen mit dem Rücken zu mir stehen, sein Blick gesenkt.

»Weil das nun mal mein Leben ist, Angel. Kaum bin ich glücklich, fickt mich das Schicksal auf die bestialischste Weise. Also habe ich aufgehört, nach dem Glück zu suchen. Habe es aufgegeben, Hoffnung auf eine glückliche Zukunft zu haben. Ich lebe mein Leben, vögle Frauen und töte Menschen für Geld. Keine Glückseligkeit nötig.« Er sprach über seine Schulter gewandt, sein Blick blieb jedoch nach unten gerichtet. Seine Worte hatten mir einen heftigen Stich mitten in meine Brust versetzt. Sein Schicksal und seine Auffassung von seinem Leben machten mich traurig. Ich wollte nicht, dass Logan sich so fühlte. Ich wollte ihn nicht solche Dinge sagen hören. Er hatte es verdient, glücklich zu sein, auch wenn er das nicht so sah. Nur leider wusste ich nicht, wie ich ihn glücklich machen konnte. Dazu kannte ich ihn zu wenig, da wir beide nur schwer jemanden an uns heranließen.

Ich erhob mich von der Couch und folgte ihm, bis ich mich dicht hinter ihm wiederfand.

»Du hast Glück verdient, Logan. Du DARFST glücklich sein. … Was würde dich glücklich machen?«

Meine Lippen streiften seinen breiten Rücken. Seine Muskeln begannen dort augenblicklich vor Anspannung für mich zu tanzen. Ein tiefes Knurren presste sich aus seiner Kehle. Es sollte eine ganz klare Drohung sein, doch davon ließ ich mich nicht beirren. Beharrlich ließ ich meine Lippen weiter über seine weiche Haut wandern. Als ich jedoch meine Arme von hinten um ihn schlingen wollte, entzog sich Logan meinen Berührungen und wandte sich zu mir um. Mit harter und undurchdringlicher Miene blickte er auf mich herab. Dennoch trat ich an ihn heran und führte vorsichtig meine Hand an seine linke Brust. Kurz bevor ich dort sein Tattoo berühren konnte, schnappte er meine Hand in der Luft und drückte sie fest. Mein Blick fand wieder den seinen.

»Was würde dich glücklich machen, Logan?«, wiederholte ich meine Frage und trat noch etwas dichter an ihn heran, sodass sich unsere Körper nun an manchen Stellen berührten. Mir meiner Nacktheit durchaus bewusst, sah ich ihm dennoch ungeniert in die Augen.

»Hör auf!«, mahnte er mich kalt und sein Griff um mein Handgelenk nahm deutlich zu.

»Ich kenne Verlust, Logan! Ich weiß, wie es ist, den einen Menschen im Leben zu verlieren. Bei mir war es vielleicht nicht meine große Liebe, dennoch hat sie mir alles auf der Welt bedeutet! Ich dachte auch, ich könnte niemals wieder glücklich werden …« Ich stockte, überlegte ob ich die nächsten Worte wirklich aussprechen sollte, doch ich wollte ihm helfen, und vielleicht könnte ich das auch.

»Und dann kamst du. Logan, … du machst mich glücklich.« Die Worte kamen nur noch als leises Geflüster über meine Lippen. Doch es war die Wahrheit. Auch wenn es schwierig zwischen uns war, so machte mich Logan dennoch glücklich. Seine Nähe gab mir Geborgenheit, etwas, das ich nicht kannte. Seine Berührungen erinnerten mich daran, dass es nicht immer so grausam sein musste, wie ich es zuvor gekannt hatte. Seine Stärke jagte mir keine Angst ein, sondern ließ mich endlich etwas Sicherheit empfinden.

Ja, auch wenn unsere gesamte Beziehung unter einem schlechten Stern stand und uns alles sagte, es könnte niemals zwischen uns funktionieren, so war ich dennoch glücklich bei ihm.

Noch immer sah mich Logan mit großen Augen an. Sein Griff um mein Handgelenk hatte sich gelockert. Dann plötzlich zog er mich mit einem Ruck an sich, legte seine Hand in meinen Nacken und presste seine weichen Lippen auf die meinen. Ich klatschte gegen seine nackte Brust und krallte mich erschrocken an ihr fest, ehe meine Hände wie von selbst nach oben in seinen sehnigen Nacken wanderten und sich meine Finger dort ineinander verschränkten, als wäre dort ihr Platz, wo sie hingehörten – ineinander verschränkt oder fest in seinen Haaren vergraben.

»Du machst mich wahnsinnig!«, brummte er gegen meine geschwollenen Lippen, bevor er mich überraschend gegen die nächste Wand drängte und dann meinen Schenkel in die Hand nahm. Erneut zerrte er sich seine Shorts ungeduldig nach unten, führte seine Eichel an meine Öffnung und drang mit nur einem einzigen kräftigen Stoß in mich ein. Ich keuchte laut auf – vor Schreck und doch auch vor Lust.

Logan nahm mich nun ganz anders als sonst. Statt zärtlich und bedacht, stieß er sich nun dominant in mich. Es war allerdings nicht mit Alexeys Dominanz zu vergleichen. Logan war anders … gleichberechtigt. Er hämmerte sich nicht wahllos in mich und kümmerte sich dabei nur um seine Lust. Nein. In seinen Bewegungen lag etwas, was mich mit Wärme erfüllte. Was dafür sorgte, dass mein Herz fast zersprang. Was ein Kribbeln in all meine Glieder sendete und ein erregtes Pochen in meiner Mitte herbeiführte.

Jeder Stoß war genau so, dass er uns beiden Erregung schenkte. Ich war wie berauscht von diesem seltsamen Gefühl von Schmerz und Lust. Das kannte ich nicht und wenn, dann nur auf eine grausame Art.

Sein Griff an meinen Schenkel wurde immer fester, ebenso wie seine tiefen Stöße. Ich krallte mich keuchend in seinem Rücken fest. Die Augen geschlossen und die vor Lust geschwollenen Lippen leicht geöffnet. Ein unkontrollierter Laut nach dem anderen entwich mir und jeden kommentierte Logan mit einem verlangenden Kuss. Dieser Mann fickte mich um den Verstand und so hart, dass ich nicht wusste, wie ich ihn jemals wieder aus dem Kopf bekommen sollte. Ob ich es überhaupt je wollte?!

Als Logan dann leicht mein Becken kippte, drohte ich durch den neuen Winkel beinah zu explodieren, nur um es dann nach wenigen Stößen auch zu tun. Ich zersprang in tausend Teile, nur um dann von ihm wieder völlig neu zusammengesetzt zu werden. Mein ganzer Leib bebte, Farben tanzten vor meinen geschlossenen Lidern. Ich glaubte, noch nie solch einen intensiven Höhepunkt gehabt zu haben. Völlig erschöpft sackte meine verschwitzte Stirn an seine Schulter. Auch Logan musste es über die Klippe geschafft haben. Ich bekam seinen Orgasmus nur am Rande mit, war noch viel zu benebelt von meinem eigenen.

Unser Atem ging noch immer schwer, als er mir einen letzten Kuss aufdrückte, ehe er sich von mir löste. Mit zittrigen Knien lehnte ich mich an die Wand in meinem

Rücken, gegen die er mich gerade so hingebungsvoll gefickt hatte, und lächelte ihn zufrieden an. Auch auf seiner sonst so ernst Miene lag ein zufriedener Ausdruck.

»Ich geh duschen. Kommst du mit?«, fragte er mich eindeutig zweideutig. Ich schmunzelte über seine Unersättlichkeit, dennoch schüttelte ich leicht den Kopf.

»Später. Erst möchte ich deine Wunden nach deiner Dusche versorgen. Außerdem musst du dich schonen.«

Er verdrehte gespielt die Augen, drückte mir noch einen Kuss auf, dann ging er nach oben.

Ich ging derweil in die Küche und zog mir das Shirt, das mir Logan vorhin hier ausgezogen hatte, wieder an. Danach ging ich nach oben und suchte mir alles, was ich für seine Wunden brauchte, aus seiner Tasche heraus. Die Unmengen an Waffen ignorierte ich dabei. Ich hoffte, Logan müsste sie nicht benutzen, doch ich wusste, dass dies nur Wunschdenken war. Natürlich brauchte man in einem Krieg Waffen, vor allem, wenn man gewinnen wollte.

Nach ein paar Minuten kam Logan nur mit einem Handtuch um seine Hüften gewickelt ins Schlafzimmer. Wie hypnotisiert sah ich den vielen kleinen Wassertropfen auf seiner breiten Brust dabei zu, wie sie langsam über jede seiner ausgeprägten Bauchmuskeln wanderten, bis sie unten von seinem Handtuch aufgesaugt wurden. Erst ein amüsiertes Räuspern ließ mich aus meiner Starre fallen.

Wieder spürte ich die Hitze in meine Wangen kriechen, daher wandte ich mich schnell von ihm ab und blickte auf die vielen Verbandssachen vor mir auf dem Bett.

»Setz dich«, krächzte ich. Meine Stimme wollte mir nicht mehr gehorchen. *Was machst du nur mit mir?!*

288

Kapitel 25

Logan

Es war niedlich, mit anzusehen, wie ihre Wangen vor Scham glühten. Man sollte meinen, dass ihr bei ihrem Beruf nichts mehr peinlich war. Doch genau das machte Angel aus. Dass sie nach all den schrecklichen und erniedrigenden Dingen, die ihr in den vergangenen Jahren angetan worden waren, noch immer nicht ihr Schamgefühl verloren hatte. Sie war eine wirklich starke, junge Frau. Viel stärker, als ich es je für möglich gehalten hatte. Nach allem, was ich nun von ihr wusste und auch sicher nicht wusste. Es war erstaunlich.

Auch wie leidenschaftlich sie beim Sex war. Angel ließ sich tatsächlich völlig bei mir fallen. Diese Frau verblüffte mich immer und immer wieder. Doch ihre kleine Ansprache, bevor ich sie gegen die Wand gefickt hatte, hatte mich völlig umgehauen. *Ich mache dich glücklich?!*

Diese Worte hallten seitdem in Dauerschleife in meinem Kopf wider. Und ich verstand sie noch immer nicht. Wie konnte ausgerechnet ich sie glücklich machen? Ich hatte nichts und ich konnte ihr nichts geben. Ich war ein Mörder, ein Söldner, der für Geld tötete, ohne schlechtes Gewissen oder Reue. Dazu war ich kaputt, von der Vergangenheit gezeichnet, irreparabel geschädigt.

Wie konnte sie mich wollen?! Und was war mit Ian? Theoretisch hatte Angel nie eine Entscheidung zwischen uns getroffen. Es war Alexey gewesen. Würde sie sich noch einmal umentscheiden? Vielleicht sogar für ihn, wenn er hier endlich auftauchte?

Ich könnte es ihr nicht verübeln. Ian war der bessere Mann für sie. Nicht nur, dass er ihr mehr zu bieten hatte, sondern auch, weil er nicht kaputt war. Außerdem machte sie einen besseren Mann aus ihm. Sie holte den alten Ian wieder hervor, meinen Bruder, den ich liebte. Mehr liebte als dieses kalte, egoistische Arschloch. Sie taten sich beide gut und war es nicht das, worauf es ankam? Die beste Version seiner selbst sein zu wollen, für die Person, die man liebte? Ich wollte es sein, doch ich war nicht der richtige Mann für sie.

»Worüber denkst du so angestrengt nach?«, holte mich ihre zarte Stimme zurück in die Realität. Ich schüttelte wie benommen leicht den Kopf, ehe ich sie anblickte. Angel war gerade dabei, meine Wunde am Bauch anzusehen. Ich hatte zum Duschen die Pflaster abgenommen. Die Nähte von James waren wirklich gut und es hatte sich auch keine Entzündung gebildet. Das stellte Angel auch schnell fest, als sie zufrieden nickte und wieder ein Pflaster auf die Wunde klebte, nachdem sie eine Salbe aufgetragen hatte. Dasselbe machte sie mit meiner Schussverletzung an meiner Schulter, bevor sie aufstand, mich umrundete und dicht hinter mir stehenblieb, um sich meine Stichverletzung anzusehen.

Ich hatte mir ihre Nähkünste im Spiegel angesehen und musste zugeben, sie hatte wirklich gute Arbeit geleistet.

»Nichts entzündet«, stellte sie zufrieden fest, als sie auch auf die letzte meiner Wunden ein Pflaster geklebt hatte. Ich nickte ihr zum Dank zu, dann erhob ich mich, um mir aus meiner Tasche frische Klamotten zu suchen. Währenddessen packte sie alles wieder zusammen.

»Was passiert jetzt?«, fragte sie kleinlaut in meinen Rücken.

»Das sagte ich dir doch gestern schon«, sprach ich über die Schulter und zog mich weiter an.

»Ja, aber du sagtest nicht, was genau dein genialer Plan

ist«, hakte sie forsch nach.

»Und das wird auch so bleiben.«

Stille.

»Geh duschen, ich mache uns etwas zu essen.« Kaum hatte ich das zu ihr gesagt, verließ ich das Schlafzimmer und ging nach unten. Erst nach Minuten hörte ich eine Tür lautstark ins Schloss knallen.

Ja, ich weiß, das war nicht nett …

Doch ich konnte sie in keinen Plan einweihen. Es gab schlichtweg keinen. Nicht, solange Ian nicht endlich kam und mich informierte. Und nicht, solange Angel nicht mit mir sprach, um mir mehr über diesen Bastard und seine Gewohnheiten und üblichen Vorgehensweisen sagte. Ich mochte es nicht, im Nachteil zu sein, doch bei diesem Wichser war ich es leider und ich hasste es.

Ich kannte meinen Gegner, mein Ziel nicht. Das war ich nicht gewohnt. Normalerweise lieferte man mir alle wichtigen Details, damit ich mein Ziel ausschalten konnte. Oder gab mir wenigstens die richtigen Eckdaten, damit ich wusste, wo ich graben musste. Doch hier grub ich blind, ohne Schaufel und zusätzlich noch mit einer Hand auf den Rücken gebunden.

Nach knapp 20 Minuten hörte ich Angel die Treppe runterkommen. Ich hatte währenddessen Makkaroni mit Käse für uns gekocht. Ja, nicht sehr einfallsreich, doch ich musste weise mit unserem Proviant umgehen. Hauptsache, es machte satt und das würde es.

Angel kam in die Küche und zu meiner Überraschung hatte sie ihre Tasche dabei. Ich stellte den Topf in die Spüle, nachdem ich uns zwei Teller vorbereitet hatte, dann wandte ich mich ihr zu.

»Und was soll das da werden?«, fragte ich sie und konnte mir meinen belustigten Unterton leider nicht verkneifen. Was hatte sie vor? Weglaufen, um wegzulaufen? Das war lächerlich.

»Nach dem Essen gehen, wonach sieht es denn aus?«, gab sie schnippisch zur Antwort.

»Das denke ich nicht«, konterte ich kühl, umrundete langsam die Kücheninsel und ging auf sie zu. Ihre Augenbraue wanderte abschätzig nach oben, ehe wir dicht voreinander zum Stehen kamen.

»Bin ich also jetzt deine Gefangene? Du lässt mich nicht? Willst du mir das damit sagen?!«

Ich wusste, worauf sie anspielte, und es gefiel mir ganz und gar nicht. Wie automatisch baute ich mich vor ihr auf und funkelte sie drohend an.

»Vorsichtig, kleine Angel!«, knurrte ich rau.

»Sonst was?!«, fauchte sie kampflustig zurück und stemmte ihre Hände in die Hüften. Meine Augenbraue wanderte gefährlich hoch. Sie überstrapazierte gerade meine Geduld und das auch noch zu einem schlechten Timing.

»Sonst zeige ich dir, wie ähnlich ich deinem Ex werden kann, wenn man mich provoziert«, drohte ich ihr dunkel. Angel's Gesichtsausdruck entgleiste ihr für einen Moment. Ja, der Satz war unfair gewesen, aber ihre Andeutung auch.

»Das hast du jetzt nicht gesagt, oder?«, flüsterte sie fassungslos. Ein nerviges Ziehen breitete sich in meiner Brust aus. Normale Menschen würden es wahrscheinlich ein schlechtes Gewissen nennen. In meinem Job war es allerdings eher hinderlich, daher schob ich es meistens beiseite. Doch bei ihren großen, blauen Augen, die mich mit einer Mischung aus Trauer und Wut anfunkelten, kitzelte sie dieses Gefühl aus mir heraus.

»Maldito gilipollas!«, schrie sie mir auf ihrer Muttersprache eine offensichtliche Beleidigung entgegen, dann wirbelte sie herum und schnappte sich ihre Tasche.

»Und wo willst du jetzt hin? So ohne Auto und ohne Geld?«, rief ich ihr höhnisch hinterher. Das war einfach lachhaft.

»Ist ja nicht so, als hätte ich nichts als Gegenleistung anzubieten. Lebwohl, Logan!« *Fuck! Du spielst unfair.*

Um Beherrschung ringend eilte ich ihr hinterher, da sie bereits das Haus verlassen hatte.

»Angel! Bleib stehen!« Ich sprach mit gesenkter Stimme, denn ich wollte den Nachbarn keinen Anhaltspunkt geben, dass hier etwas nicht stimmte. Das konnten wir uns nicht leisten. Doch natürlich ging dieser sture Engel einfach weiter. Auf der Höhe meines Buicks holte ich sie ein und hielt sie am Arm gepackt davon ab, weiterzugehen. Sofort fuhr sie wütend herum und schlug mir die Hand weg. Ihr Blick strotzte vor Hass, doch das störte mich gerade recht wenig.

»Fass mich nicht an!«, schrie sie hysterisch. Mein Blick wurde immer mahnender. Verstand sie nicht, dass sie dabei war, uns auffliegen zu lassen?! Deshalb fackelte ich nicht lange und tat, was getan werden musste, auch wenn sie mich dann hasste. So war mir das tausendmal lieber, als dass sie in Gefahr war.

Ich packte sie erneut an ihrem Handgelenk, zog sie mit einem schnellen Ruck an mich, um ihr dann im nächsten Moment meinen Daumen gezielt auf ihre Kehle zu drücken. Sie schrie in meinem Griff, nur um dann in Sekundenschnelle bewusstlos in sich zusammenzusacken.

Ich hatte ja gesagt, ich sei kein guter Mensch. Vielleicht glaubte sie es mir endlich, wenn sie wieder erwachte. Behutsam und vor allem unauffällig trug ich sie und ihre Tasche wieder ins Haus. Ich hoffte, uns hatte niemand gesehen, doch es machte nicht den Anschein.

Sofort steuerte ich die Couch an, um sie dort abzulegen. Angel würde wohl eine kleine Weile bewusstlos sein. Ich hatte ihr mit dem Daumen den Vagusnerv abgedrückt. Übte man auf diesen kräftig, gezielt und lang genug Druck aus, passierte eben genau das. Die Person fiel in Ohnmacht. Ihr passierte dadurch nichts, dennoch wendete ich diesen kleinen CIA-Trick nur ungern an.

Mit ihrem lächerlichen und vor allem leichtsinnigen Verhalten hatte sie mir aber keine andere Wahl gelassen. Ich wusste nur leider nicht, wie ich ihr das klarmachen sollte, wenn sie wieder aufwachte. Eigentlich hatte ich damit alles nur schlimmer gemacht, das war mir bewusst. Angel würde noch mehr toben vor Wut. *Fuck!*

Ich wusste nicht, wie lange ich mit vor der Brust verschränkten Armen vor ihr gestanden und sie gemustert hatte, doch als ihre Lider verdächtig zu zucken begannen, war das auch egal. Denn Angel war dabei, aufzuwachen. Sie öffnete zögerlich ihre Augen. Statt sich Ruhe zu gönnen, sprang sie förmlich von der Couch und sah sich mit weit aufgerissenen Augen panisch um. Dann trafen sich unsere Blicke und ihre Miene änderte sich schlagartig. Binnen Sekunden wurde aus Panik Hass.

»Du verdammtes Arschloch! Was hast du mit mir gemacht?!«, schrie sie mir erneut hysterisch entgegen. Ich blieb weiterhin mit vor der Brust verschränkten Armen vor ihr stehen, legte jedoch den Kopf leicht schief. Ich wollte ihr nichts tun und wollte auch nicht, dass sie es dachte. Aber gehen würde ich sie auch nicht lassen.

»Beruhig dich!«, entgegnete ich leise.

»Ich soll mich beruhigen? Ist das dein scheiß Ernst? Logan, du hast mich bewusstlos gemacht und mich gegen meinen Willen wieder zurück ins Haus geholt. Es fehlt nur noch, dass du mich in meiner Bewusstlosigkeit gefickt hättest, und du wärst genauso abscheulich wie er«, spuckte sie verächtlich. Ja, das hatte ich verdient, dennoch schmerzte es in meiner Brust, wenn sie mich mit ihm verglich.

»Hab ich aber nicht. Also beruhig dich! Du hättest uns fast auffliegen lassen, deswegen dieser kleine, unfaire Trick.

Er ist nicht nett, ich weiß, doch es war notwendig. Also hör auf, hysterisch zu sein, und BERUHIG DICH!« Zwanghaft versuchte ich, sachlich zu bleiben, doch allmählich wurde es anstrengend. Zu meiner Überraschung gab sie keine Widerworte mehr. Angel schnaubte nur einmal verächtlich, dann wandte sie sich von mir ab, um – was auch sonst? – erneut zu gehen.

Ich seufzte angestrengt und schüttelte genervt den Kopf.

»Wenn du jetzt gehst, wird er dich finden und ich werde dich nicht mehr retten können, weil er mich dann umgebracht hat. Also bitte, wenn dir dein Stolz wichtiger ist als dein und mein Leben, dann geh und scheiß auf alles.«

Tatsächlich hielt sie bei meinen Worten an der Haustür inne, schien zu überlegen, was sie nun tun sollte.

»Was ist dein Plan?«, fragte sie mich über die Schulter, noch immer mit dem Rücken zu mir, als wäre sie bereit, jederzeit doch zu gehen, wenn ich ihr nicht die richtige Antwort lieferte. Doch so lief das sicher nicht zwischen uns.

»Das sage ich dir, wenn es so weit ist«, gab ich streng zurück. Sie fuhr herum und funkelte mich erneut herausfordernd an.

»Und wann soll das sein? Wenn Ian tot ist?«

Ich begann kräftig mit den Kiefern zu mahlen. Sie bewegte sich hier auf ganz dünnem Eis.

»Nein!«, knurrte ich unkontrolliert und rief mich innerlich wieder zu Ordnung.

»Wenn du endlich dein Schweigen brichst und mir sagst, wer dieser verfickte Bastard wirklich ist! Um gegen ihn gewinnen zu können, brauche ich Hintergrundwissen, und du kannst mir dieses geben.«

Sie presste fest ihre Lippen aufeinander und blickte mir ausdruckslos entgegen. Erneut seufzte ich angestrengt, dann löste ich die Verschränkung meiner Arme und ging auf sie zu. Kurz bevor ich bei ihr war, wich sie an die Wohnungstür zurück, nur um dann mit dem Rücken dagegen zu stoßen. Unbekümmert ging ich weiter auf sie zu, bis ich dicht vor ihr zum Stehen kam. Mit meinen beiden Armen keilte ich sie zwischen mir und der Tür hinter ihr ein.

Angel sah sich unsicher erst zu ihr um, dann wieder zurück in meine Augen. Als ihr bewusst wurde, dass sie gefangen war, hob sie trotzig ihr Kinn. Ich musste darüber schmunzeln. Man sollte meinen, bei dem, was sie alles in den letzten Wochen oder Jahren durchgemacht hatte, wüsste sie, wie man gehorchte. Bei mir wohl nicht.

»Warum machst du es mir so verdammt schwer, Kleines?«, raunte ich leise zu ihr nach unten. Bei ihrem Spitznamen veränderte sich kurz ihre Miene, wurde weicher, nur um wieder trotzig zu werden.

»Warum bist du so ein verdammtes Arschloch?«, konterte sie bissig. Mein Mundwinkel zuckte amüsiert. Ich mochte ihr Feuer, auch wenn es in Momenten wie diesen mehr als unpassend und anstrengend war.

»Ich habe nie behauptet, etwas anderes zu sein, Kleines! Du wolltest nur jemand anderen in mir sehen, das ist alles. Jetzt weißt du, dass ich ein Arschloch bin, also können wir uns ja jetzt vernünftig unterhalten und die Karten offen auf den Tisch legen, oder was meinst du?«

Langsam hob ich eine Hand und strich ihr eine ihrer schönen Strähnen hinters Ohr. Missbilligend zog sie eine Braue nach oben, doch je länger ich mit meinem Daumen ihre weiche Haut streichelte, desto mehr bröckelte ihre kühle Fassade. Der trotzige Ausdruck wich allmählich aus ihrem schönen Gesicht.

»Es tut mir leid!«, flüsterte ich an ihre Lippen. Ich wollte mich nicht mit ihr streiten. Vor allem nicht jetzt, wenn ich nicht wusste, ob das unsere letzten gemeinsamen Stunden allein waren. Sobald mein Bruder hier auftauchte, würde sich alles verändern. Nicht wegen ihrer Entscheidung, denn diese würde ich ihr mit meinem Plan abnehmen. Ich hatte nicht vor, wieder zu ihr zurückzukommen, denn ich war kein Narr. Mancher Krieg konnte nur mit Kollateralschäden gewonnen werden, und ich war einer davon, das wusste ich und das war okay.

Angel nickte schwach, drückte ihre weichen Lippen auf die meinen, ließ sie mich erneut schmecken und vernebelte mir damit mein abgefucktes Hirn. *Fuck, deine Lippen!*

Bevor sie aber ihre Arme um mich schlingen konnte, löste ich mich von ihr. Schließlich hatten wir noch eine Menge zu besprechen.

Sofort bäumte sie sich mir wieder entgegen und drückte erneut ihre samtenen Lippen auf meine.

»Angel«, brummte ich meinen schwachen Protest, doch es half, sie ließ von mir ab.

»Du willst also alles über ihn wissen? Unsere gesamte Vergangenheit? Alles, was er mir angetan hat?«

Leicht schüttelte ich den Kopf, dann umfasste ich sanft ihr Gesicht mit meinen Händen.

»Nein. Dazu würde ich dich nie zwingen! Ich brauche Informationen über ihn. Was er macht. Wer er ist. Wo ihr früher gelebt habt. Eben alles über IHN, nicht über eure Zeit. Schaffst du das?«

Sie überlegte, wog das Für und Wider ab. Ihre tiefblauen Augen tanzten regelrecht.

»Und wenn du all das weißt, kannst du ihn ausschalten? … Dann kannst du gegen ihn gewinnen?«, fragte sie unsicher und sah mir dabei fest in die Augen, als würde sie darin nach der Wahrheit suchen. *Oh, wenn es doch nur so einfach wäre, Kleines!* Ich sprach meine Gedanken nicht aus, stattdessen nickte ich.

»Ja, dann kann ich gegen ihn gewinnen.«

Es war so einfach, sie zu belügen. Zumindest, wenn es hierum ging, denn ich würde ihr alles sagen, wenn dies bedeuten würde, dass dieser Bastard ein für alle Mal aus ihrem Leben verschwand!

Nach kurzem Zögern nickte sie schwach. Ich drückte ihr einen kleinen Kuss auf, ehe ich mich von ihr löste und sie bei der Hand nahm, um mit ihr zur Couch zu gehen, damit sie mir alles erzählen konnte. Ich wusste, es würde nicht einfach für sie werden, doch da musste sie jetzt nun mal durch. Denn ich brauchte Antworten. Dringend!

Kapitel 26

Angel

Mir war schlecht. Mein ganzer Körper sträubte sich dagegen, das hier nun zu tun. Alexey zu verraten und über ihn zu sprechen. Er hatte es mir über all die Jahre gewaltsam eingetrichtert, nie über ihn oder seine Machenschaften zu sprechen. Niemals!

Doch nun würde ich mein Schweigen brechen, in das ich mich gehüllt hatte, nein, in das ich mich hatte hüllen müssen, um zu überleben.

Meine Wut auf Logan, war wie weggeblasen. Auch wenn sein kleiner Trick unfair gewesen war, so verstand ich ihn im Nachhinein. Ich hatte mich unmöglich und vor allem unvorsichtig aufgeführt. Doch sein ständiges Schweigen machte mich nun einmal wahnsinnig. Dennoch hatte Logan mehr oder weniger so handeln müssen, denn anders wäre ich sicher nicht mit ihm wieder ins Haus gekommen. Zumindest nicht, ohne einen noch größeren Aufstand zu verursachen und unsere Tarnung schlussendlich auffliegen zu lassen.

Er führte mich bis zur Couch, doch als er sich zu mir umdrehte und meinen regelrecht panischen Gesichtsausdruck sah, zog er kurz seine dunklen Brauen zusammen, ehe sich seine Miene erhellte.

»Warte kurz«, informierte Logan mich knapp, ließ von mir ab und ging mit schnellen Schritten in die Küche. Ich hörte, wie er etwas in den Schränken suchte. Unsicher ließ ich mich auf das dunkle Polster nieder und wartete auf seine Rückkehr. Keinen Augenblick später kam Logan zurück und zu meiner Überraschung hielt er eine Flasche Bourbon in der Hand. Meine Augenbraue wanderte nach oben.

»Nimmst du auf jede Flucht etwas Hochprozentiges mit?«, fragte ich ihn schnippisch. Logan schmunzelte.

»Kleines, ohne Hochprozentiges ist es keine richtige Flucht«, scherzte er dämlich, öffnete die Flasche und nahm einen kräftigen Schluck, bevor er sie mir reichte. Kommentarlos nahm ich sie ihm ab, führte sie an meine Lippen und trank einen ebenso kräftigen Schluck. Ich verstand den Hintergedanken dabei und ich freundete mich immer mehr mit ihm an. Noch einen schnellen Schluck hinterhergesetzt, dann drückte ich ihm die Flasche wieder in die Hand und wandte meinen Blick von ihm ab. Ich wollte nicht in dieses sanfte Braun sehen, wenn ich über ihn sprach, meinen Abgrund.

Meinen Untergang.

Mein Verderben.

»Bevor ich dir alles über ihn erzähle, muss ich dir zuerst noch etwas über mich und ihn anvertrauen«, begann ich mit leiser Stimme.

»Angel, ich sagte doch, du musst nicht …«

»Doch, muss ich, Logan! Also lass mich bitte auch«, unterbrach ich ihn hart. Ich sah es in meinen Augenwinkeln – Logan betrachtete mich besorgt. Das machte es nicht besser. Trotz allem mussten wir da jetzt beide durch. Er wollte es ja schließlich nicht anders.

»Er und ich …« Ich holte noch einmal tief Luft, um mir Mut zu machen.

»Er ist … Alexey ist mein Ehemann!«

Ich musste nicht hinsehen, Logan hatte sich völlig neben mir versteift. Da er eine gefühlte Ewigkeit schwieg und sich sonst auch nicht rührte, wagte ich doch einen kleinen Seitenblick. Ich wollte wissen, woran ich bei ihm war, ob ich überhaupt weitersprechen sollte oder es doch besser wäre, zu schweigen. Logan wirkte etwas blasser als sonst, der Schock stand ihm regelrecht ins Gesicht geschrieben.

»Freiwillig?«, fragte er und rang sichtlich um Fassung. Erneut wich ich seinem Blick aus. Wie sollte ich ihm das erklären?!

»Ist das wichtig?«, flüsterte ich. Logan antwortete nicht, stattdessen spürte ich seine Finger an meinem Kinn, die mich sanft in seine Richtung zurücklenkten.

»Mir ist es wichtig, Angel!«, entgegnete er bestimmt, aber ruhig und sah mir dabei tief in die Augen.

»Es ist kompliziert. Ich habe ihm aus Gründen mein Jawort gegeben. Mehr brauchst du nicht zu wissen«, antwortete ich.

Logan begann kräftig mit den Kiefern zu mahlen, ließ jedoch seine Hand von meinem Kinn sinken und schien zu überlegen, ob er meine Antwort so hinnehmen sollte.

»Willst du jetzt mehr über ihn wissen, oder nicht?«, fragte ich ihn schnippisch. Schlecht gelaunt brummte Logan auf, ehe er widerwillig nickte und damit das Thema mit meiner erzwungenen Ehe auf sich beruhen ließ, zumindest erstmals. Dass Logan früher oder später erneut mit mir darüber sprechen wollte und dann Antworten verlangte, war mir klar.

»Ich denke, du hast durch meinen Namen schon herausgefunden, wer ich, aber viel wichtiger, wer mein Vater war?«

Logan zog rätselnd seine Brauen zusammen.

»War?«, hakte er sichtlich überrascht nach. Ich nickte, dann wandte ich abermals meinen Blick von ihm ab und sah in meinen Schoß, wo ich fest meine Hände knetete. Ich hatte in all den Jahren, seitdem ich hier war, nie über meinen Vater oder meine Vergangenheit gesprochen und wenn es nach mir ginge, so wollte ich dies auch nicht nachholen. Doch ich verstand, warum ich es nun tun musste. Schließlich hatte ich davon auch etwas. Ich wollte nie wieder in die tödlichen Fänge von Alexey gelangen, und das würde ich, wenn ich Logan nicht half, ihn aufzuhalten.

Deshalb brach ich nun nach all den Jahren mein Schweigen. Sprang über meinen Schatten, meine Angst und meine Panik, und sprach zum ersten Mal über meine Vergangenheit, mein früheres Leben. Mein Elternhaus und den Mann, dem ich all das Grauen in meinem Leben zu verdanken hatte.

»Ja, war. Mein Vater muss kürzlich verstorben sein. Ich weiß nicht genau, woran, es ist mir aber auch egal. Schließlich geht es jetzt nicht darum.«

Es verging ein langer Moment der Stille. Ich schenkte Logan einen unsicheren Seitenblick, da ich mit seinem Schweigen gerade nichts anfangen konnte und nicht wusste, was er dachte.

»Ja, ich weiß, was dein Vater gemacht hat, welches Imperium er sich aufgebaut hat und mit was er sein dreckiges Geld verdient hat. Nur weiß ich noch immer nicht, was Alexey damit zu tun hat?«

Logan konnte noch immer nicht die Puzzleteile zusammensetzen. Dann musste ich ihm wohl oder übel die Anleitung direkt unter die Nase halten, damit er es verstand. Doch ich war sicher, es würde ihm nicht gefallen. Ich hatte Sorge, dass Logan dann etwas Dummes und Unüberlegtes tun würde.

Meine Finger gruben sich immer stärker in mein eigenes Fleisch, kneteten es immer kräftiger. Bis ich plötzlich seine Hände auf ihnen spürte, dann stoppte ich meine nervöse Geste.

»Angel«, ertönte seine sanfte Stimme dicht neben mir. Ich schloss meine Augen und atmete tief durch.

»Ich möchte nicht, dass du dich so quälst, und es tut mir leid, dass du dich nicht in deinem Tempo und unter deinen Bedingungen öffnen kannst. Das sollte nicht so sein.«

Ich schüttelte bei seinen Worten leicht den Kopf, mein

Blick stur auf unsere Hände in meinem Schoß gerichtet.

»Darum geht es nicht, Logan«, antwortete ich gepresst.

»Worum dann?«

Sein Daumen streichelte zärtlich meinen Handrücken. Er versuchte, mir Mut zu machen, doch das war nicht das Problem. Ich wusste, dass er gleich nicht mehr so ruhig sein würde.

»Alexey war der Partner meines Vaters und wurde über die Jahre sein engster Vertrauter, Verbündeter und Freund. Er lehrte ihn alles, was er wusste, obwohl das bei Alexey eigentlich nicht mehr wirklich nötig war. Er brachte genug Wissen und Potential mit sich. Daher wuchs sein Ansehen, was mein Vater ihm entgegenbrachte, immer weiter und er ließ sein Imperium von Alexey leiten. Lehnte sich zurück und genoss seinen vorzeitigen Ruhestand. Mein Vater wusste, dass er mit Alexey denjenigen gefunden hatte, der sein Imperium weiterführen könnte. Deshalb …« Ich stockte, doch dann beschloss ich es einfach hinter mich, hinter uns zu bringen. Wie ein Pflaster, das man schnell statt langsam abriss, um den Schmerz so gering wie möglich zu halten.

»Deshalb schenkte mich mein Vater Alexey. Ich bin sein Eigen und das, seit ich 15 Jahre alt bin. Mit 18 musste ich ihn dann heiraten, um unsere Verbindung für immer zu festigen. Erst im Nachhinein habe ich verstanden, dass es nicht nur etwas mit seinem psychopathischen Wesen zu tun hatte. Es sollte auch seine Stellung festigen, wenn mein Vater einmal nicht mehr ist. Deshalb ist er jetzt wieder hier. Er braucht mich an seiner Seite. Kann es sich nicht leisten, vor seinen Männern, den Männern meines Vaters, ohne mich an seiner Seite vor sie zu treten. Das würde ihn schwach aussehen lassen. Ein Jefe, der seine eigene Frau nicht züchtigen und gefügig machen kann … wie sollte er solch ein Imperium leiten können?!«

Ein schneller Seitenblick zu ihm verriet mir, dass Logan

so geschockt über meine Offenbarung war, wie ich vermutet hatte. Er mahlte kräftig mit den Kiefern, sein Daumen hatte in seinen zärtlichen Streicheleinheiten gestoppt, und auch sonst schien er sichtlich um Fassung zu ringen. Seine straffen Muskeln zuckten und tanzten unkontrolliert. Alles in ihm schien danach zu schreien, die Beherrschung zu verlieren, doch zu meiner Überraschung hatte er sich ziemlich gut im Griff.

»Fuck!«, raunte er gepresst und stand auf. Logan begann unruhig im Wohnzimmer auf und ab zu tigern, dabei fuhr er sich immer und immer wieder verzweifelt durch sein wildes Haar. Ich wollte ihm gern helfen, damit zurechtzukommen, doch ich wusste nicht so recht, wie, da es sich hier um meine Vergangenheit handelte und es ihm sicherlich nicht helfen würde, wenn ich so abgebrüht damit umging. Doch das war nun mal mein altes Leben. Ich hatte es über Jahre, den größten Teil meines Lebens, gelebt und überlebt. Anders als abgestumpft konnte ich damit einfach nicht umgehen. Dazu hatte ich zu viel ertragen müssen. Ich hatte mir eine schützende Mauer aus Eis, Hass und Schmerz aufgebaut. Die würde ich jetzt sicher nicht für Logan einreißen, damit er besser damit umgehen konnte. Denn das überlebte ich nicht.

»Verstehst du jetzt, warum ihr eigentlich nicht gewinnen könnt? Dass es zwecklos ist, einen Krieg gegen ihn zu führen? Denn ihr könnt nur verlieren.«

»Ihr?«, fuhr er mich scharf an und wandte sich schnell wieder mir zu.

»Ja, ihr. Denn ich werde leider nicht diejenige sein, die dabei sterben wird. Ich werde dabei zusehen müssen, wie er euch umbringt, nur damit er mich dann neben euren Leichen ficken kann.«

»Sag das nicht so!«, brüllte er mich überfordert an. Ich sah ausdruckslos dabei zu, wie Logan dabei war, seine Nerven zu verlieren.

»Ich sage dir nur, wie die Sache hier ausgehen wird, wenn du an deinem Plan, Alexey besiegen zu wollen, festhältst. Es tut mir leid, wenn du mit der Realität, aka meinem Leben, nicht klarkommst, aber genau so wird es ablaufen, Logan. Entweder hörst du endlich auf mich, oder du nimmst diesen Ausgang in Kauf! Aber du solltest bald eine Entscheidung treffen, denn lange wird er nicht mehr brauchen, um uns zu finden. Außerdem weißt du noch immer nicht, was mit Ian ist«, gab ich am Ende noch zu bedenken und machte mir gleichzeitig große Sorgen um ihn.

Ich wollte keinen der beiden verlieren, denn ich liebte sie beide auf unterschiedliche Weise. Es würde mich zerstören, sollte ich sie verlieren. Erst recht, wenn es durch Alexey passierte. Wenn einer der beiden, oder im schlimmsten Fall sogar beide, durch ihn und wegen mir sterben würden.

Logan erstarrte in seiner Bewegung und sah mich fassungslos an.

»Und was schlägst du vor? Wir sollen den Schwanz einziehen und mit dir flüchten? Das ist dein Plan? Das schlägst du mir hier vor? Und weil deine Flucht ja so gut funktioniert hat, bist du jetzt Expertin darin?«, spottete er bitter.

Ich ließ seine Beleidigung unkommentiert. Logan war verzweifelt, ich konnte es ihm nicht verdenken. Er verstand allmählich, mit wem er sich für mich angelegt hatte und dass er nicht gewinnen konnte.

»Ich schlage vor, dass wir Ian kontaktieren und zusehen, dass wir hier wegkommen. Untertauchen, wirklich untertauchen, und uns nicht in einem leicht auffindbaren Familienhaus verstecken.«

Logan schnaubte bei meinem tadelnden Unterton wütend auf. Ich wollte nicht so mit ihm reden und ihn behandeln, als wüsste er nicht, was er tat. Doch leider wusste er es in

Bezug auf Alexey wirklich nicht und ich würde sicher nicht riskieren, nur wegen seinem scheiß Stolz zurück in Alexeys tödliche Klauen zu geraten.

»Du willst mit meinem Bruder, dem Milliardär und Womanizer, dessen Gesicht man nun mal kennt, untertauchen? Du willst ihn in versiffte Motels stecken und ihn zu Dosenfraß verdonnern? Das ist dein Plan? Mit uns beiden an deiner Seite vor deinem psychopathischen Ex-Mann zu flüchten? Warum? Weil du dich nicht entscheiden möchtest?«

Bei seinem letzten Satz zuckte ich leicht zusammen, so, als hätte er mir eine Ohrfeige verpasst. Wie konnte Logan so etwas zu mir sagen?! Und wieso glaubte er, ich müsste mich noch immer entscheiden?

Ich stand auf und ging auf ihn zu, legte bei ihm angekommen meine Hand auf seine breite Brust und sah zu ihm nach oben.

»Logan, ich möchte euch beide nicht wegen mir sterben sehen. Ihr seid mir beide wichtig, auch wenn ich mich schon längst für einen von euch entschieden habe, möchte ich dennoch nicht, dass euch etwas passiert.«

Logans Mimik fiel in sich zusammen. Verblüfft über meine Worte zog er seine Augenbrauen nach oben und sah mich erstaunt an.

»Was hast du da gerade gesagt?«, fragte er beinah heiser. Ich sah ihm tief in seine schönen, sanften Augen. Ich liebte Logans Augen einfach. Schon von Anfang an hatte ich mich in diesem gefühlvollen und sanften Braun verloren.

Ich wollte gerade etwas erwidern, als es plötzlich an der Haustür klopfte. Logan riss sofort den Kopf hoch, sein Blick verdunkelte sich und sein Kiefer begann angespannt zu mahlen.

»Geh in die Küche und bleib dort, bis ich dich hole! Komm nicht raus!«, befahl er mir rau, dann schob er mich von sich und schnappte sich seine Waffe die er wohl vorhin, als ich bewusstlos gewesen war, auf dem Couchtisch abgelegt hatte, und ging mit großen Schritten zur Haustür. Mit genügend Abstand folgte ich ihm leise, ich konnte einfach nicht wie ein kleines Mäuschen in der Küche warten, ohne zu wissen, wer dort auf der anderen Seite der Tür stand.

Logan drehte sich bei ihr angekommen noch einmal zu mir und verfluchte mich mit seinen wütenden Blicken, als er sah, dass ich nicht auf ihn gehört hatte. Er nickte mahnend in die Küche, doch als es erneut gegen die Haustür klopfte, wandte sich Logan ihr wieder zu.

Mit entsicherter und erhobener Waffe spähte er aus dem milchigen Fenster heraus, doch ich war mir ziemlich sicher, er würde dadurch nichts erkennen. Ein letzter strenger Blick zu mir, dann öffnete er schwungvoll die Tür und richtete blitzschnell die Waffe auf die Person vor dem Haus. Doch so schnell er sie erhoben hatte, so schnell ließ er sie auch wieder sinken, als er seinen Bruder erkannte.

»Damn, Logan!«, fluchte Ian leise.

»Fuck, Ian! Ich hätte dich beinah erschossen. Wieso hast du nicht angerufen?!«, fragte Logan wütend, doch man konnte ihm die Erleichterung darüber, dass sein Bruder endlich hier war, deutlich anhören. Auch ich atmete erleichtert aus, während mir ein Stein vom Herzen fiel.

»Komm schon rein!«, murrte Logan und machte Ian Platz. Dieser betrat das Haus. Er sah genauso mitgenommen aus wie Logan. Auch bei Ian musste Alexey gewesen sein.

Unsicher biss ich mir auf meine Unterlippe, als sich unsere Blicke trafen. Augenblicklich ließ Ian seine Reisetaschen fallen und ging auf mich zu. Ich wusste nicht, was ich nun tun sollte, oder wie ich damit umgehen sollte, dass Ian mich bei mir angekommen sofort in seine starken Arme zog und keine Sekunde später seine weichen Lippen auf meine senkte.

Es war mir unangenehmen, dass er mich vor Logan küsste, und doch ließ ich es zu, weil ich nicht gewusst hatte, ob ich ihn je wiedersehen würde. Schließlich sprachen wir hier von Alexey, vor dem er geflohen war. Diesem Monstrum war alles zuzutrauen.

Zögerlich löste ich mich von ihm, als ich im Augenwinkel, durch meine leicht geschlossenen Lider, Logans Schemen sah. Er war uns nähergekommen und beobachtete uns genau. *Shit! Ian hätte mich zu keinem unpassenderen Zeitpunkt küssen können als diesem.*

Ich räusperte mich nervös, bevor ich zu sprechen ansetzte, um diese peinliche Stille zu durchbrechen.

»Geht es dir gut? Und wo ist Alexey?«, fragte ich und meine Stimme wurde zum Ende hin etwas schriller, als ich es eigentlich wollte. Doch die Panik saß einfach zu tief, dass er mich doch wieder fand und mich dann endgültig nicht mehr gehen ließ.

Ian blickte sanft auf mich herab. Eine Hand an meiner Taille, die andere ruhte an meiner Wange und streichelte dort meine erhitzte Haut. Er drückte mir noch einmal – unverschämt, wie er nun mal war – einen kleinen Kuss auf den Mundwinkel, dann gab er mich endgültig frei, um an uns beide gewandt zu sprechen.

»Darf ich erst einmal ankommen und etwas essen? Ich hocke seit über 12 Stunden im Auto«, erklärte er erschöpft. Ich nickte verständnisvoll.

»Natürlich. Geh duschen und ich mache uns etwas zu essen«, schlug ich ihm vor und nickte ihm erneut zu. Doch Logan hatte wohl damit ein Problem, denn er schnaubte missmutig auf und kam auf uns zu.

»Nichts da! Du kannst dich gleich von ihr bedienen lassen, aber zuerst will ich wissen, was da so lange gedauert hat und wo genau der Wichser jetzt ist!« Logan hatte sich neben mir und seinem Bruder aufgebaut und funkelte ihn erbost an.

Ian hielt dem intensiven Blick seines Bruders stand, ehe er sich nach einem Augenblick doch von ihm abwandte und mich ansah.

»Würdest du mir bitte etwas zu essen machen, Angel? Mein werter Bruder ist nicht so besorgt um mich wie du, wie es scheint«, scherzte Ian, was Logan erneut mit einem missbilligenden Schnauben kommentierte. Ich nickte ergeben. Was sollte ich auch sonst tun?!

Natürlich würde ich ebenfalls gern die Geschichte hören. Doch erstens wollte ich Ian nicht hungern lassen, wenn er sich schon für mich in solch eine Gefahr und Situation begeben hatte, und zweitens wusste ich, dass er wohl mit seinem Bruder allein reden wollte.

Es gab etwas, dass ich nicht wissen sollte. Ich war nicht dumm. Männer redeten in Anwesenheit einer Frau ungern offen und ungeniert. Vor allem, wenn es um Geschäfte oder eben einen Krieg ging. Ich war es nicht anders gewohnt, daher ergab ich mich seufzend meinem Schicksal und ging in die Küche, um Ian etwas Essbares herzurichten – beziehungsweise das von Logan gekochte Essen aufzuwärmen und auf drei Teller zu teilen. Somit hatten die beiden wenigstens etwas Zeit, um allein zu reden. Das musste ihnen reichen, denn mehr bekamen sie nicht von mir. Schließlich ging mich die ganze Sache hier auch etwas an. Sehr viel sogar!

Kapitel 27

Ian

Einen Moment blickte ich Angel noch hinterher, dann sah ich zu meinem Bruder. Logan schien angepisst zu sein, dabei dachte ich, er würde sich freuen, mich zu sehen, dachte, er wäre erleichtert. Doch so, wie er nur halbnackt und lediglich in Shorts bekleidet vor mir stand, schien ich wohl eher zu stören als alles andere. Ich wollte nicht, dass mich die Eifersucht packte, doch das tat sie. Ich konnte nichts dagegen tun, gegen die saure Galle, die mir bei dem Gedanken aufstieg, was sie hier alles getrieben hatten, während ich meinen Arsch riskiert hatte.

»Also? Was ist jetzt? Wo ist Alexey und warum verdammt nochmal hat das so lange gedauert? So war das nicht geplant gewesen, nichts von deinem Superplan wohlbemerkt!«, kommentierte Logan bitter und strafte mich mit einem eiskalten Blick, ehe er sich von mir abwandte, um zur Couch zu gehen. Ich folgte ihm.

Als wir uns setzten, schnappte sich Logan schlecht gelaunt eine Flasche Bourbon, die dort auf dem Couchtisch vor uns stand und wohl schon von ihnen geöffnet worden war – denn es fehlte schon etwas aus der Flasche.

»Na, euch schien es in den vergangenen Stunden besser ergangen zu sein als mir«, konterte ich verbittert und blickte ihm kühl entgegen. Logan fuhr sich ertappt über seinen Nacken, das tat er immer, wenn ihm etwas unangenehm war oder er nicht wusste, was er sagen sollte. Schon als Kind hatte er diese unsichere Geste ausgeübt. Manche Dinge änderten sich einfach nicht, Profikiller hin oder her.

Ich ließ ihn noch einen Moment schmoren, doch dann beschloss ich, es fürs Erste gut sein zu lassen. Schließlich war nun keine Zeit für meine Eifersucht. Außerdem hätte ich wohl, wenn ich hier mit ihr allein untergetaucht wäre, auch die Chance genutzt, um ihr endlich wieder nahe sein zu können.

Ich nahm Logan die Flasche ab, trank einen kräftigen Schluck und drückte sie ihm wieder in die Hand.

»Der Kerl ist hartnäckig«, kommentierte ich dann das Offensichtliche, denn sonst wäre ich sicher nicht so lange fort gewesen. Logan schwieg und forderte mich nur mit seinen intensiven Blicken dazu auf, weiterzusprechen.

»Er ist mir wirklich mit all seinen Männern gefolgt, nachdem ich meinen Maybach in seine Festung hatte reinkrachen lassen. Meine Provokation ging voll auf. Nur hatte ich nicht mit seiner Verbissenheit gerechnet. Selbst mit meinem Mercedes unterm Arsch hat er es geschafft, mitzuhalten.«

»Und wie hast du es dann letztendlich geschafft, ihn abzuschütteln?«, wollte Logan drängend von mir wissen. Ich wich seinem Blick aus.

»Ich habe ihn getäuscht, indem ich an einer Raststätte halten musste, weil mein Tank leer war. Ich wusste, er konnte dort schlecht das Feuer eröffnen. Also bin ich rein, unbemerkt wieder raus und habe ein Auto von irgendeinem Typen abgekauft. Erstaunlich, was Menschen alles für Bargeld tun«, berichtete ich tatsächlich noch immer verblüfft. Zum Glück hatte ich mir in weiser Voraussicht genau für solch einen Fall genug Scheine in meine Sporttasche gepackt.

»Ja, Ian, die Menschen tun so ziemlich alles für gutes Bargeld. Schön, dass du nun die erbärmliche Welt, in der wir Normalsterblichen leben, auch kennst«, spottete mein Bruder zynisch. Ich ignorierte es einfach und ging nicht auf seine offensichtlich schlechte Laune, die ich nicht ganz verstand, ein. Stattdessen brannte mir etwas viel Wichtigeres unter den Nägeln.

»Wie geht es ihr?«, fragte ich mit gesenkter Stimme und blickte mich schnell nach ihr um.

»Was fragst du mich?«, brummte er mich abermals dumm von der Seite an. Stirnrunzelnd sah ich wieder zu ihm. *Was ist bloß los mit ihm?!*

Doch ich kam nicht dazu, ihn danach zu fragen, denn schon ertönte Angel's liebliche Stimme aus der Küche, dass das Essen fertig wäre. Mein Bruder und ich tauschten noch einen intensiven Blick miteinander aus, dann erhob ich mich, doch Logan machte keine Anstalten, mir zu folgen.

»Kommst du nicht mit?«, fragte ich ihn irritiert über sein merkwürdiges und feindliches Verhalten mir gegenüber. Er schüttelte den Kopf und hob demonstrativ die Flasche an.

»Ich bevorzuge heute Flüssignahrung, danke!«

Verständnislos schüttelte ich über ihn den Kopf und ging in die Küche zu Angel. Als sie mich allein sah, blickte sie mit gerunzelter Stirn an mir vorbei Richtung Wohnzimmer.

»Lass ihn, er hat, warum auch immer, schlechte Laune. Hast du ihn etwa wieder geärgert, kleine Angel?«, neckte ich sie und trat dicht an sie heran. Sie schmunzelte leicht zu mir nach oben, überging meine Frage und nickte neben sich, um mich aufzufordern, mich zu setzen. Widerwillig tat ich, worum sie mich bat, denn eigentlich würde ich lieber von ihren vollen Lippen kosten als von dem Essen.

Angel stocherte mehr in dem für mich undefinierbaren Etwas herum und sah sich immer wieder nach Logan um. Sie schien mit sich zu ringen, ob sie nun bei mir bleiben oder nach meinem Bruder sehen sollte. *Verdammt, wann ist das nur so kompliziert geworden?!*

»Wie geht es dir?«, fragte ich sie und holte sie damit wieder zurück zu mir. Angel blickte mich von der Seite an, dann zuckte sie nur unsicher mit den Achseln.

»Ich weiß es nicht«, antwortete sie kleinlaut.

»Du weißt es nicht?«, hakte ich irritiert nach. Sie musste doch wissen, wie es ihr ging? Nun legte sie ihr Besteck ab und wandte sich mir ganz zu. Ich tat es ihr gleich.

»Wenn du mir sagen kannst, was mit Alexey ist und wie nun euer Superplan aussieht, kann ich dir sagen, wie es mir geht. Vorher nicht.« Ich nickte verständnisvoll. Sie hatte Angst, das war verständlich.

»Ich habe ihn erfolgreich abgehängt und bin einen längeren Umweg als eigentlich nötig hierhergefahren. Er kann uns nicht finden. Versprochen, Angel!« Ich sah ihr tief in ihre schönen, tiefblauen Augen. Meine Hand fand ganz von selbst den Weg zu ihrer weichen Wange. Ich hatte sie so sehr vermisst. Die letzten Tage waren hart gewesen, vor allem jetzt, wo ich wusste, dass sie mich nicht abgeschossen, sondern Alexey mir die Nachricht geschickt hatte. Er hatte Angel dazu gebracht, so distanziert zu sein.

Ich konnte ihr nun endlich wieder nahe sein und sie berühren. Meine Finger strichen ihr zärtlich über ihre Unterlippe und meine Augen hafteten sich auf ihren leicht geöffneten Mund. Angel hatte den Blick gesenkt und ihre Atmung hatte sich beschleunigt. Ich konnte nicht anders, doch ich musste sie erneut küssen. Auch wenn der Zeitpunkt nicht besonders günstig schien, und Logan sicherlich erneut seine schlechte Laune rauslassen würde, sollte er uns nun sehen, so musste ich es dennoch tun. Doch wer könnte es mir bei dieser Schönheit hier verdenken?!

Meine Hand wanderte in ihren Nacken, dann beugte ich mich ihr entgegen und führte meine Lippen zu ihren.

»Ich habe dich vermisst, kleine Angel«, raunte ich, ehe ich sie verlangend küsste. Sie schien im ersten Moment wie erstarrt zu sein, denn sie erwiderte den Kuss nicht. Erst als ich mit meiner Zunge in ihren Mund eindrang, schien sie aus ihrer Starre zu erwachen und begann zaghaft den Kuss zu erwidern. *Ist es dir unangenehm, mich zu küssen?!*

Ich löste mich von ihr. Es war wohl einfach der falsche Moment.

»Ich werde duschen gehen und mich etwas ausruhen. In Ordnung? Danach werden wir uns etwas überlegen, wie es weitergeht. Doch ich brauche jetzt dringend eine heiße Dusche und eine Mütze voll Schlaf.«

Ich drückte ihr noch einen kleinen Kuss auf die Stirn, damit erhob ich mich und ging nach oben. Den Griesgram von Bruder auf der Couch ignorierte ich getrost und schnappte mir auf dem Weg bloß noch meine Tasche. Ich war wirklich erledigt. Dennoch beschloss ich, erst duschen und dann schlafen zu gehen.

Im Badezimmer angekommen entledigte ich mich schnell meiner Klamotten, stellte mich unter die Dusche und das Wasser an. Ich ließ mich von dem heißen Nass wohltuend einhüllen und meine verhärteten Muskeln dadurch endlich entspannen. So eine Flucht war doch schon sehr anstrengend.

Nach meiner langen und ausgiebigen Dusche wickelte ich mir ein Handtuch um die Hüften und verließ das Badezimmer, um mich in irgendeinem der Schlafzimmer hier oben endlich aufs Ohr hauen zu können. Doch kaum machte ich einen Schritt aus dem Bad, drangen wütende Stimmen zu mir nach oben. Es klang ganz danach, als würden sich Angel und Logan streiten.

Ich konnte nicht anders und musste lauschen, musste einfach wissen, was dort zwischen ihnen abging. Daher lehnte ich meine Unterarme auf dem Treppengeländer ab und blickte nach unten. Hier konnte ich sie gut verstehen.

»Was war das da gerade mit ihm? Du sagtest, du hättest dich entschieden!«, sprach mein Bruder sichtlich angepisst. Ich hörte, wie ihre kleinen Füße über den Steinboden in der

Küche tapsten. *Entschieden?!*

»Logan, nicht jetzt, okay?!«, wich sie ihm aus. Ein missmutiges Schnaufen von Seiten meines Bruders, dann wurde es einen langen Augenblick still. Erneut hörte ich Schritte, doch dieses Mal war ich mir sicher, es waren nicht ihre.

»Du musst dich nicht gleich entscheiden, Angel. Darum geht es nicht. Doch das hier, das geht nicht. Du kannst mir nicht sagen, du hättest dich entschieden und dann blockst du mich ab.«

»Ich blocke dich nicht ab. Ich weiß nur nicht mit dieser Situation umzugehen. Außerdem bist du nicht gerade umgänglich, seit dein Bruder da ist«, ermahnte sie ihn, was Logan mit einem amüsierten Schnauben kommentierte. Danach sprachen sie nur noch wenig und sehr leise. Die kommenden Geräusche dagegen waren eindeutig.

Mit mahlenden Kiefern und noch immer auf dem Treppengeländer abgestützt, hörte ich dabei zu, wie mein Bruder unseren Engel gegen die Kücheninsel fickte. Ich wusste nicht, was mich wütender machte … die Tatsache, dass er sie fickte, wenn ich in der Nähe war, dass sie sich von ihm vögeln ließ oder dass sie wohl bereits eine Entscheidung getroffen hatte, von der ich nichts wusste. Einfach alles pisste mich gerade an. Wenigstens war es nur ein Quickie, so musste ich mir ihr hemmungsloses Stöhnen nicht noch länger anhören, das nicht durch mich ausgelöst wurde.

Abermals ertönten leise Stimmen, dann hörte ich erneut ihre kleinen Füßchen über den Steinboden unten tapsen und schon erschien sie in meinem Blickfeld, als sie die Treppe nach oben ging.

Angel trug ein breites Lächeln auf den Lippen, das sofort in sich zusammenfiel, als sie mich zu Gesicht bekam. Ich wusste nicht, warum ich mir ihren Fick bis zum Ende angetan hatte. Doch eins war klar: Ich wollte jetzt ganz sicher nicht mit ihr darüber reden. Kommentarlos wandte ich mich von ihr ab und ging in das erste Schlafzimmer, das ich finden konnte. Es schien unbenutzt zu sein, denn es lagen keine Taschen hier und das Bett war ebenfalls noch mit einem großen weißen Laken abgedeckt, um es vor Staub zu schützen. Ich riss den Stück Stoff mit einem Ruck vom Bett, dann zog ich die Vorhänge zu, damit ich schlafen konnte. Ob es mir nach dem gerade Erlebten auch wirklich gelingen würde, war etwas anderes.

»Ian?«, ertönte ihre liebliche Stimme hinter mir. Ich seufzte müde.

»Lass gut sein, Angel«, sprach ich über meine Schulter und schmiss das große Laken achtlos in die Ecke.

»Ian, bitte sei nicht so zu mir«, bat sie und betrat währenddessen vollends den Raum. Ich hörte es an ihren näherkommenden Schritten, bis ich ihre kleine Hand auf meinem Rücken spürte. Meine Muskeln zogen sich dort ruckartig zusammen und meine Haut stand sofort in Flammen. *Fuck, was machst du nur mit mir?!*

Dennoch wandte ich mich nicht zu ihr um. Ich konnte ihr jetzt nicht in die großen und reuevollen blauen Augen sehen. Konnte den inneren Kampf darin nun nicht gebrauchen.

»Was willst du?«, fragte ich sie angestrengt, denn das war es für mich. Es war anstrengend, ihr so nahe zu sein, sie aber doch nicht berühren zu dürfen. Nicht, wenn sie gerade von meinem Bruder gefickt worden war.

Ich spürte ihre Finger, wie sie meine unzähligen Tätowierungen an meinem Rücken nachfuhren. Das hatte sie in unserer gemeinsamen Zeit oft getan. Die Erinnerungen, gepaart mit dieser Berührung, ließen mir einen heißen Schauer die Wirbelsäule hinabrennen. *Fuck, diese Frau!*

»Ich möchte nicht, dass du so zu mir bist, Ian«, wisperte sie dann dicht an meinem Rücken.

»Und wie soll ich zu dir sein? Wie soll ich mit dir umgehen, wenn ich dich nach Tagen endlich wiedersehe, nun endlich weiß, was mit dir los war und mir klar wurde, dass es nicht an mir lag. Dass nicht du mich verlassen und verletzt hast, zumindest nicht freiwillig. Sag mir das, Angel? Wie soll ich nun nach all dem und nachdem du dich gerade von meinem Bruder hast durchvögeln lassen, umgehen?« Mir kamen diese absolut ehrlichen Worte einfach über die Lippen. Ich konnte sie gar nicht aufhalten.

Ihre Streicheleinheiten an meinem Rücken hatte sie eingestellt. Ihre Hand lag nur noch unbeweglich auf meiner Haut, ihr schneller Atem stieß gegen meinen Rücken. Angel war sichtlich überfordert mit meinem Geständnis. *Dann sind wir schon zu zweit, kleine Angel.*

»Ian, ich …«, doch weiter kam sie nicht. Denn unten schepperte es laut und keinen Augenblick später ertönten die ersten Schüsse. Sofort drehte ich mich um. Auch Angel hatte sich erschrocken zur Tür gewandt.

»Bleib hier!«, befahl ich ihr streng, dann schnappte ich mir schnell meine Jeans von ganz oben auf meiner Tasche und stieg eilig in sie hinein. Schließlich konnte ich nicht nur im Handtuch nach unten stürmen und meinem Bruder helfen.

»Er hat mich gefunden!«, entfuhr es ihr wispernd. Doch ich konnte mich jetzt nicht um ihre nahende Panikattacke kümmern. Mein Bruder brauchte mich, denn noch immer fielen vereinzelt Schüsse und ich machte mehrere Männerstimmen unten aus. *Fuck! Der Bastard ist mir doch gefolgt!*

Ich war schon dabei, das Zimmer mit erhobener Waffe zu verlassen, die ich von Logan bei mir zu Hause bekommen hatte, wollte gerade aus der Tür schlüpfen, als mich ihr immer schneller und panisch werdender Atem davon abhielt. Angel hyperventilierte gerade. *Shit! Das kann ich jetzt gar nicht gebrauchen!*

Noch einmal nach unten gelauscht beschloss ich, mich ihr noch einmal zuzuwenden. Bei ihr angekommen nahm ich ihr Gesicht in meine Hände, die Waffe hatte ich zurück in meinen Hosenbund gesteckt.

»Angel, hör mir zu! Er wird dich nicht mehr anrühren! Ich schwöre es dir! Aber du musst dich jetzt beruhigen und genau das tun, was ich sage. Hörst du?!« Ich schüttelte sie leicht in meinem Griff. Mit weitaufgerissenen Augen sah sie zu mir hinauf, dann nickte sie leicht und beruhigte langsam ihre Atmung.

»Du wirst jetzt leise all unsere Taschen zusammensuchen und von dem Balkon dort hinter dir schmeißen. Dann suchst du dir eine gute Möglichkeit, ebenfalls von hier aus dem Fenster zu klettern. Die Taschen bringst du ungesehen zu Logans Wagen, dann klettere in ihn hinein und warte dort auf uns. Wir kommen, so schnell es geht, nach. Wo ist der Autoschlüssel?«

»Ich … ich weiß nicht. Ich habe ihn Logan gegeben und im Schlafzimmer ist er nicht«, antwortete sie mir stotternd.

»Okay, egal, darum kümmere ich mich. Hast du alles verstanden?« Sie nickte, auch wenn die Angst sie nach wie vor beherrschte. Die nächsten Schüsse ertönten unten, ich blickte mich schnell über die Schulter um, dann sah ich wieder zu ihr. Ich wollte mich gerade von ihr lösen, doch erst musste ich ihr diesen letzten Kuss aufdrücken. Anders war ich nicht in der Lage, sie zu verlassen. Hart presste ich meine Lippen auf die ihren. Mein Kuss war dominant und doch teilte ich leidenschaftlich ihre Lippen mit meiner Zunge.

»Geh jetzt!«, sprach ich gepresst an ihre weichen Lippen, gab sie frei und wandte mich von ihr ab.

Ich wusste, dass sie noch etwas sagen wollte, doch ich hatte keine Zeit mehr und ich glaubte, es auch nicht hören zu wollen. Noch nicht.

Schnell zog ich wieder die Waffe aus meinem hinteren Hosenbund. Nun müsste ich sie wohl doch noch benutzen. Scheiße, ich hatte das letzte Mal vor knapp acht Jahren geschossen. Damals auf dem Schießstand mit meinem Vater war ich zwar nicht schlecht im Umgang mit ihr gewesen, doch das hier waren keine verfickten Attrappen oder unbeweglichen Ziele aus Holz. Doch ich konnte meinen Bruder nicht im Stich lassen. Ich musste ihm helfen, schließlich war es meine Schuld, dass der Bastard uns gefunden hatte. War ich wohl doch nicht so unauffällig gewesen, wie ich geglaubt hatte. Verdammte Scheiße!

Ich schlich zum Treppengeländer und linste nach unten, aber leider konnte ich niemanden sehen, also musste ich weiter.

Es waren gerade keine Schüsse mehr zu vernehmen, was mich gleich noch etwas nervöser machte, weil ich nicht wusste, ob dies nun ein gutes oder schlechtes Zeichen war. Ich kannte mich mit diesem Gangsterscheiß einfach nicht aus.

Barfuß und auf leisen Sohlen schlich ich die Treppen hinunter und sah mich, soweit es mir mein Sichtfeld zuließ, um. Doch außer jede Menge Einschusslöchern in den Wänden konnte ich niemanden sehen. Ich beschloss, zuerst in die Küche zu gehen, da ich Logan dort vermutete. Doch plötzlich erstarrte ich in meiner Bewegung, als ich einen Mann tot am Boden liegend sah. Mein Hirn wusste, dass es nicht mein Bruder war. Denn der hatte nur Boxershorts getragen. Dennoch zog sich alles in mir zusammen. Ich wollte meinen kleinen Bruder nicht verlieren, vor allem nicht, wenn es obendrauf noch meine Schuld wäre.

»Fuck, Ian! Zwei Mal an einem Tag? Ein drittes Mal überlebst du es nicht und ich erschieß dich doch noch!«, knurrte mich Logan wütend an und trat aus der Küche auf mich zu. Er schien unverletzt zu sein. Na, wenigstens etwas.

»Wo ist sie?«, herrschte er mich an, als er sah, dass ich allein war. Plötzlich, gerade als ich ihm antworten wollte, verhärtete sich Logans Miene. Er hob blitzschnell seine

Waffe und feuerte einen Schuss auf meiner Kopfhöhe ab. Ich erstarrte und sah ihm fassungslos entgegen, bis ich ein schepperndes Geräusch dicht hinter mir wahrnahm. Langsam blickte ich über die Schulter, dann sah ich ihn. Einen Mann, wie er leblos in sich zusammengesackt war, mit einem Loch in seinem Kopf. Logan hatte ihn hinter mir gesehen, nicht eine Sekunde gezögert und abgedrückt.

Ich wusste nicht, ob ich erstaunt über seine Treffgenauigkeit sein sollte, oder angepisst, dass er es wirklich gewagt hatte, so dicht neben meinem Kopf vorbeizuschießen, und das, ohne mich vorher zu warnen.

»Fuck!«, war jedoch alles, was ich dazu sagen konnte, als ich mich wieder Logan zuwandte. Er hatte seine Waffe bereits wieder sinken lassen und sah mich mit noch immer verhärteter Miene an.

»Also, wo ist sie?«, fragte er mich dann drängend. Mir klappte die Kinnlade runter.

»Gibst du mir eine Sekunde?!«, fuhr ich ihn angepisst an. Logan verdrehte darauf nur die Augen und kam auf mich zu.

»Sorry, Ian, wir haben keine Zeit für deinen Nervenzusammenbruch. Es werden mehr kommen. Also?!«, forderte er mich abermals dazu auf, ihm zu sagen, wo Angel war.

»Hab sie mit den Taschen aus dem Fenster und zum Wagen geschickt«, kommentierte ich knochentrocken, dann sah ich mich noch einmal im Erdgeschoss um.

»Du hast WAS?«, fuhr Logan mich fassungslos an und stürmte an mir vorbei in Richtung Haustür.

»Bevor du wieder den verliebten Gockel raushängen lässt … würdest du mich erst aufklären, was hier gerade los war? Und wo alle Männer geblieben sind?!«, fragte ich fordernd in seinen Rücken.

»Sie sind alle tot. Das waren nur seine Bauern. Sie haben

uns wohl einfach zuerst gefunden. Sprich, wir müssen hier weg. JETZT!«

Da Logan wohl nicht die Absicht hatte, stehenzubleiben, sondern einfach unbekümmert halbnackt und noch dazu mit seiner Waffe in der Hand weiterging, folgte ich ihm nach draußen.

»Angel, komm raus!« Logans Stimme klang scharf. Wahrscheinlich lag es noch an dem Adrenalin, das durch seine Venen jagte. Verzögert öffnete sich eine der hinteren Türen seines Autos, dann stieg ein verschreckter Engel aus. Sie sah kurz zu mir, dann zu Logan. Ihre Augen scannten seine gesamte Erscheinung, ehe sie ihm in die Arme stürmte. Meine Brust zog sich schmerzlich zusammen, als ich dieses Bild sah. Wie sich Angel regelrecht in die Arme meines Bruders schmiss, weil sie sich Sorgen um ihn gemacht hatte.

Damit hatte sie sich entschieden. Sie musste es nicht mehr aussprechen, auch wenn ich nach dieser Scheiße hier sicherlich ein Gespräch mit ihr führen würde.

Ob ich mich einfach so damit abfinden kann, dass du dich für ihn und gegen mich entschieden hast, kann ich unmöglich versprechen. Nein, ich bin mir ziemlich sicher, es nicht zu können. Schließlich bin ich es nicht gewohnt, nicht zu bekommen, was ich will.

Kapitel 28

Angel

Sein vertrauter Geruch beruhigte mich und meine glühenden Nerven. Logans herber Duft, der wild und nach Waldboden roch, vernebelte mir mein sich vor Gedanken überschlagendes Hirn und holte mich zurück in die Wirklichkeit. Ich wusste, dass es nicht fair von mir war, was ich hier gerade tat, doch ich konnte nun mal nichts für meine Gefühle und diese hatten mich gerade ganz klar in Logans Arme getrieben.

Seine starken Arme pressten mich fest an seinen nackten Oberkörper. Er schien keinerlei Verletzungen zu haben, zumindest keine neuen. Das beruhigte mich noch etwas mehr.

»Wir müssen hier weg!«, verkündete mir Logan leise. Der tiefe Bass, der durch seine Stimme ausgelöst durch seinen Brustkorb vibrierte, durchzuckte mich bis in die kleinste Zelle. Unfassbar, wie stark mein Körper auf ihn und alles, was mit ihm zu tun hatte, reagierte.

Damit ließ er mich los und trat an mir vorbei, um seine Tasche aus seinem Buick zu holen und sich mit der Kleidung daraus anzuziehen.

»Geh und hol ein paar Lebensmittel und Wasserflaschen aus dem Haus. Dann verschwinden wir hier«, befahl mir Logan kühl. Ich blickte ihn noch einen Moment dümmlich an, doch als er mir keinerlei Beachtung mehr schenkte, beschloss ich, auf ihn zu hören.

Nach ein paar Minuten kam ich mit einigen Lebensmitteln und Wasserflaschen wieder zurück. Die fünf

Männerleichen im Haus ignorierte ich dabei, so gut es ging. Ich war einfach nur froh, dass es Logan gutging und nicht er eine dieser Leichen war.

Als ich nach draußen trat, fand ich nur noch Ian vor, der mit allen Taschen vor dem Haus stand und nicht gerade glücklich aussah.

»Wo ist Logan?«, fragte ich ihn, da auch sein Buick fehlte.

»Er schafft seinen Wagen hier weg und tauscht ihn gegen einen anderen. Er meinte, seiner wäre zu auffällig, da sie ihn kennen und nach ihm Ausschau halten würden«, erklärte mir Ian unterkühlt. Er war sauer, das war nicht zu übersehen. Leider wusste ich nicht, wie ich diese Anspannung zwischen uns lösen könnte, denn eigentlich ging es nur durch ein klärendes Gespräch. Doch egoistisch, wie ich bei diesen beiden Männern nun mal war, konnte ich es jetzt noch nicht führen. War noch nicht bereit dazu, einen der beiden zu verlieren. *Nicht jetzt, noch nicht!*

Wir standen einige Minuten schweigend nebeneinander, dann erweckte ein nahendes Auto unsere Aufmerksamkeit. Als es direkt vor uns hielt, erkannten wir Logan darin, der uns mit einem Kopfnicken bedeutete, in den sicherlich gestohlenen Jeep einzusteigen.

Ian schnappte sich alle Taschen, schmiss sie hinten auf die Rücksitzbank und stieg neben Logan ein. Mir blieb dann wohl nichts anderes übrig, als mich hinter Ian zu setzen.

»Und du beschwerst dich wegen meinem extravaganten Autogeschmack?! Na dann«, kommentierte Ian den von Logan gestohlenen Fluchtwagen.

»Ian, ich habe gerade das Heiligste, was ich besitze, hinter einem Feld abgefackelt. Tu mir einfach einen Gefallen und halt für fünf Minuten die Fresse und lass mich um mein Baby trauern!«, knurrte Logan wütend und fuhr mit quietschenden Reifen los. Unsicher schaute ich zwischen den beiden hin und her, bis sich Logans und mein Blick im

Rückspiegel trafen. Ich wusste nicht, was ich in seinem sonst so sanften Braun zu finden versuchte. Vielleicht ein Versprechen, dass alles gut werden würde. Eine Emotion. Irgendetwas, das mich beruhigte. Doch das Braun seiner Iriden war matt und ernst. Nichts, keine Emotion oder Regung, konnte man aus seinen Augen entnehmen.

Sein Blick glitt wieder auf die Straße und die Stille hier im Wagen brachte mich fast um.

»Wo fahren wir jetzt hin? Was ist euer Plan?«, fragte ich, rutschte in die Mitte und lehnte mich dabei nach vorne zu ihnen. Meine beiden Arme legte ich links und rechts vor mich auf ihren Sitzen ab.

Beide vermieden meinen Blick und sahen nur stur geradeaus. Auch einander sahen sie sich nicht an. Es war zum Verrücktwerden und mehr als frustrierend.

»Zurück nach New York«, entgegnete Logan, als ich glaubte, keine Antwort mehr zu erhalten. Fassungslos sah ich ihn an, dann schüttelte ich panisch den Kopf. Doch bevor ich auch nur ein weiteres Wort sagen konnte, fuhr er mir schon mit erhobener Stimme dazwischen.

»Nicht, Angel! Ich will nichts hören! Wir fahren zurück nach New York und Ende! Genau dort rechnet er mit uns am wenigsten und außerdem kenne ich jemanden, der uns helfen kann. Genaugenommen den Einzigen, der uns überhaupt helfen könnte. Leider!« Das Letzte spuckte Logan beinah verächtlich hinterher. Ich verzog die Brauen, sonst sagte ich nichts mehr dazu. So wie es aussah, hatte ich wohl erneut in meinem Leben kein Mitspracherecht, doch das war ja nichts Neues für mich. Außerdem wollte ich Logan in seiner jetzigen Verfassung lieber nicht provozieren. Es hätte ja doch keinen Sinn. Ich hoffte einfach darauf, dass er wusste, was er tat. Schließlich hing nicht nur mein Leben daran, sondern auch seines und das seines Bruders. Logan würde schon den richtigen Weg gehen, auch wenn der wieder zurück in die Höhle des Löwen führte.

Ich spürte ein sanftes Streicheln an meiner Wange, doch ich war noch nicht bereit, aus meinem erholsamen Schlaf zu erwachen. Auch nicht, als ich wahrnahm, wie ich hochgehoben und mein Kopf auf eine mir bekannte Männerbrust gebettet wurde. Der vertraute, herbe Duft stieg mir in die Nase, dennoch ließ ich mich wieder in den Schlaf gleiten. Ich war einfach nicht in der Lage, meine Augen zu öffnen.

Lautes Stimmengewirr holte mich etwas später allerdings doch wieder zurück in die Realität. Ich blinzelte gegen die erschreckende Helligkeit an, wurde nur langsam wach. Vorsichtig setzte ich mich auf, um dann festzustellen, dass ich mich in einem Raum … – einem Stripclub? – befand. Zumindest war dort eine Stange. Vor dieser standen drei schwere Sessel und eine Couch, auf der ich selbst gelegen hatte.

Ich sah mich nach den Stimmen um, dann erblickte ich gleich mehrere Männer. Zwei davon kannte ich nicht. Die anderen beiden waren Ian und Logan.

»Dein Dornröschen ist wach«, erkannte der Dunkelblonde der beiden Fremden und nickte in meine Richtung. Damit verstummten alle anderen und sahen mich an. Logan nickte Ian zu, dass er sich um mich kümmern sollte, aber das konnten sie vergessen. So schnell würde ich mich diesmal nicht abspeisen lassen. Zumal ich wissen wollte, wer die zwei mit den Totenkopftattoos waren. Mir kam diese Tätowierung so unglaublich bekannt vor, doch ich bekam den Zusammenhang einfach nicht hin. Mein Hirn war wohl noch nicht ganz da.

Schnell ging ich auf die Männer zu. Sie standen alle

um einen großen Tisch herum, auf dem sich gleich zwei Flaschen Whiskey und Gläser befanden. *Wie lange habe ich bitte geschlafen?*

Diesmal nickte der Schwarzhaarige zu mir und machte dabei ein zischendes Geräusch, das dem anderen bedeuten sollte, zu schweigen, da er der Einzige war, der mir nicht den Rücken zugedreht hatte. Ich zog abschätzig die Augenbraue hoch. Was war er denn bitte für ein Machoarsch?!

»Sorry, Dornröschen, aber ich denke, dieses Gespräch bleibt lieber unter uns Männern. Setz dich doch an die Bar und bestell dir, was auch immer du möchtest. Geht auf mich«, ergriff der Dunkelblonde das Wort, nachdem er sich zu mir umgedreht hatte. Mit einem frechen Lächeln auf seinen schönen Lippen blickte er auf mich herab, als ich dicht vor ihm zum Stehen kam. Jedoch wandte ich mich schnell von ihm ab und ließ diesen aufgeblasenen Arsch meine kalte Schulter spüren. *Also bitte, was glaubt er, wer er ist?!*

»Logan, was soll der Scheiß?«, schnauzte ich ihn an und ignorierte das drohende Knurren hinter mir. Logan schenkte dem Schwarzhaarigen einen mahnenden Blick, ehe er mich etwas aus der Runde führte und mit mir zurück zu der Couch ging. Widerwillig folgte ich ihm, doch nur, weil ich Antworten verlangte.

»Wo sind wir hier, Logan? Und wer sind Mr. Eiskalt und sein Händchen?«, fragte ich erneut scharf und verschränkte die Arme vor der Brust. Logan fuhr sich seufzend durch sein wildes Haar, ehe er sich erschöpft auf die Couch sinken ließ. Erst jetzt sah ich, wie erschlagen und müde er wirkte. Seine Augenringe stachen viel deutlicher hervor, seine Lider hingen auf Halbmast. Die ganze Situation war einfach nervenzehrend.

»Ich sagte doch, ich kenne da jemanden. Das ist dieser Jemand. Enzo, alias der Hunter von New York, und seine rechte Hand Aleks.« Logan nickte zu beiden, damit ich wusste, welcher welcher war. Grübelnd zog ich meine Brauen zusammen. Ich kannte diesen Hunter. Ich hatte schon einiges von ihm gehört. Die Schatten flüsterten oft seinen Namen. Ob das nun gut oder schlecht war, wusste ich nicht so genau. Doch das war erst einmal nebensächlich.

»Ich lasse mich aber sicher nicht wie ein dummes Gör von ihm oder dir wegschicken. Das hier geht mich ebenso etwas an! Schließlich habt ihr beide mich hier ungefragt mit reingezogen.«

Logan blickte mich nach meinem Satz fassungslos an, dann glitt der altbekannte Zorn in seine Gesichtszüge.

»Was sollen wir? Dich mitreingezogen haben?! Verarschst du mich?! Ich erinnere mich, dass es dein psychopatischer Ex ist, der uns abschlachten will, weil wir dich nur angesehen haben!«, konterte Logan sichtlich empört. Ich schnaubte.

»Ja, und wer hat mich aus meinem Badezimmerfenster geschmissen? Wer hat diesen Plan in die Wege geleitet, ohne es mit mir abzusprechen?«

Logan sprang in den Stand und baute sich vor mir auf.

»Verarschst du mich?! Dein Ehemann will mich und meinen Bruder abschlachten und du kommst mit: ‘Hättest mich ja nicht retten müssen’, ums Eck?! Ist das dein fucking Ernst, Angel?!«, brüllte er mich regelrecht an. Auch ich hatte mich wütend erhoben und funkelte ihm mahnend entgegen.

»Ihr was?«, entfuhr es Ian fassungslos. Logan begann abfällig zu lachen, dann wandte er sich von mir ab und seinem Bruder zu.

»Du hast schon richtig gehört. Alexey ist Angel's Ehemann. Und so, wie ich das jetzt verstehe, hätten wir uns in ihren kleinen Ehestreit, auch Folter und unzählige Vergewaltigungen genannt, nicht einmischen brauchen. Sorry, Bro, umsonst unser Leben riskiert«, spottete Logan bitter über mich und mein Leben. Ich sah rot. Dunkelrot!

Als er sich mit einem verbitterten Lächeln auf den Lippen wieder zu mir umdrehte, hatte ich schon ausgeholt, um ihm eine Ohrfeige mitzugeben. Die Ohrfeige seines Lebens! Er sah sie nicht kommen und somit traf meine flache Hand mit einem lauten Klatschen seine Wange.

»Sucio gilipollas!«, spuckte ich ihm meine Beleidigung mit meinem feurigen Spanisch entgegen. Logan knurrte rau, dann packte er mich grob an meinem Handgelenk und zog mich mit einem Ruck dicht an sich heran. Seine braunen Iriden stürmten nur so in seinen Augen. Doch es war mir egal. Er hatte mich beleidigt und wollte mich ausschließen, bei einer Sache, die mich mehr anging, als er es mir weismachen wollte.

»Sind wir über diese Phase nicht schon längst hinaus, kleine Angel?«, schnurrte er mir dunkel in mein Ohr. Logan war wütend, sehr sogar. Ich merkte es an seinem bebenden Körper.

Wir lieferten uns ein unerbittliches Blickduell, bis jemand die Stille in diesem Raum brach.

»Enzo, ich denke, ich hab da etwas gefunden«, erklärte ein junger Kerl, der gerade mit einem Laptop in den Raum kam und alle Aufmerksamkeit von uns auf sich zog. Logan schenkte mir noch einen strengen Blick, doch statt von mir abzulassen und zurück zu den Männern zu gehen, wie ich es geglaubt hatte, senkte er plötzlich seine weichen Lippen auf die meinen und küsste mich hart.

»Tu das nie wieder!«, drohte er mir leise an meine Lippen, jedoch war ich mir sicher, ein Schmunzeln aus seiner Stimme zu hören. Völlig von seinen Stimmungsschwankungen überfordert, nickte ich nur leicht, dann ließ er von mir ab und ging zu den Männern zurück.

Dieser Enzo musterte mich interessiert. Ich wusste nichts aus seinen Eisaugen zu lesen, daher wandte ich mich schnell von ihm ab und sah zu dem Neuankömmling, nur, um sofort in meiner Bewegung zu erstarren. *Scheiße! Jeder, aber nicht du!*

Der junge Kerl, der gerade reingekommen war, war der Hacker von vor sechs Jahren, der mir meine neuen Papiere besorgt hatte. Damals hatte er gesagt, ich würde eines Tages wieder hier in der Kneipe seines Bruders auftauchen und seine Hilfe benötigen. *Scheiße, verdammt!*

Sein Blick fand den meinen und sofort zog er rätselnd die Stirn kraus. Er schien sich an mich zu erinnern, wusste nur nicht, woher. Ich hoffte, so würde es bleiben. Doch natürlich – wie sollte es anders sein? – war das Schicksal mal wieder mit mir auf Kriegsfuß. Ich sah es. Sah, wie sich sein Gesicht erhellte, als er mich erkannte. Er drückte diesem Enzo seinen Laptop in die Hand und kam frech lächelnd auf mich zu. *Oh, bitte nicht!*

Logan sowie auch Ian beobachteten ihn mit zusammengekniffenen Augen und schienen allzeit bereit zu sein, sich auf ihn zu stürzen, wenn sie es denn müssten.

»Na, sieh mal einer an, mein verruchter Engel. Was machst du denn hier? Steckst du wieder in Schwierigkeiten und brauchst einen Ritter? Ich übernehm die Rolle gern wieder. Schließlich erinnere ich mich nur allzu gut an deine Gegenleistung«, säuselte er frech und blieb dicht vor mir stehen. *O Gott!*

Offenbar hatte er Logans und meinen Kuss nicht gesehen, sonst würde er sicher nicht so frech grinsen und mir dabei so verdammt nah kommen. Ein überfordertes Lächeln huschte über meine Lippen. Shit, was sollte ich denn jetzt machen?!

»Du kennst ihn?«, knurrten beide Davis-Männer wie aus einem Munde. *Super!*

Ich blickte erst zu den beiden in seinem Rücken, dann wieder zu Mr. Schönling hier vor mir, der mir noch immer viel zu nah war. Auf seinen Lippen bildete sich ein noch frecheres Grinsen, als er die Situation erkannte. Ich funkelte ihn mahnend an, nun nichts Falsches zu sagen.

»Ich denke, wir sollten hier weitermachen. Liam, lass die Finger von der Kleinen. Logan ist ein fürchterlich schlechter Verlierer und ich habe keine Lust, dass er dich umbringt und ich ihn dann umbringen muss. Nicht in meiner Kneipe. Also bitte, schwing deinen Arsch hierher und sag uns, was du herausgefunden hast.«

»Ach, fick dich, Enzo!«, fuhr Logan ihn angepisst an, doch das brachte diesen Enzo nur zum Schmunzeln. *Aha?!*

Liam grinste noch immer breit, dann wischte er mir doch tatsächlich eine verirrte Strähne aus dem Gesicht und hinter mein Ohr. Meine Augenbraue wanderte immer höher.

»Was hast du dieses Mal angestellt, Engelchen?«, raunte er leise zu mir nach unten und beachtete somit Enzo und die anderen nicht.

Was war er denn für ein komischer Vogel?! Wenn er so weitermachte, würde Logan ihn noch umbringen.

»Ich dachte, du bist von uns beiden das Superhirn und es wäre dein Job, so etwas zu wissen. Außerdem … sagtest du nicht gerade, du hättest etwas herausgefunden?«, sprach ich lieblich zu ihm nach oben. Er lachte leise und schüttelte anschließend amüsiert den Kopf über mich, nahm jedoch noch immer nicht Abstand.

»Enzo, trainier deine Hunde besser, sonst tu ich es!«, ertönte ein gefährliches Grollen von Logan.

»Jesus, reg dich ab! Er berührt sie doch nicht einmal!«, amüsierte sich Enzo weiter über Logans Eifersucht. Ja, etwas niedlich war er ja schon.

»Also, was hast du angestellt, meine Kleine?«, lenkte Liam wieder die Aufmerksamkeit auf ihn und mich.

»Liam, lass jetzt den Scheiß und klär uns endlich auf! Du kannst später mit dem Engelchen spielen.«

»Hier spielt niemand mit ihr!«, brummte Ian mahnend.

Enzo musterte beide Brüder genau, dann wanderte sein

eiskalter Blick zu mir, ehe ein wissendes Lächeln über seine Lippen glitt. Es verweilte nur einen Augenblick lang dort und dennoch konnte ich es deutlich sehen. Ich konzentrierte mich wieder auf Liam vor mir, dann nickte ich ihm bestimmend zu und untermauerte somit Ians Worte. Niemand hier würde mit mir spielen. Niemand.

Ein amüsiertes Schnauben, doch dann nahm er endlich Abstand von mir und ging zu den Männern zurück. Logan stellte sich ihm allerdings in den Weg und funkelte ihm wütend entgegen.

»Vorsichtig, Logan! Erinnere dich: Er ist mein Bruder. Mach jetzt nichts Dummes! Du wolltest etwas von mir, schon vergessen?!«, drohte Enzo ruhig. Angespannt blickte ich zwischen den beiden Männern hin und her. Das war lächerlich und wir hatten dafür keine Zeit. Verstanden sie denn nicht, wie ernst die Lage war? Unterschätzten sie Alexey und seine Macht so sehr? Nach allem, was sie nun schon über ihn wussten?!

Kapitel 29

Logan

Beherrsch dich!, hallte es in Dauerschleife in meinem Kopf wider. Nach langem innerem Kampf machte ich mit geballten Fäusten einen Schritt zurück. Mich fuckte hier alles so dermaßen ab. Ich wollte nicht einmal hier sein, und doch war ich es. Musste es!

Was blieb mir auch für eine andere Option?! Ich hatte bis auf Filip keine Männer mehr hinter mir und wenn er noch immer schmollte, dann nicht einmal ihn. Doch eigentlich wusste ich, dass ich mich immer auf meinen besten Freund verlassen konnte, egal wie eingeschnappt er auch war. Dennoch waren wir beide machtlos gegen diesen Bastard. Auch Ian mit all seinem Geld konnte uns hier nicht weiterhelfen, da Alexey sich wohl ebenfalls über Geld keine Sorgen machen musste. Dazu hatte er noch eine Armee hinter sich stehen und den alten Stone auf seine Seite gezogen.

Dieses kleine Detail hatte ich Enzo noch nicht gesagt. Doch wer würde es mir bei seiner beschissenen Begrüßung verübeln?! Der Penner hatte zuallererst seine Waffe auf mich gerichtet, bis er sein scheiß Lächeln ausgepackt und mich verspottet hatte, dass ich wohl ohne ihn hilflos wäre. Ich hatte meine Beleidigung heruntergeschluckt und Angel und meinen Bruder geholt. Zum Glück hatte Ian diese typische Enzo-Begrüßung nicht gesehen. Er traute ihm jetzt schon nicht über den Weg. Das sah man Ian an. Nichts als Misstrauen stand in sein Gesicht geschrieben.

»Dann sag an, Superhirn!«, befahl ich ihm forsch und nickte zu seinem Laptop auf den Tisch, gab ihm damit die

'Erlaubnis', zu gehen. Nun erkannte man ganz klar, dass die beiden Brüder waren, denn über Liams Lippen glitt dasselbe zynische Lächeln wie das von Enzo. Sonst ähnelten sie sich charakterlich, soweit ich das nun beurteilen konnte, in nichts.

»Gut. Ich habe etwas über diesen Alexey Vargas herausgefunden.«

»Santos«, unterbrach Angel leise. Alle sahen kurz zu ihr, dann wieder zu Liam.

»Ja, das wollte ich gerade sagen. Danke, Engelchen. Vielleicht sollte ich doch lieber dich reden lassen. Ich denke, dein Bericht wäre lückenloser als meiner. Und ich ergänze dann, sollte etwas fehlen?« Liam sah mich kurz fragend an, dann seinen Bruder. Beide nickten wir.

»Also, was weißt du?«, fragte Enzo sie härter, als er müsste. Kurz sah ich ihn streng an, dann wandte ich mich ihr zu. Unsere Blicke trafen sich, auch ihr nickte ich noch einmal zu. Es war besser, wenn sie berichtete und Liam ergänzte. Auch wenn ich wusste, dass es Angel nicht passen würde, so musste sie da jetzt durch. Sie hatte doch um Teilnahme und Mitsprache gebeten. *Bitte schön, kleine Angel. Die Bühne gehört dir.*

»Na los, Schätzchen, ich hab nicht die ganze Nacht Zeit!«, drängte Enzo sie schlecht gelaunt. *Penner!*

Angel schenkte ihm einen feurigen Blick, worauf er kurz seine Augenbrauen zusammenzog.

»Nenn mich nie wieder Schätzchen!«, zischte sie ihn an, ehe sie weitersprach. Zu meiner Überraschung ließ Enzo sie kommentarlos gewähren.

»Er heißt Alexey Santos, nicht Vargas. Mein Vater hieß Pablo Castillo.«

»Hieß?«, unterbrach sie die rechte Hand von Enzo. Sie nickte.

»Ja, hieß. Tote haben keine Namen mehr.«

»Ein abgebrühter Engel. So, so«, scherzte Aleks schlecht. Angel verzog daraufhin wütend ihr Gesicht und schnaubte verächtlich auf.

»Ich würde dich gern mal sehen, wie du um einen Mann trauerst, der dir seit dem frühen Tod deiner Mutter keine Liebe mehr geschenkt hat. Oder dich seitdem du 11 warst an seine Freunde und Männer verliehen hat. Der dich mit 15 Jahren einem Monstrum schenkte und dieses dich daraufhin über Jahre vergewaltigt und gebrochen hat. Jeden verfickten Tag! Wenn du über solch einen Mann, der dir mit Absicht und ohne Skrupel oder schlechtes Gewissen solch ein Leben gegeben hat, trauern kannst, weiß ich nicht, wer von euch beiden der größere Psychopath ist.«

Alle sahen wir sie gleich erstaunt an. Aleks hob beschwichtigend die Hände, woraufhin Angel den strengen Blick von ihm nahm.

»Schön, dann kann ich ja weitermachen!«, schnaubte sie kühl und fuhr fort.

»Mein Vater ist seit kurzem tot und damit hat Alexey alles von ihm geerbt, was er besaß. Einschließlich all seiner treuen Männer und natürlich seinen Titel als Jefe und den gesamten Frauenhandelring. Er will sich hier sein neues Imperium aufbauen. Er wollte sich auch deins unter den Nagel reißen, Ian. Ich weiß nur leider nicht, wieso.«

»Ich schon«, hielt Ian kühl dagegen.

»Er will Fuß im Waffengeschäft fassen. Wie könnte es besser gehen, als sich ins gemachte Nest zu setzen? Mein Imperium ist das größte und erfolgreichste in dieser Branche. Er hätte mit einem Mal das Hundertfache an Macht und Einfluss. Außerdem passen Waffen und Menschenhandel gut zusammen. Mehr Kunden, das wiederum bedeutet mehr Einnahmen und Gewinn. Er ist nicht dumm!«, ergänzte mein Bruder Angel's Geschichte. Doch was ich hier hörte, gefiel mir überhaupt nicht, und so, wie die anderen hier in diesem Raum aussahen, ihnen ebenso wenig wie mir.

Enzo mahlte bereits kräftig mit den Kiefern. Er würde uns gleich rausschmeißen oder erschießen – bei ihm war ich mir immer nie ganz sicher.

»Also fassen wir zusammen«, unterbrach besagter Penner kühl die Stille.

»Du bittest mich um Hilfe, obwohl meine Schuld schon längst beglichen ist. Kommst mit Sack und Pack in meine Kneipe, unangemeldet wohlbemerkt. Nun präsentiert uns deine Kleine hier den ultimativen Feind, wobei ich mir sicher bin, noch immer nicht alle wichtigen Fakten zu kennen. Und du erwartest ernsthaft, dass ich dir helfe? Meine Männer zusammentrommele und mit euch in einen Krieg ziehe, den wir nicht gewinnen können, und wenn, dann bleibt uns nur ein einziger Schachzug. Ein dummer, gefährlicher, selbstmörderischer Spielzug. Darum bittest du mich hier? Versteh ich das richtig?«

»Okay, ist angekommen. Du hilfst uns nicht. Wir sind schon weg!«, murrte ich Enzo zur Antwort seiner netten Rede, die er sich in seinen aufgeblasenen Arsch hätte stecken können, entgegen.

»Dein Spielzug wäre es, nach Kuba zu reisen und ihn mitten im Herzen anzugreifen, habe ich recht, Boss?«, erkundigte sich Aleks bei Enzo. Ich erstarrte in meiner Bewegung, mich Ian und Angel zuzuwenden, um ihnen zu bedeuten, dass wir verschwinden sollten, und hielt inne.

»Das wäre mein Schachzug, wenn mich dieser Krieg etwas angehen und auch nur einen Scheiß interessieren würde, ja«, bestätigte Enzo. Ich riss meine Augen auf. Dieser verfickte Penner war ein Genie. Ein verdammtes, selbstgefälliges Genie!

Alexey baute sich hier seine Armee auf, doch ein Imperium wie dieses, das womöglich über Generationen auf diesem Land geführt wurde, siedelte man mal nicht eben um. Es benötigte Monate, wenn nicht sogar Jahre, um hier in den Staaten Fuß zu fassen. Der Bastard konnte nicht mal eben alle seine Männer packen, das Lager abreißen und hier ein neues aufbauen. Schließlich waren Frauen- und Menschenhandel noch immer illegal. Es war genial.

»Du verdammter Mistkerl, das ist brillant!«, lobte ich ihn auf meine Weise. Enzos Mundwinkel zuckte leicht, sonst zeigte er keine Regung.

»Du kannst den Plan gerne haben. Meine Hilfe, oder auch nur ein Mann, ist jedoch nicht mitinbegriffen. Ich habe erst einen Krieg hinter mir und genügend Opfer gebracht, wie du dich sicherlich noch daran erinnern kannst!«, knurrte er mich übellaunig an. Ich wusste, worauf er ansprach. Natürlich.

Enzo hatte an diesem Tag auf der Yacht seine Schwester verloren. Ich hatte gehört, dass Black sie kaltblütig erschossen haben sollte. Das war mit einer der Gründe, warum ich damals beschlossen hatte, Enzo zu helfen.

»Ich habe all meine Männer verloren, in einem Krieg, in dem ich nicht einmal hingehörte. Also ja, ich bitte dich um deine Hilfe. Ganz offiziell. Meinetwegen mit einem Bitte-Bitte am Ende. Komm schon, Enzo. Du hast dich doch schon längst entschieden, sonst hättest du deinen Hacker nicht weitersuchen lassen oder mich überhaupt angehört.«

Er schnaubte abfällig. Doch er kam nicht mehr dazu, eine Antwort zu geben, denn erneut öffnete sich die Tür und jemand trat ein. Ein echtes Lächeln stahl sich auf meine Lippen, als ich sie wiedererkannte. Enzos Mädchen. Die kleine Kriegerprinzessin hatte sich in den wenigen Tagen in mein Herz geschlichen. Ich konnte sie wirklich gut leiden und war froh, zu sehen, dass es ihr anscheinend gut ging.

»Logan?«, fragte sie sichtlich irritiert und sah erst mich, dann Enzo abwartend an.

»Hallo, Honey. Na, hängst du immer noch an deinem

Biest? Oder hast du ihm schon die Krallen gezogen?«, begrüßte ich sie schmunzelnd. Enzo knurrte drohend, doch sie ignorierte ihn komplett und kam mit schwingenden Hüften auf mich zu.

»Und du? Redest du dir noch immer ein, einer von den Bösen zu sein? Oder was machst du hier?« Sie lächelte mir ehrlich entgegen, doch dann wanderte ihr Blick kurz zu meinem Bruder, dann zu Angel, um am Ende wieder in meinem Gesicht zu landen.

»So wie es mir scheint, können wir uns wohl jetzt bei dir revanchieren«, schlussfolgerte sie clever. Ich schmunzelte.

»Nein! Ich habe meine Schuld bereits bei ihm beglichen. Wir sind quitt. Er kann dann nun auch mit seinen Anhängseln wieder gehen«, mischte sich Enzo forsch ein und schenkte seinem Mädchen einen mahnenden Blick.

»Mit einem Telefonat? So dankst du ihm dafür, dass er mich und Aleks hat gehen lassen, dich aus einer eigentlich aussichtslosen Lage befreit hat und dabei fast selbst drauf gegangen ist? Ich hatte dich für ehrenhafter gehalten.«

»Prinzessin, überspann den Bogen nicht und misch dich nicht in Dinge ein, die dich nichts angehen. Denn wenn ich dich richtig verstehe, bittest du mich gerade, in einen erneuten Krieg zu ziehen. Doch dieses Mal könnte ich nicht so viel Glück haben«, diskutierte er mit ihr.

Ich musste mir ein ehrliches Schmunzeln verkneifen. Der Hunter von New York diskutierte hier mit einer Frau. Seiner Frau. *Herrlich.*

Nachdem sie sich ein hartes Blickduell geliefert hatten, seufzte Enzo genervt und fluchte leise vor sich hin, dass sie noch seinen Tod bedeuten würde. Seine Kleine lächelte zufrieden.

»Na, dann kommt ihr erst einmal mit zu uns. Ich denke, dort seid ihr sicher.«

»Wie kommst du darauf, dass wir einen sicheren

Unterschlupf benötigen?«, fragte Ian misstrauisch. Enzo lachte kalt auf, ehe er sich eine Kippe anzündete und typisch zynisch das Wort ergriff.

»Weil sie gelauscht hat, was sonst? Gewöhn dich dran. Sobald Frauen im Spiel sind, wird alles kompliziert. Nicht wahr, Baby?«

Sie lächelte ihm süß entgegen, dann bedeutete sie uns, ihr zu folgen. Nun konnte ich mir wirklich nicht mehr das Schmunzeln verkneifen. Die beiden waren einfach zu göttlich zusammen.

»Ich mag dich, Honey«, säuselte ich amüsiert.

»Na, lass das mal nicht deine Kleine hören«, konterte sie zwinkernd und sah sich zu Angel um. Sie stand mit Ian noch unschlüssig im Raum, während ich bereits losgegangen war. Ich jedoch vermied den Blick zu ihr. Ich wusste nicht, wo wir standen. Was wir waren, oder was wir hiernach, sollten wir die Scheiße überleben, sein würden. Ich wusste rein gar nichts. Seitdem mein Bruder wieder aufgetaucht war, war es anders zwischen uns. Distanzierter.

Hatte sie sich doch anders entschieden? Oder hatte sie sich nie für mich entschieden? War es nur Wunschdenken gewesen, dass ich geglaubt hatte, sie hätte mich auserwählt?! Ich hatte keine Ahnung, und ich würde es auch nicht allzu schnell herausfinden. Schließlich hatte ich noch einen Krieg für sie zu gewinnen. Dann konnten wir noch immer über unsere Gefühle und all den Scheiß reden.

Enzo hatte recht. Frauen machten alles komplizierter. Doch ich wusste, Angel war all das hier wert.

Fuck, hör sich das einer an …

Kapitel 30

Angel

»Was hältst du von all dem hier?«, raunte mir Ian leise ins Ohr. Ich blickte zu ihm auf, dann zuckte ich leicht mit den Achseln.

Ich wusste nicht, was ich von all dem hier halten sollte. Konnte keinen von ihnen wirklich einschätzen. Auch nicht die Brünette, die hier gerade reingekommen war, und einfach mal im Alleingang entschieden hatte, dass wir nun mit ihnen kommen sollten.

Sie schien wohl die Freundin von diesem Enzo zu sein, so weit war ich schon einmal – obwohl es etwas Befremdliches an sich hatte, dass solch ein Mann wie Enzo eine solch taffe Frau an seiner Seite hatte, die sogar Entscheidungen treffen durfte.

Woher Logan sie kannte, war mir noch nicht ganz klar. Ich hoffte, sie war nicht eines seiner alten Betthäschen, doch ich glaubte, dann hätte Enzo nicht so ‘freundschaftlich’ auf ihn und sein Kommen reagiert.

Ian und ich folgten den beiden schließlich widerwillig, als sich auch die drei anderen Männer in Bewegung gesetzt hatten. Es blieb uns wohl nichts anderes übrig, als Logan und seinem Bauchgefühl zu vertrauen.

Bei unserem Wagen angekommen wurden wir angewiesen, unsere Taschen zu holen und mit ihnen zu fahren. Dabei wurden wir aufgeteilt. Logan fuhr bei Enzo und der Brünetten mit und wir, zu meinem Bedauern, mit Liam und diesem Aleks. Und natürlich dauerte es nicht lange und es fiel der erste Spruch.

»Also, Engelchen, wie kommt es, dass du den Ärger magisch anziehst, hm?«, fragte mich Liam und blickte sich vom Beifahrersitz aus zu mir um. Ian beäugte ihn streng und verspannte sich ganz automatisch. Natürlich hatte er die Andeutungen von ihm vorhin auch verstanden, schließlich sprachen wir hier von Ian. Mr. Clever.

»Und wie kommt es, dass du noch nicht gelernt hast, deine Nase nicht in fremde Angelegenheiten zu stecken?!«, konterte ich bissig.

»Du weißt, dass das mein Job ist, oder, Sweety? Sich in andere Leben einzumischen, einzuhacken? Sie auszuspionieren und alles über sie herauszufinden? So, wie über dich und deine Vergangenheit.« Liam sah mich an, dann huschte sein Blick kurz zu Ian.

»Weiß er es?«, fragte der Hacker dann und nickte nach hinten zu Ian.

»Wenn du meinst, ob er weiß, dass mein früheres Leben scheiße war, dann ja«, antwortete ich giftig, dann wandte ich den Blick von ihm ab und sah nach vorne in den Rückspiegel, nur um zu bemerken, dass mich Aleks, der den Wagen fuhr und bisher kein Ton gesagt hatte, mit einem intensiven Blick musterte. Ich konnte ihn jedoch nicht deuten, wusste nicht, was er dachte oder warum er mich auf diese vertraute Art und Weise ansah.

Liam schnaubte amüsiert und drehte sich wieder nach vorne. Die weitere Fahrt schwiegen wir. Ich war dankbar darum, denn ich wusste wirklich nicht, was ich ihnen zu sagen hatte. Ich wusste ja nicht einmal, was ich hier machte. Warum uns Logan ausgerechnet mit zu ihnen nahm. Doch nun war es so, also musste ich wohl das Beste daraus machen. Und das Beste war hier ganz klar, zu schweigen, so lange es ging. Ich hatte nicht vor, diesen Machos noch mehr über meine Vergangenheit zu erzählen. Schließlich hatte ich noch nie darüber gesprochen … und nun sollte ich es wildfremden, dahergelaufenen Arschlöchern erzählen, weil sie uns vielleicht – und nur eventuell – helfen konnten?! Nein!

Wir fuhren auf ein mit Stacheldraht umzäuntes Gelände, nur um dann vor einem baufälligen Bunker zu halten. *Aha.*

»Wir sind da« verkündete uns Liam flötend und die beiden stiegen aus. Ian und ich folgten ihnen erneut mehr als widerwillig. Doch auch hier hieß es wohl: Augen zu und durch.

Ich hatte damit gerechnet, dass Logan auf uns warten würde, doch zu meiner Überraschung war er bereits mit Enzo und seinem Mädchen reingegangen. *Meidest du mich? Oder kommt mir das nur so vor?!*

Wir wurden in diesen Bunker geführt, nur, um uns dann in einer Art verstecktem Palast wiederzufinden. Etwas überfordert mit dieser Art von Luxus und Kontrast wurden meine Schritte langsamer, als sie uns durch die gigantische und herrschaftliche Eingangshalle in einen angrenzenden Raum führten.

»Etwas protzig, findest du nicht?«, rümpfte Ian die Nase. Ich musste schmunzeln, ließ es jedoch unkommentiert.

Wir schlossen zu den anderen auf und betraten eine geräumige Küche mit einem gigantischen Echtholztisch, der mindestens für 12 Leute Platz bot. Logan und die anderen hatten sich schon an diesem niedergelassen. Unschlüssig, wo ich mich nun hinsetzen sollte, geschweige denn, was ich tun oder sagen sollte, beschloss ich für den Anfang, einfach stehenzubleiben. Schlendernd ging ich um den Tisch herum und sah mich unauffällig um, dann fand mein Blick zurück zu ihnen und ich beobachtete unsere Gastgeber.

Die Brünette unterhielt sich angeregt mit Logan. Sie scherzten miteinander, fast wie alte Freunde. Enzo ließ sie dabei nicht eine Sekunde aus den Augen, als müsste er sie immer und überall beschützen, als würde sein Leben davon abhängen. Ich wurde noch nicht so ganz schlau aus ihm.

Liam tippte bereits wieder fleißig auf seinem Laptop herum, was mir erneut Unbehagen bescherte, da er sicherlich wieder in meiner Vergangenheit grub. Mr. Schönling war einfach zu schlau und clever, er würde schnell und effizient etwas über mich und meine Leichen im Keller finden.

Als ich meinen Blick weiterschweifen ließ, erstarrte ich kurz, da mich aufgeweckte Iriden genaustens in meinem Tun beobachteten. Dieser Aleks hatte mich wohl nicht eine Sekunde aus den Augen gelassen und musterte mich mit einem solch intensiven Blick, dass ich befürchtete, er würde bereits meinen Kopf nach meinen Geheimnissen durchleuchten. Es war seltsam, so von ihm angesehen zu werden, und doch konnte ich den Blick nicht von ihm nehmen.

»Okay, jetzt haben wir den Ortswechsel hinter uns. Also, wie geht es nun weiter?«, durchschnitt Ians ernste Stimme den Raum. Logan und die Brünette verstummten in ihrem Gespräch. Alle anderen sahen ihn ebenfalls an, auch Aleks, der verzögert seinen Blick von mir auf ihn gerichtet hatte. *Komischer Vogel.*

»Ja, Baby, wie geht es nun weiter? Da du sie ja alle so großzügig in mein Haus eingeladen hast …«, schnaubte Enzo spöttisch und zündete sich eine Zigarette an. Sie schenkte ihm ein süßes Lächeln, was ihn nur die Augen verdrehen ließ.

»Ich habe dir und deinem zu großen Stolz nur etwas unter die Arme gegriffen. Du willst ihm helfen, sonst wäre er nicht einmal bis in deine Kneipe gekommen, geschweige denn in deine heiligen Hallen. Also pack deinen Dickschädel ein und steh ihnen zur Seite«, zwitscherte sie lieblich.

Ich musste zugeben, sie wusste, mit ihren weiblichen Reizen zu spielen und andere geschickt zu manipulieren. Sie wäre sicher eine ausgezeichnete Hure.

Ein verächtliches Schnauben holte mich aus meinen

amüsanten Gedanken und ich lenkte meine Aufmerksamkeit wieder auf Enzo, der das Geräusch verursacht hatte.

»Kätzchen, du stellst dir das so einfach vor. Doch das ist es nicht. Nicht nur, dass uns dieser Krieg nichts angeht oder dass es Selbstmord wäre, Enzos Schachzug durchzuziehen, nein. Wir kennen immer noch nicht alle Fakten. Ich für meinen Teil hänge an meinem Leben und hatte ehrlich gesagt nicht vor, für ein Mädchen und ihre zwei Lover draufzugehen, weil sie ihren Ex-Mann verärgert hat«, verkündete Aleks und sah Enzo dabei bestimmend in die Augen, ehe sein Blick wieder mich traf. Ich wusste nicht, wieso, doch seine Worte hatten mich getroffen. Daher wandte ich den Blick von ihm ab, wollte ihm meine Betroffenheit nicht zeigen. Enzo nickte nachdenklich.

»Aleks hat recht. Dieser Krieg geht uns nichts an, zumal es sich hier nicht mal eben um einen Kleinkriminellen handelt. Dein Ex, Engelchen, der ist eine Liga für sich. Ich werde keinen meiner Männer für dich oder diese Sache in Gefahr bringen.« Enzo nahm den Blick von mir und sah Logan, der bei seiner Ansprache kräftig mit den Kiefern mahlte, intensiv an.

»Mehr als euch hier für die nächsten 48 Stunden Unterschlupf zu gewähren, kann ich nicht für euch tun.«

Obwohl es Logan mehr als widerstrebte und er verärgert die Brauen zusammenzog, nickte er dennoch und es sah sogar noch ehrlich aus.

Ich konnte Enzo und seine Leute verstehen. Alexey war ein Gegner, den man ernst nehmen sollte, etwas, das Logan besser von Anfang an hätte tun sollen. Doch nun war es eben, wie es war, und wir mussten das Beste daraus machen, ohne dabei draufzugehen.

Seine Freundin wollte erneut versuchen ihn umzustimmen, oder mit ihm diskutieren, jedenfalls sah sie ihn missmutig an und hob eine Braue. Allerdings unterbrach er sie mit einem strengen Blick. Enzos eisblaue Augen waren so kalt, dass es mich fröstelte – und das, obwohl sie nicht auf mich gerichtet waren. Demonstrativ reckte sie ihr Kinn, doch sie blieb tatsächlich stumm. Gut, was sollte man auch bei solch einer klaren 'Ansage' anderes tun, außer zu spuren?

»Ich zeige euch die Gästezimmer«, informierte sie uns dann sichtlich verstimmt, dennoch bemühte sie sich, freundlich zu sein.

Wir folgten ihr mit unseren Taschen, die wir in der Eingangshalle abgestellt hatten, nach oben in den ersten Stock. Auch hier ging es herrschaftlich weiter, aber mir blieb keine Zeit, um mich wirklich umzusehen, denn die drei Gästezimmer befanden sich gleich am Anfang des Obergeschosses. Zwei nebeneinander und das andere gegenüber.

»Es tut mir leid. Ich werde versuchen, ihn noch umzustimmen, diesen sturen Esel«, schimpfte sie kopfschüttelnd über ihren Freund.

»Schon gut, Honey. Wir kommen zurecht. Danke für den Unterschlupf, damit ist uns schon mehr als genug geholfen«, versicherte Logan ihr lächelnd.

Die beiden wirkten vertraut, ich wüsste gern, warum. Nicht, dass ich eifersüchtig war, darum ging es nicht. Es interessierte mich einfach, was das zwischen den beiden war. Sie nickte noch einmal bedrückt.

»Fühlt euch wie zu Hause. Solltet ihr Hunger haben, dann wird euch Mike etwas machen. Gute Nacht.« Wir wünschten ihr ebenfalls eine gute Nacht, dann verschwand sie wieder nach unten, wahrscheinlich, um ein ernstes Wörtchen mit ihrem Liebsten zu reden. Ich verstand die beiden nicht, und doch waren sie dem Anschein nach perfekt füreinander.

»Das hat ja super geklappt«, spottete Ian giftig. Logan schüttelte daraufhin mahnend den Kopf, nickte stumm zu einem der uns gezeigten Gästezimmer und ging hinein. Ian und ich folgten ihm. Er hatte recht, wir sollten hier nicht allzu offen sprechen.

»Logan, das war eine scheiß Idee, hierherzukommen«, setzte Ian forsch nach, als wir drei uns allein in dem großräumigen Gästezimmer befanden. Logan schmiss seine Reisetasche auf den kleinen Couchtisch, dann ließ er sich seufzend auf dem Sessel, der danebenstand, nieder und rieb sich erschöpft die Augen. Er brauchte dringend Ruhe, doch natürlich würde er sich diese jetzt nicht gönnen.

»Ian, was erwartest du von ihnen, hm? Aleks und Enzo haben recht. Alexey ist selbst für den Hunter eine zu große Nummer. Und nein, ich weiß nicht, was wir jetzt machen sollen. Aber böse können wir ihnen nicht sein, schließlich geht sie diese Scheiße nichts an«, erklärte Logan müde.

Ich fühlte mich schrecklich! Es war allein meine Schuld, dass wir uns alle in solch einer Lage befanden. Ich sollte etwas tun, damit dieser Wahnsinn ein Ende fand und die beiden nicht in einem Krieg starben, den sie niemals gewinnen könnten. Doch natürlich konnte ich das diesen beiden sturen Eseln nicht sagen. Lieber würden sie sich beide Hände abhacken lassen, als den Kampf, mich zu retten, aufzugeben. *Dann werde ich euch wohl unter die Arme greifen müssen, ohne dass ihr Wind davon bekommt.*

Doch zuallererst musste ich dafür sorgen, dass sich die beiden ausruhten. Ich beschloss, ihnen einen Whiskey, den ich hier auf einer Kommode stehend entdeckt hatte, einzuschenken. Die beiden waren bereits wieder in eine Diskussion verfallen, was sie nun am besten tun sollten. Sie wurden sich nicht einig und die Stimmung kippte immer mehr.

Als ich ihnen einfach kommentarlos ihre Gläser in die Hand drückte und mit meinem eigenen zurückkam, verstummten sie und sahen mich erstaunt an.

»Trinkt!«, wies ich sie an und leerte mein eigenes Glas

in nur einem Zug. Nach einem schnellen Blickwechsel der beiden taten sie es mir gleich. Ich schenkte ihnen die nächste Runde ein. Mich ließ ich mit Absicht aus.

Plötzlich erhob sich Ian und zog aus seiner Hosentasche sein Handy, dann wählte er eine Nummer, um zu telefonieren. Doch schneller, als ich schauen konnte, sprang Logan aus dem Sessel und riss ihm das Gerät mit einer Wahnsinnsgeschwindigkeit aus der Hand.

»Was zum? Was soll der Scheiß, Logan?«, brüllte Ian seinen Bruder an. Auch ich war über diese Aktion irritiert, verstand den Hintergedanken dabei nicht.

»Spinnst du?! Du kannst doch nicht einfach mit deinem Handy telefonieren!«, spuckte Logan ihm entgegen. Ian stutzte kurz, bis er einen kalten Lacher ausstieß.

»Dafür sind Handys nun mal da. Logan, was soll der Scheiß?! Gib mir mein Handy wieder, ich muss James anrufen«, forderte Ian seinen Bruder auf und hielt ihm demonstrativ seine geöffnete Hand ausgestreckt entgegen.

Logan schüttelte daraufhin nur tadelnd den Kopf, als würde er einem kleinen Jungen nun schon zum hundertsten Mal etwas erklären, der es noch immer nicht begreifen wollte. Beinah seufzend klärte er Ian auf.

»Ian, du bist ein cleveres Kerlchen, aber in meiner Welt kennst du dich einfach zu wenig aus. Du kannst nicht mal eben nach Belieben dein Handy benutzen. Es könnte gehackt sein. Du würdest damit unwissentlich unseren Standort und damit Enzos Heim verraten. Wenn Alexey uns nicht umbringt, tut es der Hunter, weil du so leichtsinnig bist. Mach das scheiß Ding aus und warte bis morgen, um deinen Pinguin anzurufen. Ich denke, unser Überleben ist nun etwas wichtiger als dein Imperium. Findest du nicht?!«

»Du vergisst etwas, Logan. Sollte es Alexey in meiner Abwesenheit gelingen, an wichtige Daten meiner Firma zu gelangen, können wir genauso gut einpacken, als wenn er uns hier findet. Er ist schon mächtig, aber was meinst du, wie mächtig er durch mein Imperium wird?!«, hielt Ian mahnend dagegen. Frustriert seufzte ich, konnte mir das alles hier nicht mehr mitanhören.

»Ich werde ins Bett gehen. Gute Nacht!« Damit ließ ich sie ohne weiteres stehen, schnappte mir meine Tasche und ging in das Zimmer gegenüber. Ich wollte einfach nur noch meine Ruhe haben, aber vor allem wollte ich mir meinen ganz eigenen Plan überlegen. Ich konnte sie hier nicht länger mit reinziehen. Konnte nicht weiter riskieren, dass Alexey sie tötete. Denn dass er uns früher oder später finden würde, stand nicht zur Debatte. Es war nur noch eine Frage der Zeit. Zeit, in der Logan und Ian immer frustrierter wurden und sich immer mehr an die Gurgel gingen. Doch ich wollte nicht, dass sie sich stritten, vor allem nicht wegen mir oder meiner Probleme.

Ich würde einen Deal mit Alexey abschließen und dieses Mal würde ich nicht zulassen, dass er mich wie damals mit Maria hinterging. Dieses Mal müsste Alexey auf den Deal eingehen, wenn er mich ganz und für immer haben wollte. Ich wusste, dass dieser Plan riskant war, und ja, ich verschenkte hier gerade meine Freiheit. Doch lieber ging ich wieder zu ihm zurück und rettete damit ihr beider Leben, als dass sie alle für mich starben.

Die Sache war beschlossen. Ich musste nur noch warten, bis die beiden sicher schliefen, damit sie nicht bemerkten, wie ich ging. Dann musste ich mir noch einen Fluchtweg aus diesem Bunker überlegen. Zur Not würde ich eben improvisieren.

Zu meiner Verwunderung waren die beiden tatsächlich schlafen gegangen und nicht, wie ich angenommen hatte, noch einmal zu mir gekommen, um mit mir zu reden. Besser für mich und meine Flucht. Ich hatte zuerst überlegt, ob ich ihnen Abschiedsbriefe schreiben sollte, doch erstens wollte ich nicht genau deswegen doch noch erwischt werden und zweitens wusste ich nicht einmal, wie ich es ihnen mit Worten erklären sollte. Es war einfach viel zu kompliziert zwischen uns, um das in einem kleinen Brief auszudrücken. Also ließ ich es, schnappte mir meine Tasche und schlich auf leisen Sohlen aus meinem Zimmer.

Unten in der Eingangshalle angekommen ließ mich plötzlich das Klicken eines Feuerzeugs in meiner Bewegung erstarren. Panisch blickte ich mich um, dann sah ich die Glut einer Zigarette in der Küche aufleuchten.

»Du haust gern in einer Nacht- und Nebelaktion ab, kann das sein?«, ertönte Enzos tiefe Stimme und ich ergab mich meinem Schicksal. Wenn ich nicht wollte, dass er meiner Flucht im Wege stand, musste ich wohl oder übel in den sauren Apfel beißen. Vielleicht würde er mir ja auch helfen und mich einfach gehen lassen?! Er schien kein großer Fan von mir zu sein.

»Und was machst du hier allein im Dunkeln?«, fragte ich ihn, um abzulenken.

Ein erneuter Zug an seiner Kippe erhellte für wenige Sekunden sein Gesicht. Enzo saß hier tatsächlich in völliger Schwärze. Doch da ich es gewohnt war, mich in dieser zu bewegen, hatte ich keine Schwierigkeiten, genug zu erkennen.

»Ich mag die Düsternis. Außerdem ist das mein Haus und eine kleine innere Stimme hat mir gesagt, dass wir uns genau so hier und jetzt treffen würden. Und wie du siehst, ist mein Bauchgefühl sehr zuverlässig.«

Ich stutzte kurz über sein Gesagtes. Er wusste, dass ich abhauen wollte?!

»Und du wartest hier auf mich, um was zu tun? Mich aufzuhalten? Wozu?«, hakte ich misstrauisch nach und trat vollends in die Küche zu ihm ein.

»Wieso bist du damals abgehauen?«, fragte er mich völlig

zusammenhangslos.

»Ich wüsste nicht, was dich das angeht!«, entgegnete ich bissig. Enzo legte den Kopf leicht schief, ich konnte seine Schemen erkennen.

»Er hat dich nicht gut behandelt. Meinst du, wenn du jetzt freiwillig zu ihm zurückgehst, wird es besser? Wird es ihn besänftigen? Wird es nicht. Es wird schlimmer, weil er weiß, dass er nun noch mehr Macht über dich hat. Sei nicht dumm, Schätzchen.«

Ich schnaubte abfällig bei dem Bullshit, den er hier von sich ließ.

»Danke für die Erklärung, wie ich am besten mit meinem Scheusal von Mann umzugehen habe. Nun bin ich erleuchtet!«, spottete ich bitter. Ein leises Lachen ertönte. *Arsch!*

Eine beklemmende Stille legte sich über uns. Nach einem langen Moment wurde es mir zu dumm.

»Gut. Ich werd dann mal …« Ich machte auf dem Absatz kehrt, um nun endgültig zu gehen.

»So wirst du die beiden nicht retten. Im Gegenteil«, durchschnitt seine tiefe Stimme die Stille und ließ mich erneut in meiner Bewegung innehalten.

»Wenn du jetzt gehst, ist das ihr sicherer Tod!«, setzte Enzo streng nach. Ich wandte mich langsam zu ihm um.

»Und was interessiert es dich? Du wolltest uns nicht helfen, willst nichts hiermit zu tun haben. Also, was interessiert es dich, ob sie leben oder sterben?!«

Er erhob sich, dann kam er langsam auf mich zu. Seine in Schatten gelegte Gestalt verschmolz beinah mit der Dunkelheit, als wären sie eins.

»Oder hat dir deine Kleine in den Arsch getreten? Bist du deswegen hier?«, fragte ich ihn mit spöttischem Unterton. Aber er ließ sich nicht darauf ein, ließ es unkommentiert und kam dicht vor mir zum Stehen. Seine eisblauen Augen blitzten in der Dunkelheit auf.

»Ich erkenne eine gebrochene Seele. Und deine ist nicht nur einmal, auch nicht zweimal gebrochen worden. Sie wurde regelrecht zerstört und nun kannst du keinem mehr vertrauen. Ich verstehe das, sehr gut sogar«, raunte er zu mir nach unten. Ich hob abschätzig die Augenbraue.

»Was auch immer du glaubst, über mich zu wissen, du bist noch nicht einmal nah dran. Also versuch hier nicht, einen auf verständnisvoll zu machen, denn diese Rolle steht dir ganz und gar nicht, Hunter von New York.«

Erneut ertönte ein amüsierter Laut, ehe ich ihn noch etwas nähertreten spürte. Seine Ausstrahlung war so präsent, dass mein gesamter Körper nervös zu kribbeln begann. Er hatte etwas von Alexey, die Dunkelheit war sein Begleiter und doch war da noch etwas anderes.

»Ich denke, ich weiß genug. Mein Bruder ist gut in seinem Job. Aber das weißt du ja schon längst. Und jetzt komm.« Kaum hatte er zu Ende gesprochen, ging er an mir vorbei, ließ mich einfach stehen und wollte wohl zu allem Überfluss, dass ich ihm auch noch folgte.

»Wohin gehst du?«, raunte ich ihm leise hinterher, damit ich niemanden aufweckte. Doch er beachtete mich überhaupt nicht und ging einfach weiter. Seufzend ergab ich mich meinem Schicksal und folgte ihm nach unten in den Keller.

Ich wusste nicht, welcher Teufel mich hier geritten hatte, aber mein Bauchgefühl hielt es nicht für die schlechteste Idee. Außerdem war mir klar, dass ich seine Festung ohne seine Hilfe nicht verlassen können würde, also spielte ich mit. Vielleicht ließ er mich ja dann doch gehen.

Enzo führte mich durch einen langen Gang. Bewegungsmelder machten uns Licht. Ich folgte ihm stumm, bis er mich vor eine Tür führte, dann wurde mir doch etwas anders zumute. Enzo warf mir einen amüsierten Schulterblick zu, ehe er die Tür öffnete und mir einen gigantischen Trainingsraum offenbarte. Mein Gesichtsausdruck entgleiste mir etwas, was ihn zu amüsieren schien, als er mich ansah.

»Was soll das denn jetzt werden?«, fragte ich ihn irritiert, dennoch trat ich vollends in den Raum ein.

»Du willst gehen und dich dem Teufel ausliefern? Schön. Ich werde dich nicht davon abhalten. Schließlich habe ich euch meine Unterstützung verweigert. Doch in einer Sache kann ich dir helfen. Ich kann dir zeigen, wie du dich gegen ihn wehren kannst. Vielleicht brauchst du keinen Helden. Nein, ich bin mir ziemlich sicher, dass du den nicht brauchst. Ich denke, du bist eine Kriegerin, die ihre Schlachten allein schlägt. Lass mich dein kleiner Trumpf sein, damit du eine faire Chance hast.«

Meine Augenbraue wanderte höher und höher. Die Fragezeichen über meinem Kopf wurden immer größer und als Enzo dann noch seinen Pullover auszog und sich seine schweren Stiefel von den Füßen strich, wusste ich überhaupt nichts mehr darauf zu erwidern.

Was sollte das hier?! Und was bezweckte er damit? Er wollte uns nicht helfen, das hatte er gerade eben noch einmal wiederholt, und doch half er mir hiermit.

»Wieso tust du das? Was bringt es dir? Und was genau erwartest du jetzt hier von mir?«, fragte ich ihn kritisch.

Enzo kratzte sich mit dem Daumen an seiner Augenbraue, dann zuckte er mit den Schultern.

»Stellst du immer so viele Fragen, wenn man dir helfen will?«. Amüsiert lächelnd nahm er mir meine Tasche ab und nickte auf meinen dicken Pullover, den ich trug. Mahnend wanderte meine Braue wieder nach oben. Er seufzte.

»Du erinnerst mich an jemand, okay? Nimm es doch einfach so hin, und lass mich dir auf meine Weise helfen.«

Ich verstand kein Wort von dem, was Enzo mir hier zu sagen versuchte. Doch zu meiner eigenen Überraschung zog ich mir im nächsten Augenblick meinen Pullover über den Kopf, ebenso schlüpfte ich aus meinen Schuhen. Rätselnd musterte ich ihn, was er denn nun genau vorhatte. Er nickte zufrieden, dann winkte er mich zu sich. Unsicher trat ich näher an ihn heran, doch plötzlich packte er mich blitzschnell am Hals und zog mich zu sich.

Enzo drückte zwar nicht fest zu, dennoch spürte ich seinen Griff überdeutlich an meiner Kehle, noch dazu, dass er mich mit dieser Aktion völlig überrascht hatte. Doch ehe ich ihn angiften konnte, was zum Teufel das sollte, ergriff er vor mir das Wort.

»Das hat er oft getan, nicht wahr? Nimm deine Arme über deinen Kopf, spann sie an und dann schlag sie so fest du kannst nach unten auf meine Handgelenke. Hab keine Angst vor deinem Schmerz, denk nur an seinen«, erklärte er mir und nun dämmerte es mir allmählich, was er hier von mir wollte. Enzo wollte mir tatsächlich helfen. Er wollte mir zeigen, wie ich mich gegen Alexey verteidigen konnte. Also tat ich das, was er mir gerade erklärt hatte, doch leider hatte es keinerlei Effekt. Sein Griff um meine Kehle blieb weiterhin fest.

»Du hast zu wenig Kraft«, kommentierte er das Offensichtliche. Ich schnaubte wütend.

»Was hast du getan, wenn er dich so gepackt hat?«, fragte Enzo mich und meine Wut wuchs.

»Gar nichts. Bei Alexey ist es die beste Taktik, seine unzähligen Schläge und Strafen einfach anzunehmen. Wehrst du dich, machst ungefragt den Mund auf, oder Gott bewahre, schlägst du ihn, bereust du es, aufs Übelste. Also egal, was du mir hier zeigst, ich werde es niemals gegen ihn anwenden, außer wenn ich vorhabe, zu sterben.« Enzos Gesichtszüge verhärteten sich.

»Und du willst für immer das Opfer bleiben? Willst ihm dein Leben lang Macht über dich geben? Ihm hörig sein und dich weiterhin schlagen und missbrauchen lassen? So soll dein Leben aussehen?«

»Lass mich los!«, fauchte ich ihn an. *Das war's!*

Doch statt mich loszulassen, bildete sich ein zynisches Lächeln auf seinen Lippen aus.

»Bring mich dazu«, provozierte er mich schlecht. Ich drückte gegen seine Brust und funkelte ihn wütend an.

»So wird das nichts, Schätzchen«, verspottete er mich. Plötzlich nahm der Druck auf meine Kehle zu.

»Nicht panisch werden. Nutz das Adrenalin, statt dich von ihm lähmen zu lassen. Nutze die Kraft, die es dir gibt. Schlag mit voller Wucht von unten gegen meine Handgelenke. Los!«, befahl er mir rau. Also tat ich, was er mir sagte. Und tatsächlich, seine Gelenke knickten etwas ein, sein Griff lockerte sich.

»Gut. Jetzt schlag von unten mit deinem Handballen gegen meine Nase.«

Ich riss schockiert die Augen auf. Erneut glitt dieses zynische Lächeln über seine Lippen.

»Du wirst mir nicht wehtun, und wenn doch, dann habe ich es verdient.« Enzo zwinkerte mir frech zu, dann forderte er mich mit einem Nicken dazu auf, das zu tun, was er mir gerade gesagt hatte. Ich atmete nervös ein, hielt kurz den Atem an, doch tat mit dem Ausatmen das, was er mir gesagt hatte, und schlug ihm mit meinem Handballen auf die Nase. Enzo keuchte kurz, dann ließ er von mir ab.

»Gut. Nur beim nächsten Mal fester«, ermahnte er mich streng.

»Fester? Willst du, dass ich dir die Nase breche?«, fragte ich ihn überfordert. Ein amüsierter Ausdruck huschte über seine sonst so ernste Miene.

»So schnell bricht die nicht. Keine Sorge.«

»Nochmal«, verkündete er und schon trat er wieder an mich heran, um mich erneut an meinem Hals zu packen.

Doch ich wich schnell zurück und schüttelte bestimmend den Kopf.

»Erst will ich wissen, was das hier werden soll. Was erhoffst du dir hiervon?«

Enzo hielt in der Bewegung inne, kratzte sich schließlich wieder über seine linke Augenbraue.

»Ich kann diesen Krieg nicht für dich führen. Ich würde zahlreiche Männer verlieren. Meine Männer! Treue Männer! Aber ich kann dir wenigstens helfen, eine kleine Chance zu haben. Du musst nicht mehr das Opfer sein. Du kannst diesen Teufelskreis durchbrechen, du brauchst nur jemanden, der dir zeigt, wie.«

»Na gut, dass du dich so fantastisch damit auszukennen scheinst«, spottete ich bitter.

»Ich kenne die Bedeutung von Schmerz, Folter und Pein. Wenn es das ist, was du meinst. Und ich kenne gebrochene Seelen wie dich. Also los, nochmal! Zeig mir die Kriegerin. Zeig mir, wie sehr du ihn hasst!«

Wieder nickte er mir zu und trat an mich heran. Keine Ahnung, wie er das machte, doch seine Worte beflügelten mich. Also tat ich Schritt für Schritt das, was er mir sagte. Schlug, trat und parierte nach seinen Anweisungen. Und ganz ehrlich: Je öfter ich einen Treffer bei ihm erzielte, desto besser und befreiter fühlte ich mich.

Es war, als würde ich mich wirklich gegen Alexey wehren. Als würde ich ihm mit meinem Handballen kräftig gegen seine Nase schlagen. Als würde ich ihm mit meinem Ellenbogen in den Solarplexus treffen und als würde ich ihm mit einer schnellen und kräftigen Bewegung sein Handgelenk schmerzhaft verdrehen.

»Fäuste hoch!«, wies mich Enzo keuchend an. Auch ihm lief der Schweiß von der Anstrengung und dennoch hörte er nicht auf.

»Schlag zu!« Kaum hatte er den Befehl ausgesprochen,

schlug ich in seine zu mir ausgestreckten Handflächen. Immer und immer wieder schlug ich mit meinen Fäusten auf seine Hände ein, als wären sie ein Boxsack.

Irgendwann ließen meine Beine einfach nach, ich war am Ende meiner Kräfte. Völlig erschöpft, keuchend und schweißgebadet ließ ich mich auf den Boden fallen. Auch Enzo ließ sich schwer atmend fallen. Nach einer Weile schenkte ich ihm einen scheuen Seitenblick.

»Danke«, raunte ich und holte danach tief Luft. Nun begriff ich, was das hier für einen Zweck gehabt hatte. Enzo wollte mir hier nicht wirklich Selbstverteidigung beibringen, sondern er wollte, dass ich meine Wut, die dabei war, mich aufzufressen, abließ. Und er wollte mich davon abbringen, einfach zu verschwinden, um wieder zu Alexey zurückzugehen. Er hatte mich vor einem riesigen Fehler bewahrt.

Natürlich wollte ich weiterhin, dass Ian und Logan nichts passierte. Doch Alexey würde ihnen dennoch etwas antun, egal was er mir versprach, und ich würde nie wieder von ihm loskommen.

Enzo nickte mir nur stumm zu. Wir saßen noch einige Zeit wortlos nebeneinander, bis sich unsere Atmung wieder beruhigt hatte.

»Jetzt geh ins Bett. Ich denke, nun wirst du gut schlafen können. Morgen ist ein neuer Tag, dann kannst du immer noch etwas Dummes tun.« Enzo zwinkerte mir noch einmal zu, erhob sich und ließ mich allein. Ich blickte ihm noch einen langen Augenblick hinterher und hatte keine Ahnung, was ich über ihn oder diese skurrile Situation denken sollte. Doch ich beschloss, heute noch ein letztes Mal auf ihn zu hören und zu tun, was er sagte.

Also erhob ich mich schwerfällig, schnappte mir meine Sachen sowie Tasche und machte mich auf den Weg zurück in mein Zimmer. Erschöpft und völlig ausgepowert ließ ich mich dankbar auf mein Bett fallen und zu meiner

Überraschung schlief ich das erste Mal seit langem wieder schnell und tief ein.

Kapitel 31

Logan

Die gesamte Nacht über hatte ich mich hin und her gewälzt. Obwohl mein Körper am Ende war, konnte ich dennoch nicht in den wohltuenden Schlaf gleiten. Meine Gedanken schweiften immer und immer wieder ab.

Ich war ratlos. Eigentlich blieb nur noch eins: untertauchen. Wie Angel gesagt hatte, so weit und so tief, wie wir nur konnten. Auch wenn weglaufen sonst nicht meine Art war, so blieb uns hier wohl keine andere Wahl.

Vielleicht würde uns Enzos Hacker-Heini gefälschte Papiere für Angel und Ian organisieren. Obwohl es wahrscheinlich so gut wie unmöglich werden würde, das bekannte Gesicht meines Bruders zu verschleiern. Außerdem war ich mir ziemlich sicher, dass Ian sein Baby niemals einfach zurücklassen würde.

Seufzend gab ich es auf, schlafen zu wollen, und schwang mich schwerfällig aus dem Bett. *Ob du schläfst?*

Es war mir heute unheimlich schwergefallen, sie so sehr zu meiden. Doch wir konnten nun kein Eifersuchtsdrama gebrauchen.

Immer wieder wanderte mein Blick zur Tür. *Scheiß drauf!*

Entschlossen stand ich auf und verließ leise mein Zimmer, schlich durch den Flur zur gegenüberliegenden Tür. Lautlos glitt ich zu ihr ins Zimmer. Dieses lag im Dunkeln. Mein Blick wanderte zum Bett, wo ich ihre Silhouette erkannte. Je näher ich kam, desto deutlicher hörte ich ihre ruhigen Atemzüge. Angel schlief tatsächlich. Das wunderte mich etwas. Ich hatte ehrlich damit gerechnet, dass sie ebenso wenig schlafen konnte wie ich. Da hatte ich mich wohl getäuscht.

Unschlüssig ob ich gehen oder mich zu ihr gesellen sollte, blieb ich noch einen Augenblick lang vor ihrem Bett stehen und sah auf sie herab. Ihr Anblick löste den übermenschlichen Drang in mir aus, sie berühren zu wollen, also gab ich ihm einfach nach und schlüpfte vorsichtig zu ihr unter die Decke. Nur um sie dann behutsam in meine Arme zu ziehen. Angel seufzte niedlich und schlief einfach weiter. Normalerweise hatte sie keinen festen Schlaf. Doch jetzt schlief sie wie eine Tote.

Ich hatte gar nicht mitbekommen, wann und wie ich eingeschlafen war, doch ihre zarte Stimme weckte mich. Verschlafen rieb ich mir über mein Gesicht, dann blinzelte ich sie an.

»Logan, was machst du hier?«, fragte sie mich und es schien so, als hätte sie mir diese Frage schon einmal gestellt. Ich versuchte, meine müden Gehirnzellen zum Leben zu erwecken, denn sie klang verwirrt und, ja, auch angepisst.

»Es tut mir leid, Kleines«, raunte ich mit verschlafener, kratziger Stimme und wollte sie wieder zurück in meine Arme ziehen. Aber Angel drückte kräftig gegen meine Brust und musterte mich streng.

»Was tut dir leid?«, hakte sie kühl nach.

»Dass ich mich gestern wie ein unterkühltes Arschloch aufgeführt habe. Doch gestern lief nichts so, wie es sollte. Dann kam Ian wieder und du warst komisch. Distanzierter. Ich weiß einfach nicht, wo wir stehen, und das macht mich wahnsinnig. Aber ich habe nicht das Recht, dich nun in dieser Situation um eine Entscheidung zu bitten, also muss ich zusehen, wie ich damit klarkomme. Also nochmal: Es tut mir leid!«

Angel sah noch immer streng auf mich herab. Sie hatte sich auf ihren Ellenbogen gestützt, während ich noch immer auf dem Rücken lag.

Wie von selbst wanderte meine Hand an ihre weiche Wange und streichelte sie dort. Die Strenge glitt allmählich aus ihren Gesichtszügen und als ich mit meinem Daumen ihre Unterlippe nachfuhr, huschte ein kleines Lächeln über ihren Mund. Meine Hand fand in ihren Nacken, damit zog ich sie sanft zu mir nach unten, bis ich sie küsste. Zärtlich liebkosten sich unsere Lippen, bis unser Kuss an Intensität zunahm. Ich teilte die ihren mit meiner Zunge, dann drang ich in ihren Mund ein und ließ unsere beiden Zungen einen erregenden Tanz aufführen, bis ich wieder unseren Kuss beherrschte.

Ein erregtes Knurren presste sich aus meiner Kehle. Diese Frau machte mich wahnsinnig. Es reichte schon ein Kuss und mein Körper stand hilflos für sie in Flammen. Mein Herz hämmerte in meiner Brust und mein Blut wanderte nach unten. Wie ich sie wirklich jemals gehen lassen sollte, war mir jetzt noch nicht klar. Doch das sollten die Probleme von morgen sein. Jetzt wollte ich sie einfach nur schmecken. Und wie ich sie schmecken wollte.

Ich drückte sie in die Matratze, drängte sie damit in eine liegende Position, dann war ich über ihr. Angel schmunzelte leicht an meine Lippen, ehe sie ihre Arme um meinen Nacken schlang, um mich noch mehr an sich zu ziehen. Ich kam ihrer stummen Bitte gerne nach und presste sie mit meinem Körper noch mehr in die Federn. Ließ sie dadurch meine Erregung spüren.

Leicht biss ich ihr in die Unterlippe, ehe ich mich von dort aus über ihr Kinn und weiter über ihren Hals nach unten küsste. Mit einer schnellen Bewegung zog ich ihr das lästige Schlafshirt, das sie trug, über den Kopf und warf es zu Boden. Meine Lippen glitten immer weiter ihre erhitzte Haut hinab, bis ich endlich bei ihren schönen Brüsten angekommen war. Sofort nahm ich einen Nippel in den Mund und saugte leicht an ihm. Angel reckte sich dieser Bewegung entgegen und seufzte genießerisch auf – was mir wiederum einen wohligen Schauer den Rücken hinabrieseln ließ. Jeder Laut von ihr wanderte direkt in meinen Schritt.

Ich kümmerte mich noch eine lange Weile um ihre schönen Brüste. Schließlich benötigten diese sehr viel Aufmerksamkeit. Zumal sie sich mir jedes Mal gefügig und willig entgegenreckte und stumm nach mehr verlangte, es war göttlich.

Doch da mein Ziel ein anderes war, setzte ich meinen Weg über ihren flachen Bauch, ihren Bauchnabel bis zu ihrem Höschen fort. Ich küsste über dem dünnen Stoff ihre Schamlippen, was sie leise zum Stöhnen brachte und sie willig ihre Beine spreizen ließ.

Ich schmunzelte, dann biss ich in ihr Höschen und zog es mit meinen Zähnen nach unten. Ihr letztes Kleidungsstück landete somit ebenfalls auf dem Boden neben dem Bett. Zufrieden ließ ich meinen Blick über ihren schönen, nackten Körper gleiten. Diese Frau war perfekt.

Mit einem verschmitzten Grinsen legte ich mich zwischen ihre gespreizten Beine. Drückte mit meinen breiten Schultern ihre Schenkel noch etwas auseinander, damit ich besseren Zugang hatte.

Als mein heißer Atem ihre Schamlippen traf, keuchte sie erregt auf. Angel war ungeduldig, das liebte ich so an ihr. Ihre Neugier. Noch immer war es etwas befremdlich für mich, wie eine Frau mit ihrem Beruf so unerfahren in Bezug auf ihre eigene Lust sein konnte. Doch genauso genoss ich es auch, sie ihr zu zeigen. So wie jetzt, als ich meine Zunge ohne Vorwarnung grob durch ihre unteren Lippen gleiten ließ und sie deswegen hemmungslos aufstöhnte.

Wie ein gefügiges Kätzchen drückte sie den Rücken bei jeder meiner Berührungen durch. Ihre Finger gruben sich ungeduldig in mein wildes Haar und hielten mich beinah schmerzhaft an Ort und Stelle, als würde Angel befürchten, ich könnte aufhören. Doch ich dachte nicht einmal daran, aufzuhören, nicht, bevor sie nicht laut und hemmungslos gestöhnt hatte. Nicht, ehe sie unter mir erzittert war.

Ich küsste, leckte, biss und saugte sie um den Verstand. Und als ich dann mit meiner Zunge in ihre verführerische Nässe eintauchte und sie begann, dort richtig zu ficken, kam sie laut und heftig. Meine Geschmacksknospen explodierten, als sich ihre süßliche Nässe auf meiner Zunge verteilte. Sie schmeckte köstlich!

Angel's Griff um mein Haar wurde schmerzhaft, so sehr war sie in ihrem Orgasmus gefangen. Doch ich störte mich nicht daran. Schmerz und Sex waren miteinander verbunden. Nur wusste ich, dass ich mit Angel niemals diese Art von Sex haben würde, eine Session mit ihr nach meinem Geschmack durchziehen würde. Nicht bei ihrer Vergangenheit. Doch das war in Ordnung für mich. Es fehlte mir bei ihr nicht. Sie so hemmungslos, neugierig zu sehen, reichte mir völlig.

Ich küsste ihr noch ein, zwei kleine Küsse auf ihre pulsierende Klit, was sie erregt zucken ließ. Meine Lippen bahnten sich ihren Weg wieder zurück zu den ihren. Dann ließ ich sie ihre eigene Lust schmecken, beherrschte sie wieder mit einem dominanten Kuss, ehe ich mich ungeduldig meiner Klamotten entledigte.

Angel's Blick glitt ungeniert und gierig über meinen muskulösen Oberkörper. Ich mochte es, wie sie mich ansah. Wenn man genau erkannte, dass ihr gefiel, was sie hier vor sich hatte. Ich liebte ihr niedliches Schmunzeln, oder wenn sie sich erregt auf die Unterlippe biss, wenn ihre Augen meine Bauchmuskeln nachzeichneten.

Doch heute ließ ich sie nicht so lange die Aussicht genießen. Heute war ich ungeduldig. Nachdem ich sie noch einmal verlangend geküsst hatte, drehte ich sie mit einer schnellen Bewegung um. Ich musste sie jetzt so nehmen. Wollte mich ganz tief in sie versenken, sie spüren.

Angel positionierte sich auf allen vieren direkt vor mir, präsentierte mir ihren süßen Hintern und schenkte mir einen verruchten Augenaufschlag, als sie mir über die Schulter entgegenblickte. *Fuck!*

Ich packte sie an ihrer schmalen Hüfte, führte meine Spitze an ihre verführerische Nässe, dann stieß ich mich in sie. Nicht brutal oder gefühllos, dennoch kräftig, sodass ich sie mit einem Mal komplett ausfüllte. Angel keuchte leise auf. Aus meiner Kehle presste sich ein tiefes Brummen. Mein Griff in ihr zartes Fleisch wurde gleich noch etwas kräftiger, als ich begann, sie von hinten zu ficken. Dennoch bemühte ich mich, nicht allzu grob in meinen Stößen zu werden. Ich wollte vermeiden, dass sie sich unwohl fühlte, wollte, dass sie es in vollen Zügen mit mir genoss.

Anscheinend tat sie das auch, denn sie hatte ihre Augen genießerisch geschlossen und ihre Lippen zu einem O geformt, denen ein Stöhnen nach dem anderen entwich.

Ich beugte mich nach unten und küsste ihren Rücken, leckte ihr den leichten Schweißfilm von ihrer bronzenen Haut, während ich sie mit tiefen, jedoch nicht zu festen Stößen weiterfickte.

Mein Schwanz begann erregt in ihr zu zucken, als Angel ihre inneren Muskeln fest um meinen Schaft zog. Sie molk mich regelrecht und trieb mich mit diesem Spielchen in den Wahnsinn. Ich vergrub meine Finger fest in ihr weiches Fleisch und fickte sie nun doch etwas härter. Sie spornte mich regelrecht an, sie so zu nehmen.

Kurz bevor ich kam, legte ich meinen Daumen auf ihre

empfindliche Perle und begann, sie zu massieren. Angel stöhnte laut auf, ehe wir beide gleichzeitig explodierten. Mit einem lauten, sexy Stöhnen kam dieser verruchte Engel unter mir.

»Entschuldige, Angel, ich …«, ertönte plötzlich die Stimme meines Bruders hinter uns. Doch Ian verstummte, als er uns in dieser Szene vorfand.

Etwas angepisst, dass ich mich nun von ihr lösen musste und nicht einmal mehr diesen fantastischen Fick ausklingen lassen konnte, zog ich mich aus ihr zurück, schnappte mir das dünne Laken und bedeckte uns beide damit. Nicht, dass ich mich vor meinem Bruder schämte, doch das musste nun wirklich nicht sein. Außerdem ging es ihn nichts an, dass ich Angel ohne Kondom fickte.

Es war neandertalermäßig, aber ich genoss es, dass ich sie so markieren durfte.

»Was willst du, Ian?« Ich wollte ihn nicht anmachen, doch diese Situation war einfach komisch und die Stimmung eisig. Auch Angel hatte sich neben mir verspannt und sah mit reumütigen Augen zu Ian. Er räusperte sich, um sich zu sammeln.

»Ich wollte euch beide gerade einzeln wecken, da ich euch holen soll. Das war ja wohl nicht nötig. … Also los, zieht euch an und kommt runter.« Damit verschwand Ian wieder aus ihrem Zimmer. Ich war mir sicher, er hatte etwas anderes sagen wollen. Doch was würde es bringen, nun eine Szene zu machen?!

Wir hatten vereinbart, dass Angel die Chance bekommen sollte, sich zu entscheiden. Dazu gehörte es nun einmal, Zeit mit dem anderen zu verbringen. Das Wie war jedem selbst überlassen.

Als sich die Tür wieder schloss und wir allein waren, seufzte ich laut auf und ließ mich noch einmal frustriert in die Kissen fallen. Angel dagegen stand sofort auf, eilte zu ihrer Tasche und zog sich frische Klamotten an. Ich beobachtete sie dabei, wie sie erst in ihren Slip stieg, dann einen BH anzog, bis sie ihren sexy Körper vollständig mit Kleidung bedeckt hatte. Andersherum wäre es mir definitiv lieber gewesen, doch man konnte eben nicht alles haben.

»Würdest du dich bitte anziehen, Logan?«, fragte sie mich streng und warf mir einen tadelnden Blick zu, da ich mich noch immer nicht erhoben hatte. Ich schnaubte genervt und verdrehte die Augen.

»Ich spring doch nicht, wenn der Penner Enzo pfeift. Vor allem nicht, wenn er uns gleich rauswerfen will. Da lass ich ihn doch lieber warten.«

Schmunzelnd schüttelte sie den Kopf.

»Was ist das eigentlich zwischen euch? Ich verstehe eure Art der Freundschaft nicht.«

Ich lachte bei ihren Worten kalt auf, dann erhob ich mich aus dem Bett und ging langsam auf sie zu.

»Enzo und ich sind vieles, aber sicher keine Freunde, Kleines«, raunte ich zu ihr nach unten, als ich bei ihr angekommen war. Ich führte meine Finger unter ihr Kinn, wanderte weiter bis zu ihrer Wange, dann beugte ich mich zu ihr nach unten, um sie zu küssen.

Ich verlor mich beinah in diesem Kuss, doch ich beendete ihn, bevor ich gezwungen war, sie gleich noch einmal zu ficken.

»Ich denke, insgeheim mögt ihr euch, könnt es nur nicht so wirklich zeigen. Warum auch immer.«

»Wie kommst du darauf?«, fragte ich sie, während ich meine Klamotten vom Boden aufsammelte, um mich ebenfalls anzuziehen. Angel blickte mir hinterher, dann zuckte sie mit den Achseln.

»Weil er dir sonst nicht geholfen hätte. Dich nicht in seine Kneipe oder sein Haus gelassen hätte und mir gestern …« Plötzlich unterbrach sie sich und wich meinem fragenden

Blick aus.

»Und ich denke, du wärst nicht hier, wenn du ihn nicht wenigstens ein bisschen mögen würdest«, setzte Angel schnell hinterher, um abzulenken. Als ich meine Shorts und Jogginghose angezogen hatte, ging ich wieder auf sie zu.

»Und mit dir gestern …? Was hat Enzo gestern mit dir gemacht?« Meine Stimme klang hart. Ihre Andeutung gefiel mir nicht und ließ mich sofort jeden meiner Muskeln verspannen. *Ich schwöre, wenn dich dieser verfickte Köter angefasst hat, bringe ich ihn um! Hier und jetzt in seinem eigenen Heim!*

Mein Blick wurde immer strenger, meine Gesichtszüge verhärteten sich.

»Okay, ich bring ihn um!«, knurrte ich dann ungehalten, als sie sich zur Antwort unsicher auf die Lippen biss.

»Nein! Es ist nicht so, wie du denkst! Enzo hat mir gestern geholfen!«, hielt sie schnell dagegen und packte meine Hand, um mich davon abzuhalten, aus dem Zimmer zu stürmen. Ich hielt in der Bewegung inne und wandte mich ihr wieder zu.

»Und wie?«, fragte ich scharf. Angel wich erneut meinem Blick aus. Ich führte meine Finger unter ihr Kinn und drückte es bestimmt nach oben. Ich wollte Antworten, JETZT!

»Angel!«, knurrte ich dunkel. Sie sah mich wieder an und schenkte mir einen feurigen Blick. Sie mochte es nicht, wenn ich diesen Ton annahm, doch bei solchen Andeutungen und dann auch noch bei dem Pisser Enzo … wunderte sie das echt?!

»Er hat mit mir trainiert, okay?!«

Verblüfft über ihre Aussage riss ich meine Augen leicht auf. Damit hatte ich nun wirklich nicht gerechnet. Ich ließ von ihrem Kinn ab und trat von ihr zurück.

»Ich geh mir schnell ein Shirt holen, dann komme ich

nach«, informierte ich sie nüchtern und verließ ohne weiteres ihr Zimmer. Schließlich gab es hier nichts mehr zu reden und der Pisser wartete auf uns, um uns aus seinem Haus zu werfen. Sofort schossen mir wieder Angel's Worte in den Kopf.

Wieso verdammt nochmal sollte Enzo mit Angel trainieren?! Ich verstand es nicht, doch da ich so oder so von dem Penner keine Antwort erhalten würde, würde ich auch sicher nicht danach fragen. So weit kam es noch.

Nachdem ich mir ein Shirt angezogen hatte, ging ich nach unten. Der Tisch war besetzter als gestern. Es hatten zwei weitere Männer Platz genommen. Ein ziemlich junger Kerl, ich schätzte ihn nicht älter als 22. Er sah, bis auf die rötliche Narbe an seiner Kehle, wie Schwiegermamas Liebling aus. Was hatte er hier bitte am Tisch vom Hunter zu suchen? Doch das sollte nicht meine Sorge sein.

Der andere war da schon 'angsteinflößender'. Er sah aus wie der fucking Hulk höchstpersönlich. Ein Viech von einem Mann. Ich kannte ihn. Er war einer der Big Four und regierte in der Bronx das Rotlichtviertel. Das, was Stone für die Reichen und Schönen war, war er hier auf der anderen Seite New Yorks. Ich hatte bereits für ihn gearbeitet. Er, oder eher einer seiner Männer hatte mich des Öfteren für kleine Aufträge angeheuert. Ich war mir sicher, er erkannte mich nicht mehr. Sollte mir recht sein.

Alle schienen auf mich zu warten, denn ihre Blicke lagen nur auf mir. Mit einem kleinen Schmunzeln auf den Lippen, da mich das hier schon etwas amüsierte, ließ ich mich etwas abseits von Angel und Ian auf einem freien Stuhl nieder. Ich wusste mit beiden gerade nicht umzugehen, dazu war schließlich auch nicht die richtige Zeit.

»Was ist jetzt? Wieso lässt uns der große Häuptling hier allesamt einberufen?«, fragte ich spöttisch in die Runde. Kat und Aleks begannen leise zu lachen, ehe sie sich wieder zusammenrissen, da Enzo ihnen einen kalten Blick zuwarf. *Aha?*

»Alle deine Leute, um uns hinauszubitten?«, stichelte ich noch etwas weiter, denn ich verstand nicht ganz, was der Auflauf hier sollte. Enzo schüttelte streng den Kopf. Ich seufzte, denn sonst tat er nichts. *Was soll denn der Scheiß?!*

»Kann dein Hacker-Heini uns wenigstens neue Papiere für Angel und meinen Bruder besorgen?«

Liam schnaubte abfällig, verkniff sich jedoch einen Kommentar. Enzo sagte weiterhin nichts, als würde er noch überlegen. Über was dachte er bitte nach? Ob er uns doch noch erschießen sollte, oder was?!

Sein Blick wanderte mehrfach zu Angel, was mich gleich noch etwas angespannter werden ließ. Erst nachdem er sich eine Kippe angezündet hatte, erbarmte er sich, das Wort zu erheben.

»Nein«, war seine schlichte Aussage.

»Nein?!«, hakte ich scharf nach. Enzo nickte, dann zog er erneut an seiner Zigarette. Ich schäumte vor Wut über seine verfickte Überheblichkeit. Was hatte ich mir überhaupt dabei gedacht, ausgerechnet ihn um Hilfe zu bitten? So verzweifelt konnte man gar nicht sein.

»Ach, dann leck mich, Enzo! Diese ganze Scheiße, der ganze Aufwand, weil du uns rausschmeißen willst?! Das hättest du dir sparen können. Ich sagte, wir gehen, also gehen wir auch. Ich bin ein Mann, der sich an sein Wort hält. Also danke für nichts und leb wohl!« Bestimmt nickte ich Angel und Ian zu, damit wir verschwinden konnten. Ich sollte hier, so schnell es ging, raus, bevor ich noch einem mächtigen Penner ans Bein pisste und einen weiteren Krieg an der Backe hatte.

»Setz dich Logan! Wir waren hier noch nicht fertig«, befahl Enzo mir kühl. Ich hielt in der Bewegung inne, mich zu erheben, und warf ihm mit hochgezogener Augenbraue einen abschätzigen Blick zu.

»Ach nein?«, fragte ich säuselnd. Darauf schüttelte Enzo nur ernst den Kopf. Ich runzelte die Stirn. Was sollte das jetzt? Was sollte denn noch von ihm kommen?!

Ein kurzer Seitenblick zu Angel und Ian, um zu sehen, was die beiden darüber dachten. Ians Gesichtszüge waren verhärtet. Er hielt ebenso viel von Enzo wie ich, vielleicht sogar noch weniger. Doch Angel sah mich beinah flehend an. Wofür flehte sie? Dass ich blieb und ihn anhörte? War es das? Da ich sie nicht fragen konnte, beschloss ich, auf mein Bauchgefühl zu hören. Darauf war schließlich immer Verlass. Also setzte ich mich wieder hin.

Der Pisser nickte zufrieden, drückte seine Kippe im Aschenbecher vor sich aus, lehnte sich lässig in seinem Stuhl zurück und sah mir einen langen Augenblick mit unergründlicher Miene entgegen. Ich biss mir kräftig auf die Zunge, um ihm nicht doch noch verbal den Arsch aufzureißen, bis mich ein feines Schmunzeln aus meinen wütenden Gedanken riss.

»Du Wichser!«, spuckte ich ihm entgegen und doch trug auch ich ein Lächeln auf den Lippen. Nun begriff ich, dass Enzo sich schon längst dafür entschieden hatte, uns zu helfen. Er triezte mich hier nur, weil er einfach ein verdammter Penner war, der nie müde werden würde, mir auf den Sack zu gehen.

»Meine Männer und ich werden euch helfen. Also solltest du mir lieber den Arsch pudern, anstatt mich in meinem eigenen Haus zu beleidigen.« Ich grinste noch etwas breiter.

»Natürlich, als würde das jemals passieren«, spottete ich noch etwas über ihn. Doch mein geschäftiger großer Bruder unterbrach natürlich die 'harmonische' Stimmung.

»Wieso der Sinneswandel? Und wie willst du uns helfen, gegen Alexey zu gewinnen?«, forderte Ian streng zu wissen. Alle wendeten sich ihm zu, nur um dann wieder Enzo anzusehen.

»Ganz der Geschäftsmann, was?«, verhöhnte Enzo meinen Bruder, doch ehe Ian darauf reagieren konnte, sprach er weiter.

»So, wie Aleks gestern gesagt hat. Wir treffen ihn im Herzen. Und sein Herz sitzt nun mal in Kuba. Solch ein Imperium, das über Generationen auf diesem Land sitzt, siedelst du nicht mal eben in ein paar Monaten um. Noch dazu einfach mal so in die Staaten, unentdeckt selbstredend. So etwas benötigt Zeit, Timing, Planung, Männer, Verbündete und vor allem Geld! So weit ist er noch nicht, wenn ihr Vater erst kürzlich verstorben ist. Und da sich ihr Macker seit Wochen oder vielleicht sogar schon Monaten hier in New York aufhält, ist sein Land ein leichtes Ziel. Treffen wir ihn im Herzen, zerstören wir seine Macht. So gewinnt ihr«, erklärte Enzo uns seinen Plan. Ich nickte.

Gestern schon hatte ich diesen Plan als genial empfunden. So würden wir gegen Alexey gewinnen. Er hätte nur noch die wenigen Männer hinter sich, die er mitgenommen hatte, oder die, die er hier kennengelernt und mit denen er sich verbündet hatte. Doch so viele konnten es noch nicht sein, da war ich mir sicher.

»Dein Plan ist es also, mit all deinen Männern und uns zu dem Land ihres Vaters zu reisen, jeden Mann dort auszuschalten und wieder zu fahren?! Das soll ihn aufhalten? Doch Alexey lebt dadurch noch immer. Er kann ihr immer noch etwas antun und kann noch immer versuchen, sich mein Imperium unter den Nagel zu reißen. Es bleibt alles gleich, nur dass er dann nicht mehr ganz so viele Männer hinter sich stehen hat«, hielt Ian dagegen. Enzo schüttelte beinah amüsiert den Kopf und trug dabei wieder sein scheiß zynisches Lächeln auf den Lippen, das meinen Bruder ganz klar verhöhnte. Doch ich kam dem überheblichen Penner zuvor und ergriff zuerst das Wort, um es meinem Bruder zu erklären. Ian stammte nun mal nicht aus unserer Welt und kannte deren Regeln nicht. Wusste nicht, nach was Männer wie wir lebten.

»Alexey wird nicht einfach in den Staaten sitzen bleiben und es zulassen, dass wir ihn dreist mitten ins Herz treffen. Sobald der erste Schuss fällt, wird er kommen. Und sobald er uns in unserem inszenierten und selbst gewählten Schlachtfeld aufsucht, gewinnen wir gegen ihn. Unsere einzige Aufgabe besteht darin, so schnell und so viele Männer wie möglich unbemerkt auszuschalten, bevor Alexey mit seinem Gefolge zurückkommt. Das war's. Er wird dort nicht mehr lebend rauskommen. Er wird nicht an deine Firma herankommen und er wird Angel nie wieder zu nahe kommen, denn ihr beiden werdet hierbleiben. Ihr werdet nicht einmal in der Nähe dieses Krieges sein.« Das Letzte war ein ganz klarer Befehl. Angel schien sich damit ganz gut abfinden zu können. Doch das war mir klar. Ich wusste, dass sie keinen Fuß mehr auf das Land ihres Vaters setzen wollte. Mein Bruder hingegen schien das wohl etwas anders sehen, doch auch das war mir klar gewesen. Dennoch stand mein Entschluss fest, auch sein Protest würde daran nichts ändern.

Enzo hatte mir zustimmend zugenickt, als würde er meine Worte absegnen. Ich verdrehte daraufhin nur innerlich die Augen.

Ian schnaubte wütend auf. Bevor er allerdings das Wort ergreifen konnte, meldete sich überraschend Aleks zu Wort.

»Ich muss in einem Punkt widersprechen.« Enzo blickte seinen besten Mann stirnrunzelnd an, auch er konnte ihm wohl nicht ganz folgen, daher setzte Aleks erneut zu sprechen an.

»Das Engelchen kann nicht hierbleiben. Wir werden sie brauchen. Wir brauchen jemanden, der sich auf dem Land auskennt. Der die Schleichwege und die Umgebung kennt. Vor Ort und nicht mit einer gezeichneten Karte. Wir müssen wissen, wo sich das Lager befindet. Der Hauptsitz. Die Männer. Wo schlafen, essen und vögeln sie? Wir müssen all das und noch mehr wissen und das geht nur durch sie. Alles andere würde zu viel Zeit in Anspruch nehmen. Zeit, die wir, wie ich das verstanden habe, nicht haben.« Enzo und ich nickten beide nachdenklich.

Scheiße, er hatte recht und ich wollte nicht, dass er recht hatte. Denn kam Angel mit, konnte ich Ian unmöglich zu Hause lassen, wie einen kleinen Jungen, dem man Hausarrest gab. Beide Menschen, die ich unter keinen Umständen auf diesem Land wiederfinden wollte, wären nun genau dort, ob ich wollte oder nicht.

Mein Blick fand zu ihr. Nachdenklich musterte ich sie, wie sie sich nervös auf ihrer Unterlippe herumkaute. Angel wollte nicht zurück. Ihr gesamter Körper schrie es uns regelrecht entgegen und dennoch nickte sie ergeben.

»Okay. Ich werde euch alles sagen, was euch nützlich ist. Aber! Ich war sechs Jahre nicht mehr dort. Es wird sich einiges verändert haben und Neues dazugekommen sein.«

»Am besten tust du dich mit Liam zusammen. Ihr checkt Google Maps und du sagst ihm, was neu und was alt ist. Welches Haus wie viele Männer ungefähr beinhalten könnte. Eben alles, was du von damals noch weißt«, wies Enzo sie an und auch hier nickte sie ergeben und erhob sich, damit sie und Liam sich gleich an die Arbeit machen konnten. Ich wollte sie ungern gehen lassen, doch mir blieb nichts anderes übrig, also blieb ich sitzen, als sie mit Enzos Bruder die Küche verließ.

»Was ist mit den Mädchen?«, hakte Aleks ernst nach. Enzos Augenbraue wanderte abschätzig nach oben.

»Was soll mit ihnen sein?«, fragte er beinah belanglos, ehe er einen Augenblick später tadelnd den Kopf schüttelte.

»Sie sind nicht unser Problem, Aleks!«, ermahnte er seinen besten Mann barsch. Aleks mahlte kräftig mit den

Kiefern, ich konnte ihm ansehen, wie gern er noch etwas gesagt hätte, doch er ließ es.

»Du willst den Mädchen nicht helfen? Du willst sie dort einfach ihrem Schicksal überlassen?!«, mischte sich nun auch seine Kleine ein und klang dabei fassungslos. Enzo seufzte müde und warf seinem besten Freund einen genervten Blick zu.

»Nein, Prinzessin, ich will ihnen nicht helfen. Sie sind nicht mein Problem. Strenggenommen ist dieser ganze beschissene Krieg nicht mein Problem. Doch diese kleine, wichtige Tatsache ignorieren wir jetzt einfach mal.« Enzo schenkte mir einen vielsagenden Blick, der mich zum Schnaufen brachte.

»Aber Enzo …«

»Nichts aber! Ich werde keine bereits verkauften Mädchen befreien. Ich bin kein scheiß Held. Ich bin der Tod und den bringe ich auch über die Menschen. Ende der Geschichte. Und jetzt geh und lass uns unseren Plan ausarbeiten. Außer natürlich, du möchtest das noch lang und breit mit mir ausdiskutieren, Prinzessin. Dann nur zu, verschwende unser aller Zeit, nur um mit mir über das nicht Verhandelbare zu streiten.« Sie lieferten sich ein erbarmungsloses Blickduell. Ich war beinah erstaunt, wie gut sie seinem eiskalten Blick standhielt und auch nicht klein beigeben wollte.

»Darf der Fachmann hierzu was sagen?«, meldete sich der fucking Hulk zu Wort und unterbrach so ihr Blickduell, da sie sich ihm beide gleich erstaunt zuwandten.

»Ich lasse zwar nur ungern so feine Ware liegen, doch der Boss hat recht. Wir können uns nicht mal eben bereits verkaufte Frauen schnappen und mitnehmen. Das würde fatale Folgen haben. Folgen, die nur Ärger bringen, den wir nicht gebrauchen können. Dieser Menschenhändlerring ist einer der größten und mächtigsten, die es auf dem Markt gibt, weltweit wohlbemerkt. Ich selbst habe von dort schon einige meiner besten Mädchen gekauft. Aber ich wurde hierbei ja schon heute Nacht überstimmt«, grummelte er schlecht gelaunt, schenkte Enzo einen eindeutigen Blick und fuhr dann weiter fort.

»Was ich damit sagen will: Diesen Ring auszuschalten, wird schon ein Ding der Unmöglichkeit. Zumal es immer einen geben wird, der ihn wieder aufbauen wird. Wir können uns es nicht leisten, auch noch die Frauen zu entwenden. Das wäre dumm und leichtsinnig. Also ja, ich sage auch, dass die Mädchen tabu sind und nicht unser Problem sein sollen.«

Ich teilte zwar seine Meinung nicht, dennoch musste ich ihm recht geben. Es wäre Selbstmord, die Mädchen zu befreien. Zumal keiner von uns wusste, wie viele Frauen sich auf diesem Land befanden. Wem sie versprochen waren. Wir könnten uns noch größere Feinde schaffen, als Alexey einer ist. Das konnten wir uns nicht erlauben.

Erneut schnaubte seine Kleine auf und auch sein bester Freund schien nicht dieselbe Meinung wie wir anderen zu haben. Dennoch sagten beide nichts mehr dazu, da sie erneut einen vernichtenden Blick von Enzo erhalten hatten.

»Ach, dann macht doch, was ihr wollt! Verdammte Macho-Arschlöcher!«, fluchte sie, schob lautstark ihren Stuhl zurück und stapfte wütend aus der Küche. Ich konnte es ihr nicht verdenken. Schließlich redeten wir hier von ihrem Geschlecht. Natürlich ging ihr das nahe. Sie wusste sich nicht von diesen Dingen zu distanzieren, so wie wir. Auch Ian schien mit diesem Plan nicht ganz einverstanden zu sein, doch er war clever genug, sich nicht einzumischen. Er hatte verstanden, dass er die Diskussion gnadenlos verlieren würde, und da mein Bruder ein schlechter Verlierer war, schwieg er lieber.

Enzo rieb sich müde die Augen. Er schien nicht viel Schlaf bekommen zu haben. Dann fielen mir Angel's Worte wieder ein. Dennoch unterdrückte ich den Impuls, ihn vor den anderen danach zu fragen. Es war weder die Zeit noch der passende Ort dazu. Schließlich hatten wir einen Krieg zu planen und im besten Fall auch zu gewinnen.

Kapitel 32

Angel

Ich kaute nervös auf meiner Unterlippe herum und blickte auf das offene Meer hinaus.

Wir hatten uns dazu entschlossen, mit der Fähre zu reisen. Bei der Anzahl von Männern, die Enzo in diesen Krieg zerrte, war dies jedoch nicht verwunderlich.

Zwei Tage hatten sie an ihrem Plan, das Land meines Vaters zu stürmen und zu zerstören, gefeilt. Nun befanden wir uns hier. Waren auf dem Weg dorthin, zu meinem Elternhaus, und fuhren dem Krieg entgegen. Waren auf dem Weg zu dem Ort, den ich nie wieder in meinem Leben betreten wollte. Und doch befand ich mich auf dieser scheiß Fähre und tat genau das.

Ich kämpfte gegen die Panikattacke an, die sich allmählich in mir aufbaute. Meine Atmung ging immer schneller und hektischer. Meine Hände waren schweißgebadet und mein Körper schlotterte wie Espenlaub. Ich griff mir an die Brust und versuchte, meine Atmung wieder unter Kontrolle zu bekommen. Plötzlich spürte ich eine große Hand an meinem Rücken, wie sie mich zärtlich begann zu streicheln. Ich erkannte ihn sofort. Seit der Verwechslungsnummer in Ians Badezimmer mit Logan konzentrierte ich mich auf ihre unterschiedlichen Gerüche, wenn ich nicht wusste, welcher der beiden sich mir unbemerkt näherte. Und dieser Geruch gehörte ganz klar zu Ian. Süß und doch herb und dann natürlich noch sein unverkennbares edles Parfüm, das perfekt passte. Zu ihm.

Seine große, warme Hand streichelte mich noch immer

zärtlich an meinem Rücken. Diese sanfte Berührung half mir dabei, meine aufkommende Panikattacke zu überwinden und meine Atmung langsam wieder zu normalisieren.

»Geht's wieder?«, ertönte seine tiefe Stimme dicht hinter meinem Ohr. Ich nickte schwach, denn das war ich. Ich fühlte mich kraftlos und ausgelaugt.

»Kann ich was tun?«, fragte er und hauchte mir dann einen hauchzarten, unschuldigen Kuss unter mein Ohr. Ich erschauerte leicht. Ob mein Körper immer so auf die beiden reagieren würde, auch wenn ich mich längst für einen der beiden entschieden hatte und mit diesem glücklich wäre?! Ob ich den anderen jemals vollständig loslassen können würde? Schließlich hatten es beide Davis-Männer geschafft, meine Schutzmauer aus Hass und Angst zu durchbrechen, hinter die Maske der Eisprinzessin zu blicken und mein vereistes Herz zum Schmelzen zu bringen. Die mir zeigten, wie sich Geborgenheit, Zärtlichkeit und Liebe wirklich anfühlen sollten. Mich liebten und mir meine Lust wieder zurückgaben. Mich endlich wie eine begehrte Frau hatten fühlen lassen und nicht wie ein warmes, nacktes Stück Fleisch, das nur zur Bespaßung der männlichen Gattung diente, so wie es mir all die Jahre, seit dem Tod meiner Mutter, eingebläut worden war.

Ich durfte ich selbst sein und ich durfte mich selbst finden und kennenlernen. All das und noch so vieles mehr gaben mir *beide* Davis-Männer. Also wie verdammt nochmal sollte ich jemals einen der beiden gehen lassen? Ungern gestand ich es mir selbst zu, doch scheiße, ich liebte sie beide und genau das war das Problem.

»Du möchtest das hier nicht tun, habe ich recht? Du willst eigentlich nichts lieber, als weit, weit weg von hier zu sein«, raunte Ian dicht an mein Ohr. Ich nickte nur, wollte nicht sprechen, nicht jetzt.

»Angel, ich verspreche dir, dir wird nichts passieren! Er

wird dich nie wieder anrühren. Dir nie wieder zu nahe kommen und dir nie wieder wehtun, dafür sorgen wir heute.« Es klang beinah wie ein Versprechen. Ich wünschte mir so sehr, es wäre wahr. Wünschte, das hier wäre der Moment, wo Cinderella endlich in den gläsernen Schuh schlüpfen dürfte, um ihr *Und-sie-lebten-glücklich* zu bekommen. Doch das hier war noch immer kein Märchen und ich war keine verschissene Prinzessin, die auf ihren Prinzen wartete. Das hier war mein Leben und das Schicksal hatte es noch nie gut mit mir gemeint, also wieso sollte es sich es plötzlich anders überlegen und mir mein persönliches Happy End schreiben?! In meinem Leben gab es kein Happy End, zumindest nicht dieses, das ich mir wünschte.

Seine zärtlichen Küsse auf meiner empfindlichen Haut rissen mich aus meinen wirren Gedanken. Ohne groß darüber nachzudenken, lehnte ich mich dankbar mit meinem Rücken an seine starke Brust, schloss die Augen und sog seinen himmlisch vertrauten Duft ein. *Gott, wie ich diesen Geruch liebe.*

»Ian, ich … «, doch weiter ließ er mich nicht kommen.

»Du musst nichts sagen, Angel. Ich bin nicht dumm. Also lass mir diesen einen Moment mit dir.« Daraufhin wirbelte er mich überraschend zu sich herum, legte seine Hände bestimmt auf meinen unteren Rücken, dann drückte er mir schon seine weichen Lippen auf die meinen. Ich konnte nicht einmal reagieren, geschweige denn einen klaren Gedanken fassen, denn dieser Kuss riss mich völlig aus dem Konzept. Der Boden unter mir begann zu wanken und meine Beine gaben beinah nach, wenn Ian mich nicht gegen die Brüstung gedrängt hätte, um diesen Kuss noch mehr zu beherrschen.

Seine Hände wanderten meinen Körper langsam nach oben, bis sie an meine Wangen fanden. Zärtlich hielt Ian mein Gesicht zwischen seinen großen Händen und dennoch küsste er mich um den Verstand. Diese zarte Berührung und dieser Kuss standen so sehr im Kontrast, dass es mich beinah überforderte und doch auch mitriss. Ich war völlig gefangen in seinem Kuss und genau hier und jetzt wollte ich auch nirgends anders sein als an Ians wundervollen und weichen Lippen.

Ich wusste, dass das hier weder fair noch der richtige Moment dafür war, und doch konnte ich nicht anders, als mich ihm wenigstens für diesen Kuss völlig hinzugeben. Also dachte ich nicht mehr nach, stellte meine wirren Gedanken aus und genoss einfach nur noch seine samtene Zunge, die meine umspielte, das Kribbeln in meinem Bauch und die Wärme, die sich dabei in mir ausbreitete.

Meine Hände wanderten wie von selbst in sein dichtes, schwarzes Haar. Gott, wie sehr ich sein Haar liebte.

Beinah schmerzhaft drückte ich ihn an mich heran. Ich wollte das hier. Nein, ich brauchte das hier.

Kapitel 33

Logan

Mit meinen Unterarmen stützte ich mich auf die Reling und blickte auf das offene Meer. Ich sog die salzige Luft ein und schloss für einen Moment die Augen. Brauchte gerade den Abstand, um meinen klaren Kopf wieder zurückzubekommen.

»Bist du so beherrscht oder tust du nur so, als würde es dir nichts ausmachen, was dein Bruder gerade mit deiner Kleinen anstellt?«, ertönte plötzlich genau die Stimme, die ich in diesem Augenblick nicht hören wollte.

Ich öffnete meine Augen und blickte leicht über die Schulter, um zu Ian und Angel sehen zu können, dann schaute ich wieder auf die offene See und zuckte mit den Schultern.

»Es ist, wie es ist«, entgegnete ich knapp. Was sollte ich ihm auch großartig erzählen? Im Augenwinkel nahm ich wahr, wie sich Enzo mit den Ellenbogen rückwärts gegen die Reling lehnte und noch immer zu den beiden sah.

»Außerdem ist sie nicht meine Kleine«, setzte ich nach einem Moment des Schweigens nach. Sein Blick wanderte langsam zu mir.

»Aah! Ich verstehe. Du denkst, dein Bruder wäre die bessere Wahl für sie. Wäre der bessere Mann an ihrer Seite.« Ich ließ es unkommentiert. Was sollte ich auch zu seinem Bullshit, den er hier von sich gab, noch sagen?!

»Du irrst dich. Aber es ist nicht meine Aufgabe, dir die Augen zu öffnen. Ich bin nur hier, um dir den Arsch zu retten, damit du die Chance bekommst, dir dein Mädchen zu holen.«

Ich wandte ihm den Kopf zu und sah ihn von der Seite an.

»Was ist das eigentlich zwischen dir und Angel? Und wie kamst du darauf, sie letzte Nacht zu trainieren?!«

Keine Ahnung, warum ich ihn das nun doch fragte, und das gerade jetzt. Doch nun, da die Frage gestellt war …

Enzo drehte schmunzelnd den Kopf in meine Richtung.

»Du brauchst nicht eifersüchtig sein, Killer. Ich dachte, ich tu euch allen einen Gefallen damit«, entgegnete er achselzuckend. Ich verzog irritiert die Brauen, denn ich verstand nicht ganz, worauf Enzo hinauswollte.

»Sie wollte abhauen, um euch nicht länger in Gefahr zu bringen. Also habe ich sie etwas abgelenkt, indem ich ihr ein paar Kniffe beigebracht habe. Schaden tut es ihr sicherlich nicht.«

Erstaunt sah ich ihn an. Enzo hatte Angel zum Bleiben überredet und ihr Selbstverteidigung beigebracht? Das passte so gar nicht zu dem eiskalten Hunter von New York.

»Wieso?«, war alles, was ich dazu sagen konnte. Enzo wandte sich wieder von mir ab und sah zu den beiden zurück, ehe er mit den Achseln zuckte.

»Sie ist taff und hat Feuer. Es wäre schade, wenn das verloren gehen würde. Außerdem wollte ich mir dein Geheule nicht anhören, wenn sie wirklich abgehauen wäre«, setzte der Penner noch unnötig hinterher. Ich schnaubte, dennoch schmunzelte ich gegen meinen Willen.

»Danke.« Es widerstrebte mir zwar, aber ich konnte diesen Pisser eigentlich recht gut leiden.

Wieder schwiegen wir einige Zeit. Allerdings war da noch etwas, was ich loswerden musste. Es war mir wichtig und ich wusste, er wäre der einzige Mensch, der mir hierbei helfen konnte. Der mich verstand, ohne es zu hinterfragen.

»Sorg dafür, dass beide unversehrt zurück nach Hause

kommen.«

Erneut ein Seitenblick von Enzo. Mein Blick ruhte noch immer auf der offenen See direkt vor mir. Schließlich nickte er leicht, dann stieß er sich von der Brüstung ab, um zu gehen.

»In einer Stunde treffen wir uns, um noch einmal alles durchzugehen. Nutz die Zeit.« Im ersten Moment wusste ich nicht, was Enzo meinte, doch als ich dann über meine Schulter blickte und sah, dass er zu Angel nickte, wusste ich es. Sie war nun allein und Enzo wollte mir mit seiner charmanten Art sagen, ich sollte mich von ihr verabschieden. Das wäre nur fair. Sie hatte einen Abschied, einen Abschluss verdient, damit sie sich am Ende für Ian entscheiden konnte. So war es am besten, vor allem für sie.

Dennoch ging ich nicht gleich zu ihr. Ich genoss noch einen Augenblick die Ruhe vor dem Sturm. Dieser Tag würde mit viel Blutvergießen und einem großen Leichenberg enden. Dafür brauchte ich einen kühlen und vor allem klaren Kopf. Ich konnte es mir nicht erlauben, dass sie meinen Verstand fickte. Konnte es nicht gebrauchen, an sie zu denken, wenn ich den Killer rausließ.

Meine Gedanken schweiften noch einmal zu dem Gespräch mit Enzo gerade eben ab. Es wollte noch nicht so recht in meinen Schädel, dass ausgerechnet er ihr geholfen hatte und für sie da gewesen war. Wieso tat er das? Enzo konnte niemanden leiden und doch war es nicht zu übersehen, dass die kleine Angel ihm unter die Haut gegangen war. Er sorgte sich um sie, obwohl er sie nicht kannte. Ich verstand es nicht und dennoch war ich dankbar.

»Worüber denkst du so ernst nach?«, ertönte überraschend ihre zarte Stimme dicht neben mir.

Gedankenverloren sah ich sie von der Seite an. Angel hatte sich dicht neben mich gestellt, stützte sich ebenso wie ich auf der Reling ab und sah mich mit einem undurchdringlichen

Blick an.

»Dies und das«, war meine vage Aussage, die ihre Augenbraue streng in die Höhe schnellen ließ. Ich schmunzelte.

»Ich möchte nicht dorthin zurück«, gestand sie mir dann flüsternd. Ich beobachtete sie dabei, wie sie nervös ihre Hände knetete.

»Und doch hast du zugestimmt. Warum?«, fragte ich sie vorsichtig.

»Weil ich nicht möchte, dass ihr diesen Krieg für mich führt. Doch da ich euch sture Ärsche so oder so nicht davon abhalten kann, helfe ich euch wenigstens, damit ihr nicht dabei draufgeht.«

Ich schnaubte amüsiert bei ihren Worten. Ihre nervösen Finger in meinem Augenwinkel ließen mich allerdings schnell wieder ernst werden. Ich griff nach ihrer Hand, verschränkte sie mit meiner und begann ihr zärtlich mit meinem Daumen über den Handrücken zu streicheln.

»Du wirst wieder den Helden spielen, habe ich recht?«

Abermals zupfte ein Schmunzeln an meinen Mundwinkeln.

»Kleines, hatten wir das nicht schon geklärt? Die Heldennummer steht mir nicht. Also mach dir keine Sorgen. Enzos Männer sind bestens ausgebildet. Wir stürmen das Lager, schalten so viele, wie wir können, aus, und dann, wenn er kommt, erledigen wir ihn. Dann ist alles zu Ende und du kannst die richtige Entscheidung treffen.«

»Und wieso klingt das hier dann nach einem Abschied, wenn du nicht vorhast, etwas wirklich Dummes anzustellen?«, forderte sie nun forsch zu wissen. Ihr Gespür und ihre Menschenkenntnis verblüfften mich immer wieder.

Unsere miteinander verschränkten Hände führte ich an meine Lippen, um ihr einen zarten Kuss auf ihren Handrücken zu hauchen.

»Weil es einer ist, Angel. Du wirst dich hiernach für

meinen Bruder entscheiden. So, wie es schon immer sein sollte. Du wirst die Frau an seiner Seite. Dort gehörst du hin.«

Es schmerzte mich, die Worte nun wirklich laut auszusprechen. Doch es musste sein. Angel musste verstehen, dass ich nicht der Richtige für sie war. Ian konnte sich um sie kümmern. Für sie sorgen und sie auf eine andere, eine bessere Art und Weise beschützen. Er war der Bessere. Zumal Angel ihn positiv veränderte. Sie machte Ian zu dem Mann, der er immer hätte sein sollen. So war es einfach am besten für uns alle und tief in sich drin wusste sie das auch. Wahrscheinlich hatte sie sich vorhin bereits für Ian entschieden, als sie sich geküsst hatten.

»Du bist echt scheiße im Schlussmachen, weißt du das?«

Ich sah sie verblüfft an, ehe ich leise zu lachen begann.

»Komm her«, raunte ich ihr sanft entgegen, dann zog ich sie an meine Brust und schlang meine Arme um sie. Ich musste sie jetzt spüren, riechen und am besten noch schmecken. Doch es wäre weder der richtige Zeitpunkt noch angebracht.

Angel schmiegte sich an meine Brust und schlang ebenfalls die Arme um mich. Klammerte sich wie ein kleines Äffchen an mich und es schien beinah so, als würde sie mich nicht mehr wieder freigeben wollen. Scheiße, ich wollte es ja auch nicht, doch ich musste. Es ging nicht anders.

Der Drang, sie zu küssen und zu schmecken, wurde beinah übermächtig, also gestattete ich mir einen letzten Kuss. Unser Abschied. Vorsichtig löste ich mich von ihr, legte zwei Finger unter ihr Kinn und führte es zu mir nach oben. Ich sah ihr tief in ihre wunderschönen, blauen Augen. Genoss wie so oft den Kontrast unserer Hautfarben und prägte mir jeden Zentimeter ihres schönen Gesichts in meinem verkorksten Hirn ein. Dann senkte ich meine Lippen auf die ihren und schenkte uns unseren letzten Kuss.

Zaghaft küsste ich sie. Drückte immer wieder meine Lippen auf die ihren. Meine Hand war von ihrem Kinn in ihren Nacken gewandert und auch die Intensität unseres Kusses nahm langsam zu. Ich drang mit meiner Zunge ein und wurde sofort begierig von ihrer empfangen. Ich liebte Angel's Verspieltheit. Das würde mir sehr fehlen.

Meine Selbstbeherrschung wurde immer dünner, je länger und intensiver wir uns küssten. Ich wollte sie berühren. Wollte ihre weiche Haut küssen und lecken. Wollte in ihr zartes Fleisch beißen und meine Finger in dieses graben, während ich sie tief nahm. *Fuck!*

Ohne groß darüber oder die folgenden Konsequenzen nachzudenken, hob ich sie mir mit einer schnellen Bewegung auf die Hüften und marschierte mit großen Schritten über das Deck nach drinnen, immer weiter, bis ich mit ihr in eine der kleinen Schlafnischen verschwand. Ich wusste, ich durfte das hier eigentlich nicht. Es war nicht fair, keinem der beiden gegenüber. Doch ich war schon immer der schlechtere von uns Brüdern gewesen, hatte immer gemacht oder mir genommen, was ich wollte, während Ian den anständigen Weg einschlug. Tat, was man von ihm verlangte.

Angel hatte mir den ganzen Weg bis in die Kabine meinen Hals stürmisch rauf und wieder runter geküsst. Hatte mich mit ihren Zähnen und ihrer Zunge verrückt gemacht. Ungeduldig zog ich die Tür hinter uns zu, dann setzte ich sie wieder ab. Die Kabine war winzig. Das Bett reichte womöglich nicht einmal für mich allein – bei meiner Breite. Doch das war nebensächlich.

»Logan, ich möchte danach …« Ich schnitt ihr das Wort ab, indem ich sie einfach wieder verlangend küsste. Ich wollte jetzt nichts hören. Wollte nicht an den bevorstehenden Krieg denken oder daran, dass ich sie nun zum letzten Mal berühren, schmecken und lieben würde. Ich wollte all das verdrängen, für diesen Moment. Für unseren

Abschied.

»Logan«, wisperte sie an meine Lippen. Doch ich ließ ihr keine Gelegenheit, weiterzusprechen. Immer verlangender küsste ich sie, dann entledigte ich sie eines lästigen Kleidungsstücks nach dem anderen, bis sie am Ende nackt vor mir stand. Schnell wurde auch ich meine Klamotten los, als ich ihren vor Lust verhangenen Blick auffing.

Sofort, nachdem ich auch das letzte Stück Stoff abgelegt hatte, fanden unsere Münder wieder ausgehungert aufeinander. Immer drängender und ungeduldiger küsste ich sie, während ich rückwärtsgewandt Richtung Bett ging, bis ich an meinen Kniekehlen das Holz des Bettes spürte. Ich ließ mich auf der dünnen Matratze nieder und zog Angel ungeduldig auf meinen nackten Schoß. Als sie verstand, lächelte sie lasziv und setzte sich rittlings auf mich. Wieder fanden unsere Münder ausgehungert aufeinander, während sich Angel quälend langsam auf meine heiße Spitze niederließ. Sie machte mich damit ganz verrückt. Ein heißes Prickeln durchzuckte meinen Körper, nahm von ihm Besitz und hinterließ ein unbändiges Verlangen nach dieser nackten Göttin hier auf mir.

Sie ärgerte und triezte mich, indem sie nur meine Eichel fickte und mich damit überstimulierte. Ich hielt es nicht mehr aus, vergrub meine Finger in ihre zarten Hüften und rammte mich von unten komplett in sie. Angel stöhnte überrascht auf, ehe sie mich stürmisch zu küssen begann, während ich sie von unten fickte. Ich gab den Takt vor und nahm sie tief.

Der Winkel war für uns beide göttlich, ließ uns immer und immer wieder hemmungslos dem anderen in den Mund stöhnen. Sie ritt mich wild und doch beherrschte ich diesen Fick. Ich wollte mehr, so viel mehr. Ich wollte, dass sie mir alles gab und doch würde ich es nicht einfordern.

Knurrend hob ich sie mir von meinem Schoß und

manövrierte sie auf die Matratze. Kaum berührte ihr Rücken das Laken, war ich über ihr und drückte sie in die Matratze. Bestimmt legte ich mir ein Bein von ihr über die Schulter, dann drang ich erneut in sie ein. Angel stöhnte unverhofft laut auf, als sie den neuen Winkel, den ich ihr mit dieser Stellung bot, bemerkte. Mit flatternden Lidern und vor Lust geöffnetem Mund ließ sie sich von mir in dieser himmlischen Stellung ficken. Ich war so tief in ihr, füllte sie voll und ganz aus, dass es mich beinah um den Verstand brachte.

Je härter ich sie fickte, desto leidenschaftlicher wurden meine Küsse. Ich wollte ihr mit dieser Zärtlichkeit etwas sagen – ob sie es verstand oder überhaupt wahrnahm, wusste ich nicht. Doch das war auch egal, Angel wusste, dass dies unser Abschied war, und das war alles, was zählte.

Immer und immer wieder glitt ich beinah vollständig aus ihr, nur um mich dann hart in sie zu stoßen. Gierig kippte sie ihr Becken, nahm jeden meiner dominanten Stöße willig auf und stöhnte mir dermaßen heiß und sexy entgegen, dass ich allein deswegen schon kommen könnte.

Ihr gesamter Körper erbebte und bettelte nach seiner Erlösung. Ihre inneren Muskeln zuckten und krampften bereits um meinen Schwanz, molken ihn regelrecht schmerzhaft und sorgten dafür, dass ich es nun zu Ende brachte. Hitze durchflutete mich, breitete sich in meinem Unterleib aus. Jeder Stoß in ihre weichen, warmen Wände sendete Stromstöße durch meinen Körper, sorgte dafür, dass das Gefühl stärker wurde und zu einem kribbelnden Knoten heranwuchs – der plötzlich platzte. Mit einem Mal überrollte mich eine Welle, meine Hoden zogen sich zusammen und ich füllte sie mit meinem Saft, der sich mit ihrer Nässe vermischte. Fuck. Mein Schwanz zuckte, pulsierte in ihr. Weiße Blitze tanzten vor meinen geschlossenen Augen und ich grollte regelrecht. Mit gezielten Stößen auf ihren verborgenen Knoten fickte ich sie um den Verstand, bis wir beide in einem intensiven Höhepunkt miteinander verschmolzen.

Diese Frau bei einem Orgasmus zu betrachten, war das Erotischste, was ich je gesehen hatte. Ich speicherte mir dieses himmlische Bild in meinem abgefuckten Hirn ab, ebenso wie diesen Moment. Fuck, diese Frau könnte ich nie vergessen. Könnte sie mir nicht aus meinem Hirn vögeln. Sie würde mich hier und jetzt, sobald ich mich von ihr löste und sie endgültig freigab, zerstören. Das stand hiermit fest, und doch ging es nicht anders.

Ich ließ sie noch ihren Höhepunkt bis zum letzten Zucken auskosten, ehe ich mich aus ihr zurückzog, mich neben sie bettete und sie an meine Brust zog. Ich brauchte ein letztes Mal ihre Nähe, ihren Duft in meiner Nase, dann konnte ich gehen.

Wir lagen einige Zeit einfach schweigend in diesem winzigen Bett, mein halber Arsch ragte raus und dennoch hatte ich mich nicht gerührt. Ihre Atemzüge wurden immer ruhiger und regelmäßiger, bis ich bemerkte, dass sie eingeschlafen war. Doch das war mir ganz recht, so war es leichter.

Ich drückte ihr noch einmal vorsichtig einen Kuss auf die Schläfe, dann löste ich mich behutsam von ihr, darauf bedacht, sie nicht zu wecken, und stieg aus dem Bett. Leise zog ich mich an, doch bevor ich sie endgültig verließ und sie nicht mehr an mich heran oder in meinen Kopf ließ, deckte ich sie mit dem dünnen Laken zu. Einen kurzen Moment lang betrachtete ich sie noch gedankenverloren, ehe ich auf leisen Sohlen die Nische verließ.

Seufzend machte ich mich auf den Weg zu Enzo und den anderen. Er wollte den Plan noch einmal genaustens durchspielen. Es musste klappen, denn jetzt war der beste Zeitpunkt, um anzugreifen. Liam hatte Alexeys Handy gehackt, um so auf dem Laufenden zu bleiben, wo er sich befand. Wir wollten keine böse Überraschung erleben, wenn der Bastard plötzlich auftauchte. Schließlich plante er, dieses Imperium und den gesamten Ring in die Staaten zu holen. Da musste er zwangsläufig immer mal wieder hier auftauchen und jetzt, wo Angel nicht mehr bei ihm war, hatte er die Gelegenheit dafür, um sich darum zu kümmern.

Ich lief unter Deck die engen Gänge entlang, immer weiter zu dem Lagerraum, den Enzo für uns 'geliehen' hatte, damit uns niemand belauschte.

»Logan, warte mal«, ertönte es dann hinter mir. Ich hielt in meiner Bewegung inne, drehte mich jedoch nicht zu meinem Bruder um. Ich haderte noch mit mir, ob ich diese Unterhaltung jetzt – und vor allem, nachdem ich Angel gefickt hatte – führen wollte. Die Antwort war ganz klar nein, doch so, wie ich meinen Bruder kannte, würde er nicht lockerlassen. Aus dem Weg gehen konnte ich ihm hier auf einer Fähre schließlich schlecht.

Noch einmal tief durchgeatmet, dann wandte ich mich ihm zu. Ian war währenddessen an mich herangetreten. Mit undurchdringlicher Miene blieb er vor mir stehen und blickte mich mit diesem gefühllosen Schwarz an. *Du weißt es.*

Super! Das brauchte ich jetzt noch.

Angestrengt seufzte ich und rieb mir über den Nacken.

»Was willst du, Ian? Enzo wartet auf uns«, versuchte ich ihn mit unserem Plan abzulenken. Doch es schien wenig Wirkung zu haben.

»Lass den Scheiß, Logan! Ich denke, wir haben noch etwas zu klären.« Ich stöhnte genervt auf.

»Was Ian? Was kann jetzt so wichtig sein, dass wir es hier und jetzt, und das vor einer Schlacht, besprechen müssen?!«, fragte ich ihn angepisst. Seine Gesichtszüge verhärteten sich noch etwas mehr.

»Sie!«, antwortete er bestimmt und machte einen weiteren

Schritt auf mich zu. Meine Augenbraue wanderte gefährlich weit nach oben.

»Falscher Ort und falscher Zeitpunkt, Ian!«, knurrte ich regelrecht. Mein gesamter Körper verspannte sich wie von selbst. Ich wollte mich nicht mit ihm streiten, vor allem nicht jetzt und nicht wegen ihr. Das half keinem und würde unter Umständen nur zu Toten führen, auf die ich gut und gern verzichten konnte.

»Es ist der einzige Zeitpunkt und das weißt du!«

»Ian, es gibt nichts zu reden. Ich habe mich eben von ihr verabschiedet. Nach der Nummer hier könnt ihr gern glücklich in den Sonnenuntergang reiten. Ich bin raus.«

Ich wandte mich nach einem intensiven Blick von ihm ab. Es war alles gesagt. Doch natürlich – wie sollte es anders sein? – für meinen werten Bruder wohl nicht.

Ian packte mich bestimmt an meinem Arm und drehte mich schwungvoll wieder zu sich zurück. Ich seufzte angestrengt und blickte ihm genervt entgegen.

»Du hast was?«, hakte er fassungslos nach. Ich zog kurz die Brauen zusammen. Wusste nicht ganz, ob er nun die Sonnenuntergangsnummer meinte oder vielleicht doch unseren Abschied. Schließlich musste man kein Genie sein, um zu wissen, was das genau bedeutete.

»Du willst mir sagen, du hast ihr einfach die Entscheidung abgenommen? Und was hat sie dazu gesagt?!«

Erneut zog ich meine Brauen zusammen. Es wunderte mich, dass Ian so reagierte.

»Ich habe sie nicht wirklich zu Wort kommen lassen«, gestand ich nüchtern. Ian ließ meinen Arm wieder los und sah mich mit ernster Miene an.

»Du hast also nicht mit ihr geredet? Hast sie einfach gefickt, ohne sie anzuhören?! Und bist jetzt abgehauen, um sie dann wie Luft zu behandeln, wenn wir gleich anlegen und es zu ihrem Elternhaus geht? Und dann, wenn alles vorbei ist, schickst du sie einfach mit mir weg? Willst du mir das gerade sagen?!«

Mit leicht schiefgelegtem Kopf nickte ich.

»Du bist so ein Idiot, Logan!«, schimpfte mich dann mein Bruder. Verblüfft riss ich meine Augen auf. Ich hatte mit vielem gerechnet, einer Faust in meiner Fresse zum Beispiel, aber doch nicht mit solch einer Reaktion von ihm.

»Du hast gesehen, dass wir uns geküsst haben?«, fragte er mich und ich nickte zähneknirschend.

»Und du dachtest, dort hätte sie sich entschieden?«, bohrte er weiter. Wieder nickte ich, ehe ich den Blick von ihm abwandte.

»Das hat sie auch. … Aber sie hat sich nicht für mich entschieden, Logan!«

Langsam wanderte mein Kopf wieder in seine Richtung. Ich brauchte einen Moment, um seine Worte verarbeiten zu können, um das volle Ausmaß seiner Aussage und deren Konsequenzen begreifen zu können. Mit leicht geöffnetem Mund schüttelte ich ehrlich überfordert den Kopf. An Ians Mundwinkel zupfte ein leichtes Lächeln, das ich nicht ganz verstand.

»Das heißt: Egal, was du Dämliches für heute geplant hattest, ändere es!« Ian schlug mir freundschaftlich, jedoch eindeutig zu fest auf die Schulter. Wie konnte er nur so ruhig und gefasst reagieren?! Wieso schien es beinah so, als hätte er bereits seinen Frieden damit gemacht?!

»Und was heißt das jetzt für uns?«, fragte ich ihn, denn es war mir wichtig, wie er darüber dachte. Wir wussten zwar beide, dass wir uns genau in dieser Situation wiederfinden würden, doch eigentlich war es andersherum geplant gewesen. Nicht ich, sondern mein Bruder sollte unser Mädchen bekommen. So wäre es das Beste und leichter damit umzugehen.

»Du bleibst mein kleiner Bruder, der mit unserem

Mädchen glücklich wird.« Er lächelte mir noch einmal ehrlich zu, dann ging er an mir vorbei, um den Lagerraum, wo Enzo und seine Männer bereits auf uns warteten, zu betreten. *Fuck, was?!*

»Ian, warte!«, doch da war er schon durch die Tür gegangen. Mir blieb nichts anderes übrig, als es ihm gleichzutun und dieses Gespräch auf später zu verschieben. Schließlich hatten wir nun einen Krieg vorzubereiten.

Kapitel 34

Angel

Ich erwachte allein. Logan war nicht mehr hier. Doch ganz ehrlich, es wunderte mich nicht wirklich. Mir war klar, dass das hier für ihn eine Art Abschied war. Er hatte mich nicht einmal erklären lassen. Doch es hätte wahrscheinlich nichts geändert. Logan war der festen Überzeugung, der falsche Mann für mich zu sein. Ich bezweifelte, dass ich ihn jemals umstimmen konnte. Logan war zu stur und hielt verbissen daran fest, dass er kein guter Mensch sei.

Ich schälte mich aus dem Bett und zog mich eilig an. Ich wusste, dass wir gleich anlegen würden. Bald würde ich mich wieder auf dem Land meines Vaters befinden und diese Tatsache versetzte mich in Panik. Ich hatte mir geschworen, nie wieder zurückzukommen. Nie wieder auch nur einen Fuß auf dieses Land zu setzen. Und doch würde ich das in wenigen Stunden tun. Würde auf das Land zurückkehren, wo alles begann. Wo ich nur Leid und Schmerz erfahren hatte. An dem Ort, wo Maria gestorben war.

Ein schmerzhafter und beinah nicht zu ertragender Stich ging mitten durch mein Herz. Es brachte mich regelrecht um, an diesen Ort zurückkehren zu müssen. Doch es blieb mir nichts anderes übrig. Nun gab es kein Zurück mehr. Zu weit waren wir gegangen und auch gekommen. Nun mussten wir den letzten Schritt gehen und hoffentlich gegen Alexey gewinnen.

Nachdem ich mich angezogen hatte, verließ ich den Raum und machte mich auf die Suche nach den anderen.

Doch lange musste ich nicht suchen. Sie standen alle schon auf dem Deck bereit, zumindest Enzos engste Männer. Die anderen hielten sich unter Deck auf, damit sie nicht auffielen. Schließlich war das hier noch immer das Land meines Vaters und somit nun Alexeys. Hier könnten überall seine Augen und Ohren herumlaufen und ihm Bericht erstatten. Ich hoffte inständig, dass mich niemand erkannte.

Ich sah mich in der Menge um, dann erblickte ich Logan. Ich ging zu ihm, um erneut zu versuchen, mit ihm zu sprechen. So konnte ich das einfach nicht zwischen uns stehen lassen.

»Logan, ich muss dir etwas sagen«, begann ich mit gesenkter Stimme, da ich nicht wollte, dass die anderen Männer um uns herum unser Gespräch mithörten. Doch Logan beachtete mich nicht einmal, er bellte nur irgendwelche Kurzbefehle, deren Bedeutung mir nicht ganz klar war.

»Logan!«, sprach ich dann mit strenger Stimme. Er hielt in der Bewegung inne, dann wandte er sich langsam zu mir um. Seine Miene wirkte kühl, seine Haltung distanziert.

»Was?«, schnauzte er mich schon fast an. Ich zuckte leicht zusammen, denn ich verstand sein Verhalten nicht.

»Was ist mit dir? Wieso bist du jetzt so?«, fragte ich ihn kleinlaut. Ich kam mit seinem Verhalten mir gegenüber gerade nicht zurecht.

»Angel, ich habe jetzt für diese Scheiße keine Zeit. Wir legen bereits an.« Damit wollte er mich doch tatsächlich stehenlassen. Fassungslos packte ich ihn an der Hand und zog ihn zurück zu mir. So würde das hier sicher nicht enden.

»Diese Scheiße?!«, fuhr ich ihn an und schenkte ihm einen feurigen Blick. Ich schäumte vor Wut. Wie konnte er mich nur so behandeln? Gerade jetzt?!

»Angel, ich kann das jetzt nicht!« Ehe ich noch etwas erwidern konnte, stürmte er regelrecht davon. Erneut wollte ich ihm nachgehen, es klären. Doch ich wurde von einer großen Hand aufgehalten, die mich bestimmt an der Schulter gepackt davon abhielt, ihm zu folgen. Ich sah über meine Schulter und blickte in eiskalte Augen. Enzo stand dicht hinter mir und hielt mich noch immer an der Schulter fest.

»Lass ihn. Er braucht nun einen klaren Kopf. Er kann es nicht gebrauchen, dass du seinen Verstand noch mehr fickst, als du es sowieso schon tust. Das ist nicht gut! Nicht in dieser Situation, wo er all seine Konzentration anderweitig benötigt«, erklärte mir Enzo ruhig. Als ich mich ganz zu ihm umdrehte, ließ er von meiner Schulter ab.

Ich nickte, Enzo hatte recht. Logan brauchte nun einen klaren Kopf. Da durfte ich nicht noch alles komplizierter machen.

»Passt du auf ihn auf?«, fragte ich Enzo nach einem langen Augenblick, in dem wir uns nur stumm gemustert hatten. Er verzog kurz seine schwarzen Brauen, dann nickte er schließlich verzögert.

»Bist du denn sicher, dass ihr gewinnen könnt?«, erkundigte ich mich nervös bei ihm. Enzo schnipste sich gerade eine Zigarette aus seiner Schachtel, ehe er sie sich anzündete.

»Ja«, war seine knappe Antwort. Dennoch nickte ich. Keine Ahnung, warum, doch ich vertraute Enzo. Ich fühlte mich seltsam mit ihm verbunden. Es war verrückt und kaum zu erklären, doch es war, als würde ich ihn schon ewig kennen. Also hörte ich dieses Mal einfach nur auf mein Bauchgefühl und ignorierte die mahnende Stimme in meinem Kopf.

»Aber dafür darfst du deinen beiden Prinzen nicht länger den Kopf ficken. Verliebte Männer sind immer eine Gefahr, sie machen grundsätzlich etwas Dummes und Unvorhergesehenes, Ungeplantes. Es ist so lästig, dieser Zwang, euch beschützen zu wollen.« Enzo blickte in die Ferne, wirkte ernst und doch huschte ein kleines Schmunzeln über seine Lippen. Ich war mir ziemlich sicher, dass er gerade nicht von Ian oder Logan sprach.

»So wie du?«, fragte ich ihn vorsichtig. Sein Schmunzeln wich einem Grinsen, ehe er mich wieder ansah.

»Ich habe mich für sie in die Luft gesprengt. Also ja, so wie ich. Nur dass die beiden nicht ganz so verrückt und psychopathisch veranlagt sind.«

Erstaunt über seine Aussage sah ich ihn mit großen Augen an. Dieser Kerl war mir ein Rätsel. Enzo war ein gefährlicher Mann, allein seine Ausstrahlung war so schwarz, wie ich sie bei wenigen Männern gesehen hatte, und doch hatte er einen guten Kern. Lag es an ihr? An Kat? Oder war Enzo ein Mann mit vielen Masken? Ich wusste es nicht, und dennoch vertraute ich ihm.

»Er wird heute etwas Dummes tun. Ich sehe es ihm an. Diesen Blick, die Entschlossenheit darin, ich erkenne ihn wieder. Doch du kannst nichts tun. Du musst ihn diesen Weg gehen lassen. Denn tust du etwas Dummes, tut er etwas Dümmeres. Glaub mir einfach. Es bringt nur Kummer und noch mehr Opfer, die wir im Nachhinein nicht bereit waren, zu opfern.« Enzos Worte ließen mich nachdenklich meine Augenbrauen zusammenziehen. Wieso erzählte er mir das? Wieso sagte er mir, Logan würde etwas Dummes tun und meinen, ich würde ihn das machen lassen?!

»Schließt du eigentlich immer von anderen auf dich?«, fragte ich ihn dann schnippisch, denn mir war klar, dass Enzo hier aus Erfahrung mit seiner Kleinen sprach. Doch ich war nicht sie, Logan war nicht Enzo und ihr Krieg war nicht wie mein Krieg.

»Ich versuche nur, dir Kummer zu ersparen. Du hast viel durchmachen müssen. Wieso dann weiteren provozieren?! Hör einfach auf das, was wir dir sagen, und es wird alles gut gehen«, versprach er mir, wo er es mir doch gar nicht versprechen konnte. Doch ich blieb stumm und nickte nur noch einmal ergeben. Ich hatte Enzo und seine Botschaft verstanden, ich war schließlich nicht dumm und wusste besser als jeder andere hier, was es hieß, durch seine eigene Dummheit einen geliebten Menschen zu verlieren. Doch die Füße stillzuhalten und nichts zu tun …?! Ich wusste ehrlich nicht, ob ich das konnte.

Enzo nickte mir noch einmal bestimmt zu, dann wandte er sich von mir ab, denn wir hatten gerade angelegt.

Erneut drohte mich die Panik zu übermannen, doch ich ließ es nicht zu. Fokussierte mich auf unser Ziel und folgte Enzo. Ich sollte bei ihm mitfahren, um ihm und seinen besten Männern die wichtigsten Schleichwege vor Ort zu zeigen.

Wenig später befanden wir uns in Enzos Wagen. Eine ganze Kolonne folgte uns, teilte sich jedoch schnell auf, damit wir nicht zu viel Aufsehen auf uns lenkten. Sie wussten alle, was zu tun war. Enzo hatte seine Männer gut im Griff, das war mir nicht entgangen. Sie würden das Land meines Vaters stürmen, wenn Enzo ihnen das Zeichen gab. Vorher war er mit seinen engsten Leuten auf sich allein gestellt.

Zu meinem Bedauern war Logan in dem anderen Wagen hinter uns zu diesem Joe und Liam eingestiegen. Ich fuhr mit Enzo, Aleks und einem jüngeren Kerl mit einer rötlichen Narbe auf seiner Kehle. Unsere beiden Autos mit deren Insassen würden zuerst das Land meines Vaters überqueren. Ich hatte mich darüber gewundert, warum Enzo nur mit einer Hand voll Männern angreifen wollte, statt gleich mit seiner gesamten Armee, doch auch hier vertraute ich auf sein Können und Bauchgefühl. Ian war bei den anderen Männern geblieben. Dass er das mit sich hatte machen lassen, in die zweite Reihe gestellt zu werden, verblüffte mich ebenso. Aber ich verstand den Gedanken dahinter. Ian war nicht kampferprobt und Logan würde seinen Bruder niemals noch mehr in Gefahr bringen.

Obwohl Enzo und Logan es nicht zugeben würden, ich war mir sicher, dass die beiden sich mochten und schätzten. Sonst würde Enzo wohl kaum in diesen Krieg ziehen.

»So, Engelchen, dann lots uns mal zu dem besten Schleichweg, der zu dem Lager führt«, befahl Aleks und wandte sich in seinem Sitz leicht zu mir um. Auch Enzo blickte kurz vom Fahrersitz aus durch den Rückspiegel zu mir und wartete auf eine Antwort.

Auch wenn ich es wollte, ich könnte niemals meine Heimat, das Land meines Vaters vergessen. Jeder verfickte Quadratzentimeter hatte sich in mein Hirn eingebrannt. Und laut Google Maps hatte sich auch nicht sonderlich viel verändert, außer dass sich das Lager vergrößert, wenn nicht sogar verdoppelt hatte. Mir wurde augenblicklich schlecht, wenn ich darüber nachdachte, was dies bedeutete und dass wir keiner dieser Frauen hier und heute helfen würden. Schließlich war ich nicht naiv oder blauäugig. Ich war hier aufgewachsen. Hatte gesehen und miterlebt, wie die Frauen und Mädchen hier behandelt wurden.

Enzo und seine Männer waren nur hier, um den Ring zu zerstören, nicht, um Helden zu spielen. Das war mir klar und es zerstörte mich noch ein kleines bisschen mehr. Vielleicht würde es einigen von ihnen trotzdem das Leben retten, wenn wir den Krieg gewannen. Vielleicht schafften sie von allein die Flucht. Ich konnte es nur hoffen.

Ich lotste sie den besten Weg, den ich kannte. Denn früher, bevor Alexey in mein Leben getreten war, hatte ich mich noch frei auf dem Land meines Vaters bewegen dürfen. Ich war viele Wege abgelaufen, um dann, für den Fall aller Fälle, doch mit Maria flüchten zu können. Wie oft wir uns unsere Flucht ausgemalt hatten … und doch hatten wir es nie getan, aus Angst, was sie dann, wenn es uns nicht gelingen würde, mit uns anstellten. Wir wussten schließlich, wie die Männer hier mit den Frauen und Mädchen umgingen. Sie kannten keine Gnade, auch uns gegenüber nicht.

»Hier müsst ihr zu Fuß weitergehen, wenn ihr unentdeckt bleiben wollt«, erklärte ich ihnen und deutete auf einen dichten Wald. Die Männer tauschten skeptische Blicke aus, sie zweifelten wohl an meiner Erinnerung.

»Hinter dem großen Baum dort direkt vor uns ist ein kleiner Trampelpfad. Da nur ich ihn genutzt habe und seit Jahren nicht mehr hier war, wird man ihn kaum noch sehen können, doch ich kenne diesen Weg in- und auswendig. Es sind früher schon keine Männer dort gewesen und das wird sich jetzt auch nicht geändert haben. Aber bitte, wenn ihr euch auf meinem Heimatland besser auskennt, nur zu.« Ich machte eine einladende Handbewegung nach draußen und ließ mich zurück in meinen Sitz fallen. Wieder ein vielsagender Blick unter den Männern, doch dann hielt Enzo den Wagen an der Stelle, die ich ihm beschrieben hatte, und stellte den Motor ab.

Wir stiegen alle aus dem Wagen aus und die Männer versammelten sich hinten am Kofferraum, um sich auszurüsten. Sie gingen alle möglichen Szenarien durch, doch ich hörte nur auf einem Ohr zu. Ich konnte mich kaum konzentrieren, meine innere Unruhe und Panik erlaubten es mir nicht. Das Blut rauschte nur so durch meine Ohren, dass ich meine eigenen Gedanken kaum noch hören konnte.

»Hier.«

Wie aus einer Trance geschüttelt, riss ich meinen Kopf hoch und sah Enzo in seine eiskalten Augen, dann runter zu seiner Hand, die er mir entgegenhielt, mit einer Waffe darin. Fragend runzelte ich die Stirn.

»Du kannst mit einer Waffe umgehen, nehme ich an?«, fragte er mich und hielt mir noch immer die Pistole entgegen. Ich nickte schwach und nahm ihm das kalte Metall aus der Hand. Sie lag unheimlich schwer darin und sicherer fühlte ich mich mit ihr auch nicht unbedingt, doch ich verstand den Gedanken dahinter und war Enzo dankbar dafür. Zufrieden nickte er mir zu.

»Was soll denn der Scheiß werden?«, ertönte plötzlich Logans raue Stimme. Ich wandte mich ihm zu, denn ich verstand nicht, was jetzt schon wieder sein Problem war. Erst sprach er nicht mit mir und ließ mich einfach stehen und nun hatte er abermals etwas auszusetzen?!

»Sie kommt nicht mit, Enzo!«, knurrte Logan ihn an. Enzo legte für den ersten Moment den Kopf leicht schief, bis seine Miene ernst und hart wurde.

»Doch! Wir brauchen sie. Sie muss uns durch den Dschungel dort führen, dann sehen wir weiter, was wir mit ihr machen«, erklärte Enzo bestimmt und es war klar, dass er hier keine Widerrede duldete. Zwar hatte Logan ihn um Hilfe gebeten, doch jetzt übernahm Enzo das Sagen – das machte er mit seiner angespannten Körpersprache, seinen eiskalten Augen und seiner dunklen Präsenz ziemlich deutlich.

Logan knirschte kräftig mit den Zähnen, doch Enzo bedeutete ihm und seinen Leuten mit einem Nicken, dass wir uns nun auf den Weg machten. Mit einem weiteren Nicken befahl er mir, voranzugehen. Unsicher stapfte ich voraus bis zu dem vertrauten Baum. Ich verschwand unter seinen tiefen Ästen, gefolgt von vier von Enzos engsten Männern, ihm selbst und Logan.

Über all die Jahre hatte sich die Natur meinen Trampelpfad wiedergeholt und dennoch erkannte ich den Weg noch genau und folgte ihm.

Hinter dem ehemaligen Haus von Maria und ihrem Vater – später dann unserem Haus – endete er schließlich. Mein Magen zog sich schmerzhaft zusammen und alles in mir schrie mich an, meine Beine in die Hand zu nehmen und zu fliehen, dennoch blieb ich und wartete, bis alle Männer zu mir aufgeschlossen hatten, damit ich ihnen den weiteren Weg erklären konnte.

Ich sah mich etwas um und musste feststellen, dass hier wohl ebenfalls das Lager erweitert worden war. Denn neben dem Haus reihten sich mittlerweile mehrere kleine aneinander, als hätten sich hier weitere Männer niedergelassen. Das war nicht gut, denn auf dem Land meines Vaters wohnten bereits über hundert Männer, seine Männer. Doch nun schien sich alles verdoppelt oder vielleicht sogar verdreifacht zu haben?!

»Die Häuser sind neu«, informierte ich sie sofort über meine Entdeckung.

»Was war hier vorher? Und für was werden sie jetzt genutzt?«, fragte mich Enzo und kam dicht hinter mir zum Stehen. Noch hielten wir uns im verbergenden Grün auf. Gräser standen hochgewachsen um uns herum, Bäume spendeten uns Schatten und hätte ich nicht schreckliche Erinnerungen an dieses Land, wäre es wunderschön.

»Das Haus dort war Alexeys und meins. Sonst stand hier weit und breit nichts. Man musste über eine große und leere Wiese gehen, um zum Haupthaus zu gelangen. Doch diese wurde, wie ich auf Google Maps gesehen habe, ebenfalls zugebaut. Meiner Einschätzung nach sind hier nun das Doppelte oder sogar Dreifache an Männern und damit auch an Mädchen auf dem Land. Die Lager sind hinter dem Haupthaus. Auch dort haben sie aufgestockt.« Ich ratterte alles runter, was ich wusste und mit Liam herausgefunden hatte. Zeigte mit meinem Finger in die Richtung oder auf die Karte, die mir Liam unter die Nase hielt, damit die anderen es sich auch vorstellen konnten.

Ich beantwortete alle ihre Fragen über die Männer, ihre Gewohnheiten und das Leben hier. Wie Verkäufe abliefen, eben alles, was ich miterlebt und mitbekommen hatte.

Enzo nickte zufrieden und besprach sich anschließend mit allen Beteiligten, wie sie vorgehen würden, jetzt, wo sie die Lage live vor Augen hatten.

Doch Logan löste sich schnell aus der Gruppe und kam auf mich zu. Ich konnte noch immer nicht den Blick von diesem schrecklichen Haus nehmen. So viele grausame Erinnerungen lagen in ihm, dass ich es eigentlich nur noch brennen sehen wollte, wie das ganze Land, auf dem wir standen. Alles sollte brennen!

»So, jetzt, da du uns alles gesagt hast, schwingst du deinen Arsch zurück ins Auto!«, befahl mir Logan hart. Verzögert wandte ich mich zu ihm um und sah ihn ungläubig an. *Ich soll gehen? Und mich verstecken?!*

»Angel, ich warne dich! Entweder du gehst freiwillig oder ich schmeiß dich mir über die Schulter und stopf dich eigenhändig in den Wagen. Wenn es sein muss, sperre ich dich darin ein!«

Dicht trat er an mich heran und baute sich gefährlich vor mir auf, doch das konnte mich ehrlich gesagt nur bei einem Mann einschüchtern und der war zum Glück viele Kilometer von hier entfernt.

»Was ist dein scheiß Problem, Logan?! Vorhin fickst du mich noch, dann ignorierst du mich und jetzt machst du einen auf Beschützer, oder was? Kannst du dich mal für eine Ausgabe von dir entscheiden? Von deinen Stimmungs- und Charakterschwankungen bekommt man ja ein Schleudertrauma.«

Mit feurigem Blick und gerecktem Kinn stand ich ebenso dicht vor ihm und funkelte ihm herausfordernd entgegen. Ich wusste, dass dies der absolut falsche Zeitpunkt hierfür war und dass Enzo genau das gemeint hatte, als er mich gebeten hatte, nichts Dummes zu tun. Doch alles hatte seine Grenzen.

Logan knurrte einmal drohend auf. Ehe er allerdings etwas erwidern konnte, ließen uns fremde Männerstimmen zusammenzucken. Sofort zerrte Logan mich hinter sich und zwang mich, mich zu bücken, damit man uns nicht entdeckte. Zwei von Alexeys Männern hatten sich lautstark unterhalten und waren in einem der neuen Häuser vor uns verschwunden. Als es wieder still wurde, atmeten wir erleichtert auf.

Logan wandte sich zu mir um, noch immer hielt er mit bestimmtem Griff meinen Arm gefangen.

»Angel, bitte geh! Ich kann nicht klar denken, wenn du hier bei mir bist!« Logans Stimme klang mehr nach einem Flehen als nach einem Befehl. Sein Griff lockerte sich und auch aus seiner Miene wich die Härte. Seine schönen, braunen Augen bekamen ihren sanften Touch wieder, den ich so sehr liebte.

Nach einem Augenblick umfassten seine großen Hände, wie bereits schon so oft, zärtlich mein Gesicht.

»Bitte, Angel!«, hauchte er verzweifelt gegen meine Lippen, ehe er mich küsste. Ich erstarrte völlig in seiner Berührung, bis ich wie Wachs in seinen Händen zerfloss.

Ergeben, weil ich zu nichts weiter fähig war, nickte ich schwach gegen seine Lippen. Ich wollte nicht, dass ihm etwas passierte und ich wusste, würde ich bei ihm bleiben, würde genau das eintreffen. Logan hätte nur Augen für mich, um sicherzugehen, dass es mir gutging.

Langsam löste sich Logan von mir, dann gab er mich frei.

»David, bring sie zu meinem Auto zurück, dann schwing deinen Arsch auf eines der Dächer und gib uns von oben mit dem Scharfschützengewehr Deckung«, befahl Enzo, sobald Logan von mir Abstand genommen hatte. Sofort setzte sich dieser David, der jüngere Kerl, der mit uns im Wagen mitgefahren war, in Bewegung, um mich, wie Enzo gerade befohlen hatte, zurückzubringen. Enzo warf ihm noch den

Autoschlüssel zu, dann drängte er mich auch schon in die Richtung zurück zum Auto.

Ich stolperte unbeholfen zwei Schritte nach vorne, drehte mich noch einmal zu Logan um und musste feststellen, dass auch er mir hinterhersah. Alles in mir zog sich schmerzhaft zusammen. Ich wollte ihn nicht verlassen! Nicht so. Nicht, bevor ich ihm nicht meine Entscheidung mitgeteilt hatte.

Flink wandte ich mich um und rannte Logan regelrecht in die Arme. Mit verwirrtem Gesichtsausdruck kam er mir entgegen und hielt mich.

»Angel, du musst gehen!«, raunte er leise nach unten und drückte mir einen Kuss auf die Schläfe. Doch ich schüttelte bestimmt den Kopf und sah zu ihm nach oben, tief in dieses sanfte Braun.

»Logan, ich habe mich für dich entschieden!«, flüsterte ich. Er musste diese Worte hören und ich musste sie aussprechen. Logan sollte wissen, dass ich mich schon längst und eigentlich schon immer für ihn entschieden hatte.

Ja, ich liebte beide Davis-Brüder. Ehrlich und aufrichtig. Ich wusste nicht, dass das ging, doch so war es. Jeder hatte auf seine eigene Art und Weise mein Herz erobert und meine Eismauer zum Einstürzen gebracht. Sie hatten mich auf ihre Art geliebt und beschützt. Wie könnte ich mich bitte nicht in sie beide verlieben?!

Und dennoch war es immer Logan gewesen. Immer. Seitdem er mich vor über drei Jahren in diesem schäbigen Puff gerettet hatte, hatte ich mich unbewusst für ihn entschieden.

»Ich weiß, Kleines. Und ich verspreche dir, dass ich zu dir zurückkommen werde. Doch jetzt musst du gehen!« Noch ein stürmischer und doch leidenschaftlicher Kuss, dann entfernte sich Logan endgültig von mir und schob mich leicht in Davids Richtung. Mit einem dicken Kloß im Hals tat ich, was er von mir verlangte, und ging. Ich verließ ihn, um nach diesem Krieg ein neues Leben mit ihm beginnen zu können. Hoffentlich! Denn dann würde ich zum ersten Mal in meinem Leben wirklich frei sein – und das dank Logan!

Kapitel 35

Logan

Noch einen kurzen Augenblick lang sah ich ihr nach, ließ all meine Gefühle für einen Moment zu, nur um sie dann wieder in mir zu verschließen. Es aus ihrem Mund zu hören, dass sie sich tatsächlich für mich entschieden hatte, machte etwas mit mir und doch war jetzt nicht der richtige Zeitpunkt, um sie weiter meinen Kopf ficken zu lassen. Ich brauchte Klarheit und Fokus. Also schüttelte ich alles ab und kehrte ihr vollständig den Rücken zu, um in den Krieg zu ziehen.

Enzo nickte uns wortlos zu, dann schlichen wir los. Alle wussten wir, was zu tun war. Der Plan sah vor, so viele Männer schnell, aber vor allem lautlos und unentdeckt zu erledigen, wie wir nur konnten. Bis Alexey schließlich mit der Kavallerie eintreffen würde und wir unsere rufen konnten. Wir waren perfekt vorbereitet, der Bastard würde heute sicher sterben!

Unsere Waffen waren mit Schalldämpfern ausgerüstet, damit uns auch wirklich niemand bemerkte. Mit Handzeichen verständigten wir uns und teilten uns auf, um ins Herz vorzudringen. Den Gedanken, dass hier hunderte arme Mädchen und Frauen wie Vieh gefangen gehalten wurden, blendete ich komplett aus. Ich konnte und würde sie nicht retten. Nicht, wenn ich dadurch riskieren würde, Angel zu gefährden, denn ja, sie stand über allem!

Ich wusste, wie schlecht und schrecklich das klang, doch schließlich hatte ich nie behauptet, ein guter oder gar anständiger Kerl zu sein. Ich war ein Killer, ein Söldner und tötete für gutes Geld. So war es nun mal.

Die ersten Männer kreuzten unseren Weg. Sie waren schneller tot, als sie uns überhaupt wahrnehmen konnten. Je mehr Männer wir erledigten, desto deutlicher wurde es, dass sie nur zum Bewachen, aber nicht wirklich zum Kämpfen hier waren. Sicherlich konnten sie gut mit einer Waffe umgehen und zuschlagen, doch mit Enzo, seinen Männern und mir konnten sie sich nicht messen. Wir waren dazu ausgebildet worden, zu töten, jeder auf seine eigene Art und Weise. Sie hingegen waren nur gut trainierte Wachhunde, nicht mehr und nicht weniger.

Wir hatten uns recht gut eingespielt. Wenn einer tötete, räumte der, der hinter ihm war, auf. Schließlich sorgte eine Leiche für Aufmerksamkeit, die wir noch nicht wollten.

Wir hatten uns nun schon bis zum Lager, so wie Angel es uns beschrieben hatte, vorgekämpft. Das Zählen der Leichen hatte ich schon lange aufgegeben. Fakt war, es waren weit mehr als 100 Männer hier. Doch wenn nichts schief ging, könnten wir so noch einige von ihnen ausschalten, bis wir entdeckt werden würden. Das sollten wir nutzen.

Ich war froh, dass Ian und Angel nicht hier waren. Beide würden mich von meinem Tun ablenken, da ich nur damit beschäftigt wäre, sie zu beschützen. Und wenn Ian später mit unserer Kavallerie eintraf, waren hoffentlich die meisten aller Männer hier tot. Außerdem wusste ich, dass Ian mindestens genauso gut mit einer Waffe umgehen oder zuschlagen konnte wie diese Wachhunde hier. Dennoch könnte ich auf seine Anwesenheit später gern komplett verzichten.

Endlich waren wir am ersten Lager angekommen. Doch kaum waren wir dahinter in Deckung gegangen, wurden mindestens zwanzig junge Mädchen rausgescheucht. Im Augenwinkel nahm ich einen LKW wahr. Sie wurden offenbar zum Verkauf weggebracht. Mit zusammengebissenen Zähnen mussten wir dabei zusehen, wie eine nach der anderen in den LKW geschmissen wurde.

»Aleks!«, zischte Enzo wütend. Ich wandte mich zu den beiden um, dann sah ich, wie sein bester Mann, ohne zu zögern oder großartig zu überlegen, zu dem LKW schlich. Fassungslos schüttelte ich den Kopf. Was sollte das?! Was erhoffte er sich davon?!

Dann sah ich den Grund für sein Verhalten. Ein kleines, zierliches Mädchen, sie konnte keine 12 Jahre alt sein. Sie schrie und weinte bitterlich.

»Verdammter Heldenmut! Ich werde ihn umbringen!«, knurrte Enzo zornig vor sich hin. Plötzliche Schüsse ließ uns sofort den Blick von Aleks und den Mädchen nehmen, um auszumachen, woher genau sie kamen.

Hektisches Stimmengewirr und weitere Schüsse ertönten nicht weit von uns. Anscheinend hatten sie Enzos Männer, den Hulk und Liam entdeckt.

»Fuck!«, fluchte Enzo. Sein Blick wanderte zwischen seinem besten Freund, der gerade unentdeckt in diesen verschissenen LKW geschlüpft war, und dem Stimmengewirr hin und her. Doch letzten Endes hatte Enzo beschlossen, Aleks sich selbst zu überlassen und seinen übrigen Männern zu Hilfe zu eilen.

Ein letzter Blick zu dem LKW. Ich sah nur noch, wie Aleks unbemerkt in ihm verschwunden war, dann wurde hinter ihm die Türen geschlossen. Nun war er mit den Mädchen dort eingesperrt und wurde zu ihrem Käufer gebracht.

Enzo bedeutete mir mit einem Kopfnicken, ihm endlich zu folgen und Aleks tatsächlich sich selbst zu überlassen. *Fuck!*

Das sollte definitiv nicht passieren. Doch nun war keine Zeit, um an Aleks zu denken. Er würde schon auf sich aufpassen können. Was ich eben von ihm gesehen hatte, war doch schon recht beeindruckend gewesen. Er konnte perfekt mit seiner Armbrust umgehen. Sicherlich würde er einen Weg dort rausfinden.

Noch schnell unsere Waffen nachgeladen, dann folgten wir den Geräuschen. Wir schlichen mit erhobenen Knarren um die Hauswand herum, nur um dann in Liam zu rennen.

»Fuck, Liam! Was ist hier los?«, forderte Enzo streng zu wissen und sah sich gleich darauf um, ob wir noch unentdeckt geblieben waren. Es sah gut aus.

»Sie waren plötzlich überall. Joe und ich haben gerade noch einen Kerl erledigt und entsorgt und auf einmal waren wir umstellt. Ohne Davids Rückendeckung wären wir Kanonenfutter gewesen.«

Liam wischte sich über sein schweißnasses Gesicht und lehnte sich kurz, um durchzuatmen, mit dem Kopf und Rücken an der Hauswand an.

»Wo ist Joe? Und wie viele sind es?«, knurrte Enzo ungeduldig. Ich hielt weiter die Umgebung im Auge, doch noch immer schien man uns hinter dem Haus nicht entdeckt zu haben.

»Er ist rechts neben uns. David hat sicher ein Auge auf ihn. Ich weiß nicht, wie viele Männer dazukamen. Fakt ist, sie waren vorher nicht hier. Es müssen neue sein. Wir sind sicher aufgeflogen.« Sofort nach Liams Worten sahen Enzo und ich uns an. *Fuck!*

»Er ist schon hier!«, sprach ich unser beider Gedanken zuerst aus. Enzo zückte sofort sein Handy und wählte eine Nummer. Ich linste derweil an der Hauswand vorbei, um sicherzustellen, dass wir hier genügend Deckung hatten, und um zu sehen, ob ich den Bastard ausmachen konnte.

»Was siehst du? Wie ist die Lage?«, fragte Enzo unbeherrscht in den Hörer. Er schien mit seinem Scharfschützen zu telefonieren. Sie waren wirklich gut eingespielt, das musste ich ihnen lassen. Nach einem kurzen Wortwechsel legte er auf.

»Er ist hier. Der Bastard musste von unserem Kommen

gewusst haben. Er kam mit weit mehr Männern als erwartet. Sie sind gut aufgestellt und haben uns anscheinend umzingelt. Sie kreisen uns großzügig ein, meinte David. Er versucht uns zwar, so gut es geht, den Rücken freizuhalten, doch lange kann er das nicht machen, ohne seine Position zu verraten. Dann sind wir einige Minuten ohne Deckung, wenn er sich eine neue Position suchen muss. Das ist riskant und war so nicht geplant, doch so ist es jetzt nun mal. Unsere Männer sind bereits informiert und sollten bald hier sein. Also heißt es jetzt nur noch durchhalten und nicht draufgehen«, erklärte Enzo uns die Sachlage. Doch ich hatte kaum ein Wort wirklich verstanden. Mein Hirn hatte bei der Tatsache, dass der Bastard hier und uns auch noch einen Schritt voraus war, abgeschaltet. Meine Gedanken waren nun nur noch bei Angel. *Was ist, wenn er dich bereits gefunden hat?!*

»Logan, reiß dich zusammen! Ich kann nicht zwei Idioten heute verkraften!«, ermahnte Enzo mich und gab mir dadurch meinen Fokus wieder. Er hatte recht. Es reichte, dass Aleks so dumm gewesen war, den Helden spielen zu wollen. Ich musste einen klaren Kopf bewahren, sonst würde ich den anderen keine Hilfe sein, nein, sogar alles gefährden. Angel ging es sicher gut und ich würde ihr am besten helfen, wenn ich den Wichser heute ein für alle Mal erledigte.

Bestimmt nickte ich Enzo zu, damit er wusste, er könnte voll und ganz auf mich zählen. Erneut checkten wir noch einmal unsere Waffen, dann beschlossen wir, unsere Deckung aufzugeben und gleich in die Vollen zu gehen. Angriff war bekanntlich die beste Verteidigung.

Kaum waren wir aus den sicheren Schatten des Hauses getreten, feuerten wir ab. Gezielt verteilten wir einen Kopfschuss nach dem anderen. Sicher war sicher. Nur ein toter Feind war ein guter Feind.

Wir kämpften uns bis hinter das nächste Haus vor, dann

gingen wir dahinter wieder in Deckung. Dort trafen wir dann auch, wie Liam gesagt hatte, auf Joe. Er schien unverletzt, jedoch ziemlich angepisst zu sein.

Enzo unterhielt sich mit seinen Männern, brachte sie auf den gleichen Stand, ließ allerdings die Nummer mit Aleks aus. Sie begannen sich zu besprechen, wie es nun weitergehen sollte. Doch meine Aufmerksamkeit wurde von etwas anderem erweckt. Ich wandte mich von ihnen ab und linste um die nächste Hauswand, dann sah ich ihn.

Alexey, wie er gerade aus einem schwarzen Jeep stieg und sofort Befehle bellte. Er musste informiert worden sein. Obwohl wir so achtsam gewesen waren, mussten wir irgendwo aufgeflogen sein. Ich tippte auf die Fähre. Dort musste uns jemand erkannt und Alexey informiert haben, anders konnte ich es mir nicht erklären.

Ich wollte cool bleiben und mich wieder Enzos Besprechung anschließen, doch als der Bastard den Kopf wandte und mir dadurch seine Tätowierung auf seinem Hals präsentierte, setzte etwas in mir aus.

Der dreckige Wichser hatte sich ihren Namen, Angel's richtigen Namen demonstrativ auf den Hals stechen lassen. Da er sonst immer Hemden getragen hatte, war es mir und Ian nicht aufgefallen.

Wut, unbändige Wut durchflutete mich. Alles zog sich in mir zusammen und schrie mich an, ihn endlich für alles, was er ihr Schreckliches angetan hatte, umzubringen. Also hob ich meine Waffe, trat einen Schritt hinter dem Haus hervor und schoss. Doch natürlich – wie sollte es anders sein? – verfehlte ich den Wichser, weil sein kleiner Schoßhund, der Miguel in New York verfolgt und beschattet hatte, Alexey noch rechtzeitig wegschubste. Er musste meine Bewegung gesehen haben und hatte sofort reagiert. Schnelle Reflexe hatte der Bursche, das musste ich ihm lassen.

»Spinnst du?!«, brüllte Enzo mich an, doch ich blendete

ihn völlig aus und nutzte die Gelegenheit. Durch meinen Schuss waren seine Männer um ihn herum wie Ameisen aus ihrem Bau auseinander gestürmt. Also sprintete ich los und nutzte das kurze Durcheinander, das nun um Alexey herrschte, und riss ihn bei ihm angekommen zu Boden. Ich hörte noch, wie Enzo einen Befehl brüllte. Er gab mir Rückendeckung, damit ich mich um den Bastard kümmern und ihn endlich erledigen konnte. Schließlich war der Krieg vorbei, sollte er sterben, denn seine Männer hier waren nur Bauern. Sie fielen, wenn er fiel.

Ich wälzte mich mit ihm über den Boden. Beide sackten wir harte Treffer von dem anderen ein. Meine Waffe hatte er mir bereits aus der Hand geschlagen, doch ich trug noch genügend am Körper und so nah konnte ich so oder so keine Waffe auf ihn abfeuern.

Plötzlich wurde ich unerwartet, als ich endlich die Oberhand über ihn gewonnen hatte, brutal von ihm gerissen. Ich spürte gleich vier Hände, wie sie mich von Alexey wegzerrten.

Ein leises Surren und unerwartet sackte einer der beiden Schränke, die mich gerade noch gefangen genommen hatten, in sich zusammen. Enzos Scharfschütze hatte einen der beiden mitten in die Stirn geschossen. *Scheiße, ist der gut!*

Kaum eine Sekunde später erschlaffte auch der andere und fiel tot in sich zusammen. Etwas verblüfft rappelte ich mich wieder auf, nur um dann in den Lauf von Alexeys Waffe zu blicken. Und da der Bastard nicht dumm war, stand er genau hinter seinem Jeep, sodass David ihn nicht im Visier hatte.

»Wo ist sie?«, knurrte er mich ohne Umschweife an. Erleichtert über seine Frage legte sich ein provozierendes Schmunzeln auf meine Lippen.

»Nicht hier, wie du siehst!«, kommentierte ich trocken.

»Oh, das glaube ich nicht. Ich konnte sie an dir riechen.

Sie ist nicht weit.«

Angewidert von seinen Worten verzog ich mein Gesicht. Dieser Bastard war doch völlig krank.

»Na, dann komm, bring es zu Ende«, spornte ich ihn an. Dieser Wichser würde mit mir draufgehen, er wusste es nur noch nicht.

Sein Finger wanderte mit einem teuflischen Lächeln zum Abzug, dann plötzlich ertönte ein Schrei, der mir durch Mark und Bein ging.

Auch wenn es das Dümmste war, was ich hätte machen können, wandte ich mich, als ich ihre Stimme erkannte, von dem Bastard ab und sah mich nach ihr um. Kaum hatte ich den Blick von ihm genommen, ertönte ein Schuss und ein Ruck durchzuckte mich. Doch statt den altbekannten Schmerz zu fühlen, landete ich nur im Dreck, da mich jemand geschubst hatte. Ein weiterer Schrei erschütterte mich zutiefst. Etwas benommen von der Wucht des Stoßes sah ich mich um und erstarrte völlig in der Bewegung. Ich hatte mit allem gerechnet, aber nicht mit dem Bild, was sich mir nun bot. Es war ein Horrorszenario.

Der Bastard hatte auf mich geschossen, als ich mich von ihm abgewandt hatte, um nach Angel zu sehen. Doch getroffen hatte er nicht mich, sondern meinen Bruder. Ian, der verschissene Held, hatte sich vor mich geworfen und die Kugel, die für mich bestimmt gewesen war, abgefangen. Sie hatte ihn mitten in die Brust getroffen. Nur am Rande bekam ich mit, wie Alexey sich aus dem Staub machte, als Enzo in meinem Sichtfeld auftauchte.

Eilig robbte ich über den staubigen Boden zu meinem schwerverletzten Bruder. Kräftig presste ich meine Hände auf seine Wunde. Sein Shirt war bereits mit Blut getränkt.

»Fuck, Ian! Ian, was hast du getan?«, brüllte ich ihn verzweifelt an und übte noch immer kräftig Druck auf seine Schusswunde aus. Sein Blut sickerte dennoch heraus und färbte schnell meine Hände rot.

Völlig überfordert mit dieser Situation, denn das hier konnte unmöglich echt sein, schüttelte ich immer und immer wieder den Kopf. Das konnte nicht real sein! Niemals lag mein Bruder gerade in meinen Armen und atmete seine letzten Atemzüge. Doch das Rasseln, das jedes Mal ertönte, wenn er nach Luft schnappte, war eindeutig. Dieser dreckige Bastard hatte ihn in die Lunge getroffen. Auch wenn ich es nicht wahrhaben wollte, durch meine Ausbildung und Erfahrungen wusste ich, dass mein Bruder hier und jetzt sterben würde. Diese Erkenntnis ließ mein Herz für einen Moment stehen bleiben. Mein Bruder durfte nicht sterben. Nicht so! Und nicht, um mich zu retten!

»Wieso hast du das getan, Ian?!« Ich schüttelte ihn leicht, denn ich wollte verdammt nochmal eine Antwort. Seine Lider flackerten, dann sah er mich tatsächlich an. Ein schwaches und kaum erkennbares Schmunzeln legte sich auf seine blassen Lippen.

»Als würde ich meinen kleinen Bruder sterben lassen«, hustete er zur Antwort.

Tränen verschleierten meine Sicht. Dieser Pisser, wie konnte er mir das antun?! Wie konnte ER für MICH den Helden spielen?! Trauer wurde zu Wut. Wut auf ihn. Wut auf Alexey. Wut auf alle.

»Du musst doch mit unserem Mädchen glücklich in den Sonnenuntergang reiten!« Erneut brach er mit einem rasselnden Hustenanfall ab. Blut rann ihm aus dem Mund. Mein Druck auf seine Brust nahm zu. Auch wenn ich wusste, es würde nichts bringen, so versuchte ich noch immer, die Blutung zu stoppen. Musste es versuchen! Musste versuchen, ihn zu retten, obwohl es aussichtslos war.

»Sag sowas nicht!«, ermahnte ich ihn verzweifelt. Doch Ian hatte nur ein beinah väterliches Lächeln für mich parat.

»Logan, verschließ dich nicht davor. Du hast Glück

verdient. Ihr habt euch verdient. Und jetzt lass mich gehen und rette unser Mädchen!«

Im ersten Moment wusste ich nicht, was er mit dem Letzten meinte, bis ich mich kurz umsah und feststellte, dass Angel nicht mehr hier war. Alexey musste die Gelegenheit genutzt und sie sich geschnappt haben.

Zähneknirschend sah ich wieder zu meinem Bruder, dabei setzte mein Herz für einen Schlag aus, als Ians Kopf genau in dem Moment erschlafft zur Seite fiel. Als jedwedes Leben aus ihm wich.

»IAN!« Verzweifelt rüttelte ich an ihm, doch er öffnete nicht mehr seine Augen. Völlig erschlafft lag mein Bruder in meinen Armen. Ian war tot und doch wollte dieser schreckliche Gedanke, dass ich gerade meinen Bruder verloren hatte, nicht in mein Hirn.

Alles lief nur noch wie ein Film vor mir ab. Ich nahm Stimmen wahr, die ich kannte und die mir gerade absolut am Arsch vorbeigehen konnten. Jemand rüttelte an mir, doch ich weigerte mich, von meinem Bruder abzulassen. War noch nicht bereit, seinen noch immer warmen und dennoch toten Körper freizugeben, hier zurückzulassen. Dazu würde ich niemals bereit sein. Etwas zerbrach in mir. Ich zerbrach. Schmerzhaft und komplett.

Ich hatte meinen Bruder umgebracht, weil ich mich in unser Mädchen verliebt hatte. Weil ich sie nicht gehen lassen und unbedingt behalten hatte wollen. Weil ich es so weit kommen lassen hatte, dass sie zu unserem Mädchen geworden war.

Wie sollte ich sie je wieder anrühren?! Wie sollte ich ihr je wieder in ihre wunderschönen, tiefblauen Augen blicken können, ohne dabei an meinen Bruder zu denken?!

Fuck, wie sollte ich mit der Schuld weiterleben, meinen eigenen Bruder auf dem Gewissen zu haben?!

Es zerriss mich innerlich. Der Schmerz und Verlust

lähmten mich und die aufsteigende Trauer wurde beinah übermächtig. Ich wurde von meinen Gefühlen überrannt und fand aus dieser Spirale aus Schmerz, Hass, Trauer und Schuld nicht wieder heraus. Im Gegenteil, ich igelte mich in ihnen ein, ließ mich von ihnen umhüllen und beschloss, dass ich es nicht mehr und nie wieder verdient hatte, von ihnen befreit zu werden.

Kapitel 36

Angel

Ächzend erwachte ich aus meiner Bewusstlosigkeit. Benommen fasste ich mir an den Kopf und überlegte, was gerade passiert war.

Ich erinnerte mich daran, in Enzos Wagen gesessen zu haben … doch das hier war nicht seiner. Wo war ich? Konzentriert kniff ich meine Augen zusammen, um mich zu erinnern, was gerade passiert war.

Schleierhaft erinnerte ich mich daran, das Auto verlassen zu haben, ich wusste nur nicht mehr, wieso. Als ich mir mit der Hand über mein Gesicht rieb, stöhnte ich auf. Meine Nase schmerzte höllisch, dann fiel es mir wieder ein.

Ich erinnerte mich daran, Enzos Wagen aus Panik verlassen zu haben. Mit der Waffe, die er mir gegeben hatte, bewaffnet, hatte ich mich bis ins Herz des Lagers geschlichen. Doch da war schon die Hölle ausgebrochen gewesen. Schüsse waren gefallen, Männer waren zu Boden gegangen, Schreie hallten durch das Lager und der Geruch von Blut hatte die Luft erfüllt.

Ich erinnerte mich daran, brutal an meinen Haaren gepackt worden zu sein. Meine Hand wanderte zu meinem Hinterkopf, da dort meine Kopfhaut noch immer kräftig pochte.

Einer von Alexeys Männern hatte mich von hinten überrascht und ich hatte, ohne auch nur eine Sekunde darüber nachzudenken, Enzos Tricks, die er mir beigebracht hatte, angewandt. Die Erinnerungen durchfluteten mein malträtiertes Hirn, bis seine raue Stimme mich wieder ins Hier und Jetzt katapultierte.

»Oh, Giulia, was hast du nur getan?!«, ermahnte er mich mit seinem dunklen Spanisch. Dann wusste ich, was ich getan hatte. Wie eine Ohrfeige traf mich die Erkenntnis.

»Ian!«, wisperte ich und brach in Tränen aus. Ich hatte es gesehen. Ich hatte gesehen, wie sich Ian vor Logan geworfen hatte, als dieser sich zu mir umgedreht hatte. Wie Alexey abgedrückt und sich sein Bruder für ihn in die Schussbahn geworfen hatte. Deshalb hatte ich geschrien. Mein erstes Rufen hatte Logan gegolten. Ich hatte laut seinen Namen geschrien. Doch das hatte Logan überhaupt dazu bewegt, sich von Alexey abzuwenden. Ich war schuld daran, dass Ian nun verletzt war.

Mit einem lauten Knurren riss mich Alexey an meinen Haaren schmerzhaft nach oben. Ich schrie weinend und wimmernd auf, bis mich der erste harte Schlag ins Gesicht traf, dann verstummte ich.

»Verdammt, Giulia! Du nimmst auch noch seinen Namen in den Mund? Vor mir? Nachdem ich ihn für dich erschossen habe?!«, brüllte er mich erzürnt an. Ich sah ihm ausdruckslos entgegen, obwohl sich alles in mir überschlug. Die Erinnerung daran, wie Ian zusammengebrochen war, brachte mich um. Das durfte einfach nicht passiert sein. Und was war mit Logan? Er hatte Ian wahrscheinlich in seinen Armen gehalten, versucht, ihn zu retten. Obwohl es ausweglos war. Alexeys Schuss war ein tödlicher gewesen – dessen war ich mir sicher. So sehr ich mir auch etwas anderes wünschte.

Der Gedanke daran, wie sich Logan gerade fühlen musste, gab mir den Rest, lähmte mich und ließ mein Herz ein zweites Mal brechen. Es bröckelte in tausend Teile, zerfiel zu Staub. Das würde ich mir niemals verzeihen. Das könnte ich niemals überstehen! Diese Schuld würde mich mein Leben lang begleiten. Wegen mir war Ian gestorben!

Nicht einmal das Klappern seiner Gürtelschnalle holte mich zurück in die Realität. Ich hatte alles, was nun kommen würde und in Zukunft folgen sollte, verdient. Das war meine Strafe. Wieder bei diesem Monstrum zu sein und mich täglich schmerzhaft von ihm ficken zu lassen. Wieder an seiner Seite zu stehen und zu wissen, dieses Mal wäre es für immer. Und doch war diese Strafe nicht genug.

Noch immer hielt er mich an meinen Haaren gefangen, während er dicht vor mir stand und mit seiner anderen Hand versuchte, seine Hose zu öffnen.

»Oh, Giulia! Es wird mir die größte Freude bereiten, auch deinen anderen Lover und jeden, der dir bis hierher geholfen hat, grausam umzubringen! Sie werden alle sterben, meine Schöne! Wegen dir!« Alexey leckte mir nach seinen Worten mit der Zunge über meine Wange. Leckte meine Tränen auf, die ich für Ian vergoss. Mich durchzuckte es wie ein Blitzschlag. Seine Worte, dieser Gedanke, sie hatten etwas in mir geregt. Mich wiederbelebt.

Ian war meinetwegen gestorben! Das würde ich mir bis an mein Lebensende nicht verzeihen. Doch dass noch ein weiterer heute wegen mir starb, kam nicht infrage. Weder Logan noch Enzo oder seine Leute sollten ihr Leben weiterhin für mich aufs Spiel setzen.

Durch diesen Gedanken beflügelt handelte ich, ohne zu zögern. Blitzschnell und genauso, wie Enzo es mir beigebracht hatte, rammte ich Alexey meinen Handballen mit aller Kraft, die ich aufbringen konnte, gegen seine Nase. Er schrie ohrenbetäubend auf und ließ tatsächlich von mir ab. Nie hatte ich mich großartig gegen ihn gewehrt, natürlich hatte er auch jetzt nicht damit gerechnet.

Panisch sah ich mich um, wir befanden uns in einem der Lager. Dort, wo die Mädchen sonst immer wie Vieh eingepfercht wurden. Diesmal waren sie aber offenbar zuvor weggebracht worden, denn wir waren allein.

Plötzlich entdeckte ich auf dem Boden liegend meine Waffe. Mit einem schnellen Satz war ich bei ihr und nahm sie in meine zittrigen Hände. Ich entsicherte sie, dann richtete ich sie auf Alexey. Dieser hielt sich seine blutende Nase und funkelte mich hasserfüllt an. Ich hatte ihn wirklich voll erwischt.

»Vorsichtig, Giulia! Mach nichts Dummes!«, knurrte er rau. Mein Finger wanderte zum Abzug.

»Leb wohl!«, spuckte ich ihm entgegen, dann drückte ich ab. Ich war selbst etwas überrascht, dass es mir so leicht fiel. Doch bei all den Grausamkeiten und all dem Leid, das ich durch ihn hatte erfahren müssen, empfand ich nichts als Kälte ihm gegenüber. Doch leider traf ich ihn nicht so, wie ich es geplant hatte. Die Kugel durchlöcherte lediglich seine Seite.

Erneut brüllte er und dennoch brachte er noch die Kraft auf, um mich in der nächsten Sekunde mit einem schnellen Satz zu Boden zu werfen. Schmerzhaft donnerte mein Kopf gegen die kalten und harten Fliesen. Keuchend wurde die Luft aus meiner Lunge gepresst – von dem Aufprall und weil Alexey mich mit seinem Körpergewicht erdrückte.

Wir rangelten miteinander, denn ich wusste, sollte ich ihm nun wieder die Macht überlassen, wäre das mein Ende. Er würde Unaussprechliches mit mir tun und mich mein Leben lang quälen. Daher beschloss ich hier und jetzt, kein Opfer mehr zu sein. Sammelte all meinen Mut, den er mir die letzten Jahre, immer wenn ich bei ihm gewesen war, genommen und unterdrückt hatte, zusammen und kämpfte mit aller Kraft gegen ihn. Hielt meine Waffe weiter in meinen Händen, egal wie sehr er daran zerrte. Bis sich ein Schuss löste und ich aufjaulte. Die Kugel traf mich ebenfalls in die Seite. Alexey hatte es geschafft, die Waffe von seinem Körper zu schieben, sodass die Öffnung nicht mehr auf ihn, sondern auf mich zeigte.

Unser beider Atem preschte uns entgegen. Beide kämpften wir verbissen. Alexey hatte wohl schon einiges von Logan einstecken müssen.

Mit aller Kraft biss ich die Zähne zusammen und versuchte, wieder die Waffe auf ihn zu richten. Ich kämpfte wie eine Besessene gegen ihn, rammte ihm mein Knie in die Weichteile, während er mich begann zu würgen. Wieder ein Keuchen von ihm, dann ertönte ein schrecklicher Wutschrei, wie ich ihn noch nie von ihm gehört hatte. Sein Griff um meine Kehle nahm so schnell zu, dass es mir binnen Sekunden schwindelte.

»Du kleine Schlampe! Ich habe alles für dich getan! ALLES!!! Und so dankst du es mir?!« Ich hatte Alexey noch nie so zornig und außer sich vor Wut erlebt, wie in diesem Moment. Und genau in dieser Sekunde wurde mir klar, dass ich das hier nicht überleben würde. Alexey würde mich umbringen, hier und jetzt!

Sollte ich aufgeben? Es beenden? Es ihn beenden lassen?!

Die Schwärze nahm mein Sichtfeld immer mehr ein. Mein Körper erschlaffte. Doch plötzlich durchzuckte mich ein Gedanke. *Logan!*

Ich konnte ihn nicht allein lassen. Er hatte soeben wegen mir seinen Bruder verloren. Ich musste jetzt für ihn da sein! Konnte ihn nicht auch noch allein lassen. Das würde er nicht überleben. Seine Trauer würde ihn übermannen. Mit sich in die Tiefe seiner zerbrochenen Seele reißen und ihn nie mehr freigeben. Das konnte ich nicht zulassen!

Mit letzter Kraft drückte ich den Abzug und hoffte, ihn dieses Mal um Himmels willen zu treffen. Die Waffe klemmte noch immer zwischen uns, doch ich hatte keine Ahnung, wohin der Lauf zeigte. Der Schuss ertönte und schrillte ohrenbetäubend in meinem Trommelfell. Unerwartet sackte Alexey auf mir zusammen, sein Griff um meine Kehle ließ nach. Er blieb regungslos auf mir liegen. Mein Atem ging hektisch, mein Herz schlug mir bis zum Hals. Hatte ich es wirklich geschafft?!

Panisch versuchte ich mich unter ihm hervorzukämpfen. Mit aller Kraft wuchtete ich seinen erschlafften Körper von mir herunter. Schweiß lief mir über die Stirn, mein Herz sprang mir förmlich aus der Brust, so sehr hämmerte es gegen meine Rippen. Ich nahm nichts weiter wahr als meinen schnellen Atem und das Zittern, das von meinem gesamten Körper Besitz ergriffen hatte.

Ein langer Augenblick war vergangen, in dem ich einfach nur auf dem kalten Boden gelegen hatte und versuchte, mich wieder zu sammeln. Auch fühlte ich sein Blut auf mir kleben. Mein Shirt war vollständig damit getränkt. Meine eigene Schusswunde hielt ich mir mit meiner Hand. Dann wandte ich langsam meinen Kopf zu Alexey. Noch immer hatte er sich nicht bewegt. *Ob du tot bist?!*

Ich hatte Angst, nachzusehen, und doch musste ich es wissen. Ich konnte nicht eher hier verschwinden, bis ich sicher war, dass Alexey nicht mehr auf dieser Welt wandeln konnte.

Langsam richtete ich mich auf, dann robbte ich zu ihm und fasste mit zittrigen Händen an seine Halsschlagader, um seinen Puls zu messen. Nichts.

Ich spürte rein gar nichts. Mein Blick wanderte über seinen Körper, dann sah ich die Einschussstelle. Ich hatte Alexey mitten in die Brust und somit direkt ins Herz geschossen. Deswegen war er sofort auf mir erschlafft. Er war augenblicklich tot gewesen.

Fassungslos ließ ich mich auf meinen Hintern fallen und starrte seine Leiche an. *Ich habe dich getötet! Du bist tot!*

Diese Erkenntnis lähmte mich, denn ich konnte nicht ganz begreifen, dass es nun vorbei war. Dass ich endlich frei sein sollte.

Ich bin frei …

Dieser Gedanke durchzuckte mich wie ein Elektroschock, den man bei einem Herzstillstand bekam. Sofort sprang ich in den Stand, zischte jedoch schmerzlich auf. Ich hatte meine Schusswunde vergessen. Vorsichtig hob ich mein verklebtes Shirt an, um mir meine Wunde ansehen zu können. Zu meinem Glück stellte ich einen einfachen Streifschuss fest. Er brannte zwar höllisch bei jeder Bewegung, doch so wusste ich wenigstens, dass ich nicht schlimmer verletzt worden war.

Noch ein letzter Blick auf Alexeys Leiche, dann lief ich aus der großen Halle, um zu Logan zu kommen und zu sehen, ob es Ian vielleicht doch geschafft haben könnte.

Hier draußen war der Teufel los. Männer, aber auch viele der Frauen und Mädchen rannten hier wild durcheinander. Ich wunderte mich im ersten Moment etwas darüber, dass sich auch die Mädchen frei bewegten. Doch dann roch ich den Rauch und kurze Zeit später sah ich das Feuer. Das Haus meines Vaters, das Haupthaus des Rings, brannte bereits lichterloh. Kurz fassungslos von diesem Bild blieb ich stehen und sah den Flammen dabei zu, wie sie mein Elternhaus, mein Zuhause abbrannten. Ich wusste nicht wirklich, wie ich mich nun damit fühlen sollte, doch mir blieb auch keine Zeit, um es jetzt herauszufinden. Ich musste Logan suchen. Das war alles, was zählte!

Plötzlich packte mich jemand von hinten und riss mich zu sich herum. Ich wollte schon zu einem gezielten Schlag auf die nächste Nase, die ich heute brechen würde, ansetzen, bis ich Enzo erkannte und er meine Hand blitzschnell mit seiner abfing.

»Du lernst schnell!«, lobte er mich, ließ von mir ab und warf meinem blutgetränkten Shirt einen strengen Blick zu. Ich schüttelte schnell den Kopf.

»Es ist nicht meins. Na ja, nicht nur. Aber mir geht es gut. Wo sind Logan und Ian? Was ist hier los?«

Ich sah mich kurz in dem Gewirr von Menschen und Feuer um. Denn nun brannten bereits zwei weitere Häuser. Ich war etwas verwundert über diese Wendung. Schließlich dachte ich, es wäre der Plan, so wenig Ärger wie möglich im Menschenhandel anzurichten, sondern nur Alexey und seine Männer auszuschalten. Nicht aber den gesamten Ring meines Vaters. Doch mit dem Abfackeln dieses Lagers taten sie genau das. Enzo und seine Männer, ebenso wie Logan, hatten zwar den Kampf gegen Alexey gewonnen, doch mit dieser unüberlegten Aktion hatten sie einen neuen Krieg angezettelt. Einen gegen die mächtigsten Männer der Welt. Gegen die mächtigste Organisation, die es gab. Der Menschen- und vor allem Frauenhandel war so tief in allem verwurzelt, das konnte kein Außenstehender wirklich begreifen. Wieso also hatten sie das getan?!

Enzo begann kräftig mit den Kiefern zu mahlen.

»Logan«, war seine knappe Antwort. Irritiert verzog ich die Brauen.

»Er spielt etwas verrückt. Du musst mir helfen, denn ich bekomme ihn hier nur tot oder bewusstlos von diesem Land. Beides wäre mir nicht so recht. Vielleicht hört er ja auf dich.«

Noch immer runzelte ich fragend die Stirn. Ich verstand kein Wort. Wieso spielte Logan verrückt und fackelte das gesamte Lager ab?!

Dann fiel es mir wie Schuppen von den Augen.

»Ian!«, wisperte ich erstickt, weil ich mich erinnerte. Ich machte ganz automatisch einen Schritt zurück und legte mir fassungslos meine Hand auf den Mund. Das Enzos Miene für einen kurzen Moment an Härte verlor und er mich beinah sanft ansah, half mir nicht. Im Gegenteil, es zerriss mich regelrecht.

Mein Hals schnürte sich erbarmungslos zu, als würde Alexey abermals seine Hände um ihn legen und zudrücken.

Panisch fasste ich an meinen Hals und begann hektisch zu atmen.

Enzo trat schnell an mich heran und packte mit bestimmtem Griff meine beiden Arme.

»Hey, Engelchen! Ganz ruhig. Ich kann nicht noch ein Nervenbündel gebrauchen! Du musst Logan jetzt helfen. Er zettelt hier gerade einen Krieg an, den weder er noch wir gewinnen können. Das überlebt er nicht! Also beruhigst du dich jetzt und bringst ihn zur Vernunft, dann sehen wir weiter, okay?!« Sein leichtes Schütteln an meinen Armen holte mich wieder in die Wirklichkeit. Mit aufgerissenen Augen starrte ich ihm entgegen.

»Hast du verstanden, was ich zu dir gesagt habe?«, fragte Enzo streng nach. Ich nickte schwach, denn ich hatte ihn verstanden und er hatte recht. Ich sah es genauso wie er. Wenn Logan jetzt nicht mit uns kam, dann würde das hier, diese Dummheit, seinen Tod bedeuten. Das konnte ich unmöglich zulassen.

Enzo sah mir tief in die Augen, dann nickte er mir noch einmal aufmunternd zu und ließ langsam von mir ab. Kaum hatte er mich losgelassen, marschierte er an mir vorbei und brachte mich zu Logan, zumindest suchte er ihn. Enzo schien nicht genau zu wissen, wo er war, also gingen wir das Lager ab. Mittlerweile stand die Hälfte davon schon in Flammen. Die Hitze des Feuers wurde immer stärker, ließ mein Gesicht glühen. Wir sollten uns beeilen.

Als Enzo mich dann vor die große Halle zurückführte, in der ich gerade eben noch gelegen hatte, erstarrte ich kurz und blieb abrupt stehen. Ein kurzer irritierter Blick von ihm, dann wanderten seine eiskalten Augen wieder über meinen Körper.

»Du bist verletzt!«, knurrte er rau, trat an mich heran und riss mein Shirt an der Seite hoch. Ich hatte die Wunde mit meinem Arm abgedrückt, so musste er sie wohl bemerkt haben.

»Es ist nur ein Streifschuss«, erklärte ich kleinlaut.

»Ja«, murrte er übellaunig, als würde es ihm nicht passen, dass ich überhaupt verletzt worden war. Ich schenkte Enzo einen unsicheren Seitenblick, denn er schien angestrengt zu überlegen.

»Was ist dort drin passiert?«, fragte er ernst. Sein Blick wanderte zu der großen Halle, vor der wir noch immer standen. Ich schluckte hart, dann sah ich wieder in seine eiskalten Augen.

»Ich habe ihn erschossen. Er liegt dort drin«, antwortete ich schwach. Enzos Augenbrauen wanderten kurz verblüfft nach oben.

»Komm«, befahl er raunend und setzte sich in Bewegung. Widerwillig tat ich es ihm gleich. Ich wollte dort eigentlich nicht wieder reingehen. Außerdem … Was sollte Logan dort drinnen machen?!

Doch tatsächlich, kaum waren wir ein paar Schritte in die Halle eingetreten, sahen wir Logan, wie er direkt vor Alexeys Leiche stand und mit geballten Fäusten, in jeder davon eine Waffe, auf ihn herabblickte.

Unsicher sah ich zu Enzo, doch dieser war schon stehengeblieben und nickte zu ihm. Er wollte sich Logan wohl nicht weiter nähern. Ich konnte es ihm nicht verdenken, auch ich war nicht besonders scharf darauf, nun in Logans Nähe zu sein, und doch wollte ich ihm helfen und ihm Halt geben.

Mit wackeligen Beinen trat ich langsam an ihn heran.

»Logan«, sprach ich ihn leise an, damit ich ihn nicht erschreckte. Doch er schien mich nicht wahrzunehmen. Immer wieder wiederholte ich seinen Namen, wurde dabei von Mal zu Mal leiser. Bis sein Name nur noch als ein Flüstern über meine Lippen glitt, als ich dicht hinter ihm angekommen war.

»Logan?«

Vorsichtig streckte ich die Hand nach ihm aus, um ihm mit einer sanften Berührung an seinem Rücken zu bedeuten, dass ich hier war. Doch plötzlich drehte er sich blitzschnell um und rammte mir unverhofft seinen Ellenbogen in meinen Magen. Ich keuchte schmerzlich auf und wurde von der Wucht zu Boden geschleudert. Logan stand offenbar völlig neben sich und hatte mich nicht erkannt. Mich wahrscheinlich für jemand anderen gehalten und einfach reflexartig und beinah mechanisch reagiert.

Unter Ächzen versuchte ich mich wieder aufzurappeln. Unsicher blickte ich schließlich auf, um nach Logan zu sehen. Dieser stand schwer keuchend direkt vor mir. Noch immer hielt er zwei Waffen in den Händen, sein Körper weiterhin zum Zerreißen angespannt, seine Augen leicht aufgerissen – wahrscheinlich vor Schreck, dass ich es war, die er gerade von sich gestoßen hatte.

»Logan«, wisperte ich erneut seinen Namen und erhob mich langsam, um mich ihm dann vorsichtig zu nähern. Ich erkannte ihn nicht wieder. Vor mir stand ein gebrochener Mann, dessen Trauer so unsagbar groß war, dass er sich vollständig in ihr verlor. Er war nicht der Logan, den ich kannte und liebte. Ich sah es ganz deutlich in seinen Augen. Das sanfte Braun war nun ein mattes Schwarz. Seine Miene war verbittert und verhärtet. Sein Körper wirkte erschlagen und doch war er starr vor Anspannung.

Als sein Blick dann über mein Shirt wanderte, zeigte er eine Regung und verzog wütend sein Gesicht. Eine ausgeprägte Zornfalte bildete sich zwischen seinen Augenbrauen, die ich sonst eigentlich nur von Ian kannte. Mein Herz zog sich schmerzlich bei seinem Namen zusammen. *Gott, ich muss ihm helfen!*

Wenn mich Ians Tod schon so unheimlich schmerzte, wie schrecklich musste es dann für Logan sein?!

»Du warst das, stimmt's? Du hast diesen Bastard erschießen müssen!«, fragte er mich rau und trat bestimmt einen Schritt dichter an mich heran. Der Drang, zurückzuweichen, war groß, dennoch unterdrückte ich ihn, denn ich glaubte, damit alles nur schlimmer zu machen. Daher nickte ich bloß und trat ebenfalls einen Schritt auf ihn zu. Ich wollte ihm nahe sein und ihm den Halt geben, den er jetzt so dringend brauchte.

»Logan, komm! Lass uns von hier verschwinden. Es ist vorbei!«, versuchte ich ihn zum Gehen zu überreden. Doch statt sich in Bewegung zu setzen, verhärteten sich seine Gesichtszüge noch mehr.

»Ich soll mit dir kommen? Und was dann?«, knurrte er mich hasserfüllt an. Ich zuckte bei dem schrecklichen Laut leicht zusammen, bemühte mich jedoch, es mir nicht anmerken zu lassen.

»Dann werden wir deinen Bruder anständig begraben. So, wie er es verdient hat. Bitte, Logan, dass hier hilft niemandem. Du bringst dich noch um! Das hätte Ian nicht gewollt!«, beschwor ich ihn und wusste, dass ich damit recht hatte. Ian hätte nicht gewollt, dass er sich nun so quälte, dafür hatte er ihn nicht gerettet. Wie sollte ich ihm das nur begreiflich machen?

Ein dunkles und drohendes Knurren presste sich aus seiner Kehle, ehe er mich in seinen großen Schatten einhüllte. Logan war mir so nahegekommen, dass sich unsere Oberkörper an einigen Stellen berührten.

»Und du weißt, was mein Bruder gewollt hätte, ja?! Warum? Weil du ihn gefickt und verarscht hast?! Deswegen kanntest du ihn und weißt, was er nun gewollt hätte und was nicht?!«

Ich wusste, Logan meinte es nicht so, wie er es sagte. Die Trauer und der Schmerz sprachen aus ihm und dennoch glichen seine Worte einer harten Ohrfeige. Die Wut packte mich, auch wenn ich es nicht wollte. Doch auch ich hatte Ian verloren und auch mir stand ein Recht auf Trauer zu.

»Genau! Denn ich weiß ganz sicher, dass das Ian nicht gewollt hätte. Dass du dich aufgibst und den leichten Weg gehst. Wenn du hier und jetzt weitermachst, hat sich Ian umsonst für dich geopfert. Dann hättest auch du an seiner Stelle sterben können. Verschwende sein Geschenk nicht, reiß dich zusammen und komm mit uns, Logan.« Blitzschnell ließ er eine Waffe zu Boden fallen und umgriff meine Kehle. Erschrocken riss ich meine Augen auf, doch sonst rührte ich mich nicht. Jede Faser von Logans Körper schrie nach Schmerz und Verlust, füllte die gesamte Halle damit aus und ließ auch mich seine Emotionen spüren.

»Bitte, Logan! Hör auf! … Ich liebe dich und möchte dir helfen!« Schlagartig ließ Logan von mir ab und starrte mich mit großen Augen an. All seine Wut war aus seinem schönen Gesicht gewichen.

Vorsichtig näherte ich mich ihm wieder und legte meine Hände an seine Wangen. Mein Streifschuss schmerzte mich zwar, weil ich mich ihm entgegenstrecken musste, doch ich ließ mir nichts anmerken.

Langsam senkte ich meine Lippen auf die seinen und küsste ihn ganz zärtlich. Natürlich erwiderte Logan den Kuss nicht, darum ging es auch nicht. Ich wollte damit nur erreichen, dass er den Hass endlich losließ. Es brachte Ian nicht zurück, wenn er hier alles in Schutt und Asche legte.

»Ich weiß nicht, wie ich damit leben soll!«, gestand er mir dann flüsternd, als ich seine Lippen wieder freigab. Stirn an Stirn gelehnt standen wir uns dicht gegenüber. Meine Hände umschlossen noch immer sein Gesicht und auch Logan hatte nun eine Hand um meine Hüfte gelegt.

»Ich bin für dich da, Logan! Du musst das nicht allein durchstehen. Nur bitte … stoß mich nicht von dir!«

Logan nickte schwach gegen meine Stirn, dann drückte

er mir noch einen schnellen Kuss auf. Wir lösten uns voneinander, ich nahm ihn bei der Hand und zog ihn Richtung Enzo, der noch immer am Eingang der Halle stand und uns genaustens beobachtet hatte. Er wollte gerade etwas zu uns sagen, doch dann wurde er von einer mir bekannten Stimme unterbrochen.

»Wie dumm kann man eigentlich sein?!«, ertönte Daris' strenge Stimme hinter Enzo. Mein Kopf schnellte in seine Richtung.

Daris, die rechte Hand von Alexey, stand mit erhobener Waffe direkt vor uns. Logan schob mich sofort hinter sich und baute sich vor mir auf. Auch Enzo ging in Kampfstellung, doch ich wusste, dass würde hier nichts nützen. Deshalb schob ich mich flink an Logan und Enzo vorbei und erhob schnell das Wort, ehe sie mich wieder hinter sich ziehen konnten.

»Daris, bitte!«

Im Augenwinkel sah ich, wie Enzo und Logan in ihrer Bewegung innehielten, wahrscheinlich, weil sie die Vertrautheit in meiner Stimme bemerkt hatten.

Daris' Blick huschte zwischen mir und den beiden Männern in meinem Rücken hin und her. Er war schon immer einer der besten Männer meines Vaters gewesen und dann die rechte Hand von Alexey, als er gekommen war und hier allmählich alles übernommen hatte. Er war schnell, brutal und effizient und doch hatte er als einer der wenigen Männer hier auch ein Herz. Was eigentlich eher kontraproduktiv in dieser Branche war.

Streng schüttelte er den Kopf.

»Sei still, Giulia! Bring mich nicht dazu, meine Wut an dir auszulassen!«, drohte er und sorgte dafür, dass ein gefährliches Knurren hinter mir zurückkam.

Ich hob beschwichtigend die Hände hoch und machte noch einen kleinen Schritt weiter nach vorne. Ich wusste, dass Daris mich nicht erschießen würde. Wir kannten uns unser gesamtes Leben. Noch nie, nicht ein einziges Mal, hatte er mich grob angepackt. Ich wusste es einfach, er würde mir nichts tun.

»Daris, bitte lass uns gehen!« Ein kaltes Lachen ließ mich leicht zusammenzucken.

»Wach auf, Giulia! Ich kann sie nicht einfach gehen lassen! Der eine hat Alexey umgebracht und der andere hat beinah das gesamte Lager abgefackelt! Hier geht keiner, bis auf du vielleicht!« *Bingo!*

Einer der beiden hinter mir schnaubte verächtlich auf, doch ich kam ihm zuvor und ergriff zuerst das Wort.

»Ich habe Alexey umgebracht und ich habe die Feuer gelegt! Daris, ich will, dass alles hier brennt! Ich will jedes Haus, jedes Lager, jede Halle und vor allem SEIN Haus in Flammen aufgehen sehen! Ich will, dass kein Stein mehr auf dem anderen steht! Alles soll brennen!« Die Worte spuckte ich ihm nur so entgegen, denn ich meinte jedes ernst.

Über Daris' Miene huschte etwas, das ich jedoch nicht genau deuten konnte. Aber ich sah ihm ganz deutlich an, dass er überlegte, was er nun tun sollte.

»Und was erwartest du jetzt von mir? Die Verbündeten deines Vaters und auch seine Feinde, sie werden Fragen stellen, Antworten haben wollen, wer so dumm war und diesen Krieg hier angezettelt hat. Und die Mädchen? Weißt du, wie viele geflohen sind?!«

Ein kleines Lächeln huschte bei dem Letzten über meine Lippen. Auch sie waren nun endlich frei, zumindest einige von ihnen.

»Maria!«, sprach ich dann seine Entwaffnung aus. Sofort ließ Daris seine Waffe sinken und sah mich mit schmerzverzerrter Miene an, ehe er sich leicht seitlich abwandte und auf unserer Muttersprache kräftig zu fluchen begann. Ich nahm nur am Rande wahr, wie sich Enzo und Logan hinter mir leise zu unterhalten begannen, dennoch mischten sie sich noch immer nicht ein, was mich mehr als verwunderte. Sie schienen wohl zu bemerken, dass ich die Situation unter Kontrolle hatte. Dass ich wusste, was ich tat.

»Ich kann dich das nicht machen lassen, Giulia! Ich würde alles verraten!«, hielt er streng dagegen, sprach jedoch jetzt auf unserer Muttersprache mit mir, damit uns die beiden nicht verstanden. Ich tat ihm den Gefallen und sprach ebenfalls Spanisch, damit er sich sicherer fühlte.

»Willst du denselben Fehler noch einmal begehen? Du hast sie geliebt, ich weiß es! Wenn du damals schon weggesehen hättest, dann würde sie heute noch leben, wäre vielleicht glücklich geworden. Du willst es wieder gutmachen? Dann lass uns gehen und lass dir eine Geschichte einfallen. Ich bitte dich, Daris!«

Er mahlte kräftig mit den Kiefern und sah immer wieder zu Enzo und Logan. Ich war nun ganz dicht an ihn herangetreten und blickte flehend zu ihm nach oben. Hoffte inständig, dass er mich erhören würde.

»Liebst du ihn?«, fragte er mich dann überraschend und deutete zu Logan. Ich wandte mich leicht zu ihm um, bevor ich wieder zu Daris sah.

»Ja«, antwortete ich ehrlich und aufrichtig.

»Verdammt nochmal, Giulia! … Hau schon ab! Ich will dich nie wiedersehen, verstanden!? Und deine Wachhunde auch nicht!«, setzte er noch aufgebracht hinterher. Ich konnte nicht anders, ich musste ihm um den Hals fallen.

»Danke, Daris! … Und ich verzeihe dir, tu du es auch!« Ich hauchte ihm einen kleinen Wangenkuss auf, wandte mich zu den beiden und nickte ihnen zu. Enzo und Logan sahen mich beide gleich irritiert an, setzten sich jedoch in Bewegung.

Enzo nickte ihm beim Vorbeigehen zu, wohl zum Dank. Logan fixierte ihn noch einen kurzen Moment, bis ich ihn bei der Hand nahm und mit rauszog.

»Abflug. Sie warten schon alle am Treffpunkt auf uns«, informierte uns Enzo.

»Der schnellste und unauffälligste Weg zurück, Engelchen?«, setzte er noch nach. Ich überlegte kurz und schlug dann einen schnellen Haken nach links, Richtung Wald. Es würde zwar etwas länger brauchen, doch wir wären dann endlich raus aus dem Lager. Hier war es so oder so zu gefährlich geworden, da das Feuer sich schnell ausgebreitet hatte.

Wir eilten durch das überschaubare Waldstück und kamen nach einem kleinen Umweg endlich bei Enzos Wagen an. Keinen Augenblick später saßen wir im Auto und fuhren los. Je weiter wir uns entfernten, desto freier fühlte ich mich. Ein letztes Mal wandte ich mich zu dem Land meines Vaters um. Dass es beinah zur Gänze in Flammen stand, gab mir eine noch größere Befriedigung. Ich war nicht nur frei, ich hatte auch gewonnen.

Ich hatte den Drachen erschlagen, den Fluch gebrochen und war nun endlich ein für alle Mal frei!

Ich konnte den Blick nicht von den verzehrenden Flammen nehmen, die meine dunkle Vergangenheit, mein altes Leben in Schutt und Asche verwandelten. Bis ich eine Hand auf meiner spürte. Mein Blick wanderte runter, dann wieder nach oben in sein schönes Gesicht.

Logan hatte meine Hand in seine genommen, drückte sie leicht und sah mir dabei tief in die Augen. Das sanfte Braun war noch immer nicht wieder zum Leben erwacht und ich wusste nicht, wann oder ob ich es je wiedersehen würde.

Logan war gebrochen und voller Trauer. Doch ich würde ihm helfen, ihm beistehen und versuchen, ihn mit meiner Liebe zu ihm zu heilen. So, wie er es bei mir getan hatte. So, wie er meine zerstörte und in Trümmer gelegte Seele wieder zusammengesetzt hatte. Mich wiederbelebt und die Eisprinzessin in mir besänftigt und versöhnlich gestimmt hatte.

Logan hatte mich um meine inneren Dämonen gebracht, mich von ihnen befreit und dasselbe würde ich nun auch für ihn tun. Weil er mich brauchte, wir uns brauchten und ich ihn liebte. Bedingungslos und aufrichtig liebte ich diesen ernsten Kerl mit den sanften, braunen Iriden.

Epilog

Logan

Ich hasste Beerdigungen, war schon auf zu vielen gewesen und doch hatte ich vor Wochen meinen Bruder zu Grabe getragen. Natürlich hatte ich seinen Leichnam mitgenommen. Ich hatte ihn dort nicht liegen lassen können wie einen verscharrten Köter. Er war mein Bruder und verdiente etwas Besseres!

Enzo hatte mir nicht nur dabei geholfen, einen glaubwürdigen Tod zu inszenieren, sondern auch einen Schuldigen zu finden. Auf seine Anweisungen hin hatte Liam seine geschickten Hacker-Finger über die Tastatur fliegen lassen und den Behörden Beweise untergejubelt, die keinen anderen Schluss zuließen, als dem, dass Stone meinen Bruder ermordet hatte.

Der alte Bastard wanderte dafür für lange Zeit ins Gefängnis und war damit raus aus dem Spiel. Denn sollte er wieder rauskommen, hätte bereits ein anderer seinen Platz eingenommen und man würde ihn nicht mehr brauchen. Somit war er keinerlei Bedrohung mehr für uns.

Bei Ians Imperium sah es schon etwas schwieriger aus. Natürlich musste ich mich darum kümmern. Warum? Weil der Pisser mir, ausgerechnet MIR, knapp 70 Prozent vererbt hatte, den Rest hatte sein treuer Diener und Freund James bekommen. Doch ich beschloss, dem steifen Engländer, den ich in den letzten Wochen schon fast in mein Herz geschlossen hatte, alles zu überlassen. Papierkram ohne Ende, doch letztendlich hatte alles so geklappt, wie ich das wollte. Was sollte ich schließlich mit solch einem Imperium wie diesem anfangen?! Das war ich nicht und dennoch wollte ich nur das Beste für Ians Baby. Er hatte zu hart dafür gearbeitet, als dass ich es nun mit Füßen treten könnte. Sein Andenken. Ich wollte es ehren und das ging am besten dadurch, dass James es in seinem Namen weiterführte.

Ian hatte sich für mich geopfert, um mich zu retten, damit ich weiterleben und endlich wieder glücklich werden konnte. Ich wusste nicht, wie dieser Penner sich das vorgestellt hatte, wie ich jemals wieder ohne ihn glücklich werden sollte. Doch Angel schaffte es, mir wenigstens einen Großteil meiner Schuld zu nehmen, und ja, sie machte mich glücklich. Auch wenn ich mich oft dagegen wehrte, da es mir falsch vorkam, dass ich glücklich war, während mein großer Bruder unter der Erde lag. Doch auch diese schwarzen Gedanken nahm mir Angel Stück für Stück.

Auch sie hatte sich verändert. Angel hatte nach unserer Rückkehr und der Beerdigung ihren Job als Hure endgültig aufgegeben. Gut, vielleicht auch, weil ich ihr gesagt hatte, Ian hätte ihr eine beträchtliche Summe vererbt. Hatte er zwar nicht – wie denn auch? –, schließlich hatte er sicher nicht geplant, zu sterben, doch James half mir dabei. Ich wollte, dass Angel ihr neues Leben sorgenlos beginnen konnte. Zu ihren Bedingungen und ohne jemandem etwas schuldig zu sein.

Sie war ihr halbes Leben eine Hure oder Sklavin eines Psychopathen gewesen, sie musste sich erst einmal finden und neu entdecken und ich wollte sie dabei nur allzu gern unterstützen.

In ihre Wohnung war sie auch nicht mehr zurückgekehrt. Verständlich. Deshalb bot ich ihr an, sie könne so lang bei mir in meiner neuen Wohnung wohnen. Schließlich war meine alte Wohnung als Schießstand verwendet worden und nicht mehr bewohnbar. Ich hatte alles von Ian verkauft oder eben an James abgetreten, alles bis auf ein Penthouse am Rande der City und einen seiner heißgeliebten BMWs, die er wie Abzugbildchen gesammelt hatte.

Ihr bester Freund Miguel war beinah täglich bei uns. Er besuchte sie immer nach der Arbeit oder wenn er frei hatte. Ich gewöhnte mich allmählich an den bunten Vogel, außerdem tat er meinem Engel gut und alles, was ihr guttat und half, die Vergangenheit zu verarbeiten, tat auch mir gut.

Filip, mein bester Freund, hatte sich auch wieder eingekriegt. Doch ich hatte nichts anderes von ihm erwartet. Natürlich war er sofort, nachdem wir wieder nach Hause gekommen waren, für mich da gewesen. Hatte mir bei der Beerdigung, dem Erbe und dem Umzug geholfen und in meiner Abwesenheit auf Angel aufgepasst. Auch wenn ich wusste, uns drohte nun keine Gefahr mehr, nicht einmal von diesem komischen Daris, Alexeys rechter Hand, so wollte ich lieber auf Nummer sicher gehen. Niemals wieder würde jemand meinem Engel etwas antun.

Noch dazu kam, dass Aleks, Enzos bester Freund, nach wie vor in der Scheiße steckte. Seitdem er in diesen verschissenen LKW eingestiegen war, um die Mädchen dort zu befreien, führte er den nächsten Krieg, den er eigentlich unmöglich gewinnen konnte. Enzo ließ die halbe Welt nach ihm absuchen. Überall, wo er Kontakte hatte, suchten deren Männer nach Aleks und versuchten ihm zu helfen. Ich unterstützte Enzo, so gut ich nur konnte, schließlich schuldete ich es ihm.

Nach einem weiteren erfolglosen Tag betrat ich müde unser Zuhause. Es klang komisch, ein Heim wieder unser Zuhause zu nennen. Das hatte ich schon seit so vielen Jahren nicht mehr gedacht und auch nicht für möglich gehalten, es wieder zu tun. Doch mit Angel fühlte sich dieses Haus wie ein Heim an, unser Heim. Es war ein schönes Gefühl.

Ich streifte mir die Schuhe ab und nahm sofort die Treppe nach oben. Es war bereits spät am Abend. Enzo hatte mal wieder Überstunden eingelegt, doch ich konnte es ihm nicht verdenken.

Oben angekommen hörte ich zu meiner Überraschung die Dusche. Mit einem Schmunzeln auf den Lippen trat ich ins Badezimmer ein und entledigte mich sofort meiner Klamotten.

»Hallo, kleine Angel«, raunte ich dicht hinter ihr in ihr Ohr. Ich sah den wohligen Schauer, den meine tiefe Stimme ihr über den Rücken jagte.

Auch wenn Angel wieder ihren richtigen Namen hätte annehmen können, da sie nun nicht mehr auf der Flucht war, so blieb sie bei Angel. Sollte mir recht sein, denn für mich würde sie immer Angel bleiben. Mein gebrochener Engel, dessen Schwingen allmählich wieder fliegen lernten.

Meine Lippen wanderten langsam ihren Hals hinunter. Angel lehnte sich mit ihrer nackten Kehrseite gegen mich und genoss meine Liebkosungen. Mit flinken Fingern strich ich über ihre weiche Haut. Ich drängte sie etwas weiter in die Dusche, sodass ich ebenfalls unter dem wohltuenden heißen Wasser stand.

»Ich habe dich vermisst«, flüsterte ich gegen ihre schöne, bronzene Haut und erfreute mich mal wieder über diesen herrlichen Kontrast unserer beider Hautfarben.

»Ach ja? Wie sehr?«, neckte sie mich mit ihrer verruchten Stimme. Ich schmunzelte an ihren Hals, dann drehte ich sie mit einer schnellen Bewegung zu mir herum und hob sie auf meine Hüfte. Zeigte ihr damit, wie sehr ich sie vermisst hatte. Denn mein bereits steinharter Schwanz drückte sich schon ungeduldig gegen ihre Nässe. Angel keuchte leise auf, küsste mich stürmisch und brachte mich dazu, mich tief in sie zu stoßen.

Ich lehnte sie mit dem Rücken gegen die kalten Fliesen und begann sie im schnellen Tempo dagegen zu ficken. Angel kippte ihr Becken und nahm jeden meiner Stöße willig an. Ihr Stöhnen erfüllte bereits das gesamte Badezimmer, ihre Zunge und Zähne an meinem Hals trieben mich beinah in den Wahnsinn. Sie war perfekt für mich, das wurde mir von Tag zu Tag, von Minute zu Minute, die wir gemeinsam verbrachten, immer mehr bewusst.

Immer drängender nahm ich sie. Liebte es, so tief in ihr zu sein. Sie voll und ganz auszufüllen. Eins mit ihr zu sein. Und genoss ihre göttlichen Reaktionen darauf. Ihre weichen, feuchten Wände, wie sie sich fest um meinen Schaft zogen. Ihr erregtes Stöhnen.

Kurz bevor wir gemeinsam kamen, blickten wir uns tief in die Augen und verloren uns beinah in den vor lustverhangenen Iriden des anderen.

Mit einem lauten Stöhnen spritzte ich in sie, während sich ihre Wände um mich zusammenzogen. Erschöpft, aber völlig befriedigt, ließ ich kurz meinen Kopf in ihre Halsbeuge sinken. Ich atmete schwer gegen diese und genoss ihren lieblichen Duft, der mir in die Nase stieg. Mir bereits so vertraut war und den ich nie wieder missen wollte.

Nach einem Moment löste ich mich dann von ihr, drückte ihr noch einen Kuss auf und stieg, nachdem ich mich einer schnellen Körperpflege unterzogen hatte, aus der Dusche aus. Von Müdigkeit übermannt ließ ich mich nackt und noch immer feucht von der Dusche in unser Bett fallen. Angel folgte mir wenig später und schlüpfte zu mir unter die Decke. Kaum spürte ich ihren nackten und warmen Körper an den meinem, ging es mir besser. Noch immer hatte ich Schlafprobleme, zumindest dann, wenn Angel nicht bei mir war. Deshalb war ich so dankbar, dass sie bereits bei mir wohnte. Denn sobald sie mich berührte, ging es mir besser. Der Schmerz ließ nach und auch die Schuld konnte ich für die wenigen Stunden verdrängen.

Angel heilte mich und meine tiefen Wunden Stück für Stück. Auch ich half ihr, das wusste ich. Setzte langsam ihre zerbrochene Seele wieder zusammen und half ihr, wieder neu zu vertrauen und zu sich selbst zu finden.

»Ich liebe dich, Angel«, raunte ich ihr leise zu und drückte ihr einen zärtlichen Kuss auf die Schläfe, wie ich es jeden Abend tat.

»Ich liebe dich auch!«, flüsterte sie gegen meine Brust und hauchte mir ebenfalls einen zarten Kuss an meine Haut.

Selig schlief ich mit meinem Mädchen in den Armen ein und war glücklich, so wie mein großer Bruder es sich für mich gewünscht hatte. Es mir ermöglicht hatte.

Ende

Psst, Blätter um!

Schätzchen, warte noch einen Moment, bevor du das Buch beiseitelegst. Das Folgende könnte dich interessieren und ich muss mir gerade etwas Luft verschaffen.

Denn mein hirnloser bester Freund, der Mann, den ich meine rechte Hand nenne und der mir eigentlich blind folgen sollte, rannte vor wenigen Wochen in sein Unglück und jetzt finden wir ihn nicht mehr.

Du fragst dich nun, was das alles mit dir zu tun hat? Ganz einfach. Weil Aleks eben Aleks ist, bekommst du nun auch von ihm eine Geschichte. Eine Geschichte darüber, wie dumm ein Kerl sein kann. Wie viel Scheiße man bauen kann und wie nervig die Frauenwelt doch ist. Mal im Ernst: Was ist das für ein Frauending bei euch? … Ich schweife ab.

Was ich sagen wollte … Du wirst seine Geschichte schon Ende des Jahres lesen können, mit all seinen Dummheiten und Fehltritten. Dieser Idiot!

Hochachtungsvoll … Ach, lassen wir den gespielten Höflichkeitsscheiß.

Enzo

Danksagung

Es ist so weit. Ich schreibe das Folgende mit einem lachenden und einem weinenden Auge. Denn diese Geschichte, Angel's Geschichte ist mein Herzensbuch. In ihr schlägt mein Herz, viel mehr noch als in all meinen anderen Büchern!

Aber nun muss ich vollkommen Abschied nehmen von Angel und ihren Begleitern. Muss sie ziehen lassen, denn ihre Geschichte ist erzählt. Und sie ist etwas Großes geworden. Vielleicht nicht für jeden einzelnen und vielleicht werden einige mit diesem Ende nicht einverstanden sein. Und dennoch ist diese Geschichte, Angel's Geschichte, für mich perfekt!

Alles kam so, wie es kommen musste, und nun ist Angel endlich frei!

Auf dieser unbeschreiblichen Reise von Ian, Logan und Angel haben mich so unglaublich tolle, wundervolle und herzliche Menschen unterstützt!

Natürlich wieder allen voran mein Fels, mein Anker, meine größte Unterstützung! Mein Schatz. Danke für deine Geduld.

Dicht gefolgt von meinen Blogger-Damen, die vor allem bei dieser Reihe Unglaubliches geleistet haben!

Saskia, Theresa, Lisa, Vivian, Rebecca, meine kleine Elfe, Anni, Emi, Nadine, Jana, Sara, mein Teufelchen, Katrin, Lara, Silke, Sonja, Mary, Mareike und Laura!

Ihr seid der Wahnsinn! Ich danke euch von Herzen für all das Brainstormen. Die witzigen und aufbauenden Unterhaltungen, eben für all das Wundervolle, was ihr für mich tut!

Noch ein dickes Danke an meinen Verlag! Den Heartcraft Verlag, mit dem besten Team, was es nur geben kann! Danke, dass ihr meinen Buchbabys ein liebevolles Zuhause gebt!

Ich könnte hier noch endlos viele Namen niederschreiben von Bloggern, Kolleginnen und Kollegen. Denn ich bin so vielen wunderbaren Menschen unendlich dankbar.

Doch ich mache es kurz.

Zum Schluss möchte ich noch meinem Lieblingsmenschen danken. Sammylein, danke, dass es dich gibt!

Das war's auch schon wieder. Eine weitere Reihe von mir endet.

Doch halt … so ganz stimmt das ja nicht. Denn wie Enzo es sagte … das Kommende dürfte euch gefallen und es wird euch gefallen.

Denn Aleks wird zurückkehren.

Ende des Jahres. Und es wird verdammt heiß, heißer, Aleks.

Ihr wollt nichts verpassen? Dann besucht mich gern auf meiner Instagram Seite: @_sally__dark_

Oder schaut auch gern auf meiner Autorenseite vorbei unter:

www.sallydark.de

Ich freue mich auf euch und auf das Kommende!

Dunkle Grüße
Eure Sally Dark

Über Sally Dark

Man nennt mich Sally Dark.

Kommt und folgt mir in meine Welt der dunklen Liebesromane und erotischen Geschichten.

Fühlt ihr euch auch eher zu den düsteren Kerlen hingezogen? Steht ihr auf raue und prickelnde Sexszenen? Und mögt ihr ebenso wie ich Protagonisten, die kein Blatt vor den Mund nehmen und auch mal eine etwas derbere Aussprache haben dürfen?

Dann heiße ich euch in meiner Welt willkommen.

Ich habe ein Faible für Bad Boys und Bad Heros, die die Welt ein klein wenig heißer machen.

Denn sind wir doch mal ehrlich: Wer will schon den Guten, wenn man den Heißen haben kann?!

Dunkle Grüße

Eure Sally Dark

Weitere Bücher von Sally Dark

Princess - Reihe
Band 1: The Princess and the Beast: Dunkles Spiel
Band 2: The Princess and the Beast: Tödliche Jagd

Klappentext:
Um gleich eins klarzustellen:
Das hier ist weder ein zuckersüßes Märchen noch eine harmlose Lovestory. Meine Geschichte ist nichts für schwache Nerven. Mein Leben besteht aus Gewalt, Tod, Drogen und Sex.
Hier gibt es keine Moral.
Ich bin auch kein verschissener Ritter in strahlender Rüstung. Ich bin ein Monster, das sich nimmt, was es will und tötet, wer ihm im Weg steht.
Will ich dich töten oder nur mit dir spielen?
Ich bin der Hunter und du meine Beute. Was auch immer ich mit dir vorhabe, ich verspreche dir, dass es dich fesseln wird. **Also, traust du dich in meine Welt?**

Sin - Reihe

Band 1: The Sweet Sin - Du bedeutest meinen Untergang
Band 2: The Deadly Sin - Du wirst mich zerstören

Klappentext:

Schneewittchen:

Ein Blick in diese Augen und meine ganze Welt geriet ins Wanken. Sie leuchteten in so einem intensiven Grün und doch wohnte Dunkelheit und tiefe Traurigkeit in ihnen. Wieso zog mich dieser mysteriöse Fremde mit seinem düsteren Erscheinen so an? Wieso konnte ich ihn nicht vergessen? Dabei sollte ich es unbedingt, denn mein Leben ist bereits vorherbestimmt – und ein Mann wie er passt niemals in meine Welt.

Blake:

Oh, Schneewittchen, wie konnte ausgerechnet ein unschuldiges Mädchen wie du an einen Mann wie mich geraten? Verstehst du denn nicht, dass ich nichts weiter bin als ein rücksichtsloser Mistkerl? Ich bin nicht der Retter, den du so dringend brauchst. Ich bin nicht der gute Mensch, den du so verzweifelt in mir sehen willst. **Aber du … du bist mein Untergang.**

Kingdom-Reihe gemeinsam mit Sam Woods

Klappentext:

»Verdammt, dieses Mädchen könnte meinen Untergang - den meines Königreichs - bedeuten und gerade in diesem Moment würde ich es hergeben, würde alles hergeben, für sie.«

Zwei Spielfiguren ... schwarz und weiß!
Zwei Könige ... manipulativ und rachsüchtig!
Zwei Kronen ... schwer und mächtig!
Zwei Damen ... die ihrer beider Leben verändern!
Ein dunkles Königreich ...
das es zu erobern oder zu verteidigen gilt!
Ein Krieg ...
der schon so viele Jahre andauert und alles verändern wird!

Was passiert, wenn zwei mächtige Männer aufeinandertreffen, ihr tödliches Schachbrett aufbauen und du die Dame **in diesem Spiel bist?**

Könnte dir auch gefallen ...

Sam Woods - The right kind of Darkness

Klappentext:

Du tust so, als wärst du stark, versteckst dich hinter deinem Trotz.

Aber ich durchschaue dich, Tigerlilly. Ich werde dich brechen und ich sehe es in deinem glühenden Blick:

Du wirst mehr davon wollen.

Mehr von mir.

Mehr Schmerz.

Mehr Lust.

Ich muss meine Schwester aus den Fängen dieses Bastards befreien! Aber als ich nass und frierend aus dessen Club stolpere, laufe ich in die Arme eines Fremden. Ich kenne diesen Mann nicht, doch der Orkan in seinen grauen Augen nimmt mich gefangen. Seine Dunkelheit zieht mich an. Und ehe ich mich versehe, bin ich in ihr verloren.

HEARTCRAFT

HEARTCRAFT